Éxtasis

ÉXTASIS

Penguin
Random House
Grupo Editorial

Primera edición: junio de 2023

© 2023, Noemí Casquet
Autora representada por Editabundo Agencia Literaria, S. L.
© 2023, Penguin Random House Grupo Editorial, S. A. U.
Travessera de Gràcia, 47-49. 08021 Barcelona
© 2023, Ulises Mendicutty, por las imágenes del interior

Printed in Spain – Impreso en España

ISBN: 978-84-666-7286-3
Depósito legal: B-7.822-2023

Compuesto en Comptex & Ass., S. L.

Impreso en Black Print CPI Ibérica
Sant Andreu de la Barca (Barcelona)

BS 7 2 8 6 3

ÉXTASIS

Noemí Casquet

Escucha estas canciones que acompañan
a Amisha en su viaje hacia el éxtasis.

A David,
por tantas vidas y tanto amor.
Te amo con todo lo que soy.
Te soy con todo lo que amo

Prólogo de la autora

A lo largo de estos años como escritora he considerado que los libros hablaban por sí solos, que las obras, cuando se explican, pierden todo el sentido. Hasta que llegó *Éxtasis* a mi vida.

Esta novela es, sin duda, la más compleja que he escrito en todos estos años. Un rompecabezas que no sabía por dónde agarrar hasta el último momento. Escribo estas líneas a contrarreloj porque el tiempo apremia y yo que no, que todavía quiero cambiar una coma o una palabra para que se entienda lo que quiero transmitir. Supongo que a todas nos pasa, ¿no? Cuando tenemos algo que es nuestra verdad en las manos, cualquier pequeño detalle es imprescindible para que se transmita el mensaje lo más preciso posible. Alguien me dijo una vez que los procesos creativos no se acaban, se abandonan. Lo que nadie te cuenta es lo mucho que duele ese ejercicio. Abrir las manos y soltar. Dejar que sea el mundo quien adopte esta obra, porque ahora tú también formas parte de esta novela que tienes entre tus manos.

Una de las preguntas más morbosas que siempre —insisto, siempre— me realizan en entrevistas es si mis libros están inspirados en mi vida personal. Ese morbo absurdo que todavía se sigue perpetuando alrededor del sexo, ¿sabes? Observo esos ojos fascinados por encontrar la pregunta más original jamás planteada mientras decido qué parte de mi realidad poner sobre la mesa. Con *Éxtasis* no sucederá eso, te lo aseguro. Y créeme que es la historia con más verdad que he escrito jamás. De ahí nace el miedo, ese que me obliga a seguir posponiendo la entrega de un libro —tu libro— que contiene tantos restos de mí. Tantos, joder, tantos.

He dudado muchísimo en narrar la historia de esta forma. En mi camino literario había una salida fácil: libro que funciona, libro que se repite hasta la saciedad. Tras el éxito rotundo de la trilogía formada por *Zorras, Malas* y *Libres*, podría haber continuado con aventuras de chicas jóvenes que descubren su liberación sexual. Cambias nombres, ciudades, roles y fantasías. Y de nuevo, ¡pum!, un best seller. Este, en parte, trata de eso, pero alberga un cambio drástico que me tuvo presa de mi dicotomía interna durante meses: «Lo hago o no lo hago, lo hago o no lo hago». De ahí que haya sido tan difícil contar lo que tienes entre tus manos.

Hace cinco años me cambió la vida. Apareció una facilitadora de tantra y me ofreció un masaje. La anécdota es bastante curiosa, fue a través de un BlaBlaCar que cogí en uno de esos viajes precarios a Barcelona para visitar a la familia. Llevaba pocos meses en Madrid y, en una de esas conversaciones de coche que podrían dar para un pódcast, el conductor me habló de una chica que también se dedicaba a la sexualidad. Nos puso en contacto y fue el detonante del giro más drástico que he experimentado.

Aquel masaje tántrico, que simplemente realizaba como parte experimental de mi trabajo, se convirtió en una obsesión que me tiene absorta hasta el día de hoy. Vivencié en mis carnes uno de los orgasmos más alucinantes que jamás había logrado. Fue una catarsis tan profunda que, tras ese fogonazo de luz y lágrimas, me incorporé y miré a esa mujer a los ojos. Solo pude decir una frase que aún se repite en mi mente con cierta nostalgia: «He visto a Dios y está en mí».

Lo que me había sucedido se llama «orgasmo cósmico», solo que por aquel entonces no tenía ni idea de todo esto. Solo tenía la verdad de lo que había experimentado y la fuerza inquebrantable para transmitir esa información al mundo. Durante estos años he dudado mucho en tratar ciertos temas, principalmente por el miedo al rechazo o al qué dirán. En silencio fui investigando por mi cuenta y de taaanto en taaanto lanzaba algo al respecto. Pero la llamada era ineludible y, en 2022, me encontré ante la mayor crisis de mi vida: una crisis de identidad. Quién soy en realidad. Qué quiero hacer. Qué me apasiona. Qué me da placer. Había perdido cualquier sentido de la vorágine en la que estaba inmersa. Tanta lucha, tanto empuje, tanto esfuerzo y para qué. Adónde me llevaba. A quién quería impresionar.

Cuando me tatué el brazo derecho, todo estalló por los aires. Estuve con parestesias faciales que me tenían preocupada e inmersa en pruebas y pruebas para buscar un diagnóstico cada cual más letal. No había día que no me diera un ataque de ansiedad. Y, al final, el diagnóstico fue precisamente ese: ansiedad. Fue jodidamente duro, pensé que no lo superaría. Fueron meses y meses de muchísima oscuridad, pero hay una frase que me encanta y me repito a cada instante: «La sombra es luz que todavía no es consciente de sí misma», una frase que, por cierto, aparece también en la novela. No sabes la luz que me encontré cuando, por fin, comprendí lo que sucedía. Durante años había ocultado mi espiritualidad, mis creencias, mi verdad bajo toneladas de tierra porque me daba terror que se me rechazara por eso, por lo que soy. Cuando vi mi brazo lleno de dioses, geometría sagrada, fragmentos del *Libro de los muertos* del Papiro de Ani, leyes del Kibalión... vi que ya no había vuelta atrás: me había tendido mi propia trampa o, como lo veo ahora, mi salvación.

No podía ocultar lo que era, en lo que creía, lo que me atravesaba con tanta fuerza, al resto del mundo. Cualquier ser humano que me viera por redes, en la calle, en las premieres, en las entrevistas... Cualquier persona sabría en lo que creo y estaba sujeta al rechazo. Pero si continuaba camuflándome entre los demás, hablando de ese sexo convencional y negando lo que estaba sucediendo en mi vida personal, me iba a destruir a mí misma, literalmente.

Reuní todo el valor que albergo, que por suerte no es poco, e incendié todo lo que no servía. Vi arder los restos de una realidad ajena a mi verdad y fui fiel a mi persona. Cambié mi forma de vestir, me adentré en la sabiduría ancestral, compré libros sobre espiritualidad, me formé en lo que me apasionaba y fui poco a poco mostrando mi identidad al mundo, con mucho miedo, sí, pero sin frenos. «Si tienes miedo, hazlo con miedo», me dije.

Sinceramente, sentía que estaba siendo falsa con todas vosotras, las almas que siguen, más cerca o más lejos, los pasos de la mía. Y que si no mostraba la información que estaba recopilando, el camino por el cual quería conducir mi vida laboral y personal y la identidad de lo que considero que soy y hago, estaría siendo la mayor hipócrita de la historia. Soy periodista, soy un canal de información para el resto de los seres y creo de forma feroz en el libre flujo de conocimiento porque nos pertenece como humanidad, y llevan siglos intentando ocultarlo. Yo no podía ser partícipe de ello y lo estaba siendo.

De todo este caos cuyo orden empiezo a entender, nace *Éxtasis*. Esta novela es el fruto de un grito al mundo y, sobre todo, a mí misma. La realidad de cómo percibo las relaciones sexuales, las experiencias místicas que he experimentado en estos últimos años y que he callado una y otra vez. Algunas regresiones a vidas pasadas que he tenido durante los orgasmos, aquellos estados de trance que me han tenido absorta en el espacio, las visiones que me han transmitido mensajes vitales. La vibración que sacude mi cuerpo en cualquier momento, la amplitud de lo que puede llegar a ser el sexo para el ser humano. Lo que nunca nos han contado, lo que siempre he querido narrar, ahora lo tienes delante.

No sé qué va a suponer para ti esta novela. Tal vez te aburras, tal vez te emociones, tal vez te cambie la vida. Solo lo sabremos cuando te enfrasques en ella. Ojalá la historia te entretenga, te nutra, te rías, te excite, te rompa todos los esquemas y te ayude a encontrarte en esta maraña de cuerdas que te guían en lo que puedes llegar a ser.

Lo único que te puedo asegurar es que el contenido más allá del continente no es ciencia ficción. Aunque lo parezca. Créeme.

Esto es un capítulo de la historia ancestral de la humanidad que no recordamos. Y es el momento de hacer memoria.

I

La maldición

El cambio drástico de temperatura me obliga a detenerme en mitad del bullicio y del caos del aeropuerto de Barajas en pleno junio. Cierro los ojos, inspiro profundamente. Dejo que el aire acondicionado regule mi cuerpo, sin prisa. Mi ansiedad anticipatoria ha hecho que llegue varias horas antes, por si acaso. Por si acaso cualquiera de las cosas que atravesó mi mente la noche anterior sucede y no llego a donde tengo que ir. A ese lugar que me espera a trece mil kilómetros de distancia.

La privación de la vista aguza mi oído y todo se transforma en una atmósfera con cierto aire familiar. Una pareja se pelea en un idioma que desconozco, un grupo de jóvenes gritan porque ha llegado su viaje de fin de carrera tan esperado y deseado. El traqueteo de los carros que sostienen un tetris de bártulos, el film de plástico que otorga una protección absurda a esa maleta gris, los encargados de seguridad que observan la fauna habitual de esta selva salvaje, los tantos destinos que aparecen en una pantalla kilométrica y mi corazón, que se detiene entre tanta confusión en busca de un orden que no consigo descifrar. Qué estoy haciendo aquí y por qué he decidido avanzar.

Soy una persona que salta, que se zambulle de lleno en el océano de las malas decisiones, que se empuja cual patada épica de la película *300* —«¡Esto es Espartaaa!»— al fondo de ese pozo existencial. A veces me cago en mí misma, no lo voy a negar. Vale, en la gran mayoría de las ocasiones. De acuerdo, siempre. Pero saltar me hace disfrutar de la ingravidez que, durante unos microsegundos, siente mi cuerpo. Y eso genera adicción, una adicción que me tiene absorta.

Dicen que las mejores vistas se contemplan desde el abismo, cuando tocas con tus dedos el límite entre la vida y los sesos por el suelo. En ese momento, vuelas. Vuelas con la mirada fija en el horizonte, con la mente atrapada en el recuento de milímetros que te hacen recalcular la distancia para seguir avivando el pulso —¿o el impulso?—, con los brazos abiertos a punto de comprobar que, efectivamente, tu anatomía no te permite volar.

Cuanto más miedo tengo, más me aferro a la pausa. Mantengo los ojos cerrados, pero esta vez aprieto un poco más, y un poco más, y un poco más. La intensidad se hace progresiva, igual que la esperanza de que todo sea ¿normal? —¿acaso lo ha sido alguna vez?—. Y cuando hablo de «todo», me refiero a «eso».

La voz de aquella *meiga* lo llamó «don». Y yo que no, que esto es una jodida maldición. Hubo algo en sus ojos que me insistió en la búsqueda, y hubo algo en los míos que me condujo al *why not*. Se encendió la chispa que prendería toda mi existencia en un incendio incontrolable y que me haría empacar todas mis cosas en la mochila de cuarenta litros de Decathlon que lleva media España cuando viaja al sudeste asiático. Sí, esa gris con detalles azulados, el mayor identificador de mochileros patrios.

Soy una persona escéptica por naturaleza, supongo que por ese motivo a ¿Dios? —¿al universo?, ¿a la existencia?— le pareció gracioso hacerme «bruja». O «vidente». O... ¡¿qué cojones es esto, maldita sea?!

Nunca he creído en las películas de fantasmas y espíritus, en los signos del zodiaco, en el tarot o en esas personas que, con solo leerte la mano, ya lo saben todo de tu vida. Me reía de esas gilipolleces con algunas compañeras del colegio augurando que iban a tener una casa con piscina y, automáticamente, les escupía en ese sinsentido de líneas divisorias que agrietaban la palma de su mano derecha. «Fíjate, ¡y con espuma!», señalaba.

Para mí, el destino es una serie de sucesos que dependen en exclusiva de nosotras mismas, de lo que hagamos en el presente. Y la muerte, bueno, un gran vacío, como los millones de años que pasaron sin ti o sin mí. Jugábamos a la ouija en el baño del instituto y movía las tijeras mientras Pedro gritaba como un loco. Mariajo leía cada semana el horóscopo de sus revistas favoritas y yo reconsideraba su inteligencia por un momento.

La magia, la astrología, la energía, los fenómenos paranormales, el karma, las piedras mágicas... Una lista eteeerna de mentiras que calman la mente del ser humano y dan respuesta al desconocimiento y a la ignorancia. Siempre me recuerdan a aquellos seres de la prehistoria que veneraban el fuego como si fuese un ser superior hasta que comprendieron que con dos palitos podían crearlo.

Esa soy yo, Amisha, la mayor incrédula de la historia. Y fíjate, aquí me tienes, agrupando en un párrafo a Dios, al universo y a la remotísima y pequeñísima —casi diminuta, inexistente, micrométrica— posibilidad de ser vidente.

El giro de esta historia, el gran chiste del monólogo, la piedra angular de la trama, la ovación del público, el éxtasis del hedonismo surgen cuando enterré los dedos en mi entrepierna y tuve un orgasmo por primera vez. Un simple «oh, sí», algo tan efímero que me abrió las puertas al placer de la humanidad, el secreto que guardaba la pérdida de la inocencia —aaamiga, tan calladito que lo tenían—, la droga que paliaría las desgracias que estaban por llegar.

Lo que para muchas y muchos destapa un arsenal masturbatorio de lo más cuestionable —minutos encerrados en el baño o gritos ahogados después de poner la alarma para ir al instituto— para mí fue el descubrimiento de lo que, diez años más tarde, me traería aquí, a este aeropuerto y con esta mochila básica en busca de una respuesta a esta maldición.

II

Septiembre, 2007

No fui una niña normal. Llamaba exageradamente la atención por lo que fuera. Vale, en especial porque soy adoptada y, en un pueblito cerca de Santiago de Compostela, eso se nota. Mis padres nunca me ocultaron nada; era evidente y lo tenían bastante difícil si lo intentaban. Por lo tanto, desde que era muy pequeña, siempre me hablaban de mis raíces como balinesa, de mi tierra y de los años que habían pasado en ella. Cualquier película, documental, serie o libro que hablara sobre Bali pasaban por nuestras manos. Ellos me miraban con una sonrisa, preocupados por si olvidaba algún recuerdo fugaz y borroso, con la esperanza de que rememorara algo de lo que fue mi primer año de vida. A veces fingía que sí, que me acordaba de la luz, del olor a incienso o de la vegetación. Era mentira, una que calmaba su corazón.

A pesar de todo, no fue una infancia complicada. En el pueblo todo el mundo me conocía y me trataban con absoluto amor. Era la *miña ruliña* allá por donde fuera. Me pellizcaban los mofletes, me trenzaban la abundante melena negra o me miraban con una compasión extraña que jamás entendí. Supongo que desconocer el origen de tu propia existencia aleja —todavía más— la gran pregunta, esa que todo ser humano en algún momento de su existencia se ha realizado: «¿Quién coño soy?».

Fui una niña rara que llamaba mucho la atención por lo de afuera. En el colegio las demás comparaban su brazo blanco y casi traslúcido con mi piel oscura y ceniza. Ganaba la competición de melatonina los trescientos sesenta y cinco días del año. El pódium era mío, solo mío, mi tesoro. A medida que fui creciendo, la comparativa se extendió al resto del cuerpo hasta abarcar su totalidad. Un día nos pintamos los labios por primera vez y me di cuenta de que el rosa chicle me quedaba horrendo. Y ahí pude evidenciar que también me pertenecía la medalla de labios raros. Los míos eran gruesos, grandes y con el contorno marrón. Los suyos eran finos, pequeños y con un rosado uniforme. Pocos años más tarde, en el vestuario, gané la competición de anomalía —¡otra vez! ¡Qué sorpresa!— pezonera. Mientras las otras chicas lucían un tono pastel y una aureola en construcción, yo me limitaba a tapar mis dos trozos negros que apuntaban hasta el infinito y más allá.

Sentirme sola se convirtió en mi especialidad, y aquellos documentales y fotografías antiguas sobre «la isla», que tan poca importancia les daba de pequeña, se transformaron en mi diminuto refugio; mis padres, lejos de alegrarse porque sus arduas sesiones de estimulación cognitiva dieran resultados positivos, se preocuparon, y mucho. La pubertad asomaba la patita debajo de mi mostacho espeso y con ella, la nula interacción social, la falta de gestión emocional y la evidente diferencia epidérmica. Por ese motivo, nos mudamos a la ciudad, a Santiago de Compostela.

Ser hija única tiene sus cosas, no te voy a engañar. Al final me quedaba con la habitación más grande sin tener que librar una batalla a vida o muerte, no compartía sudaderas, la televisión o los juguetes, y las Navidades se presentaban con el doble o el triple de regalos. Eso fue una suerte, además del amor de mis padres. Era ilimitado, no se cansaron de quererme. Ni de besarme. Ni de apretujarme entre sus brazos antes de que entrase en el instituto Rosalía de Castro por primera vez.

—¡Mamá! Que ya tengo doce años, por favooor.

—Amisha, hija, tendrás cuarenta y te seguiré abrazando antes de entrar a tu puesto de trabajo.

Pero aquel abrazo fue amargo. A las puertas de un cambio vital, con un montón de compañeros en pleno desarrollo hormonal y con sus consecuentes malformaciones corporales —piernas demasiado largas o cortas, cabezas demasiado grandes o pequeñas, granos demasiado inmensos, bigotes que sombrean el labio superior sin demasiado éxito—, habité el anhelo de las raíces. Es una sensación extraña que tal vez experimentan todas las personas adoptadas. Todo va bien hasta que ya no, sin más. Todo se acepta hasta que asoman las preguntas. Todo es un salto entre querer preservar la cultura que riega las venas y la necesidad de adaptación social. Todo son abrazos cálidos hasta que percibes el contraste de la piel. Ahí nacen los vacíos y los interrogantes que escarban un hoyo más profundo. Ese día cualquiera, después de estar entre risas hurgando con las manos en la arena, te apartas y ves el tamaño colosal del agujero y cómo se zambullen las olas en él. Algo tan inocente colapsa el mar. La cadena de sucesos previsibles y mecánicos se rompe, el piloto automático salta y te quedas sin luz. Jamás te planteaste dónde está el contador en esta fábrica mental.

Con mi herida abierta y mi autoestima totalmente rota, me comí el bocadillo de tortilla que me había preparado mi padre en una esquina del patio, con tan mala suerte que la pelota hizo volar por los aires los restos de huevo y pan. Entre el susto y la tristeza, no procesé bien lo que sucedió unos segundos más tarde. Solo vi correr a un chico —un dios griego, un Adonis, un bizcochito— que se acercó preocupado, y una voz que bramaba desde el otro lado de la pista:

—¡Eh, imbéciles! A ver si vais con un poco de cuidado.

De forma inmediata, hubo otra voz que contestó:

—¡Cállate, gorda!

Las risas se mezclaron entre los aplausos, las palmaditas en la espalda y los berridos de unos adolescentes sin pelos en los huevos. Xoel, el bizcochito, recogió la pelota y me pidió perdón, algo tímido. Yo ofrecí mi mejor sonrisa, eclipsada y fascinada por sus ojos verdes y su pelo negro, que se entrometía entre su entrecejo poblado.

—¿Estás bien? —Una voz femenina, algo grave y muy potente me sacó de mi ensoñación.

—¿Eh?

—Que si estás bien —repitió.

—Eeeh… Ah, sí, sí.

—¿Quieres una manzana? Tengo una de sobra.

—Vale.

Me ofreció una mano llena de anillos extravagantes: flores horteras de plástico, caritas amarillas y algunos mal pintados, fruto de su brote artístico. Llevaba dos coletas altas con un par de mechones pegados a los laterales y pendientes falsos que colgaban de sus orejas. Una máscara de pestañas de color azul, el vestido del mismo tono y una camiseta de manga corta que asomaba por debajo de los gruesos tirantes. Tenía estilo y era capaz de mostrarlo al mundo sin miedo, independientemente de su forma o su tamaño. Solo por eso se ganó mi total admiración.

—Por cierto, soy María José, Mariajo para los amigos. M. J. en mi Fotolog.

—¿Cómo te llamo?

—Mariajo.

—Pero no somos amigas.

—Ahora sí.

Y de esa forma tan gilipollas, conocí a mi mejor amiga, esa heroína que me salvaría la vida en incontables ocasiones. Mariajo era esa chica algo marginada que toda su vida había ocupado un espacio mayor que el resto debido a su volumen. Lejos de pedir perdón ni permiso, Mariajo alzaba la cabeza como una guerrera, fuerte e inquebrantable, y sacaba las garras para arrancar aquellas lenguas que tenían algo que expresar sobre su cuerpo. Soportaba comentarios diarios sobre su peso, originales o clásicos, aunque la colección que más se repetía consistía en «gorda», «ballena», «foca», «vaca» —y su correspondiente onomatopeya, «muuu»—, «bola de sebo» o «tragona».

Mariajo sobrevivía a la adolescencia con estilo y haciendo garabatos de moda en las infinitas libretas que cargaba a todas partes junto con la gama cromática de los Crayola guardados en el bolso de tachuelas que ella misma había fabricado. Era la tía más creativa de clase y, a pesar de todo, tenía que demostrar más que nadie, especialmente que tuviera una alimentación saludable y por algún motivo, su inteligencia. A Mariajo la observaban con lupa mientras se servía la comida al mediodía o cuando se tomaba una manzana y un bocadillo en el recreo. Sin embargo, Neus y Paula pasaban inadvertidas con su talla treinta y cuatro y su nutrición basada en un montón de chucherías, Redbull o bollos de chocolate diarios. En ese momento me di cuenta de que ser una persona saludable no está reñido con el peso o con la talla, que puedes ser una persona delgada y tener una dieta de mierda, o una persona gorda y cuidarte como nadie. Y todas sabemos lo que les pasa a las personas de la última categoría por el simple hecho de existir, ¿verdad? Efectivamente, abran paso a «la apología de la malnutrición y la obesidad». Un fuerte aplauso, por favor. ¿Que tienes una talla que no fabrica Inditex? «Apología de la obesidad». ¿Que protagonizas una publicidad sobre deporte y tu carne sobresale de los leggins? «Apología de la obesidad». ¿Que caminas por la calle respirando el mismo aire que el resto de los mortales? «Pero ¡¿cómo te atreves?! Apología de la obesidad».

Esa actitud inquebrantable de mi nueva mejor —y única— amiga pasó a ser uno de los mayores trucos de magia de la historia. En cuanto mostró su interior, vi el dolor que sostenía y la rabia que albergaba en su corazón. Ella lo canalizaba escuchando a Britney Spears, imaginando y pintando diseños nuevos en la libreta forrada de fotografías que había recortado de la *Bravo*. Así aprendí que la mentira era su forma de protegerse de mayores insultos que, muy posiblemente, la empujarían hacia la autodestrucción.

Por supuesto, Mariajo y yo éramos las pringadas de la clase. La rarita adoptada de piel oscura y labios marrones, algo tímida y pueblerina, y la gorda con un estilo extravagante y friki de la moda que se cosía su propios *outfits* porque en sus tiendas favoritas nunca tenían «esa» talla. «La gorda y la adoptada», dos palabras que definieron gran parte de nuestra adolescencia.

A la fórmula magistral se añadiría Pedro, «el maricón», que llegó el año siguiente. Entró en clase con una sonrisa de príncipe azul y unos ojos profundos que te absorbían hacia metaversos nunca antes descubiertos. Tenía el pelo rizado y castaño casualmente estructurado y planteado. Llevaba una camiseta rosa y unos tejanos, una mochila cuadrada bien pegada al cuerpo y la camisa hawaiana amarilla que captó la atención de Mariajo. Su ilusión duró tres segundos al escuchar el primer comentario que le daría la bienvenida y, años más tarde, la despedida:

—¡Eh, maricón! De mí no te enamores, ¿eh?, que no me van los rabos.

De nuevo Mariajo salió al rescate, como siempre, como la heroína que era.

—Pero ¿qué dices, imbécil? Si de ti no se enamoran ni las ratas, pedazo de mierda.

Pedro se sentó cerca de nosotras y a partir de ahí, fuimos el trío más brutal de la historia. Juntos nos adentramos en todas las primeras veces posibles, las mayores confesiones, las gamberradas típicas de adolescentes, las tremendas lloreras con las películas heterobásicas de Disney, las coreografías de Chayanne que cerraron el curso, las borracheras y los experimentos etílicos que casi nos llevan a la tumba y un laaargo etcétera que jamás imaginé vivir al lado de dos seres humanos.

III

Trece mil kilómetros

Acomodo mi culo huesudo entre los asientos duros mientras observo los números de un vuelo que no aparece en la pantalla. Estoy en la puerta de embarque, pero he llegado tan pronto que todavía se mantiene el destino anterior. El aburrimiento no tardará en hacerse patente, a pesar de estar haciendo *scroll* por las tantas y tantas redes que tengo instaladas en el móvil. Justo en ese momento, me llega un mensaje. Es Mariajo.

«Ya estás en el aero? Cuéntanos. *Quérote moito*».

Le contesto con un audio contándole la cola infinita en el control de seguridad, el absurdo calor que hace en Madrid y lo cagada que estoy. «Todavía no me lo creo, me voy». No pasan ni treinta segundos cuando Mariajo vuelve a escribirme, esta vez con un grado mayor de apoyo moral.

«¡¡¡Estamos contigo. Empieza la aventura!!!».

Fueron y son esas grandes amistades que siempre te exponen las mayores verdades que ocultas en sacos y sacos de eufemismos y falacias. Las que te dan los empujones que te mantienen al filo del precipicio, las que te aportan litros de aire para mantenerte a flote y para que no termines ahogándote en mitad del océano social. Las que te abrazan sin importar la cantidad de fluidos verdes que deposites sobre su hombro, las que te inducen ataques de risa hasta que se te escapan dos gotitas de pis, las que te conducen a situaciones inverosímiles que guardarás en ese baúl de los recuerdos cuando las cosas pesan.

Las que duermen contigo antes de que emprendas ese viaje, a trece mil kilómetros de distancia, en busca de la verdad que cambiará tu vida.

Volvemos a los brazos que nos sostienen cuando nos encontramos solas, perdidas y algo desamparadas. Volvemos a la casilla de salida cuando la vida se ha hecho tan densa que asfixia, cuando tu origen queda desdibujado en un documento firmado y una isla que baña tus venas. Volvemos cuando ya no vemos, sabemos, pensamos ni existimos. Volvemos cuando nos vamos. Y aquí regreso para encontrar respuestas a LA GRAN PREGUNTA, así, en mayúsculas; como si fuese el nombre de un concurso televisivo nuevo, con el típico presentador sin gracia y un público compuesto por viudas que viven sus últimos años de vida y ríen sin filtro ni vergüenza.

IV

Noviembre, 2011
Vol. I

Mi inocencia sexual se preservó hasta bien entrada la adolescencia. Hasta ese momento, mi experiencia se reducía a escuchar los chistes verdes que contaban los amigos de mis padres en la sobremesa cuando todos se reían a carcajadas mientras mi madre me tapaba los oídos y decía entre risas cómplices:

—Callad, que está aquí la niña.

Esa información se guardó bajo llave durante años. Bueno, qué digo, durante toda mi vida. Parece que para mis padres siempre fui «la niña» que no estaba preparada para lo evidente. Tal vez quienes no estaban listos eran ellos, que pospusieron la clase de educación sexual básica hasta silenciar por completo las notificaciones. Dieron por hecho que al final me llegaría el contenido de la caja mágica del saber universal, pero más bien me enteré de trozos de un batiburrillo de malentendidos juveniles. Hacíamos lo que podíamos entre los consejos de las revistas, las experiencias fantasmas de los compañeros y el miedo que nos infundían en el colegio.

Desconocíamos cómo funcionaban los embarazos, los trescientos virus de transmisión sexual que te podían fulminar de inmediato o por qué los ojos algo *voyeur* de Dios te miraban cuando te frotabas en exceso con la almohada.

Ni qué decir de la diversidad, por supuesto, toda la educación sexual que recibimos estaba exclusivamente enfocada a los genitales. Si salías de ahí, no sé, ¿te inmolabas? A Pedro le costó entender cómo funcionaba su deseo y su atracción, y eso que tuvo la enooorme suerte de tener unos padres abiertos, liberales y casi enciclopédicos.

Por ese motivo, mi primera masturbación aterrizó algo tardía en comparación con el resto. A ver, «el resto» es una muestra bastante reducida y poco escalable. Básicamente me refiero a Mariajo y a Pedro. Ambos tenían experiencias sexuales más amplias que las mías, una competición que perdí de manera indiscutible. Ellos mantenían conversaciones sobre pajas, orgasmos, técnicas algo cuestionables y el uso de elementos fálicos que encontraban por su casa. Yo me hacía la digna y desconectaba gran parte de la conversación, hasta que lanzaban la famosa pregunta:

—Amisha, ¿y tú? ¿Para cuándo?

—Ay, yo qué sé… No sé, ya se verá.

Los años pasaban y yo seguía titubeando algo nerviosa porque nunca sabía cuándo era el momento ideal. El perfeccionismo es algo que me ha asfixiado durante toda mi vida, incluido el terreno sexual. Esa primera vez debía ser perfecta —inmejorable, insuperable, inolvidable—. Jamás se volvería a repetir y, por lo tanto, quería poner especial atención y cuidados; tanto que nunca era suficiente.

A los dieciséis años las hormonas desequilibraron la balanza de la excelencia. En mi interior habitaba un bullicio de sofocos, deseos y pensamientos que inducían una palpitación incontrolable y un aumento de fluidos. Cualquier momento era ideal para este atropello mental de fantasías y necesidades. Una pulsación me acercaba al vacío, a ese punto inevitable de la adolescencia donde descubres lo que significa el placer, el de verdad.

Aquel viernes por la tarde llovía. Al salir de clase, me despedí rápido de Pedro y Mariajo, quienes me insistieron en tomar algo en la cafetería. «Pero, tía, es nuestro viernes de salseo. No jodas». Y yo que no, que tenía muchas cosas que hacer. Mi cabeza solo albergaba una labor importantísima: aliviar esta maldita excitación que me había mantenido toda la tarde dando saltos y acomodándome en la silla. ¿Que cuál fue el detonante, dices? Pues muy sencillo: una mirada de Xoel, el chico que me gustaba desde hacía años.

Los adoquines de la ciudad se tornaron de un gris oscuro y las luces brillaban en los charcos que se acumulaban entre las grietas. El verdor saturado de la naturaleza contrastaba entre tanta piedra, y yo me enamoraba un poco más de esta ciudad que siempre estaba mojada. ¡Anda! Como yo en los últimos meses, fíjate.

Caminé rápido bajo el aguacero, empujada por el ardor que sentía en la entrepierna. Entré en casa, me quité las botas y el abrigo. Ni saludé. Sabía que me encontraba sola y que mis padres no vendrían hasta bien entrada la noche. Era viernes, tenían su clase habitual de baile y la fiesta posterior para mostrar las dotes de salsa que habían aprendido.

Sentía esos nervios típicos de las primeras veces que sabes que están a punto de suceder. Me comí un trozo de bizcocho y me bebí un zumo de naranja, por meterme algo en el estómago, y me fui a mi habitación. Encendí una vela para paliar el perfeccionismo que requería mi mente. Pasé más de media hora buscando la música ideal, hasta que di con una *playlist* de música relajante con ciertos toques étnicos. Yo qué sé, me pareció la opción menos lamentable. Me quedé en bragas y me fijé en ellas. Eran horribles, de las que guardas al fondo del cajón porque ya no te quedan más limpias, esas. Sin embargo, el ardor que me había consumido durante toda la tarde se hacía cada vez más patente, más ruidoso, más palpable, y mi coño empezó a reclamar lo que era suyo a base de palpitaciones y fluidos.

Respiré, me tumbé sobre la cama y estuve tentada de coger algún elemento extra para la sesión, inspirada en parte por la enorme creatividad —y sinceridad no solicitada— de Mariajo. Sin embargo, creí que era mejor conectar conmigo misma antes de introducir novedades. «Vamos a ver cómo funciona esto», pensé, y deslicé los dedos por el abdomen y mis pechos.

Cerré los ojos al enterrar los dedos bajo las bragas de papayas y aguacates, algo deshilachadas, que rompían con el perfeccionismo autoimpuesto. Apareció Xoel, su mirada, su entrecejo poblado, su camiseta sudada, su sonrisa, su bulto bajo el pantalón de deporte. Su simple presencia onírica me excitó una barbaridad y, esclava de mi propia fogosidad, aumenté el ritmo circular de mis falanges sobre el clítoris. Estaba muy mojada, tanto que me resbalaba al intensificar los movimientos. Los jadeos nacían solos de mi garganta, expulsaba sonidos incoherentes y guturales que me inducían en un espacio-tiempo desconocido y novedoso. No importaba nada, no pensaba en nada, no escuchaba nada; tan solo podía continuar con el ritmo de mi satisfacción y anclarme en ese lugar de mi cuerpo del que tanto había escuchado y que ahora me resultaba familiar.

No sé cuánto tiempo pasó, si fue poco o demasiado para la media masturbatoria, pero me invadió un chispazo que prendió todo cuanto me rodeaba. Me mordí los labios, puse los ojos en blanco y aumenté más y más la velocidad. Un *sprint* final que me arrojó al placer más intenso —agudo, profundo, inigualable— que jamás había estado ni cerca de imaginar. Y esa explosión interna se manifestó en gritos, espasmos corporales, piel erizada, pezones arrugados y pies contraídos. Tuve mi primer orgasmo y estaba exánime... Hasta que sucedió lo que cambiaría mi vida para siempre.

Un fogonazo de luz brillante y blanca, cegadora, que me asustó de forma momentánea. En cuestión de milisegundos, de ese fulgor nació un túnel construido por unos círculos incandescentes que se solapaban entre sí y que me adentraban en una dimensión desconocida. A su alrededor, simples ondas en un tono ¿azulado, violeta?, que se movían sin un patrón conocido. La absorción fue muy muy rápida y casi no pude presenciar qué estaba pasando y dónde había metido la mente. Pero, tras esta experiencia fugaz —y aún con el clítoris contrayéndose tras el orgasmo—, vi una imagen.

Mis padres se encontraban frente a mí, algo preocupados. Recuerdo que mi madre llevaba ese collar largo que tanto le gusta —y del cual abusa— y mi padre se colocaba las gafas al mismo tiempo que su voz reverberaba lejana al musitar:

«Amisha, mamá y yo nos divorciamos».

Acto seguido, ese *frame* de película sin estrenar se desvaneció y caí violentamente sobre el colchón de mi cama. El corazón galopaba en mi pecho, el aire dejó de bañar mis pulmones y, todavía asustada, saqué la mano mojada y arrugada y me senté al borde de la cama. No entendí por qué había pensado eso ni de dónde nacía. «¿Es normal tener esos pensamientos cuando se tiene un orgasmo?».

Me quedé inmóvil y sin saber qué decir, hacer, pensar o cómo actuar. «¿Mis padres divorciándose? Pero ¿a quién se le ocurre? Es imposible, totalmente imposible». Seguían con sus actividades matrimoniales, sonreían cada mañana, veían la televisión cada noche... Eso no podía suceder, ¿por qué lo había pensado?

El fin de semana lo malgasté entre películas, series y libros. Hablé poco con Mariajo y con Pedro por Messenger, y ambos se olieron que algo no iba bien. No declaré mis actos masturbatorios, todavía no estaba preparada para la celebración y el torrente de preguntas que me harían para que describiese la escena de una forma más esclarecedora.

El domingo por la mañana me levanté tarde, me duché y bajé a desayunar. Mis padres estaban sentados a la mesa del comedor algo serios.

—Cariño, ¿podemos hablar un momento? —dijo mi madre mientras se colocaba su collar favoritísimo sobre su pecho.

—Claro, ¿qué pasa?

—Siéntate con nosotros, vente.

Acomodó la silla de madera que presidía una mesa que solo usábamos en ocasiones especiales.

—¿Qué pasa, mamá? Me estáis asustando.

Se miraron, algo cómplices de la fulminante noticia. Un ligero gesto de mi madre dio paso a mi padre, quien se colocó las gafas y pronunció la frase que me induciría en un profundo, tangible, estúpido *déjà vu*.

—Amisha, mamá y yo nos divorciamos.

No recordaba demasiados detalles, pero sí los suficientes para entender que aquella imagen, aquella escena, la había *experimentado* antes. Sus caras, el collar rebotando en el pecho, su indumentaria, las miradas tristes y las manos apretadas. Los ojos pacientes que esperaban una respuesta a una situación no deseada —¿ni esperada?—, y mi voz titubeante que no acababa de entender qué coño estaba pasando. Lo único que pude vocalizar fue la misma conclusión a la que llegué la tarde del viernes entre jadeos y bloqueos.

—Pero si estáis bien… ¿O no?

—Cariño —mi madre miró a mi padre—, en las parejas

no todo es lo que se ve desde fuera. Llevamos una temporada complicada y sentimos que debemos encontrarnos a nosotros mismos. Son muchos años de relación y el amor no es lo que era.

Fruncí el ceño algo *shockeada* por la evidente estupidez que acababa de soltar. Inmediatamente supe que era mentira, una mentira que me protegía de la verdad. Hay veces que es mejor así, no tener la información que puede romperte del todo. Por lo tanto, acepté la farsa y acaté la realidad.

—Amisha, ¿puedes contarnos lo que sientes?

—No sé, papá, no me lo esperaba… Esto es lo que menos me imaginaba.

—¿Tienes alguna pregunta más, cariño?

La comunicación familiar era digna de manual. Siempre nos lo contábamos todo con un respeto absoluto y una gestión emocional sacada de las guías de psicología barata que encuentras en cualquier librería. Mis padres se habían preparado durante años y tenían una habilidad sobrenatural para educar.

—¿Qué va a pasar a partir de ahora? —pregunté.

—Papá se irá a vivir a otro piso, pero cerquita de la ciudad para verte y estar contigo. Yo me quedaré en esta casa y, por supuesto, ambos tendremos una habitación para ti. Puedes elegir si quieres mudarte con tu padre o conmigo y pasar el fin de semana con uno de los dos, vivir una semana en cada casa o establecerte en un lugar y vernos alguna tarde. Eso lo decides tú, cariño.

—Bueno, necesito pensarlo. Todo esto es tan…

—Lo entiendo, cielo, tómate el tiempo que necesites. Nosotros no vamos a correr en la separación, pero sí que habrá movimiento en las próximas semanas.

—¿Nos das un abrazo, Amisha? —me pidió mi padre.

Nos levantamos de la mesa y nos acomodamos los unos entre los brazos de los otros como una familia ejemplar y feliz. Se nos daba bien el apapacho grupal, era nuestra especialidad. Y aquella mañana me di cuenta de que ya no lo sería más, de que lo que habíamos construido no servía para nada, que todo se rompía en pedazos a pesar de que intentaba pegar las piezas con los brazos estirados. Me eché a llorar y ellos se unieron a mí entre sollozos, algo más contenidos, y dándome besos en la cabeza, la misma que no paraba de pensar en la puta realidad.

Pero entre tanto caos, hubo una voz que rebotaba por mis paredes cerebrales. «Esto, exactamente esto, ya lo has visto». Y la ignoré con éxito, como haría tantas veces.

V

Un truco nuevo

Hay algo de muerte en los viajes y algo de duelo en la distancia. Hay algo de anhelo en lo que siempre fue y algo de masoquismo en la búsqueda de lo que puede ser. Hay algo innato en la estupidez del ser humano que lo impulsa a perseguir peligros, diarreas y amores a kilómetros de distancia. El motivo —o la motivación— de acabar con todo y mandar la vida a tomar por culo con esa ilusión de la nueva etapa como si fuesen los apuntes del último curso que resulta que te toca repetir. Los viajes son así, a la mierda —casi— todo, con tan solo un destino y una foto de carnet.

Supongo que la imperfección de la vida queda patente cuando no tenemos libros de instrucciones que nos aclaren para qué y por qué. Para qué coño estamos aquí y por qué hemos nacido. Todo sería más fácil con una misión bajo el brazo, saber que el camino conduce a algún sitio, que todo tiene un sentido, que el río desemboca en el mar. Por eso viajamos, ¿sabes?, para volver a nacer una y otra y otra vez. Cuando decidimos cómo y dónde sin el escenario resentido y algo desgastado de tanto sostener la misma comedia, la misma función, el mismo cliché. A veces te lo planteas bajito para no levantar sospechas mientras mezclas los cereales con el café. Otras, te miras al espejo con la cara blanca por un maquillaje agrietado que cada noche te dibuja una sonrisa falsa para aparentar que todo —absolutamente todo— está bien. Y cuando te encuentras con tu mirada en el espejo, fantaseas con ese avión, ese alejamiento, esa vida tan abundante que, al final, cabe en una mochila de cuarenta litros.

Renacemos como un protagonista nuevo en una obra renovada, transformada por completo, radicalmente innovadora y con las ansias de mostrarle al mundo la novedad de la trama. Sin embargo, por más que cambie la chistera de color, sigue siendo el mismo viejo truco con el mismo actor. Y te vuelves a enredar en el motivo y en la motivación que crean el círculo vicioso del viaje que te impulsa a otro lugar. «Sí, este es el definitivo, el mejor». «Ahora sí, seguro, es este, el definitivo, el mejor». «Oh, no pasa nada, era evidente. Este sí que sí, vaya, no hay duda: es el mejor». El ser humano es el único animal que es capaz de tropezar infinitas veces con sus propias mentiras aun conociendo su falsedad. «Pasen y vean, ¡los seres más inteligentes de la Tierra!». Aplausos, ovación del público, un grito agudo, lanzamiento de sujetador, desmayos en primera fila.

Con toda muerte reina el duelo y el vacío, la soledad de una sombra que no encuentra su otra mitad. Aunque seamos grandes expertos en despistarnos con el mínimo coeficiente intelectual, las garras de la nostalgia siguen tirando de la camiseta mientras reclaman su puto caramelo de fresa. Creemos que ignorar su presencia es un estímulo para la independencia y el aprendizaje, una estrategia que hemos leído en alguna publicación de Facebook de dudosa procedencia, pero que nos viene de putísima madre para seguir posponiendo el enfrentamiento.

Los viajes son los cinco minutitos más antes de enfrentarte a tu rutina diaria de ocho horas esclavizada por tu jefe y por TikTok, los deberes que dejas bajo capas de pereza que te llevan a suspender la asignatura, los diez euros de Bizum que le debes a esa amiga por la gasolina o las copas que absorbes un viernes por la noche para compensar la falta de adrenalina de los trescientos sesenta y cuatro días restantes. Los viajes son los vapeadores con sabor a sandía que te permiten justificar que, al fin, has dejado de fumar a la vez que expulsas toneladas de humo blanco por todos los orificios de tu ser. O la frutita de postre que compensa la pizza que has engullido en quince minutos. O el mensaje de «no eres tú, soy yo» para reducir el gatillazo relacional. O el abrazo con tres palmaditas en la espalda como muestra de aprecio masculino —no homosexual ni femenino, evidentemente, faltaría más.

A pesar de ser grandes conocedores de ciencia, tecnología y pensamiento crítico, nos dejamos engañar por el viaje y nos tapamos los ojos con las manos abiertas en un intento suicida de crecimiento personal. Con todo eso, soy consciente de que subirme a ese avión, que espera impaciente la mentira de decenas de pasajeros, no evitará que me enfrente a deshacer la mochila que cargo sobre mi espalda, pero es una buena fórmula para engañar al cerebro con una pequeña dosis de dopamina a diez mil metros de altura. *Why not?*, como diría Schrödinger.

Observo la pantalla frente a la puerta que me conducirá a ese gigante de hojalata. Todavía no entiendo cómo puede volar tan alto y tan lejos. En ella aparece una palabra, un destino en mayúsculas y amarillo con el fondo negro para aumentar el contraste y que puedas verlo a tomar por culo mientras corres con el pasaporte en la mano y la lengua fuera.

«DUBÁI».

Repaso una y otra vez el contorno de las letras, las esquinas, las redondeces y la estupidez de la decisión tomada. Parece que ya no tiene vuelta atrás. Se activa una fantasía, la de salir huyendo. «Estamos a tiempo, todavía estamos a tiempo». Aunque Dubái es simplemente el intermediario entre Madrid y «la isla», una parada fruto de la necesidad de abaratar costes de una farmacéutica en paro que ha decidido seguir los consejos de una *meiga* fumadora compulsiva, desconocida y algo desequilibrada. Aunque a juzgar por la situación actual, tal vez la desequilibrada en esta historia sea más bien yo.

VI

Noviembre, 2011
Vol. II

No recuerdo cuánto tiempo estuve llorando entre sus brazos carnosos, solo soy capaz de rememorar la paz que me ofrecían entre tanto desastre. Mis mocos acuosos caían sobre su camiseta de Bratz mientras me rascaba la cabeza con unas uñas eclécticas y fluorescentes.

—¿Por qué? No lo entiendo, joder. Es injusto —repetía una y otra vez.

—Yo tampoco lo entiendo, Amisha. Tus padres... Si me dijeras que son los míos, te entendería. No paran de discutir cada día, es un infierno. Pero ¿los tuyos?

—Si estaban bien. Anteayer fueron a su clase de salsa y todo, no sé. ¿Estas cosas pasan así y ya está?

—Supongo, aunque no sabemos cuánto tiempo lo llevaban pensando.

—Me han estado mintiendo, insinuando que todo iba perfecto, como siempre.

—No pienses así. Todas sueñan con tener unos padres como los tuyos, Amisha.

—Tan soñados no serán cuando se van a divorciar.

—Creo que, a día de hoy, hay más padres separados que juntos —sentenció Mariajo—. No es extraño que esto suceda. A ver, seamos prácticas, ¿qué vas a hacer?

—¿Con qué?

—Con el divorcio.

—¿Hay algo que pueda hacer aparte de cagarme en todo y llorar?

—Sí, claro, decidir dónde vas a vivir y con quién.

—Pensarlo me da como una presión en el pecho que no me deja respirar.

—Eso se llama ansiedad, Amisha, bienvenida al club.

Se hizo un pequeño silencio, un refugio que Mariajo mantuvo con mimo y valentía, sin querer romper el espacio que se había creado para mis pensamientos. Ella sabía en qué momento, cómo y cuándo, debía hablar, callar o abrazar. Un don fantástico del cual abusé en los años siguientes.

—Creo que me quedaré en casa. Bueno, en casa de mi madre. Joder, qué raro es todo esto, tía.

—¿Y verás a tu padre los findes? ¿O entre semana?

—O tal vez podría vivir una semana en casa de mi madre y otra en casa de mi padre.

—Esa sería una gran opción, aunque supongo que tu padre se pondría muy triste si no pasas tiempo con él, ya lo conoces.

—Ya pero, no sé, ¿voy a estar así toda la vida? ¿De una casa para otra?

—¡No, Amisha! En cuanto entremos en la universidad, nos vamos a vivir juntas las tres. Pedro, tú y yo…, ¿recuerdas?

—Mariajo, eso son promesas de niñas.

—¿Promesas de niñas? —Mariajo se separó de mí y dejó de abrazarme. Ahí entendí que mis palabras no le habían sentado demasiado bien—. ¡Amisha, pero qué dices! Estoy trabajando los fines de semana en la tienda para ahorrar dinero. Yo voy a tope con esto, ¿acaso tú no?

—Sí, pero…

—Vamos, tengo unas ganas tremendas de salir de este infierno e irme con vosotras. Dos años, Amisha. En dos años empezamos la uni y nos vamos juntas. ¿Prometido?

—Sííí, prometido.

—Pero ¿de verdad, eh?

—De verdad.

—De la buena, Amisha.

—¡Que sí, tía! —Me quedé callada unos instantes, abrí mis ojos marrones y puse esa mirada que resulta peligrosamente tierna. Ella me observó al tiempo que contenía el impulso de abalanzarse sobre mí. Tardó poco en resistirse—. ¿Me sigues abrazando, por favor?

—Te odio, de verdad, Amisha. Te odio muchísimo, te lo juro. —Pero la risa vacilona que se le escapaba mientras me volvía a acomodar entre sus brazos expresaba lo contrario.

—Sabes que no es verdad.

Mariajo soltó un resoplido violento y esbozó una sonrisa.

—¿Qué tal llevas el examen de química? Lo tienes mañana, ¿no? —susurró.

—Dios, fatal, tía. Después de esto..., no sé cómo voy a estudiar.

—Pero si se te da bien la asignatura, ¡qué me estás contando, zorra! Siempre igual, dices que vas fatal, que no has estudiado... y al final acabas sacando notaza.

—Anda ya, eso no es así.

—¿Que no? No seas de esas, ¿eh?

—¿De cuáles?

—De las que dicen que van a suspender y luego son las primeras de la clase. Qué rabia, Amisha, de verdad.

—¿Y tu examen de historia? ¿Qué tal fue?

—Bien, supongo, no sé. Sigo un poco desmotivada con

esto del bachillerato, ¿sabes? Me habría encantado hacer el artístico, pero en esta mierda de pueblo no se hace nada. Ya me dirás para qué me sirve el bachillerato de ciencias sociales si quiero estudiar moda.

—Qué suerte tienes.

—¿De qué?

—De saber lo que quieres hacer. Yo todavía no sé ni dónde me voy a mudar.

—Conmigo dentro de dos años.

—Qué pesada estás.

—¡Oye! Pero serás...

La tarde pasó ligera entre risas, abrazos, llantos y helado de chocolate. Cuando llegué a casa, mi padre no estaba. «Está en casa de los abuelos, cariño». Miré a mi madre con algo de desprecio. En ese momento, supe de quién había sido la decisión. Y me dolió. Sentí muchísima rabia, una rabia que quemaba todo mi interior. No dije ni buenas noches, tan solo le volví la cara y subí las escaleras.

—¡Cariño! ¿No me vas a dar ni las buenas noches?

—No me apetece, mamá.

—Amisha...

—Qué.

—Cariño, lo siento, esto no estaba en nuestros planes.

—En los tuyos seguro que sí.

—¿Por qué dices eso?

—Porque te conozco, mamá. Lo tienes todo bajo control, no se te escapa nada, ni siquiera el divorcio.

—A mí también me duele mucho esto, Amisha.

—¿Ah, sí? ¿Por eso has decidido que papá se vaya a casa de los abuelos?

—Papá se ha ido para buscar tranquilamente un piso sin crear incomodidad en casa. Ha sido por decisión propia, cariño.

—Ya, claro.

—Sé que ha sido un impacto para ti y que esto te duele. Tómate el tiempo que necesites pero, por favor, no lo pagues conmigo, que yo te quiero muchísimo.

Mi madre era y sigue siendo el arquetipo perfecto de persona empática, cauta, inteligente y sabia que, como Mariajo, siempre te habla con un raciocinio propio de manual. A mí eso antes me generaba mucha frustración porque yo, al contrario que ellas, estaba totalmente desequilibrada. Me dejaba llevar por el torrente emocional que me atravesaba el cuerpo en un momento dado y lo expulsaba con violencia por la boca como si fuese fuego, incendiando todo a mi alrededor. Ellas se dedicaban a apagar la llama con cubos de agua y mucha paciencia. Cuando era consciente de lo que había provocado, me sentía peor conmigo misma y me desequilibraba todavía más. Era incapaz de comprender cómo esas personas podían amarme tanto siendo así, tan irracional.

Subí las escaleras sin responderle a mi madre y me encerré en el cuarto. Lancé las zapatillas, me tumbé en la cama con furia y me quedé mirando el techo despejado, blanco, sin manchas que nublasen mi TOC incipiente. Pensé en la masturbación, en la luz, el túnel y la imagen, la puta imagen. Sin caer demasiado en un enredo mental, abrí los apuntes de química y repasé el examen del día siguiente. Mariajo tenía razón: los números se me daban bien, por lo que no le dediqué ni media hora y me fui a dormir. De nuevo, metí la mano en la entrepierna en busca de un alivio instantáneo a este malestar, pero me quedé dormida presa del agotamiento mental y emocional. Fue uno de los días más largos que recuerdo.

El lunes, cuando salí del examen, me tomé un café con Mariajo y Pedro y volví a casa. Cené con mi madre mientras veíamos nuestra serie favorita, algo distantes y calladas a pesar de los innumerables intentos de acercamiento maternal. Volví a la cama y, esta vez sí, me masturbé. Cerré los ojos, volví a conectar con el movimiento circular, con mis fluidos, con la excitación, con Xoel, con aquella desconexión necesaria. Por un momento, dejé a un lado el sinsentido de esos últimos días y me abandoné al parche que supone una paja nocturna prescrita como tratamiento de *mindfulness* urgente.

No tardé demasiado en llegar al orgasmo y, otra vez, ese estallido placentero se vio eclipsado por el flash, el túnel inmediato y la escena algo borrosa. Oí mi voz, «¡¿Un cuatro con cinco?!», mientras entreveía el número rojo en la esquina izquierda del papel y asomaba la decepción de que tal vez no era tan buena en química como yo pensaba.

Abrí los ojos, dejé la mano bien metida entre mis piernas y suspiré. «No, es imposible, el examen de química me ha ido de puta madre». Me sentí aliviada al saber que estas predicciones eran fruto de mi imaginación, una casualidad alucinante del subconsciente que se cuela en la realidad cuando menos lo esperas. Tan sencillo como eso, nada más.

Pero me equivoqué. A la semana, recibí la nota del examen de química. Lo había suspendido con un cuatro con cinco.

Me quedé muda sin saber muy bien qué decir. La profesora me miró algo sorprendida y, aunque era conocedora de mi situación familiar, me dijo:

—Sabes que la asignatura es acumulativa y hacemos la media de todos los trabajos y exámenes, pero no puedes suspender el próximo, Amisha, o tendremos un problema.

Asentí de forma mecánica, sin conectar demasiado con lo que sucedía en mi entorno. «¿Otra vez?, ¿otra vez?», me decía una voz repetitiva mientras en mi cabeza se proyectaba la predicción en bucle.

VII

IB3356

En muchas ocasiones olvidamos por qué tomamos las decisiones que tomamos, como si fuese una especie de amnesia global que mantiene al ser humano absorto en círculos y bucles que se repiten una y otra vez hasta que pierden el camino. Un piloto automático que en su día alguien activó, pero te acaba llevando a la cocina para abrir la nevera mientras te preguntas por qué y para qué te has levantado del sofá. La pérdida de memoria es arrolladora, en especial con la resolución de esos conflictos que preferimos guardar bajo la alfombra y olvidar que crujen al pasar por ella.

Compro una botella que debe de ser agua bendecida por el mismísimo papa por su absurdo precio y preparo el pasaporte con nerviosismo.

—Pasajeros del vuelo IB3356 con destino Dubái, por favor, diríjanse a la puerta treinta y tres para proceder con el embarque. Gracias.

Automáticamente una marabunta de gente de lo más variopinta crea una fila con tanta velocidad que me obliga a caminar unos metros hasta encontrarme con el final de la misma. «A punto de embarcar, mamá. Te aviso cuando llegue a Dubái». No tardo ni un segundo en recibir respuesta. «*Con sentidiño, filla, con sentidiño*». Inspiro. La hilera avanza rápido y dejo un mensaje a medio escribir para Mariajo y Pedro. Entrego el pasaporte a la recepcionista que comprueba si mi nombre y el billete de esta tremenda gilipollez coinciden. Al mismo tiempo, inclino la cabeza un tanto y mis ojos se fijan en un cartel enorme que conduce a la salida. Siento el impulso de salir corriendo y volver a Santiago con el calor de mis amistades, la precariedad laboral y la seguridad inexistente.

—Señorita..., ¡señorita!

—¿Eh? ¿Sí?

—Su billete y su pasaporte. Puede pasar.

El túnel acristalado me permite ver el avión que apunta directamente hacia aquí. La gente se inquieta, la fila ha perdido velocidad debido a mi impulsividad momentánea. Y en una décima de segundo, cuando escucho la voz en mi interior que me instiga a no salir de mi zona de confort, hay una frase que se atraviesa. «¿Y si encuentras la solución, Amisha?». Solo por la duda y la escasa posibilidad, merece la pena intentarlo.

Cojo el billete y el pasaporte, pido perdón con un gesto y me adentro en el pasadizo gris mientras el sol se cuela por los cristales y aumenta su cruzada para carbonizar a todos los seres humanos en menos de veinte años. Improviso un abanico con el pasaporte y me resigno al evidenciar que, ahora, ya no hay vuelta atrás. Pensaba que no iba a ser capaz, que la chispa de la oportunidad parecía que no iba a prender, que el fuego estaba contenido en mi interior. Bien, resulta que no. Me voy.

Encuentro mi asiento casi al final del avión. Me toca la ventana, algo que me produce cierta ansiedad. Cada vez que necesite ir al baño, tendré que molestar a dos personas más. Y con lo nerviosa que estoy, me van a odiar. Por suerte, solo hay un muchacho joven que se evade del mundo con unos cascos enormes y una tablet. Observo el movimiento de los cochecitos con luces que recorren la pista, las personas con chalecos fluorescentes y el carro con el equipaje. A lo lejos, el sol del mediodía brilla en su máximo esplendor. Me suena el móvil varias veces y decido ponerlo en silencio.

—*Xa embarcado?* —escribe Pedro.

—¡Sí! Perdonad. Ya estoy en mi sitio. —Procedo a mandar un documento gráfico que demuestra que sigo adelante con esta locura—. He estado a punto de salir corriendo, si os soy sincera.

—No me sorprende, pensé que nos ibas a escribir diciendo que volvías a Santiago —añade Mariajo.

—¿Ya te has tomado todas las drogas posibles? —me acusa Pedro.

—¡Oye! No, *carallo*, ni un Zolpidem.

—Esto sí que es un milagro —siguen. Lo cierto es que me he ganado esta reputación a pulso y con motivo a base de tener un arsenal farmacológico de todas las maravillas de la ciencia a las que nos dan acceso el conocimiento y la profesión. Conozco a pocos compañeros que no lleven un depósito de píldoras que respondan a diferentes necesidades, cada cual más improbable. Pero así somos, precavidos o drogadictos, quién sabe.

—Tía, no me puedo creer que te vayas. Es tan loco, ¡en serio! Jamás pensé que ibas a estar metida en ese avión. Me siento orgullosa de ti —responde Mariajo—. Hoy hablaba con la Pedra sobre aquella noche de tu cumpleaños, ¿te acuerdas?

—¡Ja, ja, ja! Como para no acordarme, perras. Madre mía.

—Desde entonces, conociendo el futuro a través de los orgasmos de Amisha, ¡JA! —suelta Pedro.

—Bueno, hace mucho que ya no... —intento aclarar.

—Basta, basta, bastaaa. Esto ya lo hablamos ayer. Se acabó pensar en el problema. Vamos a dar con la solución, nenita, estás en el camino correcto —augura Mariajo.

—Tienes razón. Tengo que poner el móvil en modo avión. Os escribo en Dubái… ¡En Dubái! *OMG*. Estoy cagada.

—*Quen ten cu ten medo*, Amisha. ¡Feliz viaje!

No puedo evitar soltar una sonrisa cada vez que alguien suelta esta maravillosa expresión gallega. «*Quen ten cu ten medo*», que significa «quien tiene culo tiene miedo». Y sí, efectivamente, estoy que en breve voy a tener que salir corriendo al baño porque mis tripas están patentando que el dicho es más cierto de lo que en realidad pensamos.

Me pongo los cascos y escucho la misma canción por decimosexta vez hoy. La banda sonora elegida baña de nostalgia los movimientos automáticos de las azafatas que sonríen como si te dijeran: «Gilipollas, piensas que este cinturón de mierda y la mascarilla de oxígeno te van a salvar si el avión se estrella. Pues… ¡suerte!». Curioso paralelismo con la vida y el círculo vicioso que nos engulle en una zona de confort mal señalada y con las paredes derruidas por la humedad. Por más esfuerzo que pongamos en protegernos, lo que es inevitable pasará. A pesar de que esta sea como una cama mullida para tu cerebro, lo que es evidente es que, si todo se va a la mierda, da igual que estés en tu casa o a trece mil kilómetros de distancia: la hostia te la darás igual.

De todos modos, me abrocho el cinturón de seguridad por si acaso. Al final, esos «por si acasos» son los que me han traído hasta aquí. La posibilidad remota de que esto ocurriera y, fíjate, está sucediendo. Y, aun así, no me lo creo. Estoy metida en un avión que empieza a moverse por la pista con torpeza y dificultad mientras escucho aquella canción que tanto cantamos la noche de mi décimo séptimo cumpleaños empujada por una incógnita vital que no sé si conseguiré descifrar. Al menos, tendré una locura de veinteañera que contar a mis futuros treinta gatos.

—Tripulación, preparados para el despegue.

Aprieto las manos con fuerza en el reposabrazos de plástico gris y aplasto el cuerpo contra el asiento poco mullido que sostiene el peso de mi nerviosismo y desesperación. «Pero qué estoy haciendo, qué estoy haciendo, qué estoy haciendo». Cierro los ojos de forma violenta, tanto que se me instala un dolor absurdo en los párpados y noto un mareo ligero que me induce a la resignación. La vibración del avión me acuna de lado a lado y reproduce con salvajismo un gesto maternal de relajación. A punto de que se caigan los trozos de hojalata que sostienen este invento que no consigo entender, la velocidad se triplica con rapidez y las ruedas se alejan del asfalto. Estamos despegando. Me voy. Abro un ojo con cierto miedo, como si estuviera a punto de ver mi muerte inminente, y me percato de la fuerza de mis falanges. Mis manos adquieren un tono extraño y yo me aferro a ese trozo de asiento como Mufasa al trozo de piedra —un minuto de silencio para el momento más triste de nuestra infancia junto con la muerte de la madre de Bambi.

Una vez encauzado el viaje y con el avión en posición horizontal, despego el cuerpo del tejido grisáceo, rugoso y poco higiénico y analizo mi situación una vez más. Suena de nuevo la canción y sonrío al recordar aquella noche, cuando supe que esto, lo que quiera que sea, no es normal.

VIII

Diciembre, 2011

Aquel diciembre golpeó la ciudad de Santiago e hizo que dudásemos de la resistencia de nuestros paraguas de cromo forrados, como mínimo, con piel de dragón. Sí, todo es muy verde y bonito, pero cuando llueve, llueve de verdad. Un apocalipsis diario a base de tormentas, ráfagas de viento y frío glacial. El clima que te hace dudar de si amamos tanto esta tierra.

Gastar en moda en Galicia es algo que no te recomiendo, sinceramente. Por tu bienestar y tu salud, cómprate unas buenas botas de agua y un buen abrigo, invierte en el paraguas más resistente de la historia y si es necesario, saca del fondo de tu armario el chubasquero que te regaló tu abuela cuando tenías doce años para ir de campamento. Exacto, ese azul flúor con corazones rosas a lo Agatha Ruiz de la Prada. Una horterada.

Créeme que cuando son los juegos del clima en invierno, la morriña te la metes por cualquier orificio corporal. Rezas por ver un rayito de sol, aunque sea a través de las nubes, o para que ese día, si existen los milagros, deje de llover. Suerte si consigues que se cumpla.

El día de mi decimoséptimo cumpleaños salía del instituto y me asusté al ver la Alameda a punto de convertirse en un área de desastre natural. Estaba convencida de que saldríamos en las noticias junto a un reportero con tantas capas que solo se le ven los ojos de «cuatro años de periodismo para esto» dispuesto a salir volando. Responderíamos a esas preguntas absurdas de: «Hace mucho viento y lluvia, ¿verdad?», mientras el huracán arrasa con la parada de bus.

—¡Amisha! ¿Nos vemos mañana? —gritó Mariajo desde el pasillo.

—Sí, no os preocupéis.

—Me sabe fatal que no podamos estar el día de tu cumpleaños, lo siento.

—Ya, ya, no te preocupes.

—¿De verdad?

—Que sí, *muller.*

Me subí al bus y me dirigí a casa. Sabía lo que tal vez podía pasar y si esta vez se hacía realidad, debía investigar sobre el asunto. ¿Acaso era algo que todos los seres humanos tenían? Pensarlo me hacía sentir en paz.

—Dame el abrigo, que lo pongo a secar. Feliz cumpleaños, cariño —celebró mi madre.

—Gracias, mamá.

Comí con tranquilidad un trozo de galleta y me di un baño caliente. Me arreglé un poco pero no tanto, para no levantar sospechas, y bajé las escaleras esperando ese «¡sorpreeesa!». No había nadie.

—Amisha, *filla,* ¿puedes salir a por el pan? No me he acordado.

—Claro.

Caminé un par de calles hasta llegar a la panadería favorita de mi madre y compré una de carral, el preferido de la familia. Volví a casa luchando por preservar la sequedad de la chapata y, cuando estaba a punto de entrar, me detuve. ¿Y si no sucedía lo que esperaba? ¿Y si esta vez, por fin, no he visto el futuro? Inspiré, me llené de un optimismo momentáneo y de esperanza.

Una que se vio truncada con ese «¡sorpreeesa!» que retumbó por las paredes segundos después de cerrar la puerta de madera.

Dudé por un momento en si hacerme la sorprendida y en qué grado. Sorprendida tipo «tiro la barra de pan al suelo y me pongo a llorar mientras expreso mi absoluta humildad a ritmo de: ¡Ay!, que no hacía falta». O tal vez un «choque momentáneo con una cara neutral y próxima sonrisa exagerada». Quizá un poco de «mano en el pecho para evidenciar que casi me infartan los hijos de puta y una carcajada de felicidad al saber que mis amigos han venido por mi cumpleaños».

Lo jodido fue que mi cabeza no pensó tan rápido como yo creía y me quedé con una expresión indiferente al observar el confeti volando, el sombrero torcido de Pedro y el matasuegras apuntando a mi enorme apatía. Mi madre sostenía una tarta de chocolate con un diecisiete encendido esperando a que lo soplase. Una estampa que se congeló en el tiempo hasta que yo no le di al *play* de nuevo. Reaccioné tarde e intenté ocultar mi enorme decepción al saber que, de nuevo, esa imagen postorgasmo se había vuelto a presentar en la realidad. «Tal vez sea normal», y ese pensamiento me reconfortó de nuevo.

—Amisha, cariño, ¿estás bien? —se preocupó mi madre.

—¡Sí! Perdonad, me habéis pillado desprevenida…

—Claro, es una sorpresa —dijo Mariajo.

—Sí, eh… No me lo esperaba para nada, qué bien. Pues muchas gracias, eh, qué bien —titubeé.

—Sopla las velas, anda —ordenó Pedro.

—¿El qué?

—Que soples las velas, Amisha, tía. ¿Qué te pasa? ¿Te han abducido? —bromeó.

—Ah, sí, claro, las velas.

—Pero ¡esperaaa! —gritó Mariajo—. Pide un deseo.

—Sabes que no creo en esas cosas.

—¿No vas a pedir un deseo?

—¿Para qué?

—Para que se cumpla, ¿no?

—¿Así? ¿Tan fácil? Venga ya.

—No pierdes nada.

A todo esto, mi madre no borró la sonrisa ni un momento y siguió cargando con el peso de un pastel, cuyas velas derretidas estaban a punto de mezclarse con el fondant de frutos rojos. Me acerqué a la tarta y miré sus ojos oscuros; ella seguía forzando su saber estar y su maternidad. Sonreí como pude, bajé los párpados y preparé el soplido. En ese transcurso temporal, a punto de sacar mi aliento lleno de bacterias que bañarían el azúcar glasé, tuve un pensamiento fugaz: «Necesito encontrar una respuesta». Y soplé tan fuerte que mi madre se apartó ligeramente por acto reflejo.

—¡Bieeen! ¡Feliz cumpleaños, Amisha!

Nos comimos la tarta en el salón y, pocos minutos más tarde, Mariajo y Pedro hicieron una señal clara para secuestrarme. Se levantaron a la vez, recogieron los platos y le dieron las gracias a mi madre.

—Nada, *riquiños*, gracias a vosotros.

Me cogieron del brazo y me arrastraron escaleras arriba hasta llegar a mi habitación. Acto seguido, cerraron la puerta y dieron paso a la conversación que cambiaría gran parte de mi vida.

—Vale, qué ha pasado. Suelta por esa *boquiña* —dejó ir Mariajo.

—¿Qué?

—Que nos digas qué te pasa, Amisha.

—¿A mí? Nada, ¿por?

—Mira, tía, somos amigas desde hace cuánto..., ¿cinco años?

—Por lo menos —constató Pedro.

—Y te conocemos, joder, no nos intentes engañar. A ti te pasa algo y vas a contárnoslo.

—A ver, creo que... —balbuceé.

—Ahora, Amisha —insistió Mariajo.

Respiré profundamente y dudé en si echarlos de mi casa a patadas o contarles la verdad para sentirme menos loca. Aunque esta última sabía que estaría cargada de preguntas explícitas que no me apetecía afrontar. Aun así, necesitaba escuchar esa respuesta, que me dirían que es normal, que a todo ser humano le pasa, que esto ya lo habían dicho en sus conversaciones sexuales, que soy muy inocente, y que bla, bla, bla.

—Vale, sentaos. Pero antes prometed una cosa.

—¿Qué?

—Que no formaréis un escándalo, que os conozco.

—Ay, madre. ¿Qué has hecho, Amisha? —preguntó preocupada Mariajo.

—Venga, sentaos de una vez.

Pedro y Mariajo se cogieron de las manos e instalaron sus traseros sobre mi cama deshecha. Tenían los ojos redondos y les sobresalían las córneas de las cuencas. Ella apretaba la mano con tanta fuerza que pude ver la expresión de incomodidad de Pedro al aguantar semejante estrujón.

—¡Joder, Amisha! Suéltalo de una puta vez ya, que me cago encima —gritó Pedro.

—Me he masturbado. —Sus caras cambiaron el gesto

y se mantuvieron algunos segundos en *shock*, intentando procesar la información. La repetí de nuevo, anhelando más emociones—. Me he masturbado.

—¿Eso era? —dijo Pedro, algo decepcionado.

—Oye, no me había masturbado hasta ahora. Bueno, ahora, ahora, no… En noviembre.

—¿Te masturbaste en noviembre y nos lo cuentas como si se tratara de un embarazo, Amisha?

—O como si la fueras a palmar —añadió Pedro.

—Bueno, chicos, una necesita su tiempo. Pensé que os iba a sorprender.

—¿Que por fin te tocaras el coño? Pues, hombre, era de esperar —siguió Pedro.

Mariajo le soltó la mano y se acomodó en la cama con una mueca relajada y tranquila, transmitiendo el alivio que sentía.

—Qué susto nos has dado, Amisha, de verdad. Anda, cuéntanos. ¿Qué tal?

—Eso, suelta detalles para recuperarnos de este infarto, perra.

—Bien, supongo.

—¿«Supongo»? —Mariajo y Pedro estallaron de la risa—. ¿Cómo que «supongo»?

—Es que no sé si es normal lo que me pasa, la verdad.

—Uy, calla, que tenemos chisme. ¿Llenas la cama de líquido? —añadió Pedro.

—¿Te masturbas con verduras… o con el peluche? —siguió Mariajo mientras se apartaba de Bubú, mi osito de la infancia.

—¿Has visto porno en el móvil?

—Pero ¿eso es raro? —dijo Mariajo.

—No, tía, no sé. Depende de qué veas, ¿no? —Ella se quedó pensativa y asintió con ligereza al mismo tiempo que se volvía para seguir con el interrogatorio. Decidí ponerle fin.

—No, no y no. No ha pasado nada de eso.

—¿Entonces?

—Joder, no sé cómo deciros esto, la verdad.

—Amisha, no jodas, que me vuelves a asustar. —Mariajo apretó de nuevo la mano de Pedro, quien intentó escabullirse de su inevitable destino.

—Suéltalo así, sin pensar. Contamos hasta tres y lo dices, ¿vale? Vamos allá.

A todo esto, yo seguía de pie dando vueltas por la habitación bajo las atentas miradas de mis amigas. Inspiré profundamente. Si esto era normal, todo quedaría en unas risas con gotitas de pis y una anécdota que recordaríamos cada año hasta el día de nuestra muerte. Pero si no lo era, si en realidad era una puta rarita adoptada que veía el futuro cada vez que se corría... No sé, tal vez me quedaría sola o me llevarían al manicomio. Me pondrían una de esas camisas blancas con un montón de cinturones y me dejarían en una habitación sin cama y sin váter. Socorro.

—Tres...

Era demasiado tarde para recapacitar y salir corriendo. Sabía que me iban a perseguir hasta que les contara la verdad y nada más que la verdad. Eran las personas que más me conocían, no podía mentirles.

—Dos...

Aunque podría decir que todavía no estaba preparada o que, en efecto, sacaba un chorro digno de olimpiada. Pero eso no resolvería la intriga, mis dudas, esos pensamientos internos que me asfixiaban día sí y día también. Necesitaba una respuesta.

—¡Uno!

—¡Creo que veo el futurooo!

No supe calibrar la intensidad del grito entre el nerviosismo, la tensión, la presión y la falta de conocimiento sexual. Fue demasiado alto, demasiado fuerte, demasiado real. Mariajo y Pedro se quedaron transfigurados, como si el cerebro necesitase una actualización justo en ese preciso momento.

—*Filla*, ¿todo bien? —oí la voz de mi madre tras la puerta.

—¡Sí! Estamos jugando, mamá —mentí.

De nuevo, volví a la escena. La carcajada fuerte de Pedro resolvió la tensión ambiental. Mariajo se unió a ella y ambas se quedaron un buen rato que si «ja, ja, ja», que si «ji, ji», que si «ay, me meo», que si «no puedo más». Pero sus rostros volvieron a la preocupación cuando se dieron cuenta de que, en una de esas idas y venidas diafragmáticas, yo no me estaba riendo.

—Amisha, ¿lo estás diciendo en serio? —preguntó Mariajo.

—Ajá.

—Vale, bueno, a ver… Supongamos que es real y no es una broma, ¿cómo sabes que ves el futuro?

—Pero ¿a vosotras no os pasa? —cuestioné.

—¿El qué?

—Ver el futuro. —Mariajo y Pedro se miraron en silencio con un gesto de intranquilidad. Todavía albergaba la esperanza de que esto fuese algo general del ser humano.

—Pues, no, Amisha, no nos pasa —dijo Mariajo a la vez que lo corroboró con Pedro.

Mierda.

—Joder. —Me acomodé en el suelo de la habitación sobre la alfombra de yute que presidía el centro—. Pensaba que era algo que nos pasaba a todos. Ahora soy otra vez la rarita. Bueno, la más rarita en realidad.

—Perdona, Amisha, tía, que estoy un poco en *shock*. ¿Me estás diciendo que cada vez que te masturbas ves el futuro? Pero, tipo, no sé, ¿visiones? ¿Imágenes? ¿Sonidos?

—Estoy flipando ahora mismo —compartió Pedro. Suspiré y dudé unos instantes si seguir con esta conversación. La situación me parecía violenta y estaba bajo los atentos focos de Pedro y Mariajo, las dos únicas personas que sabían lo que hasta ahora había sido mi mayor secreto.

—Tío, me siento rarísima, es como que tengo una presión en el pecho que no me deja respirar.

—Vale, Amisha, túmbate en el suelo —ordenó Mariajo—. Ahora, Amisha.

No tuve más remedio que obedecerla. Coloqué todo mi cuerpo en horizontal; Pedro y Mariajo se tumbaron a mi lado. Ella puso sus manos sobre mi tórax y empezó a realizarme un masaje circular que me alivió muchísimo la falta de oxígeno.

—Vamos a respirar juntas —me dijo, y yo seguí hipnotizada, paso a paso, lo que su voz mandaba. Al cabo de unos minutos, las lágrimas me cayeron por las mejillas; me sorprendieron. En ningún momento pensé en soltar de esta forma la tensión, pero parecía que mi cuerpo lo necesitaba más que nunca.

—Está bien, tía, suéltalo. Estamos a tu lado —susurró Pedro.

No sé cuánto tiempo estuvimos tiradas en el suelo mirando el techo, en silencio. Solo sentí la obligación de continuar contando la verdad en un intento absurdo de enfrentarme a la soledad y de reducir la carga del secreto.

—Todo pasó en noviembre, aquel viernes que no me quedé a nuestra rutina de salseo habitual. Salí lanzada a casa para…, bueno…, ya sabéis. Y después de sentir mi primer orgasmo, sucedió algo. Vi un fogonazo de luz, una especie de túnel circular como con halos y una imagen: eran mis padres anunciando su divorcio. Ese mismo domingo, viví la escena, solo que esta vez era real.

—¿El domingo que viniste a mi casa? —preguntó Mariajo.

—Sí, ese mismo.

—¿Y por qué no dijiste nada?

—Porque en ese momento no le di importancia, pensé que había sido una casualidad. Al cabo de unos días me volví a…, ya sabéis, y otra vez el puto fogonazo de luz, el túnel y la imagen.

—¿Qué viste? —Pedro estaba con los ojos muy abiertos como platos, prestándome total atención.

—Mi suspenso de química.

—¡¿Qué?! —gritó Mariajo.

—Y a la semana siguiente, tenía entre mis manos ese mismo papel con un cuatro con cinco en rojo.

—Hostia, Amisha, mira. —Pedro me muestra sus ojos azules llenos de lágrimas—. Estoy llorando y no entiendo el motivo, esto es superparanormal. Te juro que me voy a mear encima como sigas así.

—¿Te has masturbado más veces? —cuestionó Mariajo.

Me quedé un poco bloqueada por la pregunta. Supongo que fue la vergüenza de no querer dar demasiados detalles de mis orgasmos, pero ya estaba tan metida en mi propia trampa que decidí continuar con la verdad.

—Sí.

—¿Y qué, qué has visto? —añadió Pedro, temblando.

—Pedro, hija, tranquilízate, tío, que no es para tanto —ordenó Mariajo.

—¡¿Que no es para tanto, tía?! Pero ¿qué dices?, o sea, ¿tenemos una amiga vidente y me dices que no es para tanto?

—A ver, eso de vidente... No digas tonterías, anda —corté la conversación.

—¿Ah, no? Entonces ¿qué eres?

El interrogante de Pedro rebotaba en mi cabeza como una pelota de ping-pong, imparable, incuestionable. Tanto él como Mariajo se habían incorporado y estaban sentados esperando mi respuesta. Una que me llevaría a cruzar el mundo diez años más tarde, aunque en aquel entonces no tenía ni idea de todo lo que vendría por delante. Simplemente deseaba ser una persona normal por una vez en la vida. Y, evidentemente, no lo fui.

—¡Pedro, tío, cállate ya! ¿No ves que la estás agobiando, joder? —Mariajo se enfadó con ese temperamento suyo—. Cuéntanos, Amisha, si te apetece. ¿Has visto más cosas?

—Sí.

—¿Quieres compartirlas?

—Sabía lo de la fiesta sorpresa, la vi hace dos semanas.

—¿Qué viste?

—La misma escena del comedor. Mi madre con el pastel, Pedro con el gorro y el matasuegras y tú insistiendo en que pidiese un deseo. Hasta ahí.

—Guau, estoy flipando, chicas, os juro que me meo. —Mariajo ignoró el apretón de brazo que le dio Pedro y siguió con el cuestionario sin inmutarse ni un instante, como una criminóloga a punto de descubrir la identidad del asesino.

—¿Cuánto tiempo suelen durar las visiones?

—No sé, en ese momento no estoy pendiente del reloj.

—Aproximadamente, Amisha.

—Unos segundos, no más.

—¿Y solo se te presenta una imagen?

—Sí, como una fotografía con algo de movimiento y ya.

—Pero ¿escuchas algo? —preguntó Pedro, que realizaba grandes esfuerzos para contener sus emociones.

—Sí, sí hay sonido. Escucho alguna frase, palabra, pregunta...

—¿Y todo lo que has visto hasta ahora se ha cumplido?

—Todo todo..., no.

—¡¿No?! —Ambos se incorporaron todavía más, deseosos de encontrar la llave que revelara este misterio. Mis dudas de si sabotear mi sincericidio se vieron anuladas y lancé toda la verdad y nada más que la verdad por la boca.

—Hay una puerta.

—Ya está, no puedo, chicas. Es que mirad, ¡mirad mis ojos! Estoy llorando, en serio, basta, que me cago encima.

—Dios, Pedro. Vete al baño, coño, pero tranquilízate.

—Mariajo, tía, ¿cómo quieres que me tranquilice con esto? ¿Acaso a ti no te parece sorprendente?

Mariajo me miró de reojo y su gesto expresaba una ligera mueca de lamento, como si en un lugar de su ser sintiese una pena profunda por mí. Supe el motivo, era evidente. La chica adoptada sin tener conocimiento de sus padres biológicos, con un físico exótico —qué rabia me da cuando dicen eso, «exótico»... ¿«Exótico» para quién?—, con dificultades de adaptación social, dos amistades y hasta aquí puedo contar, además de con un castigo sexual que me separa del resto con violencia. «¿Por qué ella?», cuestionaban sus ojos al chocar con los míos. Y yo respondía con la misma vehemencia: «Por qué yo, Mariajo, por qué yo».

—¿Sabes, Pedro? No me sorprende tanto. —Tanto Pedro como yo nos quedamos con la mandíbula descuadrada—. Mi madre me contaba que cuando era pequeña una *meiga* le leyó el futuro y mi abuela se quedó embarazada gracias a un conjuro que le hizo su vecina. Leo el horóscopo caaada semana, estoy aprendiendo a tirar las cartas del tarot y, mirad, siempre llevo una turmalina colgando por si acaso. Te creo, Amisha, porque creo que no sabemos mucho de todas estas cosas, la verdad.

—Tía, no, por favor. No me cuentes nada de esto, que sabes que no lo soporto.

—¿El qué?

—Las tonterías del tarot, del horóscopo… Que no, que no puedo.

—Amisha, ¿te recuerdo que ves el futuro cada vez que te corres?

—Bueno, a ver, que no se ha cumplido todo, joder. Que ni soy vidente, ni soy bruja, ni ninguna gilipollez de esas. Ya sabéis lo que opino de todo esto.

—Bueno, dejemos la conversación aquí porque se huele la tensión, chicas —cortó Pedro.

—Sí, mejor —se sumó Mariajo.

—Pero antes…, cuéntanos sobre la puerta.

—¿Qué puerta? —dije.

—La de tus orgasmos.

—Ah, esa puerta. Es raro.

—¿Por qué? —preguntó Pedro.

—Porque no es como las que tenemos aquí.

—¿Cómo es? —insistió Mariajo. Cerré los ojos para concentrarme en aquella imagen, en sus detalles, en lo que recordaba.

—Es de piedra…, de piedra gris, con unos escalones que dan paso a la entrada.

—¿Y qué más?

—Hace sol, pero está como atardeciendo porque se cuelan unos rayos bajitos de luz. La vegetación es abundante por todos lados. ¿Palmeras? No sé, algo parecido. Y hay algo curioso. Es como si…

—¿Como si qué? —Las lágrimas de Pedro estaban desatadas y caían con fuerza por sus mejillas.

—Como si hubiese dos ¿enanos? de piedra presidiendo la entrada.

—¿Enanos?

—O elefantes, no sé.

—Amisha, de enano a elefante hay bastante diferencia, llámame loco.

—Y llevan paraguas.

—¿Los enanos elefantes llevan paraguas?

—Sí, son unos paraguas pequeños de colores muy bonitos.

—¿La puerta está abierta o cerrada? —Volvió esa Mariajo, fanática de *CSI*.

—Cerrada, sí. Parece de madera con una inscripción.

—Y ¿qué pone?

—No lo leo, no llego a tanto. Pensad que hay mil detalles que se me escapan; las visiones duran lo que dura el orgasmo, o sea, una mierda.

—¿Y las ves nítidas?

—¿A qué te refieres? —respondí.

—Si las ves tal cual, como si estuvieses allí.

—Hombre, no lo veo como os veo ahora mismo, evidentemente. Está todo como difuminado, como si le faltara color, ¿sabéis?, y solo hubiese una capa de niebla que me impide apreciar los detalles.

—¿Hay sonido?

—¿Cómo?

—Si en esa visión hay sonido.

—Sí, un tintineo superrelajante. El sonido de la brisa suave.

—Y ¿nada más? —presionó Mariajo.

—Nada más.

—¿Sabrías decir de dónde es esa puerta? Para buscarla, no sé —sugirió Pedro.

—Ni idea —mentí.

—Buah, chicas, es que voy a ir corriendo al baño porque creo que se me han escapado dos gotitas de pis, en serio. Madre mía, no puedo más.

—¡Tira, anda! —Estallaron las risas y el ambiente se tornó familiar, acogedor, sin ningún tipo de juicio.

Pedro salió corriendo por la puerta mientras se desabrochaba con desesperación el botón del tejano y se bajaba los pantalones por el pasillo. Mariajo me miró de nuevo con esa empatía suya tan mágica, tan dulce. Me incorporé de la sesión improvisada de psicoanálisis y me abracé a ella, soltando todo el peso de mi cuerpo y de mi carga sobre sus brazos, que me sostuvieron con facilidad.

—Amisha, ¿y si tal vez...?

—No, Mariajo, ni la más remota posibilidad —corté su teoría. No estaba preparada para escucharla, ni tan siquiera para aceptar lo que me sucedía.

—Vale, no insisto más. Solo quiero que sepas una cosa.

—Qué.

—Y prométeme que no lo olvidarás, por favor.

—Vale. Qué.

—¿Me lo prometes?

—Pero antes dime qué tengo que prometerte.

—Cuando lo necesites, Amisha, aquí estoy a tu lado. No te cierres en ti. Promételo, por favor.

—Lo intentaré.

—No, tía, promételo.

Suspiré con vehemencia. Ella estaba esperando este coleteo final propio de mi orgullo y de mi resistencia mental. Me sacudió el cuerpo con un simple apretón de sus brazos que contorneaban mi tórax, y se me escapó un ruido extraño fruto de la compresión. Pero a pesar del bloqueo que experimenté, había algo en mí que me hizo sentir menos sola, como si al compartir aquel secreto todo se tornara más normal. Tal vez no era lo que esperaba y, obviamente, hubiese matado por respuestas afirmativas como: «¡Claro, Amisha! A todos nos pasa» y unas fuertes carcajadas. «¿No lo sabías? Pero ¿dónde estabas cuando lo explicaron en aquel taller de sexo?», y venga a partirnos el ojete. Sin embargo, aunque tenía más preguntas que antes, entre los brazos de Mariajo no podían atropellarme. Era mi lugar de seguridad mental donde jamás me sentía sola, ni rara, ni loca.

La abracé con más ímpetu al rodearla con mis brazos y apretar su carne contra mis huesos. Ella apoyó la cabeza sobre mi melena negra, que estaba enmarañada con la goma del pelo. Hubo un pequeño soplo que movió ligeramente mi moño deshecho. No me presionó para escuchar mi respuesta; dejó que la encontrara en mi corazón. En ese instante, me separé de ella y la miré frente a frente. Tenía los ojos algo vidriosos debido a las lágrimas que, otra vez, se habían presentado sin avisar. Me chupé el dedo meñique, ella hizo lo mismo, y entrelazamos nuestras falanges en el mayor acto de compromiso que el ser humano haya creado jamás.

—Te lo prometo.

Mariajo sonrió y, acto seguido, Pedro abrió la puerta a la vez que se abrochaba el cinturón.

—Chicas, he tenido diarrea y todo, ¿eh? Madre mía. Bueno, ¿y ahora qué?

IX

Próximo destino

Me despierto sobresaltada al notar un pequeño golpe en la base del avión. Abro los ojos y casi se me sale el corazón por la boca. Me asomo por la ventana; hay unas luces a mi alrededor. Acabamos de aterrizar en el aeropuerto de Dubái.

En ese preciso instante, todo el personal se ajetrea. El sonido de los móviles se convierte en la banda sonora del lugar y yo todavía intento mantener la respiración estable para bajar las pulsaciones, aunque mis esfuerzos sean en vano.

Miro la hora, son las nueve de la noche en Madrid, pero todavía no se ha actualizado el cambio horario. Pauso la tercera película, esa que me había inducido en el profundo sueño fruto del aburrimiento más apabullante. ¿Cuánto tiempo llevo dormida? Dos horas. Me aclaro la voz con los tres dedos de agua que quedan en la botella y me pongo en la boca un chicle de menta. Vuelvo la cabeza hacia la ventana y contemplo la oscuridad de la medianoche que tiñe el cielo del desierto. No me puedo creer que esté en Dubái, y me parece que ya va siendo hora de hacerme a la idea.

La marabunta de gente se levanta a pesar de las indicaciones por megafonía de hacer justamente lo contrario. Se apresuran a sacar sus maletas y a bloquear el paso al resto del personal. Pocas cosas hay en el mundo que me den tanta rabia. Tras unos minutos, se inicia el flujo de movimiento y se despejan los pasillos. Con total calma, saco mi mochila pequeña y pienso en el bulto de cuarenta litros que espero, con todo mi corazón, que lo metan en el otro avión, ese que despega en un par de horas.

Me apresuro por el pasillo grisáceo y salgo a una sala que me da la bienvenida en árabe al país que pisaré durante ese breve espacio de tiempo. Intento localizar el cartel para los vuelos enlazados. Me resulta fácil: todo está señalizado para novatas como yo. Recorro el interior de esta nave cargada de lujo, con coches de alta gama expuestos a la vista de todos los pasajeros, collares de oro cuyo precio ni tan siquiera cabe en la etiqueta diminuta o los grandes escaparates de lencería cuyas bragas podrían suponer la paga mensual de mi paro. Hay algo absolutamente absurdo en la opulencia, y es el alardeo social. De nada sirve que te compres un reloj que te cuesta como un coche de gama media si no se lo puedes mostrar al de al lado.

Para mi sorpresa, hay gente dentro de esas tiendas, lo cual significa que se lo pueden permitir. Eso induce a mi cabeza en un estado de *shock* momentáneo mientras realizo con esfuerzo un cálculo mental sobre posibles profesiones, cuentas bancarias y *sugar daddies*. La riqueza de las castas queda patente. El lujo aeroportuario choca de frente con los mochileros que, como yo, nos arrastramos en busca de nuestro próximo destino. El estilismo de supervivencia compuesto por un moño a punto de perder el pulso contra la gravedad, unos pantalones de tela finos y deshilachados que compré en el mercadillo antes de venir, una sudadera atada a la cintura y una camiseta de manga corta básica con la mancha de la pasta rancia que sirven en el avión.

Nadie se sorprende, nadie te observa, nadie te juzga. Parte de la esencia de este lugar es el contraste entre seres que dudarías que fuesen de la misma especie. Todo tipo de pieles, formas, culturas, creencias... se unen en un mismo espacio y tiempo con algo en común: intentar encontrar dónde cojones se encuentra el siguiente vuelo.

Me planto delante de la pantalla kilométrica y repaso uno a uno todos los destinos mundiales. Veo el mío, puerta B45. Localizada. Por suerte, estoy cerca. Compro una botella de agua y unas chocolatinas. Me registro para obtener el wifi fugaz que regala el aeropuerto como señal de su enooorme generosidad. Oh, gracias, guau. Detallo en el grupo mi situación junto con las coordenadas de mi cansancio y mi impaciencia por llegar. Lo mismo hago con la familia.

No espero demasiado el embarque; enseguida me encuentro de nuevo en una fila dinámica con mi pasaporte en la mano y el billete de mi destino final. Aunque esta vez sí, algo profundo se mueve en mi interior: un puñetazo que sacude mi pecho y lo bloquea. Me cuesta respirar al leer las mismas letras amarillas con el fondo negro. Estoy a siete mil kilómetros más cerca de encontrar una posible respuesta. O al menos, de intentarlo.

Entrego la documentación, la azafata me sonríe. Siento un *déjà vu* al cruzar la pasarela gris y acristalada. Dios mío, qué cojones estoy haciendo, madre mía. Con el pulso temblando y a un Zolpidem de distancia, me acomodo en el asiento. De nuevo, ventana, pero esta vez la distribución es distinta y solo tendré que molestar a un hombre de negocios serio y afligido que se cuestionará su desgraciada vida a golpe de minibotellas de whisky hasta quedarse frito.

Aviso por WhatsApp a todas las personas responsables, en parte, de mi locura sobre el embarque del último vuelo hasta «la isla». Me abrocho el cinturón, vuelvo a plantearme que si el avión se estrella, de nada servirá esta mierda de nailon gris, y me dispongo a buscar una película romántica absurda que me evada del nerviosismo que acabará con mi vida de un momento a otro. Me arrepiento de haber tomado esta decisión y la pereza se instala como copiloto. Planteo todo el recorrido hasta llegar a ese lugar. El papeleo burocrático, la mochila, el taxi, la dirección, el ambiente desconocido, el idioma, el clima, el cansancio, el hambre, la ansiedad, la prisa por adaptarme, el jodido *jet lag*, y podría seguir y seguir. Bah, da igual.

La pasividad del avión en las distancias cortas se hace eterna. Me pongo los auriculares correctamente, tomo un trago de agua, me abrigo con las trescientas capas posibles ante la criogenización inmediata y observo el despegue por la ventana. No veo demasiado a mi alrededor, tan solo un montón de luces que cada vez se vuelven más y más pequeñas, más y más lejanas. Una lágrima diminuta cae ante un pensamiento interno, algo oculto, del cual no podría decir su localización exacta, pero sí su evidente presencia. La vuelta a mi lugar de nacimiento se presenta en bucle como una voz desgastada que toma forma a medida que avanzan los kilómetros. Y tras recorrer casi toda Asia, atravesar montañas y mares, tragarme dos películas horribles y perder la batalla contra el sueño, me despierto con la luz del sol apuntando directamente en mi cara. Lejos de bajar la ventanilla, observo el paisaje con emoción, con familiaridad, con un cierto parentesco al encontrarme con la tierra que me dio la vida. Encuentro el terreno que se pierde ante un mar calmado que baña sus recovecos, la linde desigual que delimita la tan aclamada isla de la felicidad cuya magia ha sido descrita en tantos libros, aventuras, películas y canciones. La vegetación abundante despierta ante el día y mi asombro me deja petrificada en el asiento sin poder introducir ni un mililitro de oxígeno en mis pulmones.

Y, en este momento, sé que todas mis preguntas nacen y mueren en un solo lugar: en esta isla circular que se presenta ante mis pies con ganas de darme la bienvenida otra vez.

Otra vez en ti, Bali.

X

Julio, 2013

Aquella mañana me desperté con algo de resaca por la noche anterior. Mariajo me empujaba con fuerza hacia el borde de su cama y Pedro dormía en la supletoria a escasos centímetros de nosotras. Hice un esfuerzo sobrehumano para alcanzar la botella de agua que se encontraba en la mesita de noche, la misma que evitaría mi deshidratación inminente. Entre tanto movimiento, se despertó Pedro.

—¿Amisha?

—¡Chisss! Sigue durmiendo —susurré.

—Pero ¿qué hora es?

Buena pregunta. Me acerqué al móvil, que se encontraba en la mesita de noche, a punto de quedarse sin batería. Eran las doce y media.

—Son las doce y media.

—Hostia, qué tarde. ¿Queda agua?

—No, pero espera, voy al baño y lleno la botella.

Me arrastré por la cama hasta la esquina inferior y pegué un brinco cuya vibración me provocó un dolor de cabeza horrible. ¿Tanto bebí la noche anterior? En bragas y con una camiseta que me había prestado Mariajo, me metí en su cuarto de baño. Saludé a su hermano, que se paseaba en gayumbos por la casa. «Buenos días», y su correspondiente respuesta con sonrisa incluida: «Buenos días,

Amisha». Me quedé observando su figura durante unos segundos. Acto seguido, abrí la puerta y me metí en la cama.

—¿Qué hora es? —susurró Mariajo.

—Las doce y media —dijimos al unísono Pedro y yo.

—Joder, qué tarde. ¿A qué hora nos acostamos ayer?

—No sé, ¿a las cuatro? ¿Cinco? —dudé.

—Uf, ¿hay agua?

—Sí, toma. —Le acerqué el agua fresca a Mariajo, que bebió como si su vida estuviera en juego—. Por cierto, tu hermano...

—¿Qué? —Me miró con cierto odio, a la espera de mi respuesta para lanzar su temperamento a pasear.

—Que, guau... —Busqué una mirada cómplice con Pedro y este afirmó de forma energética con unas sacudidas de cabeza.

—Tía, no me toques el coño de buena mañana —escupió Mariajo.

—¿Pooor? —pregunté risueña con esa sonrisa algo pillina.

—Porque no, tía, que es mi hermano.

—¿Y? Si está buenísimo, ¿o no? —Volví la cabeza hacia Pedro y Mariajo disparó otra inspección ocular hacia él. Después de un buen ataque de risa nerviosa, Pedro tosió para aclararse la voz resacosa.

—Está buenísimo, nena, lo siento. Es la verdad —añadió, cómplice de mi detector de belleza.

—Qué asco —masculló Mariajo.

—Pero lo tienes que ver de forma objetiva. Objetivamente, tu hermano está buenísimo.

—Pero es mi hermano.

—¿Y? ¿Decir que está buenísimo ya es incesto? —comentó Pedro.

Las risas fueron cortas y escasas, el dolor de cabeza era

demasiado fuerte como para seguir con esa sacudida cerebral.

—Bueno, va, ¿tenéis hambre? —preguntó Mariajo.

—Muchísima.

—¿Pedimos unas pizzas?

—¿Del Bocca?

—¡Dios! Sí, por favor.

Bajamos al comedor como pudimos y volvimos a coincidir con su hermano, Anxo, en la cocina. Se unió a nosotras y comimos unas pizzas deliciosas que nos dejaron atrapadas en el sofá frente al televisor. No tardamos demasiado en volver a quedarnos fritas, baba colgando incluida, en una siesta que se nos fue de las manos.

—Mariajo, ¿vais a ir a la catedral esta noche? —susurró Anxo.

—Eh, sí... ¿Qué hora es?

—Son las siete.

—¡¿Qué dices?!

El grito de Mariajo nos despertó de golpe. Cuando vimos la hora, salí corriendo para casa para poder ducharme y cambiarme. Las fiestas del Apóstol son así, *non stop* de planes y borracheras. Esa noche era la pirotecnia en la catedral, uno de los eventos más importantes del año. Lo cual significa una plaza abarrotadísima de gente y la lucha por encontrar el mejor sitio de todos.

Me puse una falda de vuelo estampada y mi camiseta de tirantes favorita. Me até las sandalias planas estilo romano y me dejé la melena al aire, ignorando la enorme tentación de hacerme mi moño clásico. Me maquillé ligeramente las pestañas y el interior de los ojos. Le di un toque cálido a las mejillas y me puse un poco de cacao en los labios. Mariajo y Pedro llamaron al interfono; salí corriendo.

Nos tomamos unas cervezas cerca de la catedral, bien

apretados en los bares que ya empezaban a notar el aforo de unas fiestas compartidas con los gallegos y con los peregrinos de todo el mundo. Cogimos un par de latas para beberlas durante el espectáculo. Y justo cuando estábamos llegando a la marabunta de personas que se aglomeraban para encontrar el mejor sitio, me choqué con él.

—¡Amisha! Pero bueno, qué bien verte.

—¿Xoel? ¿Qué haces aquí?

—He perdido a mis amigos y estaba solo. No me cogen ni el móvil. ¿Y tú? ¿Vienes sola?

—¡No! Están aquí Mariajo y Pedro. —Ambas se asomaron y le dieron dos besos a Xoel, además de un codazo directo a mis cosquillas de propina en señal de «lánzate de una puta vez después de tantos años».

—Pues... ¿os importa si me uno? —Xoel me miró con esos ojos verdes que tan loca me volvían y no pude contener la risa de imbécil que me dejó sin palabras.

—¡Claro, vente! —gritó Mariajo, percatándose de mi atontamiento.

Nos fuimos colando hasta una posición bastante céntrica y esperamos unos minutos hasta que la música empezó a sonar. Brindé con Xoel y, al choque de nuestras latas, se unió el de nuestras pupilas. Un pellizco en el pecho me dejó momentáneamente sin respiración y bajé la mirada queriendo cazar una sonrisa nerviosa que se escapaba por mis comisuras. Salió mal, Xoel se dio cuenta y volvió a mirar el espectáculo, algo inquieto. A partir de ahí, le dieron por culo a los fuegos artificiales y me dediqué durante veinte minutos a tontear con él. Nos lanzábamos miradas furtivas que se mezclaban con risas, algunos apretones en el brazo fruto de la emoción luminosa y musical, y un cuerpo a cuerpo bien pegado a pesar del calor que hacía entre tantas personas.

Cuando acabó, esperamos a que todo el mundo saliese del lugar y seguimos contándonos qué había sido de nuestra vida tras el instituto. Pedro y Mariajo se fueron apartando con disimulo para dejarnos una intimidad que no habíamos solicitado, pero que pedíamos a gritos. Jamás había hablado tanto tiempo con él; de hecho, siempre había creído que era invisible ante sus ojazos. Pero resultó no ser así.

—¿Y qué va a estudiar el futbolista de la clase? —bromeé.

—Ja, ja, ja, este futbolista ya se ha cansado de ir tras el balón. Empiezo la carrera para ser maestro de educación infantil en Madrid, ¿qué te parece?

—¿En serio? Sorprendente, la verdad. Y en Madrid además.

—¿Por qué?

—Jamás pensé que te gustaran los niños.

—¿No? Vaya, qué poco nos conocemos, Amisha.

—Casi ni nos dirigimos la palabra en el instituto…, salvo algunos insultos, ya sabes, lo típico.

—Ya, lo siento por eso, aquellos tipos eran unos gilipollas.

—Pues sí, pero bueno, yo tenía a Mariajo como escudo.

—¡Menudo carácter! —añadió Xoel.

—Claro, ¿qué iba a hacer? ¿Dejar que día sí y día también le gritarais «gorda» a todas horas?

—Fui un gilipollas por no pararles los pies a mis amigos —se disculpó.

—¿Por qué te fuiste del Rosalía? Me sorprendió que no hicieras el bachillerato allí.

—Mi madre quiso que me rodeara de otra gente y me matriculó en otro instituto. Me cabreé mucho al principio, pero ahora lo agradezco. Oye, ¿y tú?

—¿Yo qué?

—¿Qué vas a hacer ahora?

—Empiezo Farmacia en septiembre.

—¿Farmacia? ¿Y eso?

—No sé, por descarte, supongo.

—¿Has visto la facultad? Dicen que debajo hay un sótano con cadáveres.

—Eso dicen.

—¿Es verdad? —insistió.

—Pues no sé, cuando empiece te cuento si la leyenda es cierta. Pero vaya, el edificio es una ruina, se cae a pedazos. Todo es como de los años setenta, lamentable.

—¿Y Mariajo y Pedro?

—Pues Mariajo sigue con el sueño de ser diseñadora de moda, así que empieza la carrera en EASD o algo así. Y Pedro, Filosofía.

—¡¿Filosofía?! —se sorprendió Xocl.

—Sí, surrealista.

—¡Eso sí que es sorprendente!

—Él quiere ser actor, pero sus padres insisten en que estudie una carrera. Y ha escogido la que tiene menos salidas de la historia.

Cuando nos quisimos dar cuenta, estábamos solos. Ni rastro de mis amigos ni de los suyos, que le habían llamado varias veces al móvil y que él ignoró. El ambiente era divertido y relajado al mismo tiempo y, aunque mi nerviosismo seguía presente en todo momento, intenté que se notara lo menos posible.

—Nos hemos quedado solos —observó.

—Joder, ¿en serio? ¿Dónde se han ido? —Me hice la preocupada, pero sabía la estrategia que habían seguido para dejarnos a solas. Al fin y al cabo, eran conocedores del gran amor de mi infancia.

—Y ¿qué hacemos?

—¿Qué te apetece? —volví a preguntar.

Xoel sonrío con lentitud y sus dientes blancos y perfectos brillaron en la oscuridad medieval de Santiago. Entre las paredes de piedra grisácea y las cálidas farolas, habíamos perdido el sentido de la orientación y, a pesar de que conocía bien esas calles, no sabía dónde estábamos.

—Pues… me apetece seguir hablando contigo, la verdad. Estoy muy bien, no sé. ¿Tú estás bien?

—¿Yo? —No había estado tan jodidamente bien en mi vida—. Sí, bien, estoy bien. Si quieres, compramos algo para comer y nos sentamos en algún banco.

Compramos unos bocadillos y unas latas en el bar de la esquina y nos fuimos caminando hasta dar con una pequeña plaza. La gente iba y venía algo borracha por las avenidas festivas de la ciudad. Mientras, nosotros seguimos hablando del instituto, de los salseos parejiles, de lo mucho que le fascinaba el cine y del odio que sentía por las redes sociales que empezaban a pegar fuerte por aquella época.

Tras varias horas, miré el móvil. Leí un mensaje de Mariajo y Pedro: «Aprovecha, perra, y líate con él de una veeez». Yo sonreí y sacudí la cabeza de lado a lado. Pensé que Xoel no estaba mirando, pero me equivoqué.

—¿De qué te ríes así? —Se hizo el loco.

—¿Yo? De nada, ¿por? —contesté, nerviosa.

—¿Son tus amigos?

—Sí.

—Y ¿por qué no les contestas? —insistió.

—¿Por qué no contestas tú a los tuyos? —repliqué.

—Supongo que por el mismo motivo que tú.

—¿Ah, sí? ¿Y cuál se supone que es? —insinué.

—Que estamos muy bien juntos, ¿no?

Se quedó mirándome fijamente a los ojos y el pellizco

del pecho ya no era un simple pinchazo, sino que se convirtió más bien en un bofetón cardiaco que casi me lleva a la tumba. Pero al mismo tiempo, el efecto mariposa llegó hasta mi entrepierna, donde se instaló una palpitación tan estimulante, tan excitante, que no podía contenerla. Cerré más las piernas y apreté los muslos, uno contra el otro, para aliviar un tanto ese calor. Bajé la mirada otra vez; era imposible pasar varios segundos contemplando ese abismo verdoso. Y sonreí, sonreí como una gilipollas y procedí a beber cerveza, la poca que quedaba. Él suspiró y el bufido de su respiración aumentó la onda expansiva de su sonrisa. Me llegó su aroma, ese perfume clásico de preuniversitario que en aquel entonces me volvió realmente loca.

Xoel era un chico decidido y experimentado, o eso deduje tras la extensa conversación sobre sus líos y los míos. Más allá de un par de morreos en el parque con un compañero de bachillerato, mi sexualidad se había visto reducida a pajas y visiones que, a veces, compartía con mis amigos. Lo que en su día fue algo tan extraño, ahora lo vivíamos como una particularidad más, como quien tiene una peca en el labio y hace gracia cuando te fijas en ella.

Pasó su brazo por encima de mis hombros desnudos y me acurrucó contra su cuerpo, un gesto de galantería aprendido en las películas románticas. Yo no tenía frío, pero me hice la destemplada para provocar un contacto más físico. Y lo conseguí. Me apoyé en su pecho en una postura incomodísima que forzaba mis lumbares y cervicales, pero aguanté como una contorsionista con tal de respirar su olor un poquito más cerca. Xoel me acarició la cabeza con calma y nos quedamos en silencio, mientras cada vez veíamos a menos gente a nuestro alrededor.

—¿Te puedo decir algo? —me preguntó.

—Claro, dime.

—Me fijé en ti desde el primer día, Amisha.

—¿Cuando me tiraste el bocadillo dices? —bromeé.

—Ese fue Roi, yo simplemente fui a buscar la pelota y bueno, ahí estabas tú.

—Mi pobre bocadillo, joder, todavía me duele.

—Entiendo que vas a hacer como si no me hubieses escuchado... Vale.

—Te he escuchado.

—Y ¿no vas a decir nada?

—¿Hay algo que deba decir? —insistí.

—No, nada. Lo que tú quieras.

Dudé unos instantes en si contarle la verdad, que mi primera masturbación fue gracias a su presencia y que tenía unas ganas tremendas de besarle desde hacía años. Sin embargo, me puse tan nerviosa que no encontraba las palabras adecuadas para hacer de este momento soñado uno memorable.

—Eeeh, bueno, no sé, yo también me fijé en ti.

—¿En serio?

—¿Te haces el sorprendido? —Aparté la cabeza de su pecho y lo miré con un gran gesto entre el desconcierto y la seducción. Mi cabello lacio y negro caía por mi cara y no lo aparté, sabía que me daba cierto salvajismo.

—Ja, ja, ja, ¡no! ¿Por?

—¿Nunca te diste cuenta?

—¿De qué, Amisha?

—De que me gustabas.

—Créeme que no... Habría sido muy distinto. —Xoel me apartó el cabello que impedía el contacto de nuestros ojos y lo colocó delicadamente detrás de mi oreja, al mismo tiempo que sonreía con sutileza.

—¿El qué?

—Todo.

Y ese «todo» se magnificó en un eco placentero que alimentó mi casi incontrolable excitación. Xoel siguió clavándome la mirada y se acercó un poco más. Yo me quedé petrificada, sin mover ni un solo milímetro de mi cuerpo. De nuevo, sonrió y soltó un bufido, su gran estrategia de seducción que, joder, funcionaba de puta madre, y me empezó a acariciar el hombro.

—¿Y ahora?

—¿Ahora qué? —añadí como pude.

—¿Ahora te gusto, Amisha?

Tragué saliva con vigor y me llené los pulmones, que estaban experimentando una apnea por excitación. Me dispuse a disfrutar de aquel momento que tantas tantas tantas veces había soñado, a pesar de llevar tiempo sin verle. Era la escena que había recreado incluso en otras eras, porque ya no me quedaban más posibilidades en esta.

—¿Y yo a ti?

—¿Vas a contestarme siempre con una pregunta? —respondió.

—Tal vez.

—Sí, Amisha, me sigues gustando.

Todo parecía un sueño erótico del cual no quería despertar. Tras cinco años prendida de su atractivo evidente, por fin —POR FIN— lo tenía delante de mis narices, a punto de besarnos. Quise dilatar ese momento al máximo, guardar cada detalle de lo que podría ser el deseo más profundo de mi adolescencia. Me mojé los labios para ofrecerles un extra de hidratación ante el beso inminente y me dediqué a saborear la frase que precedería ese contacto carnal.

—Tú a mí también.

Xoel deslizó sus ojos a mis labios y se acercó con mucha paciencia. Mi respiración se hizo más y más frenética, el ritmo de mi corazón estaba a punto de despegar y me temblaban las piernas. Sonreí rápidamente y volví a mi posición inicial en un acto reflejo de querer estar preparada para lo que era evidente. Pero justo en ese puto instante, escuchamos una voz.

—¡Hijo de putaaa! Llevamos buscándote toda la noche, cabrón.

Él volvió la cabeza y me miró de reojo. Eran sus amigos, a los que había intentado darles esquinazo todo el rato.

—Pero mira quién está aquí, *bro*. Amisha, hostia cuánto tiempo. Qué cambiada estás —dijo Roi.

—Hola, Roi, cuánto tiempo, sí. ¿Qué tal estás?

—Fumado, tía, ja, ja, ja. ¿Quieres una calada?

—No, gracias, no me apetece ahora.

—Oye, ¿hemos interrumpido algo? —Xoel estuvo a punto de contestar a esa pregunta, pero me adelanté.

—No, no, tranqui.

—Pues venga, vámonos un ratiño a casa del Mosto, que está con los del insti. Así nos encontramos todos, ¿eh? ¿Qué? ¿Vamos?

—Venga.

Me levanté del banco y Xoel se hizo el remolón. No entendí mi interés en ir a casa de ese imbécil que me había hecho la vida imposible durante años; supongo que necesitaba salir de una escena que me tenía muerta de miedo. Sus amigos caminaron dándose empujones y gritando como monos en la madrugada de Santiago. No eran los únicos, el bullicio seguía presente en todas las esquinas. A Xoel parecía que le pesaran las piernas, poco a poco fue ralentizando el paso y yo me adapté a su velocidad. No tenía más remedio, me seguía rodeando los hombros con el brazo.

Me mantuve callada sin saber qué decir. Notaba que Xoel me lanzaba miradas cómplices que decidí ignorar. Estaba nerviosa y enfadada con la situación. Tal vez esa oportunidad nunca se repetiría, tal vez es lo más cerca que estaría de sus labios. Cuando miré al frente, sus amigos se desdibujaban en el horizonte. En ese momento, noté un tirón en el brazo y volví bruscamente la cabeza. Todo pasó en unos poquísimos segundos y la inercia del movimiento me adentró en un hueco diminuto, oscuro y fresco. El panorama había cambiado drásticamente. De golpe, estaba frente a él, entre dos paredes enormes cuya distancia era más bien escasa. Apoyé la espalda en la roca áspera y desigual; el tacto de la historia rozaba mi piel, que quedaba más o menos protegida por mi melena. Santiago tiene estas cosas, está llena de atajos y callejones oscuros y ocultos que son el picadero de los residentes si conocen bien su ubicación.

—¿Qué pasa? —susurré.

—Tenemos algo pendiente.

—¿Cómo?

Aún se escapaban las sílabas de mi boca cuando Xoel me cogió de la nuca y me aplastó contra él, fundiéndonos en un beso de película que me mojó las bragas en tiempo récord. No tuvo prisa, se limitó a recrearse con mi lengua y mi saliva. A la vez, apretaba mi melena en sus manos provocando una ligera tensión que me resultó muy erótica. Su jadeo patentó lo que era indiscutible y su entrepierna contra la mía lo corroboró. La excitación nos invadió a ambos y, aunque en un principio me quedé petrificada, pude soltar el bloqueo y rendirme a lo que llevaba deseando toda la noche —y toda la adolescencia—. Mis manos atrajeron más su cuerpo contra el mío, y él resopló con más violencia. Aparté mi riñonera, que se interponía entre nuestros cuerpos, e inicié un vaivén de caderas en busca de un frote más intenso contra las suyas. Me cogió del culo con fuerza y rebotamos contra la pared varias veces, fruto de la tensión creada en un instante.

—Joder, Amisha —susurró.

—¿Qué?

—Me vuelves loco.

Sus manos me recorrían la espalda, las nalgas, el abdomen y se recreaban con mi pecho. Yo hacía lo mismo, seguía sus movimientos intentando adivinar cómo cojones se hacían estas cosas con las que me sentía tan novata. Le levanté la camiseta y noté sus abdominales y su torso fuerte, algo desarrollado, debido al deporte que practicaba. No había mucha diferencia de altura, lo cual favoreció que nuestras entrepiernas se encontraran entre capas y capas de ropa. Me sentí mojada, más que nunca, y lancé un par de gemidos bajitos para no despertar la sospecha de los chavales que caminaban por la avenida principal. Era prácticamente imposible que alguien nos viera, a no ser que buscaran el mismo rincón para hacer lo mismo que nosotros.

Xoel me acarició la pierna y me apretó los muslos. Subió poco a poco por mi piel hasta que la falda de vuelo ocultó sus intenciones. Envolvió mis caderas con ambas manos y estrujó mi culo con desesperación. En ese momento, se me escaparon unas palabras tan impropias de mí que me pillaron desprevenida.

—No puedo más, por favor, no aguanto más.

Él se acercó con calma a mi entrepierna y rozó con la yema de sus dedos el charco que albergaba mi ropa interior. Se separó unos centímetros de mi cuerpo y me miró con unos ojos totalmente transformados.

—Estás mojadísima.

Me limité a mover la cabeza arriba y abajo confirmando la obviedad. Él me rodeó el cuerpo con su brazo y, con la mano sobrante, me apartó las bragas hasta tocar mi clítoris. Lancé un jadeo que me obligó a taparme la boca y me abandoné ante el placer inmenso. Las idas y venidas de mis caderas patentaron el desarrollo de mi deseo incuestionable. Él aumentó progresivamente el ritmo y la intensidad, y mi respiración se hizo tan perceptible que perdí cualquier posibilidad de calmarla o frenarla. Estaba en un bucle circular que solo me obligaba a abrirme más, mostrarme más, soltarme más. Xoel se ayudó de mis fluidos para llevarme hasta el primer éxtasis compartido. Los gemidos se resbalaron por mi garganta y entreabrí los ojos para intentar guardar alguna imagen del momento, pero me resultó imposible. El corazón se me disparó, me flaquearon las piernas y mi cuerpo se expandió entre sus manos al mismo tiempo que sentí la sacudida de un orgasmo tan potente que hizo impactar mi espalda contra la piedra rugosa.

Acto seguido un fogonazo de luz, el túnel circular y una imagen, aunque está vez algo distinta. Vi a Xoel jugando al fútbol por la noche y, tras un mal gesto, se cayó al suelo y se retorcía de dolor a la vez que apretaba con fuerza su tobillo derecho. La borrosidad de la fotografía me resultaba familiar, al igual que todo el procedimiento para llegar hasta ella. Pero la escena ¿era mi futuro? ¿Yo estaba allí?

—¿Estás bien? —susurró Xoel.

—¿Eh? Sí..., ¿por?

—Estabas como ida, tenías los ojos en blanco y te habías quedado inmóvil por un instante.

—¿En serio? —Me di cuenta de que era la primera vez que alguien me veía en esa situación—. Es que... ha sido muy intenso, *carallo*.

—¿Te ha gustado?

—Muchísimo.

Xoel me abrazó y yo me vi tentada de regalarle lo mismo, un buen magreo en la entrepierna. Él me frenó.

—En otro momento, ahora voy un poco chispo.

—Queda pendiente.

Aquella noche, Xoel me acompañó a casa y me besó suavemente en el portal. Había una tensión magnética que me excitaba cada vez que lo sentía cerca y que, durante unos instantes, me evadía de mis rarezas.

Así empezó mi primer noviazgo lleno de iniciaciones, llamadas de madrugada, visitas fugaces y noches en vela. Lo que desconocía es que también implicaría la secuela de esta puta maldición.

XI

Nama saya Bali

Tras el papeleo burocrático de visados y sellos en el pasaporte, cojo mi mochila enorme y me arrastro por el aeropuerto algo desorientada. Me hago una tarjeta SIM para tener un número local, saco algo de dinero en efectivo y me lavo un poco las axilas, la cara y los dientes. Mi higiene es casi tan precaria como mi situación, y no quiero llegar a mi destino final en un estado lamentable.

La bienvenida aeroportuaria es algo curiosa. Hacen unos esfuerzos increíbles para contener todo un país o una región en un intento absurdo de mostrarte lo mejor de sí mismos, como cuando vas a conocer a tus suegros y decides acrecentar tus virtudes y pintar de colores tus defectos. Allá por donde mire, está lleno de pedazos diminutos de arquitectura local, objetos clásicos como prueba irrefutable de que, efectivamente, estuviste allí; o el cambio drástico de rasgos y formas de las personas que te esperan con una sonrisa y listos para ofrecerte sus servicios y facilitarte la vida.

Me dirijo a la puerta de salida al mismo tiempo que me entremezclo con un montón de personas distintas que sujetan carteles, móviles o trozos de papel con nombres desconocidos. Busco dónde encontrar un taxi para enseñarle la dirección y regatear el precio. En cuanto pongo un pie en la calle, la humedad me impacta en la cara, sin piedad. Un clima tropical inesperado para el cual no estoy preparada psicológicamente y, muchísimo menos, acostumbrada. Siento que me cuesta respirar fruto de la ansiedad, la contaminación y el bochorno. Por un segundo, tengo la sensación de que no conseguiré aguantar ni un día en esta isla, de que todo esto ha sido una tremenda gilipollez y de que no tardaré tanto en volver a casa. Dos meses en Bali es demasiado, ¿en qué coño estaba pensando?

En ese instante, levanto la mirada y veo unas letras enormes que presiden la entrada al aeropuerto. «Bali», en rojo, por si en algún momento te has olvidado dónde estás.

—¡Taxi! ¡Taxi! —gritan varios hombres que esperan pacientes. Me dirijo a uno de ellos que automáticamente me habla en indonesio. Niego con la cabeza y mi expresión señala que no entiendo una mierda. Obvio dar explicaciones sobre mi apariencia y mi nulo conocimiento del lenguaje. Él cambia al inglés—. ¿Necesitas un taxi?

—Ajá. —Le enseño la dirección en el móvil y él asiente con la cabeza. Especifico un poco más, por si acaso—. *Fivelements retreat.*

—Sí, sí, conozco. Por favor, señorita, ven conmigo.

Decido seguir a este hombre bajito, musculoso y con las típicas gafas deportivas, cuyos cristales reflectantes te hacen sentir que estás hablando con una extensión de ti misma. Sonríe con amabilidad al mismo tiempo que me ayuda con mi pesada mochila y la mete con cuidado en el maletero. Se mueve con rapidez, a un ritmo que no decae en ningún momento. Se ajusta el polo ancho gris y le comenta algo a sus compañeros, que se ríen fuerte. No entiendo una mierda, decido sonreír y meterme en el asiento trasero.

El tráfico en Bali es algo caótico, con grandes atascos, un sinfín de motos por todos lados y una humareda negra que sale de la mayoría de los tubos de escape. El verdor de la naturaleza se ve destrozado por un asfalto en mal estado que me lleva a pegarme unas buenas hostias contra la ventana. Las casas son bajitas, de una sola planta, y en casi todas hay un puesto de venta. Una forma de ganarse la vida con todo tipo de servicios, desde vender ropa hasta *snacks* o gasolina embotellada.

La ausencia de aceras es algo que me impacta; la gran mayoría de las personas caminan al borde de la carretera o por pasillos diminutos que te mantienen con plena atención hacia cualquier tipo de boquete que eche a perder tu tobillo. A medida que avanzamos y nos alejamos de la capital, Denpasar, las carreteras se estrechan, las motos nos adelantan sin demasiado apego a la vida y el caos se hace mucho más patente al igual que la naturaleza, que ya empieza a envolvernos. Y, poco a poco, esa magnitud de cemento, contaminación y anarquía se ve sustituida por los primeros templos. Puertas de piedra oscura, con sus detalles barrocos que apuntan al cielo y unos tejados cuyo único cometido es coronar su entrada con impotencia. Puertas idénticas a las que vi en aquella visión recurrente. Mi ansiedad se dispara al percatarme de que será realmente difícil encontrar ese lugar.

Los cables de las luces se entrelazan creando geometrías encima de nuestras cabezas y, sin duda, se llevan el protagonismo en los barrios más deshabitados y minúsculos. Es imposible evitarlas, están por todas partes, surcando los cielos en busca de conexiones entre pósteres de madera. Apenas hay señales de tráfico y, por lo que veo, hay que conducir con instinto. Detener ligeramente el coche en algunas intersecciones y apretar el culo en todo caso. O más bien, en todo momento. Los balineses son personas altamente religiosas y no me extraña; para jugarte así la vida en la carretera, ya puedes rezar a los dioses. Camionetas asalvajadas que adelantan sin controlar la distancia de seguridad, motos con familias enteras en lo alto, poquísimos coches de alta gama que se creen los reyes de la isla, algunas bicicletas cochambrosas con cestas enormes, la cosecha del día en una 49cc a punto de rodar sobre el asfalto y, en los lugares menos poblados, los perros que se rascan las pulgas a medio centímetro de nuestro taxi.

Las distancias parecen cortas en Bali, pero es todo un espejismo: no te puedes guiar por los kilómetros, sino más bien por el tiempo. El retiro no está muy lejos del aeropuerto, concretamente en Ubud, una zona que se encuentra a unos treinta kilómetros. Sin embargo, llevamos más de una hora zigzagueando por las callejuelas que cada vez se cierran más y más. Aunque sea de forma lenta, el paisaje cambia progresivamente y se empiezan a atisbar los primeros arrozales que siembran campos y campos verdosos allá por donde dirija la mirada. Un verdegal que contrasta con las paredes grisáceas de las casas y los techos anaranjados. Todo ello mezclado con un cielo que se nubla en cuestión de minutos y genera un fondo desaturado donde el color resalta más. La luz se apaga sigilosamente y cuando miro la hora, me sorprende que a partir de las cinco de la tarde atardezca, sin aviso, sin avance progresivo, sin evolución; como si alguien tuviera un interruptor que, clic, ya induce el ambiente a la noche oscura.

El taxista gira a la izquierda y entra en una calle estrecha que, sorpresa, es de doble sentido. Y ahora sí, los arbustos ganan territorio y salvajismo, tanto que en algunos casos las ramas rozan la carrocería del coche. Frente a ese inicio selvático se encuentran algunas casas protegidas por una muralla sombría que delimita el espacio. Sobre ella se sostienen algunos pilares con elementos decorativos que hacen de la arquitectura balinesa algo sagrado a simple vista. Esquivamos a los niños que salen del colegio y que pasean en uniforme por la carretera, ya que de nuevo hay una ausencia completa de cualquier tipo de aceras; aquí la calle es de todos: gallinas, perros, niños, familias, ancianos, bicicletas, motos, coches, camionetas, camiones, autobuses… Todos coexisten en paz y serenidad a pesar de las imprudencias de tráfico que se cometen una y otra vez.

—Es aquí —anuncia el taxista, y señala orgulloso una puerta impresionante con un cartel que llevaba varios metros mostrándonos el camino.

Efectivamente, ese paseo de asfalto se acaba en la construcción monumental que se presenta ante mis narices. Abro los ojos en señal de asombro y me quedo en *shock* sentada en el mullido asiento y sin poder abrir la puerta. El taxista, a todo esto, ya se ha bajado, ha cogido mi equipaje y se dispone a dejarlo en el interior del recinto, donde un chico con otra sonrisa enorme se dirige hacia nosotros. Caen las primeras gotas que anuncian el otro interruptor, el que activa la tormenta tropical.

Sin dudarlo ni un segundo, el taxista apoya las gafas en su alopecia incipiente y me abre la puerta.

—¿Estás bien? —me dice en inglés, algo preocupado. Esta situación me hace reaccionar apresurada en un intento absurdo de recuperar el tiempo perdido. Salgo corriendo del interior del coche y, justo cuando estoy a punto de irme, de nuevo, me para—. Señorita, perdona, son trescientas mil rupias.

Mierda, que no le he pagado.

Cuento rápidamente el dinero y se lo entrego, a lo que él lo guarda en su riñonera y desaparece en el horizonte. Mi mochila espera apoyada en una columna de madera natural y, junto a ella, el recepcionista.

—*Selamat malam* —dice, y me hace el clásico saludo *namasté* que imito por primera vez. Su sonrisa es alucinante, la expone sin ningún tipo de miedo ni freno. Coge mi mochila con una sola mano y la lleva hasta recepción. No tengo demasiado tiempo para admirar este lugar, prefiero estar atenta y despierta a todo el trámite burocrático, que todavía no ha acabado.

Recorro un pequeño camino de piedras rodeadas de una hierba rebelde que decide salir en los lugares más remotos. Esto me induce una pequeña morriña y un recuerdo fugaz me atropella los pensamientos. Es —y será— la primera de muchas nostalgias hacia mi tierra, Santiago. Cruzo un puente de madera que pasa por encima de un riachuelo y me adentro en un espacio enorme con un tejado pajizo e iluminado con un gusto exquisito. Las luces son cálidas, parecen pequeñas velas que caen del techo escondidas en cualquier esquina. El recepcionista me espera frente al ordenador.

—Soy Amisha, de WorkAway.

Vale, breve inciso. No sé si conoces WorkAway, es la solución a todas las jóvenes precarias que queremos viajar por el mundo pero tenemos pocos euros para hacerlo. Es una página web que pone en contacto a personas que necesitan ayuda en sus negocios o servicios y a otras que quieren gastar el mínimo dinero posible durante el viaje. De lo que se trata es de trabajar unas horas al día a cambio de alojamiento, comida o, a veces, algo de dinero.

—Amishaaa —grita con efusividad—. Encantado conocerte. Mi español no bueno, pero yo intento.

—Hablas muy bien —añado.

—Espera un momento. Yo buscar Kalinda, ¿OK?

—OK.

—Aquí bebida bienvenida.

Me sirvo un vaso de una bebida fresca de pepino y limón. Si algo tienen en común los *healthy* maniacos y los fiesteros, son los ingredientes del gin-tonic. La obsesión por los granos de pimienta, los trozos de pepino y el limón es algo digno de estudio antropológico. Abrocho uno de los ganchos de mi mochila que está a punto de saltar por los aires y cojo el móvil para avisar que estoy en el retiro. Yo, Amisha, en un retiro espiritual, en Bali. El chiste se cuenta solo.

—Hola, Amisha, querida. Pues qué gusto conocerla.

—Escucho una voz sensual con un acento latino que me hace torcer rápidamente el cuello. Y allí está ella, Kalinda.

Sé que puede parecer muy de película, pero sí, me atraganto con la puta bebida sin ginebra de bienvenida con tan solo verla de lejos. No es una mujer alta, más bien de tamaño compacto, con un cuerpo atlético fruto del yoga. Su piel es oscura, pero dorada, y algunos tatuajes geométricos le salpican los brazos. Tiene unos labios gruesos y una mirada rasgada, con una cara que parece esculpida por Miguel Ángel durante su mayor revelación. Unas cejas frondosas hacen que su expresión gane fuerza y se aleje de una cara angelical. Más bien estoy ante una guerrera amazónica que se recoge las rastas negras que caen por la cara y las acomoda en un nido enorme que se sostiene de forma dudosa sobre su cráneo.

—¿Kalinda? —pregunto, algo perpleja.

—Sí, aquí presente. ¿Cómo estuvo el viaje?

—Largo.

—Ya imagino. Debes de estar bien cansada. Permite que hagamos el formulario juntas y te muestro tu habitación, pues.

Los pantalones finos y deportivos combinan a la perfección con un sujetador que constriñe sus pechos contra el torso. Ese debe de ser su *look*, estilo profesora de yoga buenorra que, por cosas de la vida, ha acabado dando clases en Bali. A todo esto, las gotas inocentes de lluvia se han convertido en el diluvio universal y me pilla algo desprevenida. Jamás pensé que se desatase tanta violencia en cuestión de minutos.

—Vienes para dos meses, ¿ve?

—Sí.

—Como venimos platicando, Amisha, necesitamos a alguien que ayude en sala y en redes sociales. Él es Wayan, nuestro recepcionista. A veces está él y en ocasiones está otro compañero, que también se llama Wayan.

—¿Los dos se llaman igual?

—En realidad mucha gente se llama así en Bali. Mirá ve, es por el orden de nacimiento. Wayan hace referencia a que es el primer hijo. Normalmente tienen un segundo nombre que usan cuando hay otros que se llaman igual en la sala.

—Espera, no lo entiendo. Significa que cada primer hijo lo nombran de la misma forma, ¿es así?

—Así es. Wayan es el primero; Made, el segundo; Nyoman, el tercero, y Ketut, el cuarto. En realidad, él es Wayan Sume, y nuestro otro compañero, Wayan Salek. Pero pocas veces coinciden, así que puedes llamarles Wayan a ambos.

—Vaya, curioso. Perfecto.

—Sí, no te apures, ahora descansa. Mañana platicamos sobre tus tareas y las condiciones. Mirá ve, solo necesito que me regales una firma para checar que estás acá y que aceptas el trabajo.

Kalinda me da un bolígrafo e imprime un montón de papeles que decido no leer. Echo una ojeada a las condiciones y son las mismas que se recogían en nuestros emails. Firmo el contrato e inspiro profundamente. Ella se da cuenta.

—¿Todo chévere?

—Sí, bueno, algo nerviosa.

—Normal, Amisha, son demasiadas horas de viaje. Acompáñame, te enseñaré tu habitación. —Abre un pequeño armario a sus espaldas donde hay varias llaves colgadas. Decidida, coge una de ellas y me sonríe—. ¿Lista?

—Supongo.

Me acomodo la enorme mochila sobre un hombro y camino tras Kalinda, que lucha con sus chanclas. Antes de dar un paso y adentrarnos en medio del diluvio, se da la vuelta con un sobresalto y coge un paraguas enorme de una paragüera que espera paciente para salvarnos el culo.

—La habitación por acá cerca, pero con esta lluvia será un horror. Ven conmigo, Amisha.

Me acomodo bajo el paraguas bien cerca de ella y caminamos coordinadas bajo la tormenta que no parece menguar. Recorremos un camino de piedra con varias casitas de bambú a nuestro alrededor. Aunque la oscuridad y la lluvia me dificulten ver la totalidad del lugar, es evidente que me encuentro en el puto paraíso terrenal.

—Acá a tu izquierda está el restaurante. Esta noche la cena es a partir de las siete hasta las diez. Las personas que trabajamos en el retiro tenemos un menú cerrado que, mirá ve, está delicioso.

El lugar es enorme y mantiene el estilo arquitectónico original, esas paredes de caña perfectamente alineadas con un techo de paja más bien decorativo que cubre la madera. Las luces son cálidas y en cada mesa hay velitas; al fondo, hay una barra gigantesca llena de bebidas alcohólicas. Me sorprende encontrar una en un retiro espiritual, o tal vez no. Por algo también se les llama bebidas espirituosas, ¿no?

—¿De qué parte de España eres? —pregunta Kalinda.

—De Santiago de Compostela en Gal...

—¡Ah! ¡Gallega! Me encanta tu tierra, tan hermosa.

—¿Has estado en España?

—Sí, estuve viviendo allá varios años. De hecho, mi acento es un poco extraño, ve, una mezcla de español algo alocada. Todavía mantengo algunas expresiones de mi tierra, pero me acostumbré a hablar como una española. Y ahora, mirá ve, no paro de decir «¡joder!» y «¡hostia!».

—¿De dónde eres?

—Soy de Cali, en Colombia, ¿lo conoces?

—Conozco la ciudad, pero nunca he estado.

—¡Ah! Deberías, Amisha, es conocida como la capital mundial de la salsa. ¿Te gusta bailar?

—Eh, bueno, yo...

—Ay, ya, ya paro, yo tan chismosa, Amisha. Me hace tremenda ilusión que estés acá, y tendremos mucho tiempo para platicar. Esta es tu habitación, la número siete. Tus llaves. —Pongo la mano y Kalinda las deposita en ella con suavidad—. Y lo que gustes, Amisha, estoy para ti, ¿oís?

—Gracias, Kalinda. Me has dado una bienvenida maravillosa.

—Ah, ya, listo. Nada que agradecer. Te dejo el paraguas.

—Pero tú te vas a... —Y, antes de acabar la frase, veo a Kalinda corriendo bajo la lluvia con una torpeza propia de calzar unas chanclas.

—¡No te apureees! —grita a lo lejos.

Me quedo con el mochilón que me resiente ligeramente la espalda, el otro bulto algo más reducido colgando de mi hombro izquierdo, y un paraguas enorme que me protege del diluvio. La brisa es fresca, demasiado para mi camiseta de tirantes, aunque se mantiene el calor propio de la zona. La noche es oscura y noto el *jet lag* arrastrándome a la cama. Introduzco con paciencia la llave en la cerradura y abro la puerta de bambú. Me seco bien las botas en la entrada y dejo el paraguas apoyado en la puerta. En cuanto enciendo las luces, mi equipaje cae rendido al suelo, asombrado de tanta belleza.

—Pero qué...

La respiración se me entrecorta y exudo el síndrome de Stendhal por cada poro de mi piel. Lo primero que impresiona son los techos elevados, tan altos que me producen un ligero mareo y un poco de desconfianza. A saber qué bichos albergan esas vigas de caña. Acto seguido me fijo en la cama *king size* envuelta con una mosquitera diáfana. El blancor de las sábanas contrasta con un pequeño *plaid* bordado con unos estampados típicos balineses que protege la parte inferior. A los pies de esta, hay un banco de madera diminuto que servirá a la perfección como colector de desorden y ropa sucia.

Toda la zona de descanso está frente a unos ventanales amplios desde donde se puede ver la selva y, en este caso, la lluvia golpear fuertemente sobre ellos. En cuanto me acerco, me doy cuenta de que se trata de un balcón con bastante altura y un río que cruza a sus pies. Una mesita y un par de sillas le hacen frente al temporal. Decido posponer la investigación del exterior para mañana, albergando la esperanza de que ojalá el tiempo me dé un respiro. Sigo con el interior de la habitación y abro un armario, también de bambú, con unas cuantas perchas y dos estanterías. Y frente a él, un puf redondo con una lámpara de pie, el lugar perfecto para leer tranquilamente cada noche. Noto la ausencia de televisión y me parece lógico; si te gastas tremendo pastizal en venir a este retiro, como para quedarte viendo Netflix. Vamos, no jodas.

La única puerta que separa las estancias es la del baño. Sin duda es lo que más me impacta de mi nueva residencia. El baño tiene dos zonas: una protegida con un techo de madera, donde se encuentra el váter, el lavabo, un espejo enorme y varias estanterías, y otra a la intemperie, delimitada por un muro de piedras apiladas y una ducha sencilla. Y digo sencilla porque literalmente solo tiene un palo de madera y la grifería correspondiente. Nada más. Me pongo nerviosa al pensar que cada vez que quiera ir a cagar —y en dos meses serán unas cuantas— lo tendré que hacer con la mitad del espacio al aire libre acompañada de bichos, monos, mosquitos y demás compañeros de baño. *Merda.*

Deshago la mochila y coloco la ropa en el armario sin atender a las emociones que emergen en mi interior. No soy una persona especialmente ordenada, pero me gusta sentar una estructura para, días más tarde, acabar mandándolo todo a la mierda y vivir en el mayor desastre humanitario. Cuelgo los vestidos, pantalones, tops, bañadores... y ese bodi negro de encaje. ¡¿Ese bodi negro de encaje?! ¿Qué hace esto aquí? Envío una foto al grupo y Pedro manda un audio riéndose como un loco, una risa que evoluciona a un ataque de tos. «¡Nunca se sabeee, perra!», grita al final. Me roban una sonrisa y el vacío se acomoda también en mi interior.

Guardo las maletas en el altillo del armario y me quedo de pie, sola, en mitad de la habitación. Observo la lluvia que sigue repiqueteando en la ventana con violencia y los árboles en la lejanía, iluminados brevemente por la luz de mi dormitorio, que soportan los impactos de las gotas sobre sus hojas y ramas. Y ahí, en ese instante, me derrumbo. Lanzo un sollozo ahogado y las lágrimas brotan por mis mejillas hasta caer al suelo en un suicidio emocional desolador. Me cubro la cara con las manos y ahogo el llanto con miedo, calibrando la intensidad de la descarga para evitar que se escuche en la distancia de este silencio que se vuelve incómodo.

Los intestinos se me enredan en el centro de mi vientre como los cables de unos auriculares que dejas con inocencia al fondo de tu bolso y que serán el entretenimiento de tus próximas dos horas de rompecabezas laberíntico. «En qué momento ha pasado esto», y pasa, vaya si pasa. Pasa cada vez que olvidas cosas en el vacío, cuando pospones hacerle frente a ese reclamo insolente que golpea contra tu frente. Y yo confío que la vida encontrará la solución por mí, que todo se resolverá por un golpe de magia, así; flash, pum, chas, y listo.

Siento ser pesada —si estuviera Mariajo aquí, me diría: «No digas esooo, no eres pesada», pero no está—, no sé qué hago aquí y te lo digo con sinceridad. Seguramente te hayas encontrado en algún momento con una situación así, esa que diseñas con inocencia en tu mente, te parece una buenísima idea y crees que nunca se cumplirá, pero haces pequeños tanteos y esfuerzos para que suceda. Y entre «bah» y «ya veremos», te encuentras con eso que parecía imposible y resulta que sí, que ha salido adelante y no solo eso, sino que está pasando, en presente. Subrayado y en negrita. **En presente**.

Así estoy yo, de ahí que sea tan pesada con el «no me lo creo» y el «qué hago aquí» o, perdón, corrijo: «qué *collóns* hago aquí» —mejor así, más énfasis—. Supongo que no he tenido tiempo de digerir este enredo de bilis y tripas, que todo ha sido una sucesión de catástrofes omitidas que te estallan en la cara o de actos impulsivos de una desesperada que quiere enviarlo todo a la mierda y sin miedo a perder porque ya no tiene nada que perder. Me regocijo en el vacío que sostiene el desconocimiento y la angustia de ver cómo pasan los años, cómo se desarrollan las escenas y cómo, lejos de encontrar una respuesta, me entierro en preguntas. Preguntas cuya única posibilidad de borrar el interrogante se encuentra aquí, en Bali, a trece mil kilómetros de distancia y una locura de por medio.

Pero ¿qué harías tú?, dime. ¿Qué harías si cada vez que el éxtasis invadiera tu cuerpo, se presentara una visión que interrumpiera tus contracciones? ¿Qué harías si hubieses visto cosas que quisieras evitar y no supieses cómo? ¿Qué harías si vieras algo que te traumatizase tanto que decidieras que ya no más?, que no, que se acabó. Claro, obvio, acabarías prisionera de esas dudas y frenarías los orgasmos a base de castración y frustración por miedo, por pánico, por terror. Y ¿qué harías si te dijeran que debes volver a tus raíces para resolver el acertijo?

Evidentemente, volverías a ellas.

XII

Febrero, 2014

El frío de aquella primera semana de febrero no fue normal. Durante todo el invierno dejé a un lado cualquier impulso estético y me limité a dar rienda suelta a mi instinto de supervivencia climática. Capas y capas que me protegían ligeramente del frío criogénico que reinaba en la facultad —por decir algo— de Farmacia.

El cambio académico fue impactante en realidad. Venía de un instituto precioso frente al parque más famoso de todo Santiago, un monumento histórico de piedra caliza con una entrada triunfal y unos grandes ventanales arqueados tan propios de la región y, de repente, estaba en un lugar cochambroso que se caía a pedazos, con una fachada a medio pavimentar, pintarrajeado con mensajes a veces políticos, a veces absurdos y con tal cantidad de polvo y mierda que parecía un manicomio antiguo antes que una puta facultad. Imagina el estado de semejante edificio que, cuando llegué, pensaba que estaba desahuciado.

Pero lo más vergonzoso era caminar por todo el campus buscando dónde te habían asignado tu clase del día, como si fuésemos unos estudiantes marginados que piden un refugio digno. Algunas clases se daban dentro de la facultad a punto de venirse abajo, y otras, casi la gran mayoría, en otros espacios mucho más cuidados y modernos.

Nuestros laboratorios parecían sacados directamente de los años setenta o, al menos, el material databa de esa época. Se caían pedazos de las paredes por el exceso de humedad, las rejillas de hierro estaban oxidadas y ese suelo porcelánico había soportado demasiados pies para poder contarlo.

A todo esto, debo añadir la famosa leyenda que todo universitario —aunque creo que aplica a la gran mayoría de los jóvenes gallegos— conoce sobre este lugar. Tal y como me contó Xoel la noche de nuestro primer beso, dicen que existe un sótano con una piscina de cadáveres, aunque muchos sitúan ese lugar en la facultad de Medicina —lógico—. Y unos pocos, como Xoel, afirman que, en realidad, ese famoso sótano existe en casi todas las grandes universidades de España. Donde sí tienen un problemita con los cuerpos es en la Universidad Complutense de Madrid, con más de doscientos cincuenta muertos que no saben ni dónde meter. Esto me dejó petrificada, la verdad, donar tu cuerpo a la ciencia y acabar siendo Míster Potato flotando en una piscina de formol. Prometedor.

Lo bueno —buenísimo, fabuloso, espectacular— que tuvo la época universitaria fue compartir piso con Mariajo y Pedro, algo que jamás pensé que se haría realidad. Al inicio de nuestros respectivos grados, conseguimos ahorrar dinero para pagar una fianza y entrar en un piso sencillo y algo derruido en pleno casco antiguo. Pude dejar atrás el ping-pong que tenía con mis padres divorciados y que me estresaba desde hacía años: que si ahora un piso, que si ahora otro. Se acabó.

El alquiler era barato, mis padres me ayudaron con sus ahorros durante los primeros meses y, al final, cuando cumplí la mayoría de edad —la mierda de nacer en diciembre—, me dediqué a poner copas los fines de semana en el

Momo. Evidentemente, no era el trabajo de mi vida, pero pagaba las facturas y me podía pegar un buen atracón de palomitas y cócteles, en especial, el peregrino, la mayor mierda que puedas meterte en el estómago endulzada por Blue Tropic o por un saborizante de kiwi. Escoge tu propia desgracia intestinal.

La semana de exámenes iba a ser bastante estresante. Por ese motivo, pedí un sábado de descanso para poder prepararme bien los finales que se presentaban por delante. Lo que no sabía era que, ese sábado, sería el peor de todo el invierno, con una tormenta que nos tuvo sin luz durante horas, a la penumbra de una vela y con doble calcetín. El aire golpeaba nuestros ventanales, algo muy típico en Santiago, sí, pero créeme que no tanto. Aquella noche tuve miedo de que uno de los cuadrantes se rompiera y se fuese a tomar por culo el poco calor que habíamos generado con nuestros alientos de estudiantes precarios, vestidos con todas las sudaderas y batines del armario, y varias velas de Ikea.

Hacía grandes esfuerzos para estudiar bajo una llama que se movía por la ligera brisa que se colaba entre las rendijas de la ventana antigua al mismo tiempo que guardaba las manos en las mangas para proteger a toda costa mi temperatura corporal. Pedro y Mariajo estaban en sus habitaciones, también estudiando como locas en el último empujón del semestre.

—¿Amisha?

—¿Sí? ¡Pasa, pasa!

—Tía, no puedo más. Mátame. —Era Pedro, cansado de estudiar todo el día. Tenía los ojos rojos y el pelo tan despeinado que me sorprendió. Se tiró boca abajo encima de mi cama y se quedó inmóvil en un intento de desaparecer.

—Yo tampoco. Estoy de la física y de la legislación hasta

el coño. Además, no veo una mierda con la vela, me cuesta muchísimo leer las cosas.

—Estoy igual —dijo Mariajo, que venía a unirse a nuestra habitación improvisada—. Me estoy peleando con patronaje y con historia del arte. Qué locura.

—Chicas, yo no puedo estudiar más, lo digo en serio —insistió Pedro.

—¿Y qué propones?

—¿Yo? Cenar algo, abrir una botella de vino y metérmela por el culo, así te lo digo.

—Podemos cenar pizzas.

—¿Cómo vamos a hacerlas, chocho, si el horno no funciona? ¡Que no hay luz!

—Ay, joder, no había caído. Espera, entonces ¿el congelador? —advirtió Mariajo.

—¿Qué pasa?

—¡Que los helados se van a estropear! —gritó.

—Pues ya tenemos cena —añadí—. Vino y helado, ¿qué os parece? Abrimos unas bolsas de patatas que tenemos en el armario y listos.

—La chef Amisha al rescate. Venga, vamos al comedor, por favor. No quiero ver ni un libro más —soltó Mariajo.

Cogí mi manta mullida y la puse en el sofá. Encendimos varias velas por la estancia mientras Pedro se peleaba para abrir el vino. Una vez conseguido, fue a por tres vasos y las patatas, y yo le ayudé con los helados del congelador, los cuales no habían sufrido ningún cambio en su estructura molecular y seguían tan duros como siempre. Algo lógico con el frío que hacía en casa.

—Ay, ay, ay, que se nos rompe la ventana —soltó Pedro.

—Qué miedo de noche, ¿eh?

—Calla, calla, aquí hay que beber. Así entraremos en

calor. Y si morimos, pues al menos moriremos borrachas —prosiguió.

Me senté en el sofá, abrí las patatas y dejé las tres cucharas sobre la mesa para acabar con el arsenal de porquerías que guardábamos en el piso. Mariajo se puso a mi lado, arropada hasta el cuello, y Pedro la siguió. Teníamos los vasos de vino rancio por debajo de la manta y solo sacábamos las manos para atrapar una patata.

—Quién nos iba a decir que esta noche tendríamos cita romántica —añadió Pedro—. Con velitas y todo, chicas, qué detallazo, por favor. No hacía falta.

—La precariedad, amiga.

Puse algo de música en el altavoz bluetooth y bebimos como locas para superar aquella situación lo antes posible. Poco a poco fuimos entrando en calor, acompañadas por el perreo, los nachos y la segunda botella de vino.

—Pedro, ¿quieres que la abra yo?

—No, perra, tengo que aprender, si no, ¿cómo voy a tener una noche pasional con Rodolfo?

—¿Rodolfo? Pero ese quién es, ¿tu perro?

—¡¿Qué dices, loca?! Rodolfo es el del garito del otro día, ¿no te acuerdas?

—¿Quién se llama Rodolfo en 2014?

—Pues este chico, maja, ¿qué pasa? ¿No os gusta el nombre?

—Para un perro, sí.

—Mira, si yo me tengo que poner a cuatro patas y hacerle «guau, guau» a Rodolfo, ya tardo, cari.

Estallaron las risas por todo el salón, sumergidas en la penumbra de una noche atípica en la ciudad. Pedro se puso de pie con el vaso en la mano, un batín de señora atado a la cintura y un gorro de lana que se había puesto para que no fuese evidente que llevaba el pelo desaliñado. Mariajo se había enfundado un mono de Stitch, con una cremallera enorme en el centro y una pequeña rendija que le permitía mear sin quitarse el disfraz completo. Se había puesto la capucha con unas orejitas azuladas que caían hacia los lados. Su media melena fucsia le sobresalía alrededor de la cara mientras se peleaba para colocarse un mechón detrás de la oreja y que no le molestase al beber. Yo seguía debajo de la manta con los pies recogidos, doble calcetín, un jersey, sudadera, mallas térmicas y una bufanda que me rodeaba, con exageración, el cuello.

—¡Eh, eh, eh! «Hoy es nocheee de seeexo» —cantó Pedro mientras se colocaba en cuadrupedia y caminaba por el comedor esquivando las velas que gobernaban todas las esquinas.

—Míralo, ya está practicando, el *riquiño* —señaló Mariajo.

—Oye, Pedra, ¿cuándo quedarás con Rodolfo?

—Pues no sé, chica, cuando nos volvamos a ver.

—¿No tienes su número?

—Qué va, tía, fue una noche de pasión en el baño del Momo y ya. Pero me casaré con él, vamos, es el destino.

—¿Cómo te vas a casar con él si no tienes ni su WhatsApp?

—Chica, pues ya me lo encontraré por el pueblo, que no vivimos en Nueva York, ¿me entiendes?

—¿Y qué le dirás? —preguntó Mariajo. A todo esto, yo me mantenía hecha un ovillo como mera observadora de los acontecimientos, algo ebria debido al vino que se empezaba a subir a la cabeza.

—Pues le diré: «¿Te acuerdas de mí?». —Acto seguido, Pedro se comió una polla imaginaria haciendo mímica con las manos y con la boca. El vino me salió por los orificios de la nariz y busqué desesperadamente una servilleta encima de la mesa.

—Pero, gilipollas, no hagas el *pailán* mientras estoy bebiendo —dije.

—Ah, bueno, disculpe, señorita, a la próxima me espero a que trague usted ese sorbo de vino. Que, por cierto, ¿cómo vais?

—Un poco secas.

—¿Abro otra?

—¡¿Otra?! —grité.

—¡Otraaa! —añadió Pedro mientras se paseaba en la oscuridad de la casa a por la siguiente. Esta vez la abrió con más facilidad y nos guiñó el ojo—. Ya soy toda una experrrta en vinoteca.

—¿Vinoteca? Creo que esa no es la palabra —comenté.

—¿No? A ver, qué significa, dime.

—Una vinoteca es un lugar para guardar el vino, ¿no? —Miré a Mariajo para confirmar mi definición de diccionario. Ella asintió.

—¿Y yo qué soy? ¿Acaso no soy un lugar donde estoy guardando el vino? Porque ya llevo unas cuantas.

—Ja, ja, ja, Pedro, siempre le das la vuelta a todo, tío, qué capacidad.

—¿Sabes a quién le voy a dar la vuelta?

—¿A quién? —pregunté con cero intriga porque conocía la respuesta de lejos.

—A Rodolfo —se adelantó Mariajo. Automáticamente, Pedro le tiró el gorro de lana y se quedó con el pelo rubio algo grasiento, alborotado y caótico al aire.

—Pero ¡cállate, perra! Que ese chiste era mío.

Entre las botellas de vino y los bailes improvisados de un Pedro cada vez más borracho, no nos dimos cuenta de la ausencia de luz ni de la tormenta que seguía mojando las calles de Santiago. Cantábamos y reíamos en nuestro pequeño refugio que tantas veces habíamos soñado, que tanto habíamos deseado y que, por fin, existía.

Mariajo se levantó y empezó a liar un porro con algo de hierba que quedaba en la caja de mimbre del salón. A mí el vino me tenía la cabeza algo ida y con la risa fácil. En cuanto le pegué un par de caladas, entré en un estado de máxima relajación, buen rollo y sincronicidad. Era una hierba fresca, sin mezclar con tabaco, que me llenó la boca de un sabor herbáceo agradable hasta que me ardió la garganta y empecé a toser sin control. En ese instante, me sonó el móvil varias veces y, entre carraspeo y carraspeo, avancé para comprobar quién era. Y era Xoel.

Abrí la conversación. Me había enviado una foto, muy concreta y específica, que cambiaría el rumbo de mi maldición o, al menos, le añadiría un toque extra.

—No puede ser —dije.

—¿Qué pasa? —preguntó Mariajo al mismo tiempo que se acercaba a mí.

—Es Xoel.

—¿Y qué le pasa? —prosiguió.

—Se ha hecho un esguince jugando al fútbol.

—¿En serio? Pero ¿está bien?

—Sí, sí, justo me acaba de avisar que ha salido del hospital. Tenía partido esta noche y en un mal gesto...

—Vaya, dale un besito de mi parte.

—¡Y otro de la mía! —soltó Pedro, que sostenía el porro en la mano derecha y el vaso de vino en la izquierda y se dignaba a menear el culo por la sala a ritmo de la bachata.

Le mandé un mensaje a Xoel para que me mantuviera al tanto de todo y bebí un buen trago de vino antes de dejar el vaso apoyado en la mesa. Mariajo se dio cuenta de que algo no iba bien.

—Amisha, ¿todo bien?

—Sí, sí... Bueno, no sé.

—¿Problemas en el paraíso? —comentó Pedro.

—No, estamos superbién, la verdad. La putada es la distancia, pero nos queremos mucho y seguimos muy tontitos.

—¿Entonces? No entiendo.

—Son las visiones, amigas.

—Ay, joder. Venga, que empieza *Cuarto Milenio* —bromeó Pedro.

—¿Qué pasa con las visiones? —me interrogó Mariajo.

—Siguen ahí, evidentemente. Ojalá se fueran, pero no. La cuestión es que... A ver cómo explico esto.

—Toma un *pouquiño* de vino, cariño, que esto te ayudará.

—Gracias, Pedro, siempre emborrachando al personal.

—A tu servicio, nena.

Me tomé mi tiempo para estructurar la teoría que estaba a punto de soltar por la boca. Mariajo y Pedro, como era habitual, abrían los ojos de forma exagerada cuando sacaba el tema. Cada vez me sentía con más confianza al compartir ciertos momentos, aunque hacía meses que no hablábamos de la maldición.

—¿Os acordáis de la noche del Apóstol? Cuando me lie con Xoel por primera vez.

—Sí, que te hizo un dedo en mitad de la calle. Como para olvidarnos, chica.

—No fue un dedo. Fueron unas caricias amorosas a mi entrepierna —especifiqué.

—Ah, bueno, espera, ahora somos castas y puras y yo no me había enterado.

—¡Pedro! Deja que Amisha hable, *carallo*, que luego te entra diarrea.

—Tienes razón. Sigue, chocho.

—Aquella vez tuve un orgasmo bastante potente y vi algo... algo extraño.

—Ya empiezo. —En su línea, Pedro muestra cómo le lloran los ojos de la emoción y nosotras estallamos en una risa sin demasiado fundamento, en parte fruto del vino y de la marihuana.

—Noté lo mismo, ese fogonazo de luz, el túnel circular y la visión. Pero esta no era sobre mí, sino sobre Xoel.

—¡¿Qué dices, Amisha?! —gritó Pedro.

—¿Y qué viste? —prosiguió Mariajo.

—Estaba jugando al fútbol y, en un mal gesto, se dobló el tobillo derecho. Bueno, solo vi que lo apretaba con fuerza y se quejaba del dolor.

—No jodas, tía, no jodas.

—Y ahora acabo de recibir este mensaje y, efectivamente, se ha doblado el tobillo derecho. —Mariajo y Pedro se quedaron sin palabras y yo continué con el discurso—: Pensé que se trataba de mi visión sobre Xoel, que yo estaba allí presente junto a él..., pero parece que se trata de algo más.

—¿Algo más? Amisha...

—Qué.

—¿Estás diciendo que puedes ver el futuro de los demás? —interrogó Mariajo. Inhalé profundamente, la mente me iba lenta debido al porro y no quería entrar en un bucle innecesario.

—No lo sé, no sé qué pensar.

—Pero, espera. —Pedro se acomodó en el suelo cerca de la mesa de centro llena de bolsas y botellas vacías y un cenicero lleno de colillas de los cigarrillos que no paraba de encender—. Has tenido más guarreo con Xoel, ¿no?

—No mucho porque al poco se fue a Madrid. Digamos que unas cuantas más, sí.

—¿Y habéis follado? —cotilleó Mariajo.

—¿Estás preguntando si me la ha metido?

—Sí, si te ha empotrado contra la pared, vaya.

Ahí estallamos en risas absurdas y se nos escapaban las lágrimas de los ojos. El estallido de comedia no tenía ningún sentido con lo que estaba sucediendo, pero los ingredientes que habíamos combinado aquella noche estaban dando resultado. Cuando se calmó el ambiente, pude dar mi respuesta.

—Ha pasado, sí. Hace poco.

—¿Y qué tal fue? Cuéntanos, que te lo guardas todo para ti, perra —dijo Pedro.

—Pues estuvo bien, sin más. No me dolió, por suerte, pero tampoco fue como para tirar cohetes.

—Tranquila, que la cosa mejora —auguró Mariajo—. Y volviendo a tus visiones, ¿has tenido más?

—¿Con Xoel? Alguna más. Creo que tres.

—Voy a tener que darle unas clases a Xoel para que aprenda a comerse un coño —soltó Pedro.

—¿Tú? ¡Vamos! Serías el mejor profesor —se rio Mariajo.

—Oyeee, que yo de coños sé un rato, otra cosa es que me los coma. —Pedro se levantó como pudo para alcanzar otra botella de vino. En la mesa había tres vacías.

—¿Otra? Pero ¿nos quieres matar o qué? Que yo ya voy borracha —grité.

—Y yo, no te jode. Borracha como una cucaracha.

—Eso no tiene sentido. Pedro, cariño, las cucarachas no van borrachas —analizó Mariajo.

—Oye, cómo estamos esta nochecita, ¿eh? Dale que dale conmigo, *carallo*, pero ¿qué te he hecho? Encima que te mantengo hidratada.

—Ven aquí, anda, déjame que te achuche un poco, mi cucaracha.

Pedro se tumbó encima de Mariajo y nos quedamos los tres aplastados en el sofá bebiendo más vino. La manta estaba por los suelos y el frío ni se notaba. En ese momento, ¡chas!, volvió la luz y el comedor se iluminó como por arte de magia.

—¡Ay! Por fin, por fiiin. —Pedro celebró el final del apagón y prosiguió a mantenernos en la oscuridad una vez más dándole al interruptor—. Me gustaba este ambiente terrorífico estilo sesión de ouija estudiantil mientras Amisha nos cuenta sus brujerías.

—Que no son brujerías.

—Bueno, sus guarrerías.

—Eso sí.

—Entonces, a ver, de esos tres orgasmos que has tenido con Xoel... ¿Qué has visto? —dijo Mariajo.

—El esguince del tobillo derecho.

—Sí, ese lo sabemos. Siguiente.

—En una habitación del hospital, él llevaba unas flores en la mano. Creo que era su abuela.

—¿La que falleció hace unos meses? —puntualizó Mariajo.

—Supongo. Estuvo unos días sedada en el hospital. Era muy mayor, tenía noventa y tres años.

—*Carallo*, cari... ¡Mira, mira! Mira mis lágrimas, es que no paro.

—¿Y la siguiente?

—Esta es un poco fuerte.

—Suelta.

—Aparecía un hombre abrazando a una niña pequeña con efusividad. Parecía Xoel, pero mucho más mayor.

—¿Crees que será vuestra hija? —sollozó Pedro.

—O una alumna, ¿no? Él quiere ser profe, ¿verdad? —añadió Mariajo.

—Ni mi hija ni su alumna. Aunque deduzco que sí era suya, porque estaba con otra mujer al lado.

—¡Qué me diceees! Es que me muero, de verdad, me va a dar un puto infarto, Amisha.

—¿Viste a la mujer? —insistió Mariajo.

—Medio borrosa, pero la piel era clara, no como la mía. Y, además, recuerdo que era rubia como la niña. Es que, a ver cómo lo explico… A veces las visiones las veo con mucha claridad y otras parecen difuminadas, sin sonido, y suelen ser muy breves.

—¿Y eso por qué?

—No lo sé, deduzco que por la intensidad del orgasmo.

—A ver, a ver, que estoy flipando. Rebobinemos. Tuviste un orgasmo con Xoel hace unos meses y viste el esguince de su tobillo derecho.

—Sí.

—Después ves cómo le lleva flores a su abuela en el hospital.

—Exacto.

—Y luego está Xoel en modo papichulo con su hija y otra mujer.

—Ajá.

—Otra mujer que no eres tú.

—Que no soy yo.

—Entonces, Amisha… Es cierto, ves el futuro de los demás cuando tienes un orgasmo.

—Solo si esa persona está presente. En los tres orgasmos estaba Xoel.

Pedro se levantó de un brinco, se terminó el vaso de vino y le pegó un buen trago a la botella. La música siguió sonando de fondo, una mezcla aleatoria extraña de reggaetón, pop y house.

—Voy a proponer una locura, ¿vale? Agarraos.

—Mierda, miedo me da. —Mariajo se acomodó en el sofá y ambas miramos de frente a Pedro. Estaba desatado. Ella me cogió fuerte de la mano y sonrió.

—Acabad de un trago vuestros vasos, venga.

El mío estaba bastante lleno, así que hice grandes esfuerzos para que el líquido rancio me atravesara el esófago. Acto seguido, golpeé la mesa en señal de fortaleza y resiliencia. Pedro esbozó una sonrisa de satisfacción y prosiguió con el plan:

—¿Y si...?

—Dios mío.

—¿Y si me *lees* el futuro?

—¿Cómo, cómo? —No entendí una mierda.

—Espera, espera. Pedro, ¿te estás declarando? ¡No me lo puedo creer! —Mariajo se ahogó con su propia risa. Yo la miré sorprendida y me volví de nuevo hacia él con la mandíbula desencajada.

—¿Me estás proponiendo que follemos?

—¡Nooo, nooo! Cari, por favor, si a mí me gustan más los rabos que a un perro un palo, mi amor. Lo que digo es que te masturbes conmigo.

A todo esto, Mariajo se había caído de donde estaba sentada en el sofá —lo cual me pareció sorprendente— y rodaba por el suelo abrazándose las costillas a punto de morir de la risa, literalmente. Yo seguía con la misma cara descompuesta y sorprendida por la propuesta de Pedro.

—No entiendo lo que planteas, Pedro, tío. Estoy en *shock*.

—¡Parad! ¡Paraaad, que me meo, en serio!

—Sé que suena raro, tía, pero hagamos la prueba.

—Pero ¿la prueba de qué, Pedro? Que no te entiendo.

—Mira, podemos hacer esto. Tú te metes en tu habitación y te masturbas, y yo, al otro lado, te cojo de la mano por la puerta. O sea, de la mano que no estés usando, ¿sabes?, obvio. Y cuando tengas el orgasmo, ¡flash!, ves mi futuro y me lo cuentas.

—¿Es en serio? —Me volví para corroborarlo con Mariajo, que se estaba recuperando de su repentino ataque. Ella asintió al mismo tiempo que recaía de nuevo, pero esta vez me uní.

—Bueno, cuando se os pase la risa, me dices.

—Ah, pero, espera… Que es en serio.

—Claro, cari, ¿tú ves que me esté riendo?

—Vale, vale, necesito un segundo. —Intenté recuperarme del desmadre que habíamos creado en menos de un minuto.

—¿Te lo estás planteando de verdad? —preguntó Mariajo. Yo no desmentí su teoría.

—Amisha, tienes que verlo como un experimento de esos que hacéis en vuestra facultad.

—¿Sabéis qué pasa? —anuncié.

—¡¿Qué?! —dijeron al unísono.

—Que voy demasiado borracha para que me parezca una mala idea. Hagámoslo.

—Espera, ¿qué? —continuó Mariajo.

—¡Hagámoslo! Esa es mi perra. Venga, preparemos el set.

Pedro salió corriendo al pasillo y se puso delante de mi habitación intentando cuadrar la escena. Mariajo y yo le seguimos dando tumbos a otro ritmo.

—Mirad, la idea es que tú te sientes en tu habitación y pases la mano por la puerta entreabierta.

—¿Y estoy tumbada en el suelo? Un poco incómodo, ¿no? Está congelado. Además, voy a estar con el brazo en una postura un poco loca…

—¿Y si…? —me cortó Mariajo.

—Di, di.

—¿Y si cogemos el biombo de mi habitación? La mano te cabría por el hueco que hay y así podrías estar más cómoda.

—Pero ¿dices de meterlo en mi cuarto?

—¡Oh, oh! Esperad, lo tengo, caris. Mira, cogemos el biombo, nos lo llevamos al comedor, que ya tiene un ambiente así romanticón, y te tumbas sobre la alfombra. Ahí estaríamos en la misma sala, que no sé si eso potenciaría más la brujería.

—Que no es brujería, Pedro —aclaré.

—Bueno, lo que sea. ¿Qué decís?

—Sí..., creo que puede funcionar.

Mariajo y Pedro cogieron con cuidado el biombo y dividieron el salón en dos partes. Apartaron la mesa de centro llena de restos y la dejaron en una esquina. Intentaron limpiar como pudieron la alfombra, pero se cansaron rápido. Pedro cambió la música y puso un *beat* erótico, la típica *playlist* rarita para follar.

—Te he puesto mi *playlist* para follar.

—¿En serio?

—Sí, ¿qué pasa?

—Parece que sea la banda sonora de una peli porno de los setenta, Pedro —bromeó Mariajo.

—Qué dices, perra, si es Piero Piccioni.

—No te preocupes, está bien. Vale, hagamos la prueba. —Me tumbé con cuidado porque la cabeza me daba muchas vueltas y el suelo no paraba de girar. Una vez que estuve acomodada, pasé el brazo por debajo del biombo y esperé a que alguien me cogiera de la mano.

—Pero ¿te masturbas con la izquierda o con la derecha?

—Con la derecha.

—Pues cámbiate, chocho.

—Ah, coño, tienes razón, *carallo*. —Y me empecé a reír tanto que tuve que salir corriendo al baño. Me di un buen tortazo contra la puerta.

A todo esto, Pedro y Mariajo habían encendido de nuevo el porro y se lo estaban terminando junto con el vino. Cuando volví, me tumbé y pasé el brazo izquierdo por debajo.

—Ahora sí. Lo que pediré es una manta por encima o algo para tener intimidad. Que no quiero que me veáis por las rendijas.

—Ay, cariño, no tenemos ningún interés.

—No sé, eres tú el que me ha pedido que me masturbe a su lado... Entre las clases de comer coño y esto...

—¡Qué dices!

—Es broma, ja, ja, ja. Voy a por mi vibrador porque ahora mismo, de forma manual, será imposible. Aviso.

—¿Y eso modifica el hechizo? —preguntó Pedro. Obvié la última palabra, no era momento para entrar en debate.

—No, no, para nada.

Me levanté, cogí el vibrador y me lo metí debajo de la sudadera.

—Ya lo tengo.

—¿Y dónde está? —dijo Mariajo.

—Debajo de la sudadera, que me da vergüenza.

—Anda, la tía, se va a masturbar delante de nuestras narices y ahora le da vergüenza que veamos su vibrador. Qué chocho tienes, *carallo*.

—Oye, esto ha sido idea tuya. No hagas que me arrepienta, que me está bajando la movida.

—Pues toma, otra *caladiña* y... ¡un momento! Chupitazo de orujo.

—¡¿Ahora?!

—Ahora. —Pedro fue a por la botella y las tres pegamos un buen trago.

Me acomodé en la alfombra y me tapé con la manta. Con arduos esfuerzos, me quité las mallas térmicas y me quedé en bragas. Saqué el vibrador de debajo de la sudadera y comprobé que funcionaba perfectamente.

—Vale, estoy lista. No me puedo creer que esté haciendo esto, madre mía.

—No pienses demasiado, cari, tú mastúrbate —insistió Pedro.

Me coloqué el aparato encima del clítoris de una forma aséptica y distante, sin calentar el cuerpo previamente. Me sentía incómoda por el sonido estridente del juguete, así que les pedí que subieran un poco más la música. Ellas obedecieron y luego se acomodaron al otro lado del biombo.

—¿Necesitas algo más? —dijo Pedro.

—No, así está bien. No miréis, ¿eh?

—Pero qué necesidad, cari. Tú tranquila, dame la mano. —Me la agarró con fuerza—. Quiero que me digas si me caso con Rodolfo. O si volveré a coincidir con él.

—Pedro, esto no funciona así.

—¿Cómo que no?

—No controlo lo que veo y lo que no.

—Ah, bueno, pues nada. Lo que salga.

—Vale.

Cerré los ojos para concentrarme y evadirme de la tremenda locura que estaba realizando. Yo, que era una persona reservada con mi sexualidad, me estaba masturbando delante de mis amigos. Intenté distanciar esos pensamientos absurdos que atropellaban este momento y volví a conectar con la respiración.

—Pero no veas algo malo, ¿eh? Y si lo ves, no me lo digas. Invéntate algo —insistió Pedro. Clavé los ojos en el techo y me indigné.

—Por favor, no me puedo concentrar, *carallo*.

—Vale, vale, ya me callo. Sigue, sigue.

Llené los pulmones de oxígeno hasta el máximo de su capacidad y lo solté poco a poco hasta vaciarlos. Me centré en lo que sentía mi entrepierna, en las cosquillas que acariciaban mi clítoris y, poco a poco, fui expandiendo mi placer por el cuerpo. Había algo en mi interior, algo perverso y morboso, que encontraba erótica la situación.

—Si puedes, pregunta por Rodolfo. Rodolfo y yo.

—¡Pedro, cállate ya! —gritó Mariajo sacando todo su temperamento.

A estas alturas ignoraba los comentarios de ambos, estaba inmersa en mis fantasías sexuales, que se paseaban a sus anchas. El alcohol y la marihuana fueron los mejores alicientes pero, a la vez, retrasaban la explosión orgásmica. Cuando parecía que llegaba, no conseguía alcanzarla.

—Se me cansa la mano —susurró Pedro, muy bajito.

—Cállate y aguanta —ordenó Mariajo.

Moví las caderas hacia delante y hacia atrás en busca de un frote mayor. Aumenté la velocidad del vibrador y me mordí el labio inferior para contener los gemidos que todavía no estaba dispuesta a soltar. Apreté la mano de Pedro con fuerza y él sostuvo en silencio —algo sorprendente, la verdad— mi energía sexual. La respiración se me aceleró, notaba que me acercaba de lleno al precipicio del clímax. Los espasmos se volvieron más intensos y las contracciones se me instalaron en la entrepierna arrastrándome a un éxtasis que, para mi sorpresa, fue brutal.

Arqueé la espalda ligeramente y abrí la boca para dejar escapar el sonido inaudible que contenía en mi interior. Y ahí, de nuevo, apreté la mano de Pedro para percibir con más claridad su futuro si es que eso funcionaba así. En efecto, fogonazo de luz, túnel circular y una imagen, aunque no la deseada. Volví a mi conciencia, con vergüenza por lo que había pasado. Me sentía totalmente expuesta, agobiada y culpable. Pero no duró demasiado porque Mariajo y Pedro se pusieron a aplaudir.

—Madre mía, cari, me sentía como si fuese una sesión satánica o algo así, ¿sabes? Qué subidón —continuó Pedro.

—¿Qué tal estás? ¿Podemos asomarnos? —preguntó Mariajo.

—Ajá.

Mariajo y Pedro inclinaron la cabeza para, segundos más tarde, quitar el biombo que interfería entre nuestros cuerpos. Se sentaron cerca de mí y nos empezamos a reír.

—Menuda locura, en serio —dije.

—Anda ya, esto es algo natural —añadió Mariajo—. No te rayes, ¿eh?, que te conozco. No pasa nada. Somos amigas.

—Esto ha sido como los heteros que se hacen pajas en grupo y luego dicen que no son prácticas homoeróticas —añadió Pedro.

—Sí, sí, lo sé. Pero ya me conocéis, yo soy más…, no sé, cortada. Estas cosas no las hago nunca.

—Pues para no hacerlas nunca, no veas, cari. Qué subidón. Bueno…, a ver, ¿qué has visto? —preguntó Pedro con miedo.

Me miraban como siempre hacen cuando les hablo sobre mis visiones, con esos ojos fijos en los míos queriendo absorber toda la información posible. Yo sonreí, me hice un poco la dura, algo que a Pedro le sacó de sus casillas.

—Va, tía, que no puedo más. Si no me dices nada, es que has visto algo malo, Dios mío. ¿Me voy a morir? Amisha, ¿me voy a morir?

—Ja, ja, ja, sí, claro, nos moriremos todos. —A todo esto, la música alegre de Piero Piccioni seguía a todo volumen mientras la tensión corporal de Pedro se podía palpar a través de las lágrimas que asomaban, como era habitual, a su mirada.

—No, Amisha, tía, por favor, que esto me da mucho miedo.

—Pero ¿no eras tú quien quería que le leyera el futuro? —Hice un papel de pitonisa hija de puta a punto de decirle: Que disfrutes de la vida, porque te van a atropellar.

—Amisha, coño, ya vale, que mira cómo me tienes. —Pedro estaba temblando, lloraba sin control y, al mismo tiempo, sonreía por la situación absurda. Algo que nos conmovió a todas.

—Vale, os voy a contar qué he visto.

—Dispara —añadió Mariajo.

—Jon Snow mata a Daenerys.

—¿Cómo? ¿Qué? No entiendo —soltó Pedro.

—He visto un *spoiler* de *Juego de Tronos*.

—Pero, ¡¡¡tíaaa!!! Y encima lo dices —gritó Mariajo.

—¿No estábamos en esto todas juntas? Pues os jodéis.

—¡Coño, pero invéntate algo! —dijo Pedro.

—Espera, estoy en *shock*, un momento… ¿Que Jon Snow mata a Daenerys? Eso no puede ser.

—Ni yo… Me he quedado flipando.

—Pero ¿qué has visto?

—Que estaba viendo *Juego de Tronos*, no sé qué temporada era, la verdad; y de repente Jon Snow se acerca a Daenerys y le dice «*You're my queen, now and always*».

—Pero ¡¿están juntos?! —soltó Mariajo.

—Y la mata. Bueno, se funden en un beso pasional y la mata. No sé si la envenena antes o le clava un cuchillo… No he visto tanto.

—Mira, me cago en todo, de verdad —se indignó Pedro.

—Pero, entonces… ¿era Pedro quien estaba viendo ese capítulo?

—No, no, era yo.

—¿Cómo lo sabes? —cuestionó Mariajo.

—Porque cuando veo mi futuro salgo en primera persona, es decir, lo veo desde mi interior. Cuando es el futuro de alguien más, lo veo de forma externa… No sé cómo contarlo, a ver…

—¿Como si fueras un espíritu? —siguió.

—Los espíritus no exis…

—Amisha, basta, te estoy diciendo «como si fueras». No empecemos.

—Vaaale, sí, lo veo como si yo estuviera en ese lugar, pero, claro, ellos no me ven a mí. Con Xoel vi ese esguince desde fuera o cuando entró en la habitación del hospital.

—¿El hechizo no ha funcionado? —añadió Pedro.

—Que no es un hechizo, *carallo*.

—Bueno, lo que sea esto.

—Pues parece que no.

—¿Entonces? —interrogó Pedro.

—¿Qué?

—¿Qué diferencia hay entre Xoel y yo? ¿Será la parte romántica?

—Analicemos. —Mariajo se acomodó nuevamente y se puso en su plan favorito, esa faceta oculta de criminóloga frustrada que solo sacaba a la luz en momentos determinados—. Con Xoel tienes una relación romántica, es decir, es tu pareja. Pedro es tu amigo.

—Mejor amigo —puntualizó Pedro.

—Mejor amigo, vale. ¿Cómo fue el sexo con Xoel cuando tuviste esos orgasmos?

—¿En serio, tía?

—Amisha, te acabas de masturbar delante de nuestras narices. Ya no funciona ese papel de virgen.

—Qué zorra eres.

—¿Qué? Es la verdad.

—La primera vez me masturbó él. La segunda, pues, me comió... ahí abajo, eso, ya sabéis. Y la tercera estaba pim, pam y yo me puse el vibrador.

—Entiendo...

—¿Ha sacado usted sus conclusiones, inspectora Gómez? —bromeó Pedro.

—Creo que sí. —Mariajo se levantó y recreó una escena de investigación policial propia de sus series favoritas—. Podríamos centrarnos en el amor que siente Amisha hacia Xoel como el causante de sus visiones, pero dudo mucho que sea simplemente eso. La diferencia entre Xoel y Pedro ha sido que el primero ha participado de forma activa en el orgasmo de Amisha y el segundo simplemente se ha limitado a darle la mano.

—¡Oye! Sin menospreciar, ¿eh? Que yo soy un profesional del *cunnilingus*, solo que lo llevo dentro —añadió Pedro.

—Y tan dentro —sugerí.

—La conclusión es clara, señoría. Lo que le provoca las visiones de otras personas a mi representada es que la persona implicada le coma el coño salvajemente.

—Bueno, que le coma el coño o le haga un dedo en la calle.

—¡Que no fue un dedo! —dije.

—Un dedo, un toqueteo, una comida de coño, una buena empotrada... La cuestión es que se lo tienen que currar para que nuestra bruja (y representada) vea su futuro.

—Y dale, que no soy bruja.

El porro y el alcohol empezaron a bajarnos de golpe y

nuestras fuerzas mermaron al instante. Pedro tuvo la idea de dormir en el salón porque era incapaz de ver los apuntes sobre el escritorio y no sentir remordimientos. Ambas aceptamos y nos acomodamos juntas con unos cojines y un par de mantas. Las velas se habían consumido y la oscuridad se veía sustituida por los primeros rayos de sol que se colaban por la ventana. Mariajo me cogió la mano y Pedro se apoyó en mi hombro. Suspiré algo ansiosa.

—¿Amisha?

—Dime.

—¿Estás bien? —preguntó Mariajo.

Una pequeña lágrima inocente se resbaló hasta fundirse con los primeros cabellos que nacían cerca de la sien. Se dieron cuenta porque apretaron con fuerza sus cuerpos contra el mío. No quería llorar, aunque notaba que la necesidad de hacerlo crecía más y más en mi interior. Tras las bromas, tras la experiencia, tras analizarlo todo con detenimiento, sentí un vacío, uno recurrente, que se acomodó en mi interior. Me presionaba el pecho y la garganta, como una sombra oscura que me asfixiaba en la penumbra. Una pregunta saltaba en bucle una y otra vez con tanta fuerza que, sin quererlo, la escupí en voz alta.

—¿Esto será siempre así?

Cerré los ojos con fuerza y las lágrimas se deslizaron sin contención. Mariajo exhaló a mi lado y apoyó la cabeza cerca de la mía en señal de apoyo. Pedro me limpió las lágrimas y me dijo una frase —inocente, simple, pura— sin saber que, años más tarde, se haría realidad:

—Cari, te queremos. Encontraremos la solución. Te lo prometo... No podemos soportar más *spoilers* de *Juego de Tronos*.

XIII

Silencio

Los primeros rayos de sol me golpean en la cara, sin ningún tipo de permiso ni perdón. El *jet lag* me entierra en las sábanas y me obligo a cumplir con las tareas que me dan asilo en este lugar paradisiaco. La mosquitera blanca da una falsa sensación de seguridad y protección que no había experimentado antes o, al menos, no de forma consciente. Solo quiero hacerme una bolita pequeña y quedarme todo el día aquí, sin enfrentarme a la realidad. Sigo nerviosa a pesar de estar asentada, como si estuviera en una montaña rusa de emociones que no guardan equilibrio ni parecen acercarse a él. Estoy acostumbrada a estar sola, ya sabes, hija única, adoptada, en mitad de un pueblo, con pocas habilidades para socializar. Pero, desde hace unos meses, la soledad se hace todavía más patente, más asfixiante. Y hoy, aquí, es insoportable. Supongo que formará parte del camino a recorrer, aunque sigo cuestionando la efectividad de todo esto.

Llevo dando vueltas en la cama desde las tres de la madrugada; serán los nervios o el maldito cambio horario. Ayer casi ni cené, cogí una fruta y un batido y volví a mi habitación a cobijarme de la tormenta que azotaba salvajemente.

Muy a mi pesar, me arrastro a la esquina de la cama

king size y pongo un pie en el suelo, lista para darme una ducha, desayunar y aprender las tareas del retiro. Lo que ayer me parecía el peor baño del mundo, ahora me parece un regalo. Ducharme rodeada de naturaleza, viendo el cielo sobre mi cabeza, es una experiencia que vuelve a conectarme con la adrenalina, con la emoción de estar tan lejos, en un lugar tan único. Me pongo unos pantalones anchos y un top de tirantes y salgo corriendo a la zona de desayuno. Un bufet libre colorido, lleno de frutas y platos de todo tipo, con un cero por ciento de azúcares añadidos y alto contenido en antioxidante. Cada cartelito incluye una de esas palabras que mentalmente te inducen paz: «detox», «depurativo», *«gluten free»*... y un largo etcétera que te hace creer que la muerte está lejos, mucho más lejos que ayer.

—¡Amisha! Buenos días, linda —oigo un susurro a mis espaldas.

—Buenos días, Kalinda —añado con energía.

—¡Chisss! Debemos bajar el volumen, ahorita te cuento. ¿Qué tal dormiste?

—Vendrán noches mejores.

—Aaah, ya, claro. ¿Mucho *jet lag*?

—Creo que sí.

—Tranquila, pasará pronto. ¿Ya desayunaste?

—Sí, justo estaba acabando.

—¿Me regalas unos minutos? Así platicamos del retiro, tus funciones y demás.

No lo pienso demasiado, acabo con un trozo de piña que quedaba en el plato y sigo el paso firme y seguro de Kalinda, que contonea las rastas que caen por su espalda. Saluda con un gesto a las personas que entran algo sudorosas y se dirige a la zona de sofás que preside la sala de recepción. Coge unos papeles y me da instrucciones.

—Ahorita tenemos un retiro de silencio, Amisha, ¿sabes lo que es? —Supongo que tampoco es necesario ser Einstein para hacerse una idea.

—Creo que sí.

—Es un retiro donde las personas que están acá guardan voto de silencio. Eso significa que no podemos platicar con nadie, solo a través de señas o, si es algo muy urgente, con susurros.

—Entiendo.

—Este retiro inició anteayer y estará en activo unos diez días. Toma, te regalo una pequeña chapa donde pone tu nombre. Mirá ve, debes llevarla para que la gente sepa que formas parte del personal.

Me coloco el broche en la camiseta de algodón blanca y ajusto la chapa en la esquina izquierda de mi pecho. Es una placa blanca con el logotipo del retiro y con mi nombre en mayúsculas escrito en rotulador.

—Platiquemos ahora de tus funciones. En recepción está Wayan; allá se encargan de las reservas, de los problemas técnicos, etc.

—De acuerdo.

—En tu caso, mirá ve, te encargarás del Instagram del retiro y de la sala principal. Ahorita te la enseño, regálame un segundo más. En Instagram se trata de publicar algunos stories, fotografías de los próximos talleres, vídeos, etc. Mantener la cuenta activa, simplemente.

—Perfecto.

—¿Tienes el celular acá?

—Sí.

—Esta es la contraseña y el usuario, así alistamos esta parte.

—Ya lo tengo.

—La sala principal es donde se llevan a cabo la gran mayoría de las actividades. Las clases inician bien temprano, sobre las siete de la mañana. A esa hora la sala debe estar preparada. —¡¿A las siete de la mañana?!—. En el mismo lugar encontrarás una mesa y una silla bien chévere para atender a los profesores o alumnos.

—Entendido.

—El desayuno es a las nueve de la mañana, el almuerzo, a la una, y la cena, a las siete. Siempre hay refrigerios en el restaurante: fruta, *snacks*, té, *smoothies*... A disposición de todos. Nosotras comemos a la misma hora que los clientes, no hay problema.

—A las nueve, a la una y a las siete. Vale.

—Los profesores alquilan este centro para dar sus talleres y sus retiros. Algunas veces nos implicamos en las actividades y otras nos mantenemos al margen. En este retiro de silencio, solo apoyamos con el yoga por la mañana. El resto está a cargo de Elisabeth, esa señora que está allá, la del pelo blanco. Para cualquier cosa que necesite, debes estar a su disposición.

—Pero ¿tendré que dar una clase de yoga?

—¿Sabes yoga?

—No. —Kalinda se me queda mirando con una expresión extraña, un gesto que no consigo descifrar. Fuerzo una sonrisa y ella estalla en una carcajada contenida y silenciada.

—Ay, Amisha, ven conmigo.

La sigo a través del enorme espacio de la recepción. Cruzamos el pequeño puente por encima de un riachuelo y salimos a un pequeño camino de tierra inundado de naturaleza por todos lados. Es el recorrido principal para llegar a las habitaciones, pero esta vez giramos a la derecha.

Frente a nosotras, hay un círculo con distintas piedras planas y una hierba frondosa.

—Acá tenemos nuestro Espacio Sagrado. Acá se realizan algunas meditaciones al amanecer o al atardecer.

—¿Encima de las piedras?

—Así es. Mirá ve, en el centro se puede hacer una fogata.

—Qué bonito.

—Sí, es muy bello. Sigamos.

Dejamos la zona atrás y nos adentramos en una sala acristalada de techos altos y suelo de madera.

—Acá está el Laboratorio, la sala principal del retiro, donde se desarrollan la mayoría de las actividades.

—Guau, es impresionante.

—¿Cierto? Muy linda. Mirá ve, acá está la «oficina». —Está constituida por una mesa pequeña a modo de recepción y una silla justo a las puertas de la sala, el espacio donde parece que pasaré buena parte de mi tiempo en Bali—. Este portátil puedes usarlo sin problema, está a tu disposición cuando no haya clases o meditaciones.

—Entonces cuando haya clase, me siento aquí y espero si necesitan cualquier cosa, ¿es así?

—Ajá. Acompáñame. Acá tienes una sala pequeña con material de limpieza, inciensos, velas, cojines de meditación, esterilla, mantas... Lo que se necesite.

—¿Cómo sabré lo que necesita cada profesor?

—No te preocupes, Amisha, durante los primeros días yo te ayudaré. Es normal estar un poco... ¿Cómo se dice...? Hecha la picha un lío, tía, ¿cierto?

—Vaya, tienes un máster en España, ¿eh?

—Sí, muchos años viviendo allá. Tengo una mezcla extraña entre caleño y madrileño..., ¡joder! ¡Hostia! —Me hace gracia el esfuerzo que pone Kalinda en decir palabrotas típicas, como si eso fuese lo más representativo de mi país.

—¿Y por las mañanas, entonces? ¿Qué debo hacer?

—Bien, pasar la mopa para que el suelo esté limpio. Usa este producto, mirá ve. Un flus y listo. Acá tenemos el altar; debes limpiar las cenizas y poner un incienso nuevo. Esto es una copalera o sahumador, ¿lo conoces?

—Eeeh, no. —Kalinda coge un cáliz gigantesco de cerámica con restos en su interior.

—Esto es salvia blanca, ve. En la sala encontrarás más, está en una bolsita con su nombre. Se trata de rellenar el fondo y prenderlo con una cerilla. Sale una gran humareda, no te asustes. Con esto, caminas por la sala limpiando el ambiente. —«Limpiando el ambiente», estas mierdas le encantarían a Mariajo—. Y después lo acomodas acá de nuevo y listo. Al mismo tiempo, dejas una *playlist* con música relajante sonando de fondo. Desde el portátil lo controlas todo, mirá ve, todo listo. ¡Ay, ya! Casi se me olvida. Las esterillas que hay en la sala las acomodas todas en paralelo con un cojín de meditación encima. En este retiro son treinta y siete personas, ¿sí?

—¿Podemos repasar?

—Ja, ja, ja, claro. Dale.

—Limpiar el suelo con el espray y la mopa, cambiar los inciensos y pasear con la...

—Con la copalera.

—Eso. Y salvia blanca. Después poner música relajante y colocar las esterillas y los cojines.

—Ajá. A esa hora hay una luz increíble para hacer unos stories.

—Y a partir de ahí, me quedo en este rincón. ¿Incluso en clase?

—Sí, por si la profesora necesita cualquier cosa.

—De acuerdo.

—Suave, Amisha, que es tu primer día.

—Sí, sí, pero quiero hacerlo bien.

—No tengo duda. Por las tardes también te acomodas en la oficina. Tienes los domingos libres excepto si hay algún taller importante. En ese caso, cambiamos el día, ¿listo?

—De acuerdo.

Kalinda sale de la sala principal y retomamos el camino de tierra. Dejamos atrás varios bungalós, también residenciales, pero de una categoría superior. Yo me alojo en el básico, pero algunos incluso tienen su propia piscina privada. Entramos en una cabaña pequeña con varias camas de masaje frente a la selva.

—Acá está nuestro centro de belleza. Masajes, kinesiología y medicina ayurvédica son las principales demandas de los clientes. Ella es Caroline, la encargada de este espacio. —Una chica rubia de ojos azules gigantescos y cara cuadrada me sonríe—. Y si caminamos por acá, con cuidado, encontramos la piscina. Es nuestra agua sanadora, tiene sales minerales y propiedades curativas.

Cada vez estoy más convencida de que todo esto debe de ser una broma pesada de quien cojones sea. Yo, la persona más ajena a este mundo pseudocientífico, en un retiro rodeada de terapias poco probadas y altamente caras. Increíble.

—La piscina también está a tu disposición, Amisha, cuando gustes.

—Gracias.

—Pues listo, ¿dudas?

—Muchas, pero supongo que, a medida que vaya avanzando, me acostumbraré.

—Es normal, mucha información al inicio. No te apures, que todo está bien. ¡Ah, mirá ve! Antes de iniciar las clases de la tarde, después de comer también se debe alistar la sala principal. Y recogerla después de la clase de la mañana, antes del desayuno. Si gustas, puedes preparar la sala antes de la cena, cuando se acaben las clases, y así a la mañana siguiente solo debes prender la copalera.

—¿Eso se podría?

—Claro.

Volvemos a la recepción, no sin recibir más instrucciones de Kalinda y una pequeña descripción del entorno que rodea el retiro. A nuestros pies hay un riachuelo precioso, un rincón accesible desde el centro de belleza al que podemos asistir para meditar.

—Acá tienes el horario del retiro. Amisha, recuerda que han hecho voto de silencio.

—Sí, sí, queda claro. ¿Qué hago ahora? —susurro.

—La segunda clase está a puntito de iniciar. Alista la sala principal y quédate en la oficina, ¿listo?

—¿Y si me piden algo que no sé?

—Me envías un wasap, tranquiiiila. Yo acudiré a tu rescate, ¡hostia!

Me ajusto la plaquita y vuelvo a la sala de meditación para pasar la mopa y asegurarme de que todo está perfectamente recogido. No pasan muchos minutos cuando la gente empieza a sentarse, en silencio, por todo el espacio. La profesora me sonríe al entrar y yo me acomodo en mi silla, un poco nerviosa. Elisabeth explica con palabras suaves la meditación del día, centrada en el vaivén de la respiración. Se escucha un pequeño tintineo que inicia la sesión, y ahí, en plena quietud, me suena el móvil, un mensaje tras otro. Le quito el sonido, no sin antes llevarme una mirada fulminante de la profesora que contrarresto con una cara amable y risueña.

Pasan las horas y la gente sigue inmóvil. Algunos se acomodan en el cojín, otros estiran las piernas para que la sangre riegue por el cuerpo. No hay música, no hay ruido. Tan solo silencio, un silencio tan asfixiante que me somete al más absoluto y puro aburrimiento. A cada minuto miro la hora, y lo que parece una eternidad se reduce a sesenta segundos de mierda. Bebo agua, me retiro las cutículas con mis propias uñas, me masajeo la mano, me trenzo el pelo, bostezo, compruebo el reloj, observo las esquinas del portátil, leo algunos mensajes de WhatsApp, vuelvo a corroborar que el móvil está en silencio, miro a Elisabeth, repaso las facciones de Elisabeth, desvío la mirada cuando se cruza conmigo, contemplo el paisaje a través de la enorme cristalera, bebo agua, vuelvo a repasarme las uñas, releo algunos mensajes, hago pequeños garabatos lo más silenciosos posible en una libreta y me acomodo nuevamente en la silla, escaneo a las treinta y siete personas que han decidido pagar un dineral por estar en silencio y me planteo si el ser humano es tan inteligente como dice la ciencia. Fundido a negro. Escucho el tintineo y levanto la cabeza de la mesa del portátil con un sobresalto. Mierda, me he quedado dormida.

Elisabeth junta las manos, hace el saludo *namasté* y a continuación todo el alumnado le devuelve el gesto. Poco a poco van saliendo del espacio sin hacer ruido, arrastrando los pies, ensimismados en sus propios pensamientos. Elisabeth sonríe al pasar por mi lado y me da las gracias en un susurro. Justo cuando está a punto de irse, se da la vuelta.

—Si quieres, te puedes unir a alguna meditación.

—Ah, bueno, gracias, yo no... no es necesario. Estoy aquí para lo que necesites. —Ella asiente suavemente y continúa con su camino.

La sala sigue tranquila y aprovecho para grabar algunos stories y dejarla lista. Paso la mopa, cambio el incensario, dejo los cojines de meditación bien colocados y tiro los pañuelos de papel que se han acumulado por todas las esquinas. Después de eso, vuelvo para el almuerzo y, de nuevo, a la sala principal. Otra meditación en silencio, esta vez mientras conectan con el latido del corazón. Casi dos horas de pum, pum. Y yo ahí, bebiendo un té, arrancándome las cutículas ya retiradas, masajeando la otra mano, enredando mi pelo, bostezando, corroborando treinta veces que el móvil está en silencio, esquivando las miradas de Elisabeth, memorizando el paisaje y soportando el mayor aburrimiento que jamás he experimentado. El tintineo, la gente que sale extasiada, Elisabeth que me saluda con un gesto elegante y me da las gracias, yo que sonrío con grandes esfuerzos y preparo la sala para no madrugar más de lo que ya voy a madrugar.

La noche cae rápidamente en Bali y a las seis de la tarde, no se ve absolutamente nada. Enciendo las luces de la sala que iluminan de una forma cálida la madera del lugar. Es impresionante. Coloco casi de forma milimétrica las esterillas y los cojines, dejo el incensario listo para encender y la *playlist* a punto de sonar. Oigo a alguien detrás de mí.

—Amisha.

—¡Joder! —grito. Es Kalinda.

—Ay, disculpa, no quise asustarte. ¿Cómo fue?

—Bien, sí, bien… Interesante.

—¿Aburrido?

—Mucho.

—Me imagino. Si quieres, puedes unirte a alguna práctica para que se haga más fácil.

—No puedo estar con el móvil, ¿verdad?

—Es preferible que no. Debemos desconectar de estos

demonios. —Inspiro profundamente y me planteo, por centésima vez, qué cojones hago aquí—. La sala está perfecta, genial, Amisha. ¡Feliz primer día!

Fuerzo una sonrisa y vamos a cenar, en silencio. Después me arrastro a mi habitación, me tiro en la cama y fijo la mirada en el techo. Leo los mensajes de Mariajo y de Pedro; solo respondo con uno: «Esto ha sido un puto error», y me escondo entre las sábanas sin contener las lágrimas que caen por mi cara.

Al día siguiente suena el despertador. Seis y media. Me levanto agotada, me doy una ducha rápida con el frescor de la mañana que me hace temblar. Pantalones anchos, otra camiseta de algodón. Paseo hasta la sala, a estas horas hay gente que está meditando en el Espacio Sagrado o viene de una caminata por la selva. Pero ¿qué les pasa en la cabeza? Enciendo la salvia, pongo música relajante. Kalinda entra sonriente, tan bella que no entiendo a qué viene tanta energía a estas horas.

—¡Buenos días, Amisha! ¿Dormiste mejor?

—Sí, mucho mejor —miento.

—Me alegra. ¿Querrás hacer yoga con nosotras?

—Tal vez mañana.

Entra el grupo en silencio, cada uno se sitúa en una esterilla. Una hora y media más tarde, acaba la clase. Hago grandes esfuerzos para no dormirme. Desayuno un batido y algo de fruta fresca. Alisto la sala. Meditación de dos horas bajando la consciencia al cuerpo. Recojo la sala. Comemos. Un pequeño descanso. Alisto la sala. Meditación del tercer ojo —o algo así—. Recojo la sala. Cenamos. Vuelvo a la cama. Lloro hasta quedarme dormida. Suena el despertador. Limpio el espacio con el incensario y pongo música. Me niego a hacer yoga. Desayuno un batido. Alisto la sala. Meditación de dos horas. Jamás había tenido las uñas tan limpias. Paso la mopa. Comemos. Un pequeño descanso. Alisto la sala. Meditación de *nonseiquecollóns*. Recojo la sala. Cenamos. Vuelvo a mi cama. Lloradita final. Suena el despertador. Me cago en mi existencia. Ducha en mitad de la selva pasando frío. Limpio el puto espacio. Que no quiero hacer yoga, *carallo*. Desayuno el mismo batido verde que sabe a hierba recién cortada. Otra vez la mopa. Otra vez la meditación. Nadie habla, ni una palabra. Me hago daño en las cutículas. Tapo la sangre con un trozo de papel. Comemos. Un pequeño descanso. Otra vez la sala. Otra vez meditación. Otra vez la sala. Cenamos. Lloro. Suena el teléfono.

—Pero ¡bueeeno! ¿Cómo está la yoguiii? —suelta Pedro.

—Hola, chicas.

—Uy, ¿todo bien? ¿Qué pasa, Amisha? —pregunta Mariajo.

—No, no estoy bien. Esto… —Y acto seguido rompo a llorar. Mariajo y Pedro pegan la cara al teléfono, como si los centímetros que acaban de ganar fuesen clave en la tremenda distancia geográfica que nos separa.

—Ay, no, tía, ¿qué pasa? —insiste Mariajo.

Necesito unos minutos para reducir el tremendo aluvión de lágrimas que se disparan por mis mejillas. Tras eso, carraspeo y vomito palabras a una velocidad asombrosa.

—Esto ha sido una estupidez, en serio. No sé qué hago aquí, es una tortura. Los días pasan igual, es un aburrimiento absoluto. Todo el puto día con la mopa, quemando la mierda de salvia para no sé qué del espacio y mirando cómo pasan las horas del reloj. Es absurdo, quiero volver a casa.

—Pero, Amisha, date un tiempo, solo han pasado cinco días. Es normal, estás acostumbrándote.

—Cinco días infernales, horribles, de *merda*. Me siento

tan sola, yo... No puedo. —Se me escapa un sollozo que intento contener, pero me es imposible.

—Me sabe fatal no estar ahí para darte un abrazo —dice Mariajo.

—Y a mí —añade Pedro. Esas palabras me hunden todavía más en la tristeza y la nostalgia que siento hacia mi gente, mi vida, mi hogar. Mataría ahora mismo por un abrazo, sus abrazos.

—Es que... no entiendo por qué estoy aquí. Pensé que vendría a Bali y que sería facilísimo encontrar esa puerta o alguien que sepa de mi familia.

—¿Has podido buscar alguna de las dos?

—He preguntado a Wayan, de recepción, y dice que en aquella época hubo varios incendios por la zona. Le he descrito la puerta para ver si le sonaba de algo y me ha dicho que se parece a la de su casa. No me sorprende, el recorrido en coche fue bastante desolador porque todas las puertas me parecían iguales que las de mi visión. Además, no he tenido ni un día libre y estoy cansadísima, como para ponerme a dar vueltas, la verdad. Todavía siento el *jet lag*. Es que, *carallo*... Esto ha sido una gilipollez, qué hago metida en estas mierdas, es que no sé. Es absurdo todo.

—¡No, Amisha! Basta. Mírame. Amisha, mírame. —Devuelvo la mirada a los ojos de Mariajo, que me observa con las córneas bien abiertas—. Esto no ha sido ninguna gilipollez, estás ahí porque necesitas una respuesta. Recuerda cómo estabas en Santiago, tía, y lo que era de tu vida, de tu relación con Claudio, de tu ausencia de placer. Que estés ahí ya es un paso para resolver lo que te sucede, así que confía. Date dos semanas más, por favor. Dos semanas, Amisha. ¿No puedes aguantar un poco más? Has ido a buscar algo y no puedes irte sin intentarlo, al menos un poco.

—No sé. —A pesar de mi resistencia, asiento con firmeza ante tal verdad. Necesitaba salir de Santiago. No sé si encontraré una respuesta, pero sin duda debía acabar con el agujero oscuro que estaba construyendo para enterrarme.

—Si en ese tiempo no has conseguido nada, vuelve, y ya encontraremos otra solución.

—Mariajo, esto es muy difícil, yo...

—Por favor.

Me mira con súplica y no entiendo el motivo de su desesperación. Aunque, por otro lado, es comprensible. Mariajo lleva años en primera línea de fuego y conoce todos los sucesos alrededor de mi maldición, y también ha presenciado cómo se apagaba mi sexualidad, mi motivación, mi vida. Cómo he dejado de tener relaciones, cómo me he aislado de todo, cómo he negado lo que sucedía de todas las formas posibles. Lo más cerca que habíamos estado de encontrar respuestas fue con aquella *meiga*. Sus palabras me parecieron tan verídicas que ni lo pensé. Y ahora que estoy aquí, no va a permitir que me rinda o, al menos, no tan rápido.

—Vale, Mariajo, lo prometo. Dos semanas.

—Dos semanas.

Marcar esa fecha en el calendario mental me supone un ligero alivio. Ya no son dos meses largos y tortuosos, solo dos semanas infernales. ¿Quién no puede soportarlo? Es posible, más liviano. Más fácil. Han pasado cinco días, solo quedan quince más. Y con los descansos. Claro que puedo.

XIV

Septiembre, 2018

Varios tintineos hicieron que el móvil vibrara exageradamente sobre aquella mesa acristalada y las cervezas retumbaron con las ondas sonoras de una tecnología que me tenía cada vez más pendiente del aparato.

—¿Es él? —se emocionó Pedro.

—No lo sé, no quiero hacerme...

—¡Míralo, por favor! No te hagas ilusiones si no quieres, pero déjanos que preparemos la boda, ¿vale?

—¡Ha sido solo una cita, *carallo*!

Toqué la pantalla y desvié la atención para corroborar que, efectivamente, era él. Pedro y Mariajo gritaron con una ponderación desmedida y les mandé a que bajaran el volumen. Eran las doce de un domingo cálido y estábamos compartiendo cafetería con las abuelas mientras tomábamos las primeras cervezas después de un café con leche.

—¡¿Qué dice, qué dice?! —presionó Mariajo.

—Son cosas nuestras.

—Anda, ¡venga ya! Nos has contado con todo lujo de detalle cómo te comió el coño, pero eres incapaz de compartir un par de mensajes.

—¡Chisss! No me apetece que se vuelvan a girar las de la mesa de al lado.

—Y qué más da, ni que nunca les hubieran comido el coño.

—Pues… es posible. En aquella época… —debatió Mariajo.

—¡Me da igual! Chicas, quiero saber qué ha dicho el hombre de nuestros sueños —retomó Pedro. Inspiré, dibujé una sonrisa sin poder evitarla y fue la precuela a una sacudida de emoción y aleteos sin sentido por todas las extremidades.

—Bueno, me ha dicho que le encantó la noche de ayer, que fue mágica y que si había descansado.

—Ay, es monísimo —aseguró Mariajo.

—Vuelve a contar la historia, que no puedo parar de escucharla, por favor —insistió Pedro.

—¿Otra vez? ¿Cuántas veces queréis que os explique la cita?

—Hasta que se te canse la lengua como le pasó ayer a uno que yo me sé.

—¡Pedro, *carallo*! ¿No tienes vergüenza o qué?

—Ninguna. Venga, dispara.

Claudio y yo nos conocimos a través de una aplicación para ligar conocidísima, una de tantas que salpican el firmamento de la desesperación y la necesidad sexual. Arquitecto, veintiocho años y con una frase divertida a la par que realista que me impulsó a darle *match* directo: «No puedo esperar a hacer *match*, intercambiar un mensaje y luego no volver a hablar». Su ironía representaba la gran mayoría de las conversaciones aburridas, clásicas y monótonas que me tenían al borde de una baja temporal por hartura crónica.

Su cabello oscuro y sus ojos verdes capturaban su galería fotográfica, aquella que no dejé de repasar y repasar, concentrándome en todos los ángulos posibles para ver dónde estaba el truco o el defecto. Amante del surf, emprendedor y detallista, con un estilo exquisito para las sudaderas y un gato regordete que posaba con elegancia. No pasó ni un segundo cuando, ¡tachán!, *match*. Le escribí una simple frase: «Nunca había estado tan nerviosa al escribir el primer y último mensaje de nuestra historia». Él se rio, charlamos sobre la fugacidad de las conexiones y nos dimos los teléfonos. Pasamos días enviándonos memes, canciones o fotos absurdas de nuestra rutina. Yo, en la farmacia, contando los clientes que habían pedido un antibiótico para un catarro, y él en su estudio, cagándose en aquellos que no entienden por qué no se puede tirar un muro de carga. Veíamos episodios de *Juego de Tronos* a distancia y comentábamos la enorme tensión entre Jon y Daenerys al mismo tiempo que me guardaba el desolador *spoiler* al final que le esperaba a su relación.

Tras un par de semanas charlando sin parar, decidimos quedar. No es que Claudio no lo hubiera propuesto en incontables ocasiones, es que no quería que se acabara la magia que se había creado a través del mundo virtual. ¿Y si cuando nos viéramos no teníamos tema de conversación? ¿Y si no le gustaba en persona? Aquel sábado por la noche preparamos nuestro encuentro con todo detalle. Iríamos a una coctelería de la zona a tapear en alguna terraza y, si todo iba bien, acabaríamos en algún bareto tomando una última ronda. Creo que jamás había sentido tantos nervios como aquella noche y les mandé mil fotos a Mariajo y a Pedro para que me ayudaran a escoger el conjunto perfecto. Al final me decanté por mis clásicos pantalones bombachos y un top atado a la espalda. Dejé mi larga melena al viento y me maquillé como pude con una ligera sombra y una máscara de pestañas.

Claudio vestía unos pantalones de lino, unas sandalias de piel y una camisa vaporosa. Era alto, aunque no tanto como parecía en las fotos, y su sonrisa explotó sin previo aviso cuando me vio. En ese instante, el corazón me dio un vuelco y supe que todo iría bien, aunque todo fue mal. No encontramos sitio en la coctelería y acabamos cenando un marisco que estaba demasiado hecho —y mira que es difícil cenar mal en Santiago de Compostela—, pero una tira de mis zapatos recién estrenados decidió que no podía contener mi pie choricero. Caminaba coja por las calles de la ciudad y Claudio propuso subir a su casa para fijar la correa. Accedí, estábamos a dos manzanas de su piso, un pequeño estudio acogedor y perfectamente decorado con una fuerte personalidad.

Con delicadeza, cogió mi sandalia e inspeccionó el problema. Me deleité al observar la entrega y el amor con el que buscaba una salida a mi incomodidad. Con lentitud pegó la tira y, mientras secaba, me ofreció una copa de vino. Acepté, no solo una, sino unas cuantas. Acabamos escuchando blues por su admirable pasión hacia esos doce compases y, de madrugada, me lancé a sus labios con total devoción.

El ritmo de los besos se acompañaba de una armonía lenta y erótica, una lucha sin ganadores entre su lengua y la mía. Sus labios suaves se antojaban adictivos y, a medida que la excitación crecía, disminuía la distancia entre nuestra piel. Claudio apartó algunos mechones rebeldes que se entrometían entre nosotros y, más tarde, totalmente poseída por el clamor de mi entrepierna, me quité el top y me subí encima de él. Acarició mi espalda como si de la correa se tratara, con delicadeza, para que pudiera volver a volar con comodidad. Mis pechos compactos se erizaron y Claudio los miró con un deseo que pude palpar entre sus piernas. Con la boca entreabierta, sus ojos verdes impactaron contra los míos, el pistoletazo de salida a un empotramiento.

Restregué desesperadamente mi entrepierna contra su erección y él jadeó algo contenido. Nunca he sido una mujer apasionada en el sexo, más bien viajaba con temor a través de él por eso de mi maldición y, bueno, ya sabes. Pero aquella noche, no sé si por el vino o sus ojos, me volví loca. Quería arrancarme la ropa y follar salvajemente.

Claudio percibió esa impaciencia y de un solo movimiento intercambió las posiciones. Me sentó en el sofá, me bajó los pantalones y enterró la lengua con sumo cuidado por todos los recovecos de mi centro. Gemí bajito, con vergüenza a mostrar mi deseo, pues nunca he sido una gran exhibicionista en lo que a la sensualidad se refiere. Cerré los ojos, me mordí el labio, abrí la boca y esperé en silencio lo que se estaba generando en mi interior. Él introdujo un dedo con sosiego y, al ver la dilatación y la fluidez, añadió otro. Y ahí estaba vendida, me entregué al abundante placer que sacudía mi cuerpo y ahogué un orgasmo a golpe de ojos volteados y cuello arqueado. Segundos más tarde, Claudio me preguntó si estaba bien. «Parecía que habías perdido la consciencia, tenías los ojos totalmente en blanco y temblabas», añadió. Me excusé diciendo que mis orgasmos eran muy muy intensos, sin compartir que ese gato que dormía plácidamente en su cama le daría uno de los peores sustos de su vida.

—Pero ¿se va a morir el gato? —preguntó Pedro.

—No lo sé, solo vi que estaba en el veterinario y lloraba mientras lo acariciaba. Había mucho dolor, supongo que no era una buena noticia.

—Es ley de vida, la muerte nos espera a todos —añadió Mariajo.

—Joder, cari, eres la alegría de la huerta, ¿eh? —bromeó Pedro, y acto seguido volteó la cabeza—. ¿Volverás a quedar con él?

—Posiblemente. Porque, madre mía, qué noche.

—¿Por qué no has dormido en su casa?

—Ya me conocéis, no me gusta dormir acompañada, sobre todo si no conozco a la persona.

—O sea, ¿te metes su polla por todos los orificios y no eres capaz de sobar a su lado? —dijo Pedro.

—Por todos los orificios, no.

—¿Ah, no? ¿Cuál te faltó? ¿La nariz? ¿El ombligo?

—El culo, Pedro, el culo.

—Pues, nena, te pierdes lo mejor —aseguró.

—¿Y tú qué sabrás si no sabes lo que es tener coño? —rebatió Mariajo—. Además, tú tienes tu punto G en el ojete. Normal que te guste tanto.

—Exacto, mi punto P, el mayor tesoro que albergo en mi interior.

—Un tesoro un poco desgastado, ¿eh?

—Mira quién fue a hablar, sor María José.

—Ja, ja, ja, qué va. Si somos igual de perras.

—¡Y a mucha honra! —Pedro levantó la cerveza para rematar el trago.

—La cuestión es que necesito vuestra ayuda —sentencié. Las risas pararon en seco y capté la atención completa de ambas—. No quiero que me pase con Claudio lo que pasó con Xoel.

—¿El qué? ¿Que te ponga los cuernos?

—No, *carallo*. Ver su futuro. No sabéis lo que me costó volver a la carga después de esa escena con su gato… Menos mal que el vino estaba cerca.

—Y que estabas más cachonda, perra —bromeó Pedro.

—Eso también. Entonces ¿qué hago?

—¿Pero ya te estás emparejando con él? —cuestionó Mariajo.

—¡No! Yo no… —Disimulé mi evidente atracción hacia Claudio—. Sois vosotras, que estáis ahí con la boda y los cuentos de hadas.

—Claro, cari, somos nosotras, ¿verdad? —La vacilada de Pedro me robó una sonrisa y asentí con sumisión ante la evidencia de que Claudio me gustaba, y mucho.

—A ver, yo creo que está claro, ¿no? O no tienes orgasmos o cada vez que te quieras correr te tocas tú, como pasó con Pedro.

—Madre mía, esa noche es mejor que quede en el olvido —añadí.

—¿Peeerrrdona? Es una de las grandes leyendas de nuestra amistad. Esa y cuando Mariajo se fumó su primer porro. Qué descojone fue aquello, madre mía. —Nos reímos todas al unísono, habíamos olvidado ese capítulo—. La tía decía que podía comunicarse con la nevera.

—Canalicé tantos mensajes… Madre mía —corroboró.

—¿Sí? ¿Y qué te dijo el yogur? —vacilé.

—Que eres un poco imbécil, la verdad. —Y estallamos en una carcajada improvisada. Mariajo volvió a ponerse seria—. Vamos a centrarnos, que creo que estamos cerca de la solución. La próxima vez que quedes con Claudio, te masturbas tú hasta llegar al orgasmo, ¿entendido?

—Lo intentaré.

—¿Lo intentarás? —repitió Pedro.

—Sí, es que… Claudio es muy bueno, y cuando os digo muy bueno, es muy bueno. Vamos, buenísimo.

—Nos ha quedado claro, hija.

—Pero puedes disfrutar de la comida de coño y cuando te vayas a correr, le apartas y te tocas tú. Es sencillo —añadió Pedro.

—Tienes razón, ¡uf, menos mal! Hemos encontrado la solución. Os quiero, joder.

No pasaron ni veinticuatro horas hasta que volví a quedar con Claudio. Esta vez, nos fuimos a mi pizzería favorita y empezamos un tonteo eterno que se alargó hasta su casa. Estaba dispuesta a seguir con las instrucciones de Mariajo y de Pedro, poner a prueba ese truco absurdo que mantendría la ilusión y la intriga por mis relaciones románticas, la salida a todos esos secretos que guardaba en mi interior.

Era domingo y ambos trabajábamos al día siguiente, pero no nos importó. Estábamos sumergidos por completo en nuestras historias, en divagaciones sobre la existencia, en las copas de vino que esperaban pacientes un poco de atención. Claudio me contaba sus anécdotas como si fueran cuentos personales y grandes hazañas; y yo escuchaba atenta y observaba cada movimiento de ese cuerpo que me ahogaba en deseo. Un deseo tan carnal que solo podía resolverse en sus brazos. No tardamos demasiado en volver a juntar la piel, a sellar los labios, a fundir los poros, a navegar por el placer. Me encantaba el sexo con Claudio; era absolutamente adicta a sus manos, a sus besos, a su movimiento. Me transformaba cuando un ligero roce de sus huellas paseaba por mi cintura y perdía el control total de mi entorno y mi fuego. Tan solo podía arder, arder desde mis adentros.

Intenté poner a prueba con todas mis fuerzas el truco que había pactado con Mariajo y con Pedro, pero fue básicamente imposible. Claudio enterró la cabeza entre mis piernas y en cuestión de pocos minutos, las contracciones, el fogonazo de luz y el túnel. Mierda. Ni la segunda, ni la tercera, ni la cuarta, ni casi ninguna vez de las que enredamos los cuerpos, pude frenar su talento. Por primera vez sentía una conexión tan potente, tan animal, tan profunda, que solo quería exprimirla al máximo. Por primera vez disfrutaba del sexo, me entregaba íntegramente y la maldición quedaba en segundo plano, al menos, durante los primeros años. No me importaba ver pequeños *spoilers* de citas o de sorpresas, descubrir que viviríamos juntos, que Claudio conseguiría tantos clientes, o tantos otros detalles que los hacía insignificantes. Todo ese adelanto de acontecimientos quedaba enterrado bajo una alfombra inconsciente de mierda que empezaba a modificar la estructura del hogar. Hasta que un día todo estalló y la maldición conquistó todo lo que habíamos creado.

Otra vez.

XV

Tantra

Aprovecho el día de fiesta para descansar. Salgo a pasear por los alrededores del retiro. Kalinda insiste en llevarme a descubrir Ubud, pero yo la rechazo con amabilidad. No me apetece conocer Bali, siento mucha rabia en mi interior. Que le den por culo. Me limito a pasear cerca del río, a intentar no tropezar con las gigantescas piedras que se cruzan por el camino y me doy un baño en la piscina con el resto de mis compañeros, de nuevo, en silencio. Observo el atardecer desde mi balcón mientras leo un libro, me embadurno de antimosquitos y me duermo con facilidad.

El martes amanezco como todos los días, con la misma resistencia y agotamiento, aunque en mi cabeza hay un contador que va tachando el tiempo que resta para volver a casa. Preparo la sala y Kalinda entra, como cada mañana, llena de energía y belleza.

—Amisha, regálame unos minutos después del desayuno. Tenemos que platicar.

—¿Todo bien?

—Sí, sí.

El yoga pasa lento, observo la habilidad innata de Kalinda y la dificultad que tienen algunos alumnos en conseguir hacer las posturas. Es la parte más entretenida de todo el día. Alisto la sala y voy a desayunar. El batido entra con cierta dificultad; no sé por qué estoy nerviosa. En realidad, si decide que debo irme, me estaría haciendo un favor.

Kalinda me espera en la recepción mientras conversa con un hombre al que veo de espaldas. Está muy emocionada, no para de sonreír y de sacar papeles por todos lados.

—¡Ay, Amisha! —grita, y acto seguido se tapa la boca con rapidez. Se acerca deprisa. Me quedo sorprendida, es la primera vez en casi diez días que escucho la voz de Kalinda al natural, sin susurros—. Me olvidé de que todavía seguimos con el retiro de silencio... ¡joder!

—Dime, Kalinda. ¿Te viene bien que conversemos ahora? Si estás ocupada...

—Sí, sí. Es perfecto. Mirá ve, acompáñame, quiero que conozcas a alguien. ¡Pushan!

Es complicado describir la sensación tan extraña que me recorre. Lo único que noto es el vuelco que me da el corazón al chocarme con sus pupilas. La rareza de un escalofrío que me recorre la espina dorsal hasta desvanecerse en mi nuca. No soy de las personas que creen en el amor a primera vista, ni de las románticas que acaban llorando un sábado por la noche con finales de películas absurdamente guionizados. Soy de las que mantienen ambos pies en la tierra; todo pasa con ligereza ante mis ojos, sin demasiada implicación por ninguna de las partes. Ni el contexto me afecta, ni yo afecto al contexto. Supongo que este fue el pacto que hice al nacer, al estilo: «Mira, colega, vamos a llevarnos bien. Yo te dejo a tu bola y tú me dejas a la mía», y pareció funcionar. Hasta este momento, cuando, de repente, el contexto me sacude con violencia y me deja algo mareada. Y yo me quedo algo fascinada por la impresión primeriza y con cierto resentimiento en mi interior porque esto no era lo que habíamos acordado.

A medida que me acerco a él, cambio la expresión que se evidencia en mi cara. Sonrío, no demasiado, para que no note la punzada lumbar. Lo suficiente para parecer la pringada maja que ha venido a Bali a pasar unos meses, vete a saber por qué. «Drogodependencia», pensará. Su altura es algo que impresiona, y me obliga a doblar el cuello para poder verle la cara. Es delgado, ligeramente fibrado y de espalda ancha, pero está lejos de ser la típica rata de gimnasio adicta a la creatina y a las pesas que se preocupa más por el tamaño de sus bíceps que de su cerebro. Viste una camisa de lino blanca algo vieja y unos bombachos que inspiraron la próxima secuela de *Aladdin*. Va descalzo y algunas pulseras de hilo decoran sus tobillos, que quedan expuestos por la longitud de sus piernas y el tamaño estándar de los pantalones. Se ajusta el moño y se aparta la melena ondulada sobrante, que cae por debajo de los hombros, que se le ha quedado pegada al cuello por el sudor. Unas arrugas marcadas y unas cejas poco pobladas esconden sus ojos profundos y caídos, que se recogen cuando entra la sonrisa. Y ahí, pero ¿qué...? Ahí todo cambia.

—Amisha, te presento a Pushan. Pushan, ella es Amisha.

—Encantada. —Se acerca y me abraza. El corazón se me dispara y me preocupa que lo sienta golpeando contra su abdomen. El apapacho dura más de lo protocolario, aunque esto es algo típico de este mundillo. No sé, les gusta abrazar más segundos de lo habitual. ¿Es incómodo? Sí. Bastante.

—Mirá ve, Amisha es la chica de la que te platiqué. Se queda dos meses con nosotras en el retiro para ayudar en redes sociales y en clase. Hicimos *match* a través de WorkAway. —Pushan me mira con esos ojos oscuros que parecen negros a falta de un ligero rayo de sol. Fuerzo una mueca y desvío la mirada al suelo, rogando que se acabe este encuentro. Qué tengo, ¿quince años?—. Y Amisha, él es Pushan. Es el profesor del próximo retiro, que empieza en dos días.

—Encantada —vuelvo a decir.

—Oye, Kalinda, no sé si me falla la memoria, pero... ¿habéis cambiado el techo? —pregunta Pushan; su acento tiene un ligero toque andaluz, algo camuflado.

—Sí, justo, era necesario, ve. ¿Recuerdas el año anterior?

—Claro que lo recuerdo, hicimos milagros con aquella tormenta. —Ambos estallan en carcajadas y yo los acompaño con una sonrisa cordial de no saber a qué cojones se refieren, pero aquí estoy.

—Amisha, quería platicar contigo sobre el próximo retiro. Es una formación de tantra. Pushan es el profesor.

—¿De qué?

—De tantra. —Me quedo quieta y sin articular respuesta, con una cara entre sorprendida e inquieta. Kalinda y Pushan se miran.

—¿Conoces la práctica? —interroga Pushan.

—Es que no sé si es lo que creo que es.

—¿Y qué crees que es? —sonríe. Trago saliva, estoy quedando como una completa imbécil.

—Los masajes tántricos son los masajes esos... ¿no? ¿Va por ahí?

—Esos... ¿cómo?

—Esos que son más, a ver cómo lo explico, más felices al final.

—¿Felices al final? —Pushan y Kalinda no pueden contener la risa. Definitivamente soy imbécil—. Perdona, ha sido muy divertido cómo lo has expresado. No, no va por ahí. Estás cerca, pero, al mismo tiempo, muuuy lejos. En fin, podría estar hablando horas sobre este tema. ¿Estarás en sala todos los días?

—Sí, menos el domingo.

—Entonces descubrirás el final feliz que aporta el tantra.

Hacer las paces con Bali me llevará tiempo, no sé si mucho o poco, pero tiempo. Esta mañana estaba en el baño y se ha caído un lagarto gigantesco cerca de los pies. Me he meado encima, literalmente, y he salido corriendo. Esos bichos satánicos se llaman geckos y hacen un ruido infernal cada noche antes de dormir, una especie de nota agudísima que compensan de inmediato con una más grave. Una hazaña propia de cualquier vocalista experimentada que aspira a ser algo más que una cantante de orquesta estival. Y ahí estaba mirándome el puto gecko a través de esos ojos raritos de loco psicópata que quería matarme de un infarto a mis veintiséis años y subiendo. El cruce de pupilas nos mantuvo absortos en unos segundos que parecieron eternos, cada cual en su territorio: él, a los pies del váter con la cabeza ligeramente ladeada y las patitas bien abiertas, y yo, con los pantalones bajados hasta los tobillos y sin ningún tipo de barrera genital, enseñando en primer plano mi entrepierna a un lagarto pervertido que se había quedado petrificado. Genial, y ¿ahora qué?

Cuando me recuperé del susto, di unos pasitos pequeños en dirección al papel y deprisa rompí un trozo para limpiarme. El gecko seguía ahí, postrado en su nuevo trono, ensimismado con su conquista. Me subí los pantalones con tranquilidad, como si estuviera delante del depredador más temido de la historia. Lenta, suave, para no levantar sospechas, para no despertar el instinto feroz de un serecillo cuya alimentación se basa en insectos y fruta.

Acto seguido, me hice una coleta y me puse un poco de máscara de pestañas. Era raro en mí, sí, sin duda; no había abierto el neceser de maquillaje en toda la semana. Pero hoy, tal vez, sería un día especial.

He ido corriendo a la sala y veo a Pushan meditando en su interior. Me freno en seco, sin saber muy bien si dejarle su espacio o cumplir con mis tareas previas a la clase de yoga. Tras pocos segundos de espera, oigo una voz:

—No te preocupes, no me molestas —susurra.

—Vale, perdona.

Él sigue frente a una tela gigantesca con el dibujo de un tipo mazadísimo y azul, con el pelo largo y los ojos entreabiertos en éxtasis. Podría protagonizar la próxima entrega de *Avatar*, un alienígena buenorro que preside la novedad de la sala. Pushan hace varias reverencias, escucho su tono suave en un idioma desconocido y repite la misma frase una y otra vez. Yo me limito a acomodar el creciente número de colchonetas y cojines alrededor del espacio. Localizo el incensario delante de Pushan. Me incomoda ir a buscarlo, pero me resigno a ello. «No molestas, Amisha. Haz tu trabajo», repito.

Doy unos pasos suaves y desvío sin querer la mirada hacia su expresión. Sus ojos cerrados caen hacia los laterales de una forma casi cómica pero muy entrañable, y unas arrugas sutiles le salpican las comisuras, lo que hace imposible calcular su edad. O tiene pocos años, pero muy mal llevados, o tiene muchos y se conserva muy bien. La barba, perfectamente recortada, le abraza la mitad de la cara; tiene un toque salvaje por algún pelo que decide rebelarse contra su destino. Sus labios son finos, casi invisibles, y su rostro serio e imponente se eleva al cuadrado cuando añade la postura recta y angulosa de la meditación.

Cojo la copalera y la relleno de salvia blanca que quemo

de inmediato con una cerilla. Prende fácil, aunque se me hace eterno. Su respiración se vuelve más intensa y distingo el revoltijo de palabras. *Om... Nama... ¿Shivaya?*, o algo así. Es violento estar en la misma sala que una persona meditando. No sabes qué ocurre en su interior, si realmente está cagándose en ti y tan solo ha sido maja en plan espiritual estilo: «¡Oh, amor incondicional hacia todos los seres!», «¡todo es perfecto!» y mierdas parecidas. Siempre he sentido que en el interior de todas esas frases vacías había espacio para la hipocresía, que dicho en alto suenan fenomenal, pero sentirlas de verdad es otro trabajo, tal vez para más adelante. Quizá el estigma que siento hacia la espiritualidad es que no me creo nada; no es tangible, no es medible, no es científico. Todo se basa en un sinfín de creencias que engañan al cerebro para que se trague que eso es una realidad y no un producto de la imaginación.

Paseo con lentitud por la sala con la copalera en la mano y observo los primeros rayos de sol que se cuelan a través de la selva, bañando el espeso verdor de un amarillo vibrante. Pushan detiene el murmullo e inmediatamente inspira hondo. El sonido de su respiración se magnifica en esta sala enorme que, del mismo modo, amplifica mis pasos. Creamos una intimidad extraña e incómoda, pero nuestra. En mi interior siento el impulso carnal hacia su persona, una sensación que achanto con rabia hacia lo más profundo de mi ser. «No, no voy a follar con un hippie», me respondo. Tras esa respuesta, nace una voz, distante a mi mente, más profunda y sabia: «¿De qué tienes tanto miedo?», reitera. «De qué tienes tanto miedo».

Pushan se estira y coloca las palmas juntas frente a su pecho. Hace una reverencia final y observa el espacio, algo meticuloso.

—¿No crees que este lugar tiene una energía especial?

—No, por favor, no empecemos con las energías. Por favor.

—Sí, es muy bonito —añado. Dejo la copalera y busco la *playlist* para el yoga de la mañana. Pushan coloca algunas figuras extrañas y prende unas velas en el altar.

—¿Sabes? Siempre me pongo nervioso antes de empezar una formación. Llevo años haciendo justo esto y, aun así, no sé, se me acelera el corazón. Qué cosas, ¿verdad?

—Sí, curioso —contesto, sin saber muy bien qué responder, sinceramente. Él me mira, extrañado por mis respuestas casi monosilábicas. Yo fuerzo una sonrisa cordial y fugaz y me dedico a tareas absurdas para que el tiempo pase lo más rápido posible.

Por suerte, las primeras personas empiezan a aparecer, con sus pantalones de yoga y sus botellas de agua. Pushan sigue mirándome y me devuelve esa sonrisa ralentizada con matices curiosos. Kalinda entra con su desparpajo habitual y yo tomo asiento.

—Felices días. —Y coloca su esterilla al frente de la sala. Pushan se sitúa entre el alumnado, dispuesto a seguir las directrices de la profesora.

Presa del aburrimiento, desvío los ojos hacia las posturas extravagantes de las nuevas caras que se han incorporado al retiro; me detengo en una. La espalda de Pushan se dobla con facilidad, sus brazos afloran en las posiciones más exigentes y la melena se desliza hacia su frente sin causar estragos. Al finalizar el movimiento, todos se estiran en el suelo, boca arriba, y se quedan en la postura que, según dice Kalinda, es la más difícil. «La postura del cadáver, debemos parecer muertos por dentro y por fuera. Sin que la mente se interponga».

Al finalizar, como cada día, Kalinda me anima a asistir a la clase siguiente. Y como siempre, sonrío y le doy las gracias negando la oferta para mis adentros. Tras el desayuno, me adelanto para alistar la sala. Es la misma rutina y ya me la conozco, aunque hoy tengo una sensación extraña, novedosa... ¿estoy nerviosa? Recojo los cojines y las esterillas, paso la mopa por el parquet. Pushan entra, recién duchado y con el pelo aún húmedo, todo de blanco. No mantenemos ningún tipo de conversación, tan solo forzamos muecas cuando nos cruzamos por el espacio o pedimos perdón cuando interferimos en la trayectoria del otro.

—No hace falta que pongas los cojines de meditación, vamos a empezar con una dinámica en movimiento.

—De acuerdo.

De nuevo, la sala se llena de personas, entre ellas Kalinda, que se une sin pensarlo.

—Amisha, ¡Amisha! —susurra.

—Dime.

—¡Ven acá! Las clases de Pushan son bien chéveres.

—Estoy bien, gracias. Las disfrutaré desde aquí. —Me siento en la silla de siempre, compruebo que el móvil esté en silencio y observo.

La gente se acomoda alrededor de Pushan y su altura favorece que puedan verlo todo sin demasiado esfuerzo. Se recoge la mitad del pelo en un moño pequeño y el resto le humedece la camiseta blanca de lino a la altura de los hombros. Los pantalones bombachos son exagerados y la costura de la entrepierna cae prácticamente hasta sus rodillas. Sin querer me fijo en el movimiento de su pelvis y me percato de que no lleva ropa interior.

—¡Bienvenidas, bienvenidos! *Hari Om Tat Sat* —saluda.

—*Hari Om Tat Sat* —responden algunas voces.

—Lo primero que os tengo que confesar, con toda mi sinceridad, es que estoy bastante nervioso. Llevo años formando a personas dentro del tantra y, esta vez, siento que hay algo especial. Lo veremos a medida que avance el retiro. Antes de empezar con la teoría, las presentaciones y demás, me gustaría que sintiéramos nuestro cuerpo. Tal vez también estés nerviosa, tal vez sea tu primera vez, tal vez te estés planteando qué *cohone* haces en Bali en un retiro sobre tantra... Bien, sea cual sea tu estado emocional, es el momento de sentirlo, de sentir tu corazón. Esto lo hacemos poco, muy poco en nuestras vidas, y aquí es fundamental. La meta de estas prácticas poderosas no es el cuerpo, ya que este es un canal hacia algo muy superior. Pero para acceder a ello, debemos conocerlo, saber cómo funciona, cómo se encuentra, cómo lo percibimos. Por eso, quiero que simplemente camines por la sala, sin prisa, siendo muy consciente de tus pasos. Pon tu atención en tu interior, en ti, ¿de acuerdo?

Pushan viene corriendo a mi mesa y busca la canción exacta para este preciso momento. Roza mi brazo con ligereza, me pide perdón apoyando su mano en mi hombro. Una gestión rápida, sin perder la concentración. Se apresura hasta el centro de la sala.

—¿Preparadas? —Me sorprende el uso del femenino. En realidad, no entiendo el motivo, llevo toda la vida identificándome con el masculino cuando hablan en grupo. ¿Por qué debería ser distinto?—. Empezamos a caminar suave, lento... No tienes prisa. Siente tu paso, siente cómo tu cuerpo regula la pisada... Eso es. Inhala y exhala, sin hacer un esfuerzo especial, tan solo siendo consciente de ello. Intentad no perder la concentración con los demás, ni los miréis. Ahora mismo eres tú con tu cuerpo.

Al finalizar la canción más larga de la historia, la dinámica se detiene. Algunas personas sonríen con cierta emoción, como quien se mete en una montaña rusa y lo único que sabe es que será alucinante, aunque le dé por vomitar o se quede inconsciente.

—Coged un cojín y sentaos en círculo, por favor.

Todos obedecen, ceden espacio y se posicionan en un círculo perfecto que preside Pushan.

—Ahora sí, ha llegado el momento de las presentaciones. Para ello me gustaría que dijeras tu nombre y, acto seguido, las demás responderemos «*Namasté*» y el nombre de la persona. A continuación, me gustaría que compartieras de dónde vienes, cómo te sientes en este momento y qué te ha hecho dar el paso para apuntarte a la formación, ¿de acuerdo? ¿Quién empieza? ¿Quieres? —Señala a la chica situada a su izquierda. Ella asiente.

—Hola... Soy María.

—*Namasté*, María —dice el grupo. Pushan sonríe en señal de aprobación.

—Vengo de Madrid y me siento... Uf, tengo muchas emociones. Me siento bien.

—¿Qué significa «bien»? —corta Pushan.

—Pues... emocionada, alegre, nerviosa..., con algo de miedo, sí, eso también. Mi vida sexual es lo que me ha hecho dar el paso. Tengo cincuenta y cinco años y, a raíz de la menopausia, siento que ya no vivo mi placer de la misma manera. Estoy divorciada y me cuesta encontrar parejas o amantes, mi deseo se ha reducido bastante y me siento frustrada. Eso es, me siento frustrada. Y nada, ya está.

—Muchas gracias, María —añade Pushan, que automáticamente observa al siguiente compañero, un chico muy joven y delgado, con el pelo lacio y largo.

—¿Qué tal?, soy Diego.

—*Namasté*, Diego —responde el grupo.

—Yo soy de un pueblito cerca de Barcelona, de Vilano-

va i la Geltrú, y ahora mismo tengo mucho miedo en mi interior. No sé a qué *collons* he venido, pero aquí estoy. Tomé la decisión hace relativamente poco y fue un impulso que me surgió de mis adentros. No sabía por qué, pero tenía que estar aquí, ¿no? Y aquí *estic*. Descubrí el tantra hace unos años con mi pareja y me cambió la vida. Ella también estaba formándose, es profesora de yoga, y me descubrió un mundo. Siempre había querido introducirme y vi este retiro en Bali y, no sé, fue la excusa perfecta, ¿no?
—Todos afirmaron con un gesto y sonrieron. Había un ambiente humano, natural, comprensivo y divertido.

La mañana transcurre animada, historia tras historia. Algunas personas rompen en llanto porque su situación personal es muy dolorosa, otras estallan en una risa interminable fruto de la emoción de hacer una locura como esta. Todos son empáticos con el resto y la mezcla de edades, procedencias, situaciones económicas, personales... se traduce en un batiburrillo curioso, como si cogieran a dedo un vagón del metro y les dijeran que tiene que viajar a Bali para asistir a un retiro de tantra.

Cuando la rueda acaba, Pushan me lanza una mirada y se dirige a mí.

—Amisha. —Me pilla desprevenida y doy un salto absurdo que me hace descentrar el culo de la silla—. Te toca.

—¿A mí?

—Claro. —Él sonríe; aun sin conocerme, sabe que está provocándome. El grupo me observa con calma, paciencia y cierto fisgoneo.

—De acuerdo —respondo al desafío levantándome de la silla y dirigiéndome hacia el círculo. Me mantengo de pie justo frente a mi pequeña mesa que sirve de oficina o de refugio, qué más da—. Soy Amisha.

—*Namasté*, Amisha. —Pushan sigue lanzándome una

mirada chulesca, y cazo al vuelo una sonrisa estúpida que estaba a punto de escapar por mis comisuras.

—Vengo de Santiago de Compostela. Me siento... —Me tomo unos instantes para decidir si quiero compartir la verdad o disfrazarla de mentira. Decido ser sincera, por respeto a la apertura de tantas personas a lo largo de la mañana—, me siento extraña. Hace una semana y poco que estoy en Bali, apoyando las necesidades de Kalinda o ahora, de Pushan, y todavía no me acostumbro. Es raro todo, ¿eh? Me sigue costando dormir por las noches, echo en falta a mis amistades. Eeeh..., yo... Me cuesta conectar con todo este mundillo, la verdad. Esto es lo más cerca que he estado de él, aunque mi mejor amiga, Mariajo, es una loca de este tema. Le encanta hablar del zodiaco, las energías y me limpia el aura a cada momento. Y sí, ella es la que me ha liado para que esté hoy aquí. Mariajo es maravillosa, aquí estaría en su mundo, pero sin duda no es el mío. Eso me hace estar un poco... distante. Y... ¿cuál era la siguiente pregunta? —Todos callan sorprendidos por mis palabras y una pequeña voz en mi interior reflexiona sobre la cantidad de información, claramente innecesaria, que acabo de soltar por la boca.

—¿Qué te ha hecho dar el paso para estar aquí? —dice una voz suave, algo maternal. Vuelvo a plantearme si seguir con la verdad o fingir. «Sí, verás, vine a Bali porque una *meiga* en Santiago me dijo que lo hiciera para resolver el misterio de mi maldición. ¿Que cuál es, dices? Ah, claro, yo te la explico. Cada vez que tengo un orgasmo veo el futuro. Divertido, ¿verdad?». Definitivamente no es ni el momento ni el lugar. Ni muchísimo menos las personas.

—Quiero cambiar de aires, necesitaba salir de la ciudad y, no sé, ¿vivir nuevas aventuras? —Fuerzo una sonrisa algo irónica, y un montón de ojos me observan mientras trazan sus teorías con un hilo argumental protagonista: la drogodependencia—. Y eso es todo; aquí estoy por si necesitáis cualquier cosa del curso.

—Gracias, Amisha —añade Pushan, y acerca las palmas de sus manos al corazón a la vez que se inclina un tanto. Tras eso, continúa con la presentación—: Bien, yo soy Pushan.

—*Namasté*, Pushan.

—Vengo de Cádiz, aunque llevo muchos años viajando por el mundo. Me siento contento, emocionado y agradecido de estar en este lugar tan mágico un año más. El tantra llegó a mi vida para cambiarla radicalmente hace unos doce años. Desde entonces, me sumergí en sus filosofías, troté por todo el globo y encontré a los mejores maestros que me pudieran acercar a lo que me ha dado la vida en creo que incontables ocasiones. Para mí, el tantra es algo muy sagrado y voy a intentar transmitiros su fuerza y su revolución para que transforme vuestra vida. Aunque más allá de la teoría, trabajaremos la práctica, porque sin duda es ahí donde todo cambia. Os espera un mes muy intenso, muchísimo, y es importante que desarrollemos un protocolo de buenas prácticas entre el alumnado. Por lo tanto, si os parece, vamos a hacer una pausa y os hablaré un poco de la formación.

Las personas se aglomeran a la entrada de la sala, como lagartijas al sol, charlando entre ellas o en un silencio que me resulta familiar, aunque esté lejos, muy lejos del mismo. Tras pasar más de una semana rodeada de susurros o de gestos, ahora me encuentro con un movimiento algo frenético, una sacudida a mi aburrimiento que agradezco enormemente.

—¡Vale! Empezamos —ordena Pushan—. No hace falta que hagáis un círculo ahora, solo necesito que me miréis a mí y a la pizarra.

Pushan se ajusta la melena y bebe un trago largo de agua para dar paso a una explicación algo lenta sobre las prácticas en el retiro. Y aquí sí, vuelvo a mis cutículas para atenuar la pesadez de la charla.

—En este retiro la comunicación es de vital importancia. Van a suceder muchas cosas, vais a tener muchas experiencias y, sobre todo, encontraréis la verdad a muchas de vuestras preguntas. Eso puede ser doloroso, pesado, agobiante. Tal vez tenéis la tendencia a esconderos, a guardároslo todo. Os invito a todo lo contrario. Cada día pondremos en común la experiencia vivida en *los compartires*, un espacio de respeto y escucha activa.

»No haremos presunciones sobre los demás, ni juzgaremos la expresión emocional de las compañeras. En el tantra no hay juicio, no hay una forma correcta de mostrar placer, dolor o cualquier emoción. Por lo tanto, pido respeto para todas y cada una de las almas que estamos aquí.

»Una vez a la semana tendremos nuestro día de descanso. Aprovechad y disfrutad de Bali. ¡Salid, indagad la isla! Es preciosa, un núcleo poderosísimo de energía que os va a sacudir muy duro durante este mes.

»En esta formación se trabaja con el cuerpo y con la desnudez. En el tantra cultivamos la energía sexual y no hay ningún problema en mostrarnos al natural, sin barreras. Todos los cuerpos son sagrados para el tantra, da igual la forma, el color, el tamaño, la edad... No estamos aquí para desear, sino para profundizar en la sexualidad, en la vida, en la sacralidad. La belleza está en todas y todos los que estamos en esta sala, sea cual sea nuestra complexión y nuestro físico.

»Tanto Kalinda como yo estaremos a vuestro servicio todo este tiempo. Si alguien necesita hablar en privado, por favor, decídmelo. Es importantísimo que resolváis vuestras dudas o busquéis apoyo. En este mes formaréis vínculos muy potentes dentro del grupo y repito, compartid vuestras emociones y vuestros fantasmas. No os los llevéis a la cama. Y, finalmente, nuestra compañera Amisha podrá daros soporte para cualquier duda sobre el material o el retiro. Ella forma parte del equipo. ¡Listo! Vamos a comer, que necesitamos recuperar fuerzas. Esta tarde empezamos con un poquito de teoría sobre el tantra y mañana toca la práctica.

Una oleada de aplausos se cierne sobre la sala y la mala acústica hace que suenen más agudo de lo confortable. Algunas personas empiezan a abrazarse, a reírse, a retrasarse y hablan durante varios minutos de pie, como si el resto no importara. Como algo rápido con algunos para poder recoger la sala y continuar con la clase. Para mis adentros, cuento los días que me quedan para cumplir dos semanas y decidir cómo comunicar que me voy, que vuelvo a España. Y que le den por culo a todo.

Cuando llego a la sala, Pushan entra por la puerta.

—¿Me estás siguiendo? —bromeo.

—¿Por qué?

—No sé, venías detrás de mí, ¿debería preocuparme? —Pushan sonríe con cierta picardía y me ayuda a prepararlo todo—. No hace falta que me ayudes. Lo puedo hacer sola en un momento.

—Claro, pero si te echo una mano, acabamos antes. Venga, pongamos los cojines en círculo.

Paso la mopa corriendo mientras Pushan hace unos pequeños arreglos en el altar, coloca una pizarra cerca de su asiento y me ayuda con los cojines de meditación. El silencio alquila el espacio entre ambos; a él no parece incomodarle todo lo que a mí. Cualquier mínimo sonido se ve amplificado por la acústica de la estancia. Pongo algo de música, no lo aguanto más.

—Qué interesante tu historia, Amisha —comenta Pushan.

—¿Cómo? —Me pilla desprevenida con la *playlist* lista para darle a reproducir.

—Tu historia, *el compartir* que has tenido esta mañana. Ha sido interesante conocerte un poco más.

—Gracias, supongo. —Y vuelvo a mi estrategia para llenar el vacío y el nerviosismo que deriva de tener nuestros cuerpos cerca, en el mismo espacio y al mismo tiempo.

—Si en algún momento te apetece charlar con alguien, pues… dímelo. Entiendo lo que puede significar venir a un país tan lejos de casa, con tanta gente que no conoces, en un entorno tan extraño. Nos tomamos una cerveza, aunque son un poco caras en Bali —se ríe.

Inspiro profundamente y sonrío. Atrapo aquella Amisha algo sorprendida por sentir atracción después de tantos meses de abstinencia sexual y deseo inexistente. Supongo que el cuerpo tiene un sentido propio a la mente, como si fuese un organismo capaz de ir por su cuenta en lo que al control de la excitación se refiere. Había pasado meses dormida y escondida y, de repente, ¡boom!, estalla la compuerta de los fluidos y del salvajismo hambriento de carne.

Alejada del pulso del cuerpo y fusionada con mi mente controladora, sigue esa Amisha distante que se encierra en su jaula mental y es una simple marioneta en este juego. Sí, me siento sola, muchísimo. No soy una persona con facilidad social, de esas que de pronto van a un sitio y, en unas horas, son las reinas de la fiesta. Sin duda, estoy muy lejos de ser así; más bien me enclaustro entre mis paredes corpóreas, negando mi necesidad afectiva —y, por lo visto, también sexual— y creando un puente frágil con mis amistades a consecuencia de la distancia y la diferencia horaria. Todo se magnifica y, al mismo tiempo, se pospone. Una vorágine de sensaciones que me atrapan los órganos internos y que proceso con una lejanía autoimpuesta hacia lo que realmente me conecta con la vida.

Cuánto tiempo más voy a seguir engañándome. Cuántos segundos quiero ignorar, cuántas emociones quiero desatender. Cuántas experiencias sobran para poder estar en paz. O cuántas faltan para encontrarla. No tengo ningún plan y tal vez ese sea el problema, que lo mismo no hace falta, pero ni tan siquiera me esfuerzo en encontrarlo. En encontrarme entre toda esta maraña. La vulnerabilidad no ha sido mi mejor aliada; más bien es mi gran enemiga, la más obviada. Y ahora me pega de frente, con la mano abierta, la hostia que me escupe en el presente a falta de decisiones y circunstancias.

—Sí, lo cierto es que yo... —En el instante en que me acerco a Pushan para abrirle una pizca mi corazón, aparecen los primeros alumnos listos para la clase. Él se da cuenta y me guiña el ojo.

—Hablamos luego, ¿te parece?

La apertura de mi estado emocional es una estrella fugaz que no siempre pasa. «Luego», quién sabe qué pasará luego. O dónde se habrá ido esta calma repentina que me acuna tranquilamente entre toda esta rabia. Me digno a darle al *play* a esa lista de canciones, la gente empieza a caminar por el espacio, a sonreír, a bailar. Qué bonita es la libertad cuando le pones alas.

—Creo que estamos todas, ¿no? Vamos a empezar. Esta tarde daré una clase teórica sobre las bases del tantra y aquellos aspectos que debéis conocer. ¿Alguna de vosotras ha practicado tantra? —Varias personas levantan la mano, otras esperan pacientes el conocimiento—. Bien, sois poquitas. ¿Sabéis más o menos de qué trata esta filosofía? Sí, sí, levantad la mano. A ver... —Pushan cuenta con agilidad aquellos brazos sostenidos en el aire; esta vez se unen más—. Perfecto.

Sujeta de nuevo su pelo rizado y bebe un trago de agua. Parece el ritual que precede a una buena sesión de información que todo el alumnado espera con ganas, ¿incluso yo?

—Definir el tantra puede ser uno de los mayores retos, la verdad. —Justo en ese momento, Kalinda entra por la puerta acompañada de otra alumna. Se sientan en sus cojines y piden perdón con un gesto suave—. El tantra es una filosofía espiritual, una de las más antiguas que existen. En occidente nos ha llegado una parte extremadamente modificada. ¿Cuántas veces habéis visto clubes que ofrecen «masajes tántricos»? ¿O prácticas para «eyacular hacia dentro», como lo definen tantas personas? —Varias cabezas asienten, incluida la mía desde la distancia—. ¡Pues no tiene nada que ver con esto! O, al menos, no como lo imaginamos. Es cierto, se enseñan herramientas para retroeyacular o para masajear a una persona, pero el objetivo no es físico, sino espiritual.

»Usamos el cuerpo como canal para alcanzar un estado alterado de consciencia, y la sexualidad es uno de los grandes instrumentos que tiene la humanidad para conseguirlo. Podemos estar meditando durante diez minutos en silencio, algo muy poderoso, sin duda; pero también podemos tener un orgasmo que nos eleve la energía *kundalini* y entrar en trance durante horas. Esto es posible gracias a la práctica tántrica, y en esta formación aprenderemos el poder de la energía sexual como energía vital.

»Originalmente, el tantrismo es un conjunto de técnicas tradicionales que se centran en el cuerpo como la disciplina principal, ya sea para fines beneficiosos o malvados, como veremos a continuación. Los primeros textos escritos datan del siglo IV a. C., aunque algunos antropólogos señalan que podría tener una antigüedad de diez mil años y sus prácticas se transmitieron de forma oral. ¿Hasta aquí todo bien?

Algunas personas están totalmente absorbidas por el sinfín de información nueva al que están accediendo; otras bostezan fruto de la necesidad de una siesta inmediata. Me encuentro en el segundo grupo, sin duda.

—Me gustaría que vierais el tantra como una liberación, porque literalmente significa eso. «Tan», en sánscrito, significa expandir y «tra», liberar. Necesitamos liberar y expandir la mente, el cuerpo y el espíritu de muchísima opresión sistémica que ha condicionado, no solo nuestra sexualidad, sino nuestra forma de ser. Como he comentado antes, el tantra no está relacionado directamente con la sexualidad, pero recoge mucha información sobre la misma. En realidad, el tantrismo tradicional solo tiene una pequeñísima parte centrada en nuestro sexo. ¿Alguien sabe por qué asociamos la práctica actual con la sexualidad? —Se instala un silencio, algunas personas cruzan miradas.

—¿Por Osho? —suena una voz en la distancia.

—En efecto. Seguramente os suene ese nombre, sobre todo si os interesa el tema. Osho acercó la parte sexual del tantra a occidente y dejó a un lado gran parte de la espiritualidad. Esto se bautizó como «neotantra» y tuvo su momento cumbre en los años setenta con la llegada del movimiento *new age*, hasta la actualidad. De ahí que tengamos ciertas dudas sobre lo que significa el tantra en realidad. Aunque Osho no fue el primero que trajo el tantrismo a occidente; en 1906, Pierre Bernard divulgó sobre unas técnicas sexuales que provenían de la India, cuando el país estaba colonizado por los ingleses. Hubo un alto interés social por las prácticas tántricas y yóguicas, igual que sucede en los últimos años. Por eso hablamos de distintos tipos de tantra. ¿Alguien sabe cuántos hay?

Una persona carraspea y se acomoda en su cojín, Pushan dirige su mirada hacia ella.

—Tantra rojo y creo que blanco, ¿no?

—Bien, falta alguno... —Se hace un silencio un tanto incómodo—. ¿Nadie? De acuerdo. Existen distintos tipos de tantra con divisiones diferentes. El tantra de mano derecha, de mano izquierda y medio o mixto; tantra de alto, medio o bajo rango... Popularmente se conoce por colores. Y, en efecto, existe el tantra rojo, blanco, negro e incluso el rosa. El tantra blanco se centra más en la parte espiritual, como son algunos ejercicios en pareja con posturas de yoga, mantras, respiraciones y un largo etcétera.

»En el tantra negro se utilizan estas herramientas para fines no beneficiosos, de algún modo esotéricos para perjudicar a los demás. Con esto debéis tener mucho cuidado, sobre todo si viajáis a la India, puesto que algunos "maestros" ofrecen técnicas tántricas que pertenecen a esta categoría, y puede ser muy peligroso.

»¡Seguimos! El tantra rojo se acerca a la base de nuestra formación, aunque no del todo. Es la parte más sexual de la práctica, donde no hay una meta espiritual sino carnal. Se podría considerar neotantra.

»Y, finalmente, el tantra rosa es una mezcla entre el rojo y el blanco. Son técnicas sexuales que se usan para sublimar la energía con un objetivo espiritual, de meditación, de trance, de evolución mística. Sexo y sacralidad se unen en un solo camino para elevar nuestra consciencia. Y aquí entra esta formación. Bien, hasta aquí, ¿alguna duda?

Inspiro profundamente e intento retener una décima parte de toda la información que ese hombre ha compartido en un momento. Después de su exposición, se genera un debate interesante sobre si la sexualidad es, en sí, un fin o una transición hacia algo superior. Pushan expone su conocimiento sin dificultad, nombrando a maestros de todo el mundo. Me quedo fascinada escuchando la pasión absoluta con la que habla sobre la espiritualidad, sobre el tantra, y me pregunto si he sentido esta conexión con algún aspecto en la vida, algo que realmente me moviera desde dentro con tanta fuerza que perdiera el sentido del tiempo y del espacio. Se abre un vacío enorme al darme cuenta de que no hay nada, nada en absoluto, que se asemeje a su entusiasmo.

—Aspectos como la energía *kundalini*, los *chakras*, los puntos sagrados en los genitales, los orgasmos expandidos y cósmicos o cómo retroeyacular los veremos más adelante a medida que avance la formación. Esta primera clase era muy importante para establecer las bases y sembrar la semilla de que el sexo, sin duda, es lo más sagrado que existe. Este camino nos puede llevar a una elevación absoluta de nuestro ser y revolucionar nuestra vida de tantas formas que ¡puede ser el mayor trance que hayas experimentado en tu existencia!

—Nos estás vendiendo muy bien la formación, ¿eh, Pushan? —bromea un alumno.

—Es que os cambiará la vida y conoceréis lo poderosos que pueden llegar a ser los orgasmos. No es un don divino, créeme, es algo mundano. Cualquier ser humano lo puede experimentar, solo necesita la información.

Orgasmos. Qué lejos quedan de mi entrepierna, de mi cuerpo, de mi ser. Llevo meses sin sentir la sacudida de uno atravesando con su fuego cada esquina de mi piel, las contracciones que elevan el placer hasta el cielo, los ojos en blanco, el latido intenso, la piel erizada, el sonido escapando por la tráquea. Si pudiera quedarme con esa parte, con la divertida, firmaría en este instante. Sin pensarlo, sin meditarlo. Sí, sí, sí. Lo quiero, lo necesito. Lo necesito, joder. Tantos años con tantos miedos, apretando los párpados para no ver ese fogonazo de luz, el túnel, las premoniciones. Y qué solución tiene esto.

—¿Amisha? —pregunta Kalinda.

—¿Eh? Sí, dime.

—Ya se acabó la clase... ¿Todo bien?

—¿Tan aburrida ha sido? —bromea Pushan mientras recoge sus notas.

—Eh..., no... ¿Por qué?

—¿Dónde estás? Ja, ja, ja —Kalinda ríe al mismo tiempo que me empuja ligeramente para despertarme. No sé cuánto llevo divagando en mis pensamientos—. Te reservo para cenar, ve.

—Sí, gracias, Kalinda. Ahora... ahora nos vemos. Voy a dejar la sala lista.

Me levanto de un salto y agrupo los cojines de meditación en una esquina. Cojo la mopa y procedo a hacer el mismo trabajo de siempre, algo desganada y cansada.

—Espera, te ayudo —dice Pushan.

—No hace falta, este es mi trabajo. Tú ya has hecho el tuyo.

—¿Y? Tú me ayudas a mí y yo te ayudo a ti. Entre los dos recogeremos más rápido. Dime qué necesitas.

—Que te vayas a cenar. —Le lanzo una mirada vacilona. Él sonríe impactado por la respuesta.

—Nos espera un mes intenso, ¿eh? —Recoge sus cosas y obedece mi orden. Dejo de mover la mopa por el espacio para meditar por un instante si he sido demasiado borde. Pero ¿qué me pasa?

Ceno rápido y vuelvo a la habitación. El gecko está encima del techo anecdótico que resguarda el baño. Lo miro, me mira, me indigno, se empodera. Su sonido es atronador en mitad de la oscuridad que se cierne sobre Bali. Él sigue ahí, dando por culo, y yo me meto en la cama tras haber meado lo más rápido posible mientras controlaba cualquier movimiento peligroso de sus patitas diminutas. Por primera vez, consigo dormir sin esfuerzo, sin insomnio, sin *jet lag*.

Ignoro el despertador, me desvelo por un rayo de sol que me atraviesa los párpados. Salgo disparada tras ver la hora. Llego tarde, aunque por suerte ayer dejé la sala preparada. La clase de yoga está a punto de finalizar, justo en la postura del cadáver. Cuando acaba, Kalinda se acerca a Pushan y le susurra algo al oído. Una alumna se acerca, él asiente mientras escucha atento la conversación. Después se funden en un abrazo largo.

—¡Un momento! Antes de desayunar, Laura quiere compartir algo. —Una mujer de unos sesenta años se pone al frente de la clase, algo nerviosa y triste. Mueve las manos con rapidez, estira los pellejos de los dedos casi ensangrentados.

—Familia, tras hablar ayer por la tarde con Kalinda, me temo que ha llegado el final de mi retiro. Ha sido todo muy inesperado, a mi padre lo ingresaron ayer y está grave. Hoy mismo salgo para Zaragoza y sintiéndolo mucho, no voy a poder continuar. En un día he creado grandes vínculos —sonríe a un par de personas, que le lanzan un beso y una enorme sonrisa—, pero no puedo quedarme aquí dada la situación. Espero que nos volvamos a encontrar y que se crucen nuestros caminos pronto. *Namasté*, familia.

Una avalancha de gente se queda a su alrededor, abrazándola, consolándola y dándole las gracias por su presencia, aunque fuese un solo día. Kalinda y Pushan vuelven a charlar y él desvía su mirada hacia mí. Me descubre totalmente desprevenida. Un pellizco en el corazón me acelera el pulso.

Tras el desayuno, vuelvo a la sala y Pushan sigue mis pasos. Una vez dentro, me hago la sorprendida.

—¿Otra vez siguiéndome? —bromeo.

—Tengo que controlar tu trabajo —juguetea.

—Ah, vaya, así que ahora eres inspector de voluntarias. Interesante, eso dice mucho de ti. —Él se queda ligeramente sorprendido por mi sentido del humor.

—¿Hoy has amanecido contenta? ¿Eso es porque te has quedado dormida? —Detengo el movimiento y le hago una mueca. Él se acerca. Inspiro—. Tengo que pedirte un favor, Amisha.

—Ah, eh… Sí, dime, claro. —Por el tono de su voz, entiendo que debe de ser algo serio.

—En el tantra trabajamos mucho en pares, y con la despedida de Laura somos impares para las prácticas. He hablado con Kalinda, pero ella debe gestionar el retiro y no puede estar todo el día en sala. Me ha dicho que te lo pida a ti.

—¿El qué?

—Que participes en la formación cuando haya prácticas en pareja.

La propuesta me pilla desprevenida y ni siquiera puedo procesar la información. El trato era no adentrarme en este mundillo, mantenerme al margen hasta encontrar la puerta o cualquier pequeña pista, el motivo por el cual estoy en Bali. Sin embargo, la inmersión en el tantra es algo que no entraba en las ochocientas posibilidades que había diseñado antes de partir. Y ahora estoy aquí, con el agua hasta el cuello, con Pushan pidiéndome un favor y yo que no sé qué decir al respecto.

—Esto no entraba en mis planes —me sincero.

—Lo sé, en los míos tampoco. Y seguramente en los de Laura menos. Pero la realidad nos ha planteado este reto y estoy buscando la mejor solución.

—No sé si a mí esto… No estoy metida en este mundillo. Jamás he meditado y del tantra… no tengo ni idea. Seguro que hay más personas.

—Amisha, piénsatelo, aunque no es necesario que sepas sobre el tema. Esto es una formación y todos los alumnos están aquí para aprender. Nadie es experta. En ese sentido, puedes estar tranquila.

El corazón se me acelera y un impulso irrefrenable hace que lance una respuesta de la que me arrepiento al segundo de pronunciarla.

—De acuerdo, cuenta conmigo.

Pushan sonríe y me abraza fuerte. Mi cabeza se acomoda en su pecho, la altura alberga una gran distancia entre nosotros, pero, al mismo tiempo, me aporta un extra en el confort de su cuerpo y de sus brazos. No sabía cuánto necesitaba ese apapacho hasta que me he visto envuelta en él. El perfume natural de su cuerpo inunda mis fosas nasales y la respiración se me calma a medida que el abrazo se alarga. Parece que no hay una resistencia por ninguna de las partes y me dejo caer en el único acercamiento afectivo real que he experimentado desde que estoy en Bali. Y una se siente bien, demasiado.

—Gracias, de corazón —responde sin ninguna intención de retirar los brazos, que siguen rodeando mi cuerpo.

—No hay de qué.

—Y podrás ver de cerca eso que tanto miedo te da —prosigue.

—¿Cómo? No me da miedo —refunfuño.

—¿Segura? Entonces ¿por qué quieres evitarlo constantemente?

—Porque no creo en estas cosas.

—Eso sería indiferencia entonces. En ti nace el enfado, la rabia y, en ocasiones, eso suele ser el reflejo de un miedo no integrado. —El abrazo me empieza a pesar, así que me aparto de su pecho. Él delinea una sonrisa algo juguetona y yo siento un pequeño dolor en mi interior. ¿Miedo? ¿A qué? ¿A las energías? ¿A que el espacio no esté limpio? ¿A no meditar? ¿En serio?

—Creo que te equivocas.

—Puede ser —añade—, lo veremos en los próximos días. Esto sin duda será una gran aventura; interesante al menos.

—No hagas que me arrepienta, Pushan —continúo la frase mientras le doy la espalda y cojo la mopa para finalizar mi trabajo. Él se queda en el mismo lugar, observando cada movimiento. Consigue ponerme nerviosa—. ¿Qué?

—Nada. Que gracias, otra vez.

—De nada, otra vez.

Al cabo de unos minutos, empieza la clase. Pushan comparte con todo el personal mi integración en las prácticas donde se requiera compañero, algunas cabezas se voltean hacia mi mesa y me sonríen con amabilidad. Inspiro indignada y una voz arrepentida me atraviesa la mente. Intento no darle demasiado espacio, aunque en vano.

—En nuestra práctica de hoy haremos la sanación *dakadakini*. «Daka» y «dakini» es la terminología que se usaba para definir a los sanadores y sanadoras sexuales en la Antigüedad. Con esta clase conseguiremos una transformación sexual, sacar todo aquello que se acumula en nuestro interior y, al mismo tiempo, un desbloqueo energético muy poderoso. —Pushan dirige su mirada hacia mí y esboza una ligera sonrisa—. Para esta práctica necesitaréis pareja.

Mierda.

XVI

Enero, 2020

Pedro entró por la puerta del O'Gato Negro con un nerviosismo fuera de lo habitual. Mariajo y yo nos tomábamos una de las exquisitas jarras de vino blanco propias de la casa y estábamos a punto de devorar las almejas.

—¿Qué pasa? ¿A qué viene tanta prisa, *carallo*? —dije con sorpresa. Pedro desenredó la enorme bufanda que le estrangulaba el cuello y dejó el abrigo nórdico encima de la silla.

—Chicas, os tengo que contar algo que… es que vais a flipar. Madre mía. Esperad, necesito vino.

Se levantó con energía; Mariajo y yo cruzamos una mirada de indignación. Pedro era teatral en su vida profesional y personal; casi siempre creaba espacios de intriga a su alrededor y decidía cuándo, cómo y dónde aliviar ese misterio. Era algo que no soportaba de su personalidad, pero a la vez me enganchaba de una forma insólita a sus palabras, sus movimientos y al latido acelerado a punto de recibir una de sus historias, a pesar de que la gran mayoría acababa por debajo de las expectativas generadas. Pensé en sus amantes, esperaba que no fuera así con todo.

Cogió la jarra de vino blanco y añadió un buen trago a su cuenco de porcelana. Bebió un sorbo largo. Mariajo y yo continuamos con nuestras almejas, haciendo caso omiso a todo el tinglado que había montado en dos minutos.

—¿No os interesa lo que vengo a decir? —preguntó con asombro.

—Claro, pero siempre montas estas escenas tan ensalzadas que nos esperamos cualquier tontería. —Mariajo asintió mientras aspiraba la deliciosa salsa que salpicaba las conchas.

—Esto no es una tontería, perras, en serio, es muy muy fuerte. Estoy... es que estoy en *shock*. Mirad. —Pedro extendió su mano en el aire y mostró el tembleque que sacudía ligeramente los dedos.

—Ajá —añadió Mariajo. Yo me hice la sorprendida y le cogí la mano. Pedro abrió los ojos satisfecho; pensaba que, finalmente, alguien había caído en su escena del crimen.

—¡Hostia! ¿Y ese tembleque?

—Es que ha sido muy fuerte.

—No, *carallo*, ve al médico, Pedro. Ahora tienes veinticinco, pero dentro de treinta años esto se convertirá en Parkinson.

—¿Qué dices? —gritó Pedro mientras escondía la mano y la observaba con detalle. Mariajo y yo nos miramos; estallamos en carcajadas.

—¡Ja, ja, ja! Te lo crees todo, de verdad, es más divertido tomarte el pelo —continué.

—Joder, pero serás... A veces prefiero irme con mis enemigos que con vosotras. Vaya mierda de amigas que tengo.

—Pero ¡no te cabrees, Pedro! Sabes que te queremos mucho —vocaliza Mariajo entre risas y almejas.

—¿Sí? ¡Pues no lo parece! Si esto es amor..., no quiero saber cómo será vuestro odio, cabronas.

—En serio, cuéntanos. ¿Qué ha pasado? —Suavicé la situación con una voz maternal, calmada y cercana. Pedro me miró con unos ojos redondos, vidriosos, irresistibles.

—¿Os interesa lo que tengo que decir o me voy?

—Nos interesa —dijimos al unísono.

—¿De verdad?

—Sííí —añadí.

—¿De la buena?

—¡Pedro!

—Vale, vale. Pues… ¡Ay, Dios! Dame un poco más de vino. —Pedro se acabó lo que quedaba en el cuenco. No tardó en servirse otro vaso más—. ¿Os acordáis de Jorge? El de la discoteca aquella que…

—Sí, sí. Qué pasa.

—Buah, es que… ¡Aaah! Vale, voy, un momento. —Otro trago de vino, un par de almejas—. El otro día estábamos en el ensayo y me contó que había visitado a una *meiga* y que le había acertado tooodo. Muy fuerte, bueno, total, me dio la dirección y las instrucciones para ir a visitarla.

—¿Instrucciones? ¿Qué pasa, es ministra o algo? —bromeé.

—Evidentemente no, Amisha. Son instrucciones sobre cómo acercarte a ella para que te lea el futuro y te dé consejos.

—¿Acaso muerde esa mujer?

—¿Qué dices, Amisha? Tú siempre con tus tonterías, de verdad.

—¿Y esto no es otra tontería? —vacilé. Mariajo me lanzó una mirada de las suyas, de las incómodas. En ese momento llegaron los pimientos de Padrón y el pulpo. Seguí comiendo.

—Sigue, Pedro, no le hagas caso. Ya la conoces —respondió Mariajo.

—Acabo de ir a verla, o sea, vengo ahora mismo de estar con ella. Y ha sido, guau, muy loco. Loquísimo. Muy *crazy*.

—¿Qué te ha dicho? —interrogó Mariajo. Empecé a desconectar de la conversación, como hacía con todo lo esotérico, espiritual y derivados.

—Esta *meiga* está en un anticuario.

—¿En un anticuario?

—Sí, no tiene la típica tienda donde vende piedras, libros... Ya sabes, como donde te compraste el tarot, cari. —Mariajo asiente—. Tiene la tienda cerca de la rúa da Ensinanza, ¿sabes? Pues por ahí. Hace esquina y jamás entrarías en ella porque da miedo. Está todo viejo, lleno de polvo, con objetos medio rotos...

—Bueno, es un anticuario —interrumpí.

—Ya, ya, pero impacta un poco. Nunca había entrado en uno, ¿qué tengo que comprar yo en esos sitios? ¡Nada! Bueno, pues ahí estaba yo, solo, entrando por la puerta. No es muy grande, y los muebles y bártulos crean como pasillos improvisados donde te pierdes entre montones y montones de *merda* allá por donde mires. Polvo, ácaros, telarañas... Parecía el set de la nueva película de Guillermo del Toro, cari.

Pedro atacó el pulpo y los pimientos al ver que estábamos arrasando con la comida mientras él nos ponía en situación. Después de la pausa por supervivencia, continuó:

—Total, que entro y nadie me atiende. Empiezo a caminar y veo un mostrador enterrado en libros antiguos, joyas desgastadas y vitrinas. Y ahí la veo a ella, loquísimo todo.

—¿Y cómo era? —Mariajo estaba dentro de la historia y yo disimulaba el interés, aunque estuviera totalmente atrapada por la trama.

—Una mujer de unos sesenta años, muy recia, con la cara arrugadísima y el maquillaje como cuarteado. El pintalabios se le caía por los pliegues de los labios y la papada le colgaba como si fuese un pavo, así, ¡gluglú!

Estallamos de la risa y casi escupo el vino por la nariz. Pedro continuó imitando el zarzo del pavo mientras sacudía la cabeza de un lado al otro.

—¡Para! ¡Para, joder! Al final nos caerá una maldición —sentenció Mariajo. Intentamos recuperar la seriedad con grandes esfuerzos.

—La cuestión, le saludo con una sonrisa y ella ni se inmuta. Me quedé quieto frente a ella y quería decirle: «¿Eres tú la famosa *meiga* que lee el futuro? ¡Quiero que me des consejos!». Jorge me dijo que disimulara y eso hice. Empecé a caminar por un tremendo arsenal de *merda* y la mujer ni se acercaba. Ya no sabía qué hacer, así que pregunté por una figura pequeña de un mono que había en el aparador. Era horrorosa, o sea, la cosa más fea que había visto en mi vida. Le pregunté por el precio y me soltó con voz ronca: «Son veinte euros». ¡Veinte euros tremenda gilipollez! Total, que la mujer seguía sin decir nada, así que pagué el puto mono y cuando lo estaba metiendo en una bolsita de tela me miró.

—¿Yyy? —Mariajo no podía contener la emoción. Habíamos dejado de comer y de beber, presas por la historia de Pedro y su alucinante capacidad para que te absorbiera.

—Me dijo que en dos años iba a conseguir cumplir ese sueño por el cual llevo luchando tanto tiempo.

—Buah, qué típico —solté. Pedro hizo un gesto para que me relajara.

—Que en dos años iba a grabar una serie importante a nivel internacional y que mi carrera como actor empezaría a despegar al fin.

—Casualidad —añadí. Mariajo y Pedro me ignoraron.

—Estoy en *shock*, Pedro, en serio.

—Pues eso no fue lo único. Cuando me dio el mono, me cogió de la mano, lo cual me generó un poco de grima, no os voy a engañar, y me soltó: «Sé que te preocupa el cáncer de tu madre. No temas, se solucionará cuando la operen».

—¡¿Qué?! ¿Estás de broma? —gritó Mariajo.

—Os lo juro. Muy fuerte, todavía estoy en *shock*.

Intenté mantenerme escéptica a pesar de la obviedad que había dicho Pedro. A su madre le habían diagnosticado cáncer de mama hacía unos tres meses y era algo que agobiaba a la familia.

—Es que... cómo no voy a creer en esto. Es increíble —prosiguió Mariajo.

—Es muy loco... ¡Ah! Y este es el jodido mono. —Pedro sacó de su bolsillo una tela marrón oscura y, en su interior, una figura de madera de un mono sentado.

—Es horrible —dije.

—Lo sé, pero ahora no lo puedo tirar. Me dará mala suerte si lo hago.

Cogí el mono y lo sostuve en mis manos. Mariajo y Pedro seguían hablando sobre brujería y premoniciones. Me fijé en los ojos de aquella criatura; parecían un tanto bizcos, fruto de un mal tallado. Las manos eran enormes en comparación con el resto del cuerpo, y un lateral de su cabeza estaba ligeramente más abultado que el otro. A pesar de todo, tenía una magia interesante, sobre todo por la historia que había detrás. Y por un segundo, solo por una milésima tan ínfima de un trozo tan insignificante de tiempo, me planteé si realmente todo aquello sería cierto. Si tal vez había una realidad superior que se escapaba a nuestros sentidos, zigzagueando la percepción de lo normal y lo irreal, generando estados alternos a nuestro sentido común. Porque entonces ¿qué podría responder a mi maldición, a las tantas visiones de futuro que había experimentado en los últimos años de orgasmos y a los túneles de luz?

Me planteé de forma interna la posibilidad de visitar a aquella *meiga*, a la vez que miraba los ojos vahídos de ese mono deformado y la curiosidad avivó el encuentro. No tardé demasiado en aterrizar de aquel trance momentáneo y darme cuenta de que todo lo que estaba pensando era una gigantesca estupidez.

XVII

Kiko

Manu me mira con unos ojos azules que le roban todo el protagonismo de su cara. La ausencia de pelo hace que su calva brille con la luz cálida de la sala y sus arrugas enmarcan una sonrisa. Tiene una mirada profunda, muy penetrante, tanto que incomoda. Me cuesta sostener sus pupilas y, de tanto en tanto, miro al resto de los compañeros y vuelvo otra vez a Manu, que mantiene una postura de meditación perfecta con las piernas cruzadas y las manos apoyadas en las rodillas.

—Antes de iniciar cualquier práctica tántrica en pareja, debemos conectar con nuestro cuerpo y nuestra mente. Intentad mantener un estado de presencia absoluta donde no importe nada más que el presente —indica Pushan.

Me tiembla la pierna derecha y un calambre doloroso persigue cada terminación nerviosa hasta la punta de mis dedos. La estiro para aliviar la incomodidad. Mientras, Manu sigue sonriendo como un monje *shaolin* sacado de cualquier templo budista, descansado sobre sus nalgas y sin mover ni un puto dedo. Conecto de nuevo mis ojos con los suyos, inspiro. «Venga, Amisha, es simplemente mirar a una persona, *carallo*». Me pregunto cómo algo sencillo, simplista en todo caso, es tan complicado.

No solemos observar los ojos de las personas que nos

rodean; solo pasamos por alto ese par de pupilas que se dirigen hacia las nuestras. Encontramos cualquier excusa para desviar la mirada, para perder el foco del encuentro. Hablamos mientras cae la visión al suelo, o al techo, o a cualquier elemento que no sea la persona que tenemos enfrente. Y cuando nos encontramos con alguien que mira profundamente, nos saca de nuestra zona de confort y huimos acobardados por la puerta de atrás. Jamás había sido consciente de lo que era observar a alguien en realidad hasta este momento, al sumergirme en los ojos azules de un completo desconocido. De algún modo, siento que tengo acceso a sus miedos, a sus sueños, a su pasado, a su interior, a todo aquello que quiso y no pudo y aquello que pudo y no quiso. Entro en su vulnerabilidad por la alfombra roja de sus párpados y me pone nerviosa, porque él está haciendo lo mismo conmigo. Supongo que de eso se trata el fastidio de mirar a otra persona, porque sabes que en ese preciso instante también te están observando de forma palpable, patente, lo cual te abre en canal.

Pierdo el compás de la inspiración y la espiración, me agasaja un nerviosismo interno que me mantiene en modo supervivencia con el oxígeno mínimo para llenar los pulmones y seguir tirando. A Manu se le asoman las primeras lágrimas que caen por sus mejillas, y yo sigo manteniendo el foco de mi atención en esos iris que amplían su vivacidad cromática. Acomodo nuevamente mi culo sobre ese cojín de meditación duro e incómodo y mi mente se plantea cómo hay personas que aguantan horas sobre esta mierda. La música suave nos envuelve y contengo la risa floja de la ansiedad, una escapatoria perfecta para mi cabeza.

—Bien, una vez que hemos conectado con nuestro interior y con la persona que tenemos delante, vamos a crear un espacio de seguridad con un mantra. En esta práctica se mueve mucha energía sexual y existen seres que pueden aprovecharse de ella. Por eso es importante crear un lugar sagrado. Vamos a invocar a Ganesha, dios de la sabiduría, señor de la abundancia y patrón de las ciencias y las artes. A Ganesha se le reza cuando queremos eliminar obstáculos o proteger nuestra energía.

Debe de ser una broma de la *meiga*. ¿Otra vez Ganesha? ¿Me persigue?

—Es un mantra en sánscrito muy sencillo. Repetid conmigo: «*Om Gam Ganapataye Namaha*». —El grupo pronuncia las palabras en coro y yo intento entender una mínima parte de lo que ha dicho. Manu me mira con compasión; en mi interior nace un poco de rabia—. Perfecto, ahora os cogeréis de la mano derecha, eso es. La elevamos al cielo y empezáis a hacer círculos sobre vuestras cabezas mientras repetís el mantra. No os preocupéis, os pongo la canción para que simplemente repitáis la letra. Vamos a por ello.

Manu me coge de la mano y la alza sobre nuestras coronillas. Damos vueltas sin deshacer la postura, manteniendo las nalgas en el suelo. Él canta el mantra a la perfección, con una pronunciación magnífica. Esbozo una sonrisa en silencio y me digno a seguir con los circulitos a pesar del cansancio de mi brazo derecho. Cuando acaba, Pushan continúa con la explicación:

—Es el momento de compartir con vuestro compañero o compañera cómo os sentís. No os guardéis nada, por favor, es importante que la persona que tenéis delante sepa qué hay en vuestro interior. Expresad si tenéis cualquier límite de contacto físico, como por ejemplo el pecho o los genitales, y, finalmente, qué cuestiones queréis sanar para poner la intención sobre ellas durante la práctica. ¿Queda claro? Si hay cualquier duda, estoy aquí. Adelante.

Mi mente me atropella con sus gritos desesperados para que salga lo más rápido posible de esta situación. Manu bebe un poco de agua y se ajusta las nalgas sobre el cojín. Carraspea, sonríe y me sostiene sin esfuerzo la mirada. Creo que nunca, en toda mi vida, me he sentido más incómoda como en este preciso instante.

—¿Quieres empezar tú, Amisha? —pregunta.

—No, no, mejor tú, así aprendo.

—Como prefieras. No tengo ningún límite de contacto, puedes tocar lo que se requiera. Me siento cómodo, tranquilo, con ganas de empezar la práctica. Sé cómo funciona este ejercicio y es altamente poderoso. Ha sanado muchísimo mi interior y me gustaría que esta vez pudiera sentir esa paz que conlleva después. En cuanto a mi intención o lo que me gustaría sanar... —Manu se toma unos segundos para escuchar lo que pasa en sus adentros, algo que poquísimas personas hacen, tal vez por miedo al silencio—. Quiero poner la intención en sanar mi autoexigencia. Soy muy perfeccionista con mi trabajo, tengo una responsabilidad alta y si cometo un error, me cuesta ser compasivo conmigo mismo. Me gustaría poner el foco ahí, en cómo me hablo y me trato, en cómo soy dentro de mi cabeza. Sí, eso es. ¿Y tú?

Una ligera sorpresa inunda mi corazón. Contengo el asombro que me produce ver que Manu, este monje *shaolin*, es una persona normal con sus fantasmas internos habituales, solo que bien localizados. No es el meditador perfecto y el optimista que creó esas frases de mierda que decoran las tazas carísimas en las que se bebe un café soluble de buena mañana. Manu es una persona común, de esos que verías vestido de traje en una multinacional con un cargo importante, queriendo hacer las cosas bien o, por lo menos, mejor. No es un erudito, no es un iluminado; simplemente es un ser humano lleno de defectos y virtudes. Esto me genera empatía, un refugio confortable que se encara con la ansiedad que minutos antes disparaba mi latido. Me relajo, lleno hondo mis pulmones y esbozo una pequeña sonrisa. Manu responde con la perfecta composición del amor en su cara.

—Bueno, yo... A ver por dónde empiezo. No me gustan estas cosas, ¿sabes? No me gusta mostrar mis sentimientos y menos a un desconocido.

—A veces, que sea un desconocido ayuda —interrumpe Manu.

—Sí, tienes razón. Esta es la primera vez que hago algo así y estoy inquieta, perdona.

—No pidas perdón por cómo te sientes, es perfecto tal cual está.

—Gracias, vas a tener que ser paciente conmigo. Soy reacia a todo esto, me genera mucha distancia, me parece absurdo. Supongo que me siento así, agitada, distante y algo fría. Y... ¿qué más tenía que decir?

—Tus límites y tu intención.

—Ah, sí. Mis límites... depende, ¿esto es una masturbación o algo así? —Manu ríe, me contagia su carcajada. Esto crea un círculo amistoso, amable, familiar.

—No, nada que ver. Se tocan los genitales o los pechos por encima de la ropa, casi no hay contacto en esta práctica. —Respiro aliviada. Pushan observa cada movimiento desde la lejanía y compone una mueca al ver que todo marcha bien o, al menos, eso parece. Cruzo una mirada fugaz con él, me impacta, vuelvo a la conversación.

—De acuerdo, entonces adelante. Y... ¿qué más era?

—Tu intención.

—¡Ah, sí! Mi intención la voy a poner en mi apertura. Me apetece combatir esos pensamientos que lo controlan todo. La vocecita de la cabeza, ¿sabes?, me encantaría que se callara de una puñetera vez y me dejara vivir la experiencia.

—Es muy valiente por tu parte, Amisha —añade Manu.

—Sí, parece que sí.

Inclina ligeramente su cuerpo hacia el mío y abre los brazos. Me acerco para fundirnos en un abrazo de esos que duran más segundos de lo habitual, esos tan característicos de este mundillo, por lo visto. Esperamos unos minutos hasta que el resto de los compañeros acaban y seguimos mirándonos a los ojos con una sonrisa, una que yo también comparto.

—¿Hemos acabado todos? ¿Sí? Genial, ahora vamos a darnos un beso tántrico. —Me inquieto bastante, volteo la cabeza para ver el movimiento del alumnado; todos se acercan los unos a los otros. Manu ríe al ver la cara de susto que debo de estar imprimiendo sobre mi rostro, como un cervatillo sorprendido por las luces de los coches.

—No te preocupes, el beso tántrico es así. Se trata de poner tus palmas de las manos en *namasté*, eso es. Acércalas al corazón y, ahora, nuestras frentes se deben tocar. Inclínate un poco, así. Esto es un beso tántrico.

—Pensé que nos íbamos a liar todos —bromeo.

—Ja, ja, ja, ya estabas temiendo la orgía, ¿eh? No, el beso tántrico es mucho más profundo, se conectan nuestros *Ajna*, el sexto *chakra*, el tercer ojo. Es una forma muy poderosa de sentir a una persona. —A todo esto, Manu no se aleja y toda esta explicación la expone a escasos centímetros de mi boca. Puedo percibir perfectamente su respiración.

Los besos tántricos, como los abrazos, se mantienen por encima de la media. Cuando Manu lo cree oportuno, se separa con una sonrisa, esa que nunca pierde. Cuando Pushan explica la siguiente dinámica, intento tomar apuntes mentales. Da opción a que se escoja quién irá primero de los dos.

—Creo que es mejor que empieces tú, así podrás entender cómo se hace —comenta Manu.

—De acuerdo. ¿Me tengo que tumbar?

—Eso es, boca arriba y con las rodillas dobladas. Mantén los pies bien pegados al suelo.

Manu se levanta de un brinco, ágil a pesar de su edad. Volteo la cabeza para ver cómo se posiciona el resto del grupo. Pushan se pasea por la sala, se acerca a nosotros y nos rodea, controla que todo esté bien. Lo agradezco. Simplemente, le lanzo una mirada, él la recibe y la acompaño con un ligero gesto con mi cabeza en señal de afirmación, tranquilidad, ¿resignación, tal vez? Manu abraza mis rodillas entre sus piernas estiradas y ahí, de pie, comprime las articulaciones, unas contra otras. Nos miramos.

—Aprovechad este momento, sacad todo lo que hay en vuestro interior. Haced lo que sintáis, comportaos como animales, ¡como locos! Pero no limitéis la emoción, eso es vital.

Suena un tintineo que da paso al inicio de la práctica. Se escuchan las primeras respiraciones aceleradas. Manu me ayuda.

—Inspira y espira como si estuvieras hiperventilando. Rápido, más rápido…, ¡más, Amisha!

Un ligero mareo baña el primer tercio del cuerpo, mi concentración se entrega al máximo para generar una catarsis en los pulmones. Me resigno a dejar que el aire entre y salga con la máxima velocidad a través de mi garganta, con la boca entreabierta y la mirada fija en esos ojos azules.

—¡Haced fuerza con las piernas! —grita Pushan.

Llevo toda la energía a mis piernas dobladas y sujetas

por las de Manu, que impide que las abra. En vano, intento conseguir el objetivo del ejercicio; él, en cambio, se ayuda de las manos para contener el movimiento.

—No pierdas la respiración, ¡sigue! Haz fuerza, ¡intenta abrir las piernas! ¡Vamos, Amisha, vamos! —me indica.

En ese momento, el primer grito rebota por la sala, un quejido dramático, propio del cine de terror antiguo, un timbre agudo y desgarrador que me roba toda la atención. Me asusta, me inquieta, es algo que ni siquiera me esperaba. Manu hace caso omiso a la situación, no voltea su cabeza para ver qué está sucediendo. A ese lamento se unen varios con la misma cadencia y densidad. En cuestión de segundos, el espacio se convierte en un sanatorio, desbordado de gritos y gritos, golpes contra el suelo, insultos... que se disparan de todas partes. Pierdo la fuerza y la respiración, desvío la mirada a la persona que tengo al lado, presa del caos.

—¡Amisha! No pierdas la concentración. Sigue respirando, sigue haciendo fuerza —abronca Manu. Pushan se acerca.

—¡Cambio! —ordena. Aligero la tensión articular. Manu intenta abrir sus piernas cerradas y yo aprieto con las mías para evitarlo. La dinámica ha cambiado, ahora soy yo la que debe evitar que las abra. Estoy cansadísima—. ¡Seguid respirando, es una respiración de fuego!

El mareo se incrementa en mi cuerpo y empiezo a notar una tensión en las manos, como si no pudiera moverlas. Pushan avisa que si en algún momento sentimos una sensación de parálisis, está dentro de la normalidad. Ah, genial, gracias.

A estos gritos se unen distintas emociones. De repente, hay una carcajada diabólica que suena al fondo de la sala y otra persona gime con mucha intensidad. A pesar de la locura, a pesar de la lucha interna, mi garganta está cerrada, y mi voz, incompleta. No consigo darle forma a lo que siento, pero la rabia se empieza a acumular sin conocer ni siquiera su origen.

—Es importante que le deis un sonido a lo que estáis sintiendo —indica Pushan. Manu repite lo que acaba de decir y me anima a que suelte cualquier sonoridad, aunque se trate de potenciar la exhalación.

Con la cabeza dando tumbos, parestesias en las manos y un agotamiento físico de campeonato, decido soltar el control y abandonarme, acatando la realidad que me ha tocado vivir en este instante. Suelto un grito tan fuerte, tan intenso, que Manu se asusta y pega un pequeño brinco. Aun así, sigue animándome a que lo saque todo, todo lo que llevo dentro. Inspiro de nuevo y me desgarro; se me irrita la garganta con la vibración de un rugido que el dolor lanza al exterior. No sabía que había tanto dentro, que albergaba esta mierda de sufrimiento perfectamente acondicionado e instalado en lo más profundo de mi ser.

Empiezo a perder la consciencia, no sé ni dónde estoy ni qué hago aquí; solo puedo seguir empujando con fuerza y gritando, pariendo el odio, la impotencia, el peso que cargaba en silencio. Me pesan los párpados, la mirada de Manu se aleja con paciencia y entro en una oscuridad espaciosa que abraza el miedo. Aparece Claudio, con lágrimas en los ojos, con el corazón roto entre sus manos pidiendo explicaciones sobre la ruptura que había sentenciado sin posibilidad de mediación. No hubo explicaciones, tan solo el más profundo dolor, el cierre a cuatro años de un amor idílico. Claudio vuelve a preguntar por qué y yo solo grito, grito y grito sin saber qué decirle. Revivo la pérdida de una bendición que tras varios meses no ha cicatrizado. La garganta me arde, el fuego se expande con la respiración hacia el cuerpo, tengo calor y frío, y otra vez calor. Cambiamos la posición de las piernas; esta vez, hago fuerza hacia afuera. Manu ha dejado de darme órdenes o, al menos, no las escucho.

A pesar de los bramidos, las lágrimas tardan en llegar, fruto de la impotencia de no poder expresar lo que siento, la tristeza que había pospuesto y que ahora destroza todo el mobiliario de un hogar que pensaba que parecía acogedor, pero que estaba a punto de derruirse. Lloro como una cría angustiada por la grandeza de la vida y busco un refugio donde ocultarme de la vastedad del ego. Lejos de encontrarme con unos brazos que acunen mi sufrimiento, me doy de morros contra el muro que divide la línea temporal. Y justo ahí, bajo el yugo de los pensamientos, los cuchillos se clavan en todas las posibles realidades de lo que nunca fue. La tremenda resiliencia hacia mi sexualidad, la desesperación en la búsqueda de respuestas, la más inmensa soledad que me arrastra hasta las profundidades de la abstinencia.

Con un ligero rayo de luz, un foco interno de consciencia, ilumino a una niña pequeña de tez oscura y melena larguísima, acurrucada y asustada, hecha una bolita dentro de mi pecho. Y por primera vez, reconozco que todo ha sido producto del miedo, un miedo tan feroz que ha acabado comiéndose a la parte íntegra de mi yo interno mientras la pobre niña preguntaba el motivo por el cual tenía unas orejas tan grandes, unos dientes tan afilados, una boca tan gigantesca, un ego tan ciego.

Cuánto tiempo quería seguir posponiendo la caída, fingir que Amisha, la Grande, la Magnificente, la *Quetodolopuede*, no necesita ayuda, pero que no avanza con todo el abatimiento que carga dentro. Es absurdo continuar con las sonrisas, con las apuestas, con la falsa creación de un presente exento de pasado, con unos pasos bien fijos en el firmamento, con una resistencia de mentira que me aleja de las lágrimas y me acerca a los requiebros. Cuánto voy a mantener el disfraz fingido de heroína del mundo, salvadora de amistades, pacifista de eventos traumáticos. Cuánto voy a perpetuar la diversión, la risa, la alegría, como una capa extra de pintura que tapa la humedad del techo. Cuánto mantendré la distancia con las personas, el juicio sobre cada una de ellas. Cuánto, cuánto tardaré en recuperar el deseo y el placer hacia la vida, hacia mi cuerpo sin ser víctima del pánico. Todas estas preguntas se ametrallan contra el espacio, una pataleta hacia el cosmos con la esperanza nula de que se genere una respuesta que complete el círculo y rellene este vacío insondable.

Arqueo la espalda por el dolor, desintegro la materia que me hace pertenecer al espacio y al tiempo, solo grito y grito, lloro y lloro, en busca de un auxilio que me recoja de este agujero. En uno de esos intentos baldíos de volver a la realidad, escucho a Pushan.

—¡Seguid, seguid! Esto es una purga, es vuestro momento. Sacadlo todo, no podéis dejar nada, ¡nada en vuestro interior!

Su voz se acerca suave, noto su presencia cerca de mi cuerpo. Alguien me coge de la mano, entreabro los ojos. Las lágrimas deforman la realidad, como si se derritiera por completo y escapara por la salida de emergencia hasta el final de la mejilla. «Sácalo todo, Amisha, eso es. Estamos contigo, te acompañamos en tu dolor», susurra. Manu me abraza las piernas; hace rato que he dejado de hacer fuerza. Y ahí estoy, con dos desconocidos, ahogándome en las cenizas de este incendio. El amor y la compasión me envuelven en un abrazo cálido con dos hombres que desconocen mis raíces, mi aflicción y, aun así, me escoltan hacia este viaje con todo incluido directo a mi sufrimiento.

Pierdo la noción del tiempo, el cuerpo se desintegra ante la tremenda carga que acabo de soltar por todos los poros de mi ser. El pensamiento se evade lentamente, como la muerte con su azada que destruye todo lo que no era cierto. Pushan respira, sonríe y se aleja para ocuparse de los demás. Manu se sienta en la postura flor de loto, eleva mis piernas y las coloca con suavidad sobre las suyas. Acerca su cuerpo al mío y deja una ligera separación entre nuestras pelvis. Frota las manos y las posa una sobre mi entrepierna y otra en el corazón. No las mueve, no hace nada más que concentrarse. Tras unos minutos, percibo un temblor interno, una sacudida que nace desde mi coxis y se eleva hacia la coronilla. Es sutil, una carretera de chispazos eléctricos que provocan espasmos involuntarios en mi columna y en mis manos. Un ligero temor a lo desconocido me asalta y no sé encontrar respuestas a esta extrañísima sensación que va en aumento. Manu no reacciona, continúa con las manos apoyadas y su fascinante concentración.

Segundos más tarde, arqueo la espalda y dirijo mi centro al techo de madera, aplastando la coronilla contra el suelo, en una postura algo forzada pero sanadora. Un aliento abrupto atraviesa mi pecho y, tras el purgatorio, palpo el cielo. La paz inunda cada recoveco de mi consciencia y me abandono ahí, a las sacudidas involuntarias que navegan por mi cuerpo, a la abundancia que me complace en estos momentos.

Manu se levanta con mucho sigilo y se sitúa detrás de mi cabeza. Coloca las manos en mis sienes y continúa con una respiración profunda y tranquila. Los espasmos se hacen más evidentes y me abandono a ellos con resiliencia. Varios minutos después, Pushan nos invita a abrir los ojos. Me cruzo con esos iris azulados y unas pupilas que muestran su humanidad. Le sonrío agradecida por sostener este espacio de dolor, tan necesario, tan sobrecogedor, tan sanador.

Es la primera vez que encuentro un lugar donde poder gritar, sacar todo el pesar que llevo en mí, mostrar el sufrimiento sin la necesidad de dar explicaciones o regular la intensidad. En la sociedad existen miles de ambientes dedicados exclusivamente a ensalzar la felicidad, aceptada y anhelada. Pero para el dolor no existe nada más que la utopía de trepar una colina y gritar a pleno pulmón. ¿Quién tiene acceso a esto?, dime. Ahogamos un sinfín de lágrimas en almohadas cansadas de silenciar quejidos y, al día siguiente, dibujamos una sonrisa para salir a pasear como si no hubiese pasado nada, expertas en negar la verdad.

Sostener el dolor es un arte ajeno a la tiranía de la felicidad impostada. Cuesta mostrar la oscuridad, el agujero oculto, la fuga emocional que expone la cara secreta de la consciencia. La humanidad encuentra atajos para situaciones poco edulcoradas, frases que sirven de lazada para una botella vacía en mitad del desierto. No queremos saber la verdad porque preferimos la comodidad a la mentira. Es más sencillo compartir las risas, los bailes, los gemidos, las locuras y la fugacidad del momento antes que la permanencia del malestar, del llanto, del grito, del silencio. La pantomima social pasa por la cancelación de espacios destinados a aquellas emociones que nos empeñamos en enmascarar. Y créeme que cuando das con ellos, resultan reparadores, la terapia más poderosa que puedas alcanzar.

Con este pensamiento me pongo en el lugar de Manu para intentar sostener su pesar. Percibo la dificultad de ser el apoyo, pero al mismo tiempo me siento profundamente agradecida y aliviada. Tras la actividad, hacemos un pequeño círculo donde algunas personas comparten su experiencia. Una vez finalizada la práctica, vamos a comer. Pushan espera a que todos salgan para quedarse a solas conmigo. Recojo el espacio con dificultad, haciendo caso omiso a su presencia, y me percato de lo absurda que es esta actitud.

—Oye, ¿cómo estás? —pregunta.

—Te diría que bien, pero estaría mintiendo. Siento dolor, ha sido muy… No sé, revelador. Sigo con esa extrañeza que no identifico.

—No le prestes demasiada atención a tus emociones ahora mismo, deja que todo se asiente. Ha sido una catarsis tremenda, ¿eh? Ven, anda.

Se acerca despacio, asegura sus pasos sobre el parquet reluciente. Abre los brazos y me empuja contra su pecho, apoyo mi cabeza en el hueco conocido de su pectoral y me acomodo unos instantes para regular la proximidad de los cuerpos. A Pushan no parece importarle lo más mínimo y empuja toda su densidad hacia la mía. Como es tradicional, me incomodo los primeros segundos de abrazo y quiero finalizar el encuentro lo antes posible. Tras eso, un sentimiento de abandono me invade y disfruto de un abrazo necesario, profundo y sanador. Respiramos a la par, con un ritmo lento y una ligera chispa enciende mi deseo sexual. Él acaricia con compasión mi espalda, como hace con todo el mundo, y yo imagino sus manos recorriendo mi cuerpo. Anhelo esa sensación, la devoción con la que incendia el sexo, la satisfacción del placer, la humedad de los rincones, el antojo por la piel. Separamos el entresijo de brazos alrededor del torso, sonríe. Carraspeo nerviosa.

—Gracias. Bueno…, te veo luego. —Y salgo corriendo por la puerta cual adolescente enamorada sin saber muy bien qué coño acaba de pasar.

Como rápido, en silencio, escuchando de lejos la conversación de algunas personas sobre sus experiencias, el ejercicio y el poder de este. Me encierro en mi habitación, me siento en el suelo. Inspiro aliviada por el refugio. Al acabar la dinámica tan tarde, no siguen las clases hasta el día siguiente, lo cual abre un espacio al descanso. Un pequeño grupo se junta en la piscina. Disfrutan del sol, de un baño relajante, del ruido propio de la selva... en pelotas. Por lo visto, es algo permitido en el retiro siempre y cuando no haya huéspedes fuera de la formación. Me impacta ver tantos cuerpos de todas las edades sin ningún tipo de barrera. Decido aferrarme a mi bañador.

Por la tarde me embadurno de antimosquitos y salgo a pasear por la naturaleza. Meto los pies en el agua del río, imito el canto de los pájaros y corro detrás de un mono que robaba comida. Envío un audio eterno a mis amigas, que tanto echo en falta, contándoles toda la experiencia, aquella que no consigo integrar. «*Extráñote*, cari», responden. «*Moito*».

Al anochecer, decido lavarme los dientes y disfrutar de una novela en el balcón. Lejos de concentrarme en las letras y las frases, mi cerebro tiene mejores planes para entretenerse —a costa de mi integridad mental—. Me pregunto si no estoy perdiendo el tiempo, si debería empezar a buscar respuestas, personas, pistas que me lleven a alguien. Ese alguien —si todavía vive, si todavía existe— que pueda darle sentido a mi desesperación. Inmersa en la ansiedad, con el pecho compungido y un ladrillo intangible que me presiona el esternón, escucho una nota aguda que se acompasa con otra más grave. Me doy la vuelta, ahí está. Otra vez.

—¿No te cansas de seguirme? —pregunto. No hay respuesta. Suspiro—. Al final tú y yo tendremos que ser amigos o compañeros... o lo que sea esto. —De nuevo el silencio—. No te vas a ir, ¿cierto?

El dúo de notas es seguido por unos ojos fijos que no

detienen su interés en mi momento de paz y tranquilidad impostado e idealizado.

—Si vamos a ser amigos, al menos dime cómo te llamas. —Tras mi pregunta, su musicalidad habitual. Falseo una respuesta lógica a un momento que podría llevarme directamente a la psicosis—. ¿Kiko? No parece un nombre muy balinés... Yo soy Amisha, encantada, supongo.

El río suena a lo lejos y el viento mece con suavidad la frondosidad de los árboles que chocan entre sí sin esfuerzo. Observo la oscuridad del firmamento, la claridad del cielo estrellado y la lámpara tenue envuelta en ratán que ilumina un cuadrado minúsculo de mi balcón. El gecko sigue ahí, inmóvil, con las patitas bien abiertas y su piel verdosa que se mimetiza ligeramente con la pared. El movimiento de su cabeza es algo robótico hasta que abre la boca a la caza despiadada de los mosquitos que invadan nuestra conexión reciente. La situación me parece desternillante, absurda, estúpida, pero su diminuta compañía completa el vacío ensordecedor que genera la soledad de casi dos semanas a trece mil kilómetros de distancia de mi hogar, o de lo que quede de él.

Un vocablo familiar, una presencia respetuosa que mantiene su postura a pesar de las circunstancias. Volteo la cabeza y cruzamos las miradas, tan distintas y afines. Permanezco unos segundos sosteniendo un vínculo inédito, altamente necesario.

—¿Sabes, Kiko? Hoy me he dado cuenta de que casi nunca nos miramos a los ojos y vemos qué hay más allá. Por primera vez he sentido lo que significa sostener las pupilas de alguien y sentirme expuesta de algún modo. Es curioso. Verás, me he sentido vulnerable como nunca antes, *carallo*, pero, al mismo tiempo, poderosísima. Siento que..., no sé, exhibir el dolor ante los demás no me hace más débil o manipulable, sino más fuerte y valiente. Que me muestre vulnerable no significa que sea maleable; al contrario, eso prueba que estoy conectada con mi dolor y me hace... Tal vez me haga invencible, ¿no crees?

XVIII

Mayo, 2021

Cogí la última bolsa que quedaba y me subí en el todoterreno. Claudio me esperaba con una sonrisa que irradiaba felicidad. Hacía un calor primaveral maravilloso y el sol iluminaba las calles mojadas que bañaban los adoquines de Santiago de Compostela.

—Qué ganas tengo de este fin de semana —dije. Él me miró con sus ojos verdosos y se echó para atrás el flequillo castaño que se interponía en su trayectoria visual. Arrugó ligeramente la nariz y me dio un beso lento y pasional.

—No sabes cuántas —añadió.

Pusimos rumbo a Outes, un recorrido de media hora que decidimos estirar ligeramente parando en algunos pueblitos rurales y en miradores. Después de comer, llegamos al lugar, un bosque precioso con una cabaña que nos acogería durante todo el fin de semana. Todas las habitaciones se encontraban en la misma planta, a través de la cual se veía el verdor del jardín y la frondosidad de los árboles. La privacidad favorecía que no hubiera ni cortinas ni casi paredes; en su lugar, había grandes cristales por donde la luz del sol se filtraba en el interior de la vivienda.

La madera oscura contrastaba con la calidez de los muebles y el conjunto creaba una armonía arquitectónica que te invitaba a conectar y descansar. Organizamos la comida que habíamos comprado para esos tres días y nos tumbamos en la cama. Después de una larga siesta, disfrutamos del atardecer mientras leíamos y nos lanzábamos miradas fugaces que cazábamos al vuelo con una ligera mueca.

—Necesitaba esto —susurró.

—Lo sé, yo también.

—Al final siento que con la rutina de casa, tu trabajo y mi trabajo... no nos queda demasiado tiempo para conectar, ¿sabes? Es bueno que encontremos estos momentos —prosiguió.

Claudio y yo vivíamos juntos desde hacía año y medio. Tras nuestra primera cita, la tercera y sus sucesivas no tardaron en venir, y, cuando nos quisimos dar cuenta, estábamos formalizando una relación idílica propia de los finales felices y las pobres perdices. Pocas veces habíamos discutido, el sexo seguía siendo una locura y las risas estaban aseguradas. Sentía, en lo más profundo de mi ser, que había encontrado a la persona correcta en el momento correcto. Y me daba muchísima paz.

La noche del sábado, Claudio preparó una cena romántica a la luz de unas pequeñas velas que controlaba constantemente para evitar incendiar la cabaña. No faltó el vino, la música a través del altavoz bluetooth que habíamos traído y su especialidad: el risotto de setas. Una locura para el paladar de la que presumía en cada conversación. Planeamos varios viajes, los añadimos a nuestra lista de tareas y, al finalizar, Claudio sacó un pequeño pastel de mi pastelería favorita. Alzó la copa, tomó un buen trago y carraspeó. Estaba muy nervioso.

—Amisha, yo... —Su voz temblaba con exageración y solté una carcajada que aligeró el ambiente. Al ver que su expresión no cambiaba, me asusté.

—¿Qué te pasa? ¿Va todo bien?

—Estos últimos años a tu lado han sido mágicos. Eres una persona alucinante, preciosa, generosa, divertida, inteligente, transparente... Sin duda, la mujer más perfectamente imperfecta que existe en el mundo. —Esa frase no era una novedad, casi siempre la usaba para describirme—. Por eso, Amisha, me gustaría preguntarte algo.

Claudio se levantó, abrió un pequeño cajón y sacó una cajita cuadrada diminuta. La puso sobre la mesa; no me podía creer lo que estaba sucediendo.

—Nunca pensé que me pondría tan nervioso, pero... allá voy. Amisha, ¿quieres casarte conmigo?

Se me cortó la respiración y me quedé con una expresión de sorpresa, un gesto imposible de contener y de borrar. Pasamos varios segundos en silencio que se hicieron eternos para ambos. Conocía de sobra la respuesta, pero jamás me imaginé que llegaría la pregunta. Mis ojos se llenaron de lágrimas.

—¿En serio? ¿Esto es de verdad? —Esa contestación fue una gilipollez tremenda, pero en ese instante no me salió otra cosa.

—Claro, ¿cómo va a ser de mentira?

—Yo...

Valoré por un instante mi relación con Claudio, así, rápido y fugaz. ¿Era lo que quería? ¿Era lo que deseaba? Un ligero pellizco se instaló en mi estómago y me planteé si era la persona con la que quería pasar el resto de mi vida. *Esa* persona. Y si eso sucedía, supuse que, en algún momento, debería contarle la verdad de mi maldición, lo que pasa cada vez que tengo un orgasmo, la cantidad de *spoilers* vitales que me he tragado a lo largo de mi existencia. —La pedida de mano no fue uno de ellos. Hacía tiempo que no me sorprendía algo y lo agradecí—. Sentí miedo al imaginar que ese secreto pudiera hacer que nuestra relación idílica estallase por los aires. Y decidí que la mejor opción era callar que soy una rarita todavía más rarita y aceptar la vida normal con la que siempre había soñado.

—Sí, quiero —pronuncié. Claudio sacó un anillo de oro blanco y un diamante, un estilo clásico un tanto alejado de mis gustos, muy cercano a los diseños típicos que salen en las películas. Lo miré asombrada y grité—: ¡Estoy prometidaaa!

Salté a sus brazos y nos fundimos en un beso cálido y un abrazo largo que se transformaron con velocidad en un aumento del deseo sexual. La cocina estaba cerca de la habitación, la casa no era tan grande y recorrimos unos pocos metros besándonos y quitándonos la ropa. Cuando llegamos a la habitación, ya no quedaba nada de lo que deshacernos.

La luna brillaba con fuerza e iluminaba toda la habitación. Me senté en la cama desnuda y Claudio salió corriendo para apagar las velas, que se habían quedado durante unos minutos sin supervisión. En esos pocos segundos miré mi anillo, cuyo brillo resaltaba por el foco de luz blanquecina que bañaba toda la colcha. Volví a preguntarme si eso era lo que deseaba, si en realidad podría casarme con alguien, compartir una vida entera, silenciando la extrañeza que protagonizaba mi vida de manera constante. Algo tan sumamente importante para mí, sin declarar.

Al volver, Claudio traía dos copas de champán y una botella. Totalmente desnudo, sirvió un trago y brindamos por nuestro compromiso. Tras eso, me empujó con suavidad para que me tumbara. Se quedó un buen rato de pie, observándome.

—No me lo puedo creer —compartió al fin.

—¿El qué?

—Que me vaya a casar con una mujer como tú.

Su respuesta, de algún modo, apagó todos los miedos; fue agua para el incendio de incertidumbre que arrasaba en mi interior. Y automáticamente, besó cada rincón de mi cuerpo, me acarició entera y me susurró todo lo que me amaba. Yo estaba en pleno éxtasis, pero aquella noche estábamos tan ilusionados que el deseo se expandió todavía más y más. Mientras me besaba los pezones, arqueé la espalda y sentí el latido de mi corazón en la entrepierna. El fluido no tardó en llegar y me mojé entera esperando su lengua conocida y talentosa. Claudio sabía lo que me detonaba, aquello con lo que conseguía un orgasmo rápido y sin demora. Por eso alargó mi espera, hizo que de verdad lo deseara con tantas ganas que solté un gruñido de desesperación cuando, por tercera vez, pasaba de un muslo a otro con sus besos y no se paraba en el centro.

El calor se acumulaba en mi cuerpo, gemí bajito con cierta precaución y abrí más las piernas para demostrarle lo que ansiaba. Él se mojó los dedos y, con suavidad, los paseó por encima del clítoris. Me miró con esos ojos verdosos y me sonrió con cierta maldad.

—Eres tan cruel conmigo —pronuncié como pude.

—¿Yo? ¿Por qué? —contestó mientras se movía con lentitud.

—Sabes lo que estoy pidiendo.

—Lo sé, pero quiero que te vuelvas loca de deseo, que lo desees tanto que no puedas ni respirar.

Se aseguró de que hubiera fluidos suficientes para entrar, poco a poco, hasta el fondo de mi ser. Y ahí sacudió su pelvis con intensidad, con una cadencia lenta pero segura. Mi pecho compacto rebotó hacia arriba y hacia abajo. Lamió su dedo pulgar y lo posó sobre mi clítoris para trazar círculos mientras me penetraba, cada vez con más fuerza. Sentía cómo salía y entraba, su curvatura en mi interior, su dureza, sus ganas, su amor. Forcé la apertura de mis piernas para que profundizara más, para que se introdujera entero, para que no dejara nada por entregar. El sudor empezó a acumularse por la superficie de la piel y sus jadeos aumentaron mi excitación.

—Estoy a punto de correrme —avisé.

—Espera, espera. Quiero que te corras en mi boca.

Con un ligero movimiento, posicionó mi cadera al borde de la cama y se arrodilló ante mí. Mi melena se interpuso en el campo de visión y me incorporé para estar sentada y verlo todo a una corta distancia. Nunca me había gustado observar estas cosas, cerraba los ojos y me dejaba llevar. Pero aquella noche estaba tan excitada que quería verlo todo de cerca, volverme salvaje, segura, sexy, empoderada.

Abrí las piernas y coloqué las plantas de los pies en el fino límite del colchón. Claudio pasó la lengua con suavidad y tragó todos los fluidos que chorreaban por el perineo.

—Estás deliciosa, joder —susurró.

Apreté mi cadera contra su cara para que buceara en mis adentros, con ferocidad, con furia, con pasión. Sin poder contenerme, liberé un gemido alto, él apretó mis nalgas con las manos y siguió paseando la lengua por mi clítoris. Moví la pelvis adelante y atrás, restregué todo lo que podía restregar contra su boca para aumentar más el placer y cuando pensaba que me iba a desmayar de las ganas, volví a potenciar la sacudida para obtener más goce.

Sentía el clítoris durísimo, su lengua caliente que rodeaba cada pliegue de mis labios y su dedo que entraba y salía de mi interior con una destreza innata. Y ahí sí, cuando no pude más, presioné su cabeza contra mi entrepierna y gemí con fuerza por primera vez en mi vida. Gemí con un delirio sorprendente que me dejó algo aturdida. La sacudida del orgasmo hizo que mis piernas cayeran al suelo, y mi espalda, al colchón. El conocido rayo de luz, el túnel y la escena que decapitaría nuestra relación con un solo movimiento, chas.

Un fluido caliente caía por mi estómago. Claudio se tumbó a mi lado, movió mi cuerpo con cierta brusquedad.

—¿Amisha? Amisha, ¿estás bien?

Reaccioné ante el presente que se desarrollaba. Su semen caía por mis costillas, se había corrido justo después de mí. Claudio fue corriendo a buscar algo de papel para limpiarme.

—¿Te traigo agua o algo?

—No, no. Tranquilo, estoy bien —mentí.

—¿De verdad? No reaccionabas, me había asustado —insistió.

—De verdad.

Se metió en la cama bajo las sábanas blancas y apoyó la cabeza en su brazo mientras me clavaba la mirada.

—Ha sido muy intenso, ¿no?

—Sin duda.

—Oye… ¿En serio estás bien?

—¡Que sí!

Nos besamos suave y se acomodó en la almohada para quedarse dormido en cuestión de segundos. Para mí, aquella noche marcaría el inicio de una obsolescencia inesperada, de una sombra que poco a poco nublaría cada recoveco de mis pensamientos y sentimientos hasta atraparme por completo.

Levanté la mano izquierda y la luna iluminaba con tosquedad el pequeño diamante y el oro reluciente. Al mismo tiempo que observaba cada sinuosidad de la pieza, me atravesaba la visión que minutos antes había presenciado. Claudio, no muy distinto a como está en este momento, besándose con otra mujer en lo que parecía ser su nuevo hogar. Ilusionado, emocionado, enamorado. De nuevo, me había adelantado a los acontecimientos. Era una sensación conocida; pasó exactamente lo mismo hace años con Xoel, pero, por algún motivo, no me dolió tanto. Era más joven, más inmadura e inexperta, un amor a distancia, ambos en la universidad… Estaba claro que había una fecha de caducidad. Y en efecto, Xoel empezó con otra chica, me enteré de su infidelidad y decidí romper. No me destrozó, simplemente sabía que iba a acontecer.

Desde Xoel hasta Claudio hubo varios, aunque sin demasiado éxito. Empotramientos fuertes alejados de los cuidados, un falocentrismo que protagonizaba cada encuentro, unos orgasmos que estaban lejos de llegar. Por supuesto, hubo algunos que fueron buenos amantes, pero escaseaban tantísimo… Siempre se habla de la soltería como una posibilidad para volverse loca y salvaje, para tener un sexo brutal y orgasmar trescientas veces; pero está lejos de eso, o al menos la mía. Mi soltería se limitó a conversaciones vacías, penetraciones tempranas y un clítoris renegado al mínimo exponente posible. Besos demasiado babosos o demasiado insípidos, caricias demasiado fuertes o casi imaginarias, penetraciones que no pedían perdón ni permiso y esperaban impacientes en primera fila. Conexiones efímeras y volátiles que no ofrecían ni la más diminuta posibilidad de profundizar en ellas. O ellos o yo no tardábamos en salir corriendo.

En esos años tuve orgasmos con ligues que parecían estrellas fugaces en las que poner toda tu fe y pedir otro milagro. Vi el futuro de unos ojos lejanos que se enfrentaban a accidentes, despedidas, ascensos o a la cotidianeidad de la vida. De ellos, me daba exactamente igual ver cómo follaban con otras, cómo se casaban, o se separaban. Pero de Claudio, de él, fue especialmente doloroso. Un dolor que no lograba quitarme.

Iniciamos las relaciones románticas con la esperanza de que, al fin, alcancemos la estabilidad. Creo que es la chuchería más ansiada por el cerebro: la paz. Saber que la búsqueda ha llegado a su fin, que dichos brazos pasarán a llamarse familia, que no tendrás que salir de nuevo al mercadillo de la carne para buscar un pedazo que no esté demasiado crudo o muy podrido. En cuanto sabemos que esa relación tiene una fecha de caducidad, automáticamente perdemos la ilusión, la energía, la fuerza. Preferimos dar un volantazo, meternos campo a través con el optimismo de encontrar otro camino, quizá el definitivo, y volver a comenzar que continuar en un presente sin futuro. Me atrevería a decir que casi nadie sabe si algo será para toda la vida o para un breve capítulo. Aunque intuimos en lo más profundo de nuestro ser que ahí no es, mantenemos la utopía de que todo cambiará y, ¡sorpresa!, sea para siempre. ¿Qué sentido tendría aportar esfuerzo y energía en la construcción de algo que sabes que va a caer? ¿Para qué seguir combinando ladrillo y cemento si el terreno es inestable?

Tal vez el romanticismo trate de eso: de creer en la posibilidad remota de que dentro de esta vida mortal haya alguien que nos acompañe hasta el final, un lugar conocido, unos abrazos a modo de refugio, un sexo sin sorpresas. Somos expertas en el autoengaño, en la negación de realidades, en perpetuar el panorama ilusorio de los cuentos felices. Pero sin eso, quizá para la mente no tendría sentido invertir tiempo en el quiebre evidente. O al menos, así pensaba la mía.

Aquella noche de sábado, con un anillo de compromiso en el dedo anular, sentí el vacío de la ruptura; supe que Claudio no era *él* ni estaba cerca de serlo. Durante todos aquellos años había experimentado visiones más o menos importantes; lo había visto en soledad o acompañado, llorando, riendo, celebrando..., pero nunca amando a otra mujer. Supuse que la falta de ese preciso escenario era una buena señal, que era el indicado. Me equivoqué. ¿Y ahora qué? ¿Merece la pena seguir en una relación que no avanzará? ¿Se puede cambiar el futuro o es inevitable que los sucesos se produzcan tal cual?

La luz de la luna empezó a menguar y desvió su foco hacia el jardín. Ladeé la mirada hacia el bosque y después hacia Claudio. Observé su flequillo, que le perfilaba su frente, la barba que se asomaba por su piel, su mandíbula y sus ojos relajados. ¿Y si yo era la creadora de esa realidad y adelantarme a los acontecimientos hacía que siguieran su transcurso? ¿Y si me negaba? ¿Y si actuaba como si no hubiera visto nada? ¿Y si el futuro pudiera modificarse?

XIX

Kunda... ¿qué?

En el desayuno, un grupito de gente planea el primer día de fiesta de la formación. Quieren ir a visitar una de las playas más conocidas al sur de la isla, en Uluwatu, donde el surf y la cerveza son imprescindibles. Otros prefieren caminar por las calles de Ubud, la región donde nos encontramos, y comprar algunos souvenirs o visitar a algún curandero que les dé las hierbas perfectas para alargar, de forma ilusoria, su salud. Pocos quieren descansar en el retiro, tomar un bañito en la piscina y pasear por la naturaleza que envuelve este paraje. En mi caso, sin embargo, me dedicaré a visitar las infinitas calles de la zona para ver si consigo encontrar esa puerta, la que a veces he visto durante mis orgasmos. Un reto profundamente absurdo que genera una sensación de angustia mental y ansiedad crónica, pero que alberga una mínima esperanza en mi interior. «Confía», dijo Mariajo. No sé, necesitaré un milagro para dar con ese lugar. Y tal vez, la respuesta siga igual de lejana, tal vez esa puerta es una simple visión de mis paseos por la isla, tal vez no haya nada detrás. ¿Y si he venido hasta aquí para nada?

Mi actividad mental me mantiene absorta, lejana a todos los murmullos externos, excepto por una sencilla frase que apunta la hora y, entonces, salgo corriendo a la sala para alistarlo todo en pocos minutos. Pushan se ha adelantado.

—Buenos días, Amisha. ¿Qué tal estás? ¿Cómo va tu integración? —No entiendo demasiado a qué se refiere.

—Bien, bien... Perdona, que estaba desayunando y se me ha pasado la hora.

—Nada que perdonar, hoy tendremos clase teórica y una pequeña meditación. —Pushan se da cuenta de mi expresión, a la espera de una indicación que atestigüe si hoy voy a tener que experimentar lo que sea que tenga que experimentar. Dibuja una ligera mueca y, como si me leyera los pensamientos, me da una respuesta—: No, hoy no tendrás que participar, pero sería genial que te animaras, es una meditación muy potente.

—Sí, bueno, lo pensaré. —No hay nada que pensar. La respuesta es «no, gracias». Una pequeña parte de mí se incomoda ante tal solución tajante. Esa parte que ha despertado y está sedienta de nuevas sensaciones, de explorar nuevos espacios, de perder el control. ¿Qué hace esto aquí si ayer no estaba?

—Piénsatelo, es una meditación para despertar la energía *kundalini*. Precisamente sobre esto va la clase de hoy.

—Kunda... ¿qué?

Los alumnos se concentran en el centro de la sala, rellenan sus botellas, alargan las charlas y se abrazan unos a otros. El grupo ha generado un vínculo fuerte en cuestión de pocos días, algo sorprendente y a la vez lógico. La exposición personal que se crea en estos ambientes es tajante, una apertura en canal de todos tus fantasmas. Manu se da la vuelta y, al localizarme, se acerca.

—¿Qué tal estás, cariño? —Y al mismo tiempo, sin posibilidad de negarme, me estruja entre sus brazos. Los pocos vínculos que tengo en este lugar refuerzan la necesidad de afecto, especialmente porque ayer fue un día, digamos, revelador.

—Qué majo eres, Manu. Estoy bien, más tranquila, ¿y tú?

—Listo para un día más. A ver qué nos depara el tantra. Te veo luego.

Sentirme valorada y querida es un objetivo más presente que distante, una necesidad humana que nos hace buscar vínculos y brazos familiares ante las dudas existenciales. La compañía de seres que nos escuchen, nos mimen y estén pendientes. Y aunque mi dificultad social me genera una evasiva automática a todo aquello que sea desconocido, la intensidad de la práctica con Manu ha reforzado una unión inesperada, pero bonita. Una unión que me negaba a pedir, pero que realmente me urgía. Y es curioso cómo una persona pasa de ser un completo desconocido a un lugar seguro con quien poder compartir, reír o charlar, sin el objetivo de generar una amistad idílica, con la tranquilidad de saber que no estás tan sola en este lado del mundo.

—Espero que hayáis pasado una buena noche de integración. El ejercicio de ayer fue una purga muy difícil, pero para adentrarnos en el tantra debemos conocer nuestras heridas, puesto que tarde o temprano saldrán a la luz. Ser conscientes de ellas es algo imprescindible. Hay una frase que particularmente me gusta mucho y que repito siempre para mis adentros: «La sombra es luz que todavía no es consciente de sí misma». Algo parecido dijo Jung: «No se alcanza la iluminación fantaseando sobre la luz, sino haciendo consciente la oscuridad». Esto es algo que debemos tener presente siempre, en especial en el trabajo espiritual. Si queremos ser conscientes, si queremos sanar, si queremos evolucionar…, tendremos que enfrentarnos a la oscuridad y viajar hasta las profundidades de nuestro ser, aunque nos dé miedo.

»Siempre me río cuando la gente cree que las personas que venimos a los retiros o que meditamos somos hippies que cantamos y estamos siempre felices. Creo que ninguno de nosotros nos identificamos con esta descripción, ¿verdad? Lo de cantar, sí, es cierto, cantamos muchísimo. Los mantras son una de las herramientas más poderosas del tantra. —La gente ríe y asiente con la cabeza—. Pero no buscamos la felicidad, porque esta pasa obligatoriamente por la paz. Y la paz la alcanzamos cuando conocemos nuestra oscuridad y somos conscientes de ella, cuando la iluminamos, cuando la reconocemos, aunque no consigamos sanar. No tengo las herramientas para vuestro dolor, pero sí las formas de entenderlo. Creedme que esto es muy poderoso, no podemos ponerle luz a algo que no vemos.

Pushan se acomoda en su cojín, algo más elevado que el resto para que todos puedan verle bien y continúa con su discurso improvisado:

—Veréis, lucho contra esa espiritualidad performativa que tan de moda se está poniendo. Personas que se cuelgan los *japa malas* sin saber para qué *cohone* sirve esto. —Pushan saca un collar largo de cuentas con una especie de plumero al final—. O aquellos que hablan sobre el amor incondicional, la bondad de todos los seres, la negación de que, en la vida, también hay una parte incómoda, la resolución de críticas porque actuamos como espejo o la predicación de frases fáciles que calan mucho y se esfuman rápido. No podemos caer en esto, es solo una fachada. El viaje espiritual es extremadamente doloroso, oscuro y lento. No es un arcoíris pintado en el cielo, ni una sonrisa permanente en la cara.

Tras la comida, espero a Pushan para irnos juntos a la sala. Él sonríe al verme.

—¿A quién esperas? —pregunta.

—A ti, no me apetece que me persigas como cada día.

—¿Crees que te persigo?

—¿Ah, no? Me sorprendería si me dieras una negativa, la verdad. —Pushan me mira de reojo y suelta una mueca. No tardamos en llegar a la sala.

—¿Te has aburrido mucho en la clase de hoy? —insiste.

—No, me he dormido unas tres veces y me he pasado todos los niveles del *Candy Crush*. Por lo demás, todo perfecto —bromeo.

—¿Hoy te has levantado de buen humor? Vaya, estamos de suerte.

—No la tientes… ¿Eso no lo enseña el tantra?

—Debería.

Cojo la mopa y lanzo una expresión algo vacilona; él voltea sus ojos a modo de resignación.

—Todavía está abierta tu participación en la meditación de esta tarde.

—Estás siendo demasiado optimista hoy, Pushan.

—Puede ser.

Un ligero empujón hace que pierda el equilibrio, un simple roce que, de nuevo y de la forma más absurda, despierta mi instinto carnal. Como la última vez, intento disimular el asombro por este desvelo repentino de lo que ya estaba más que muerto y enterrado. Pero parece que el cuerpo tiene otros planes más necesarios.

—Venga, vamos —dice al entrar en la sala—. Dejad el charloteo, que mañana tendréis todo el día. Seguimos con la teoría, va. Sé que es un poco pesado, pero después de esta explicación tendremos una meditación dinámica que os va a gustar mucho. Esta tarde hablaremos sobre la energía *kundalini*, ¿alguien sabría decirme lo que significa?

—Es una energía, ¿no? —dice una voz. La gente estalla de la risa.

—En efecto, eso he dicho —bromea Pushan—. Sé que es una hora malísima, que os encantaría estar echando la siesta y se nota. Venga, ¿alguien sabe algo más?

—Es la energía vital y primordial. Creo que se asocia también con la sexualidad.

—Casi casi. Eso sería el *prana* para el hinduismo y el tantrismo, y esto lo tienen todos los seres, incluso los inanimados. Digamos que es una energía universal, para que nos entendamos. La *kundalini* es un tipo de *prana* que se relaciona con la creatividad y la sexualidad; ambas son la misma cara de la moneda, aunque os pueda sorprender. Tener una sexualidad despierta favorece la creatividad y viceversa. En el tantrismo trabajaremos con la energía *kundalini* y su despertar para poder expandir el placer por el cuerpo y alcanzar estados alterados de consciencia, el máximo potencial creativo y la liberación.

»La *kundalini* se representa con una serpiente enroscada en el coxis que está profundamente dormida. Por eso hablamos de *despertar* la *kundalini*, porque hay que activarla. Para elevar su potencial hasta la consciencia, debe pasar por todos los *chakras*. ¿Sabéis qué son?

—Son centros de energía, ¿no? Tenemos siete y cada uno se encuentra en diferentes partes de la columna vertebral.

—¡Premio! Efectivamente, «*chakra*» en sánscrito significa «círculo» o «disco». Los *chakras* se representan como círculos cargadísimos de energía. Y como dice nuestra compañera, los más conocidos son los siete que atraviesan el cuerpo humano, ¡pero hay muchísimos más! Conocer los *chakras* es algo imprescindible para elevar la energía a través de ellos y que podamos tener orgasmos mucho más poderosos. Mirad, veamos de qué trata cada uno.

Pushan se levanta y se acomoda los pantalones bombachos y la camiseta de lino para dirigirse a la pizarra. Vuelve a beber agua, me pide un rotulador, voy corriendo y se lo acerco. «Gracias, Amisha», susurra mientras sonríe. Vuelvo decidida a mi lugar, haciendo caso omiso a su sensualidad indescriptible. Dibuja un cuerpo humano muy rápido para que entendamos dónde se encuentran estos centros y para qué sirven. Una parte de mi cerebro sigue preguntándose qué base científica tiene todo esto y por qué sigo escuchando.

—El primero, *Muladhara*, es el *chakra* raíz, habla sobre todo lo relacionado con nuestra supervivencia, el lugar que ocupamos en este mundo, lo material. Es el sostén de toda energía, donde nace la *kundalini*, por lo que debemos ponerle especial atención. Está entre el ano y los genitales, en la zona perineal, y su conexión es hacia la tierra.

»Segundo *chakra*, *Swadishthana*. Es el relacionado con la sexualidad y, por lo tanto, con la creatividad. Los *chakras* se sitúan en la columna, pero tienen distintos reflejos desde los que también podemos trabajar. En este caso, se refleja en los genitales, puesto que si dibujamos una línea recta desde el sacro, acaba justo ahí. Aquí encontramos parte de las emociones, la necesidad de socializar, el instinto.

»El tercero, *Manipura*, está relacionado con el poder personal, la independencia, la voluntad, la motivación, la autodisciplina... Su reflejo se localiza en la zona abdominal, por encima del ombligo. Este centro es importantísimo para elevar la potencia sexual que emerge del segundo.

»El cuarto *chakra*, *Anahata*, está unido a las relaciones, nuestra capacidad de amar, la compasión, la aceptación propia. Encontramos su reflejo en el centro del pecho, en el esternón. Eso es, aquí.

»Quinto, *Vishuddha*. Importantísimo si queremos trabajar la comunicación y nuestra expresión. Se ubica en la garganta, y su función tiene que ver con el sonido, el habla, la transmisión de sabiduría y, al mismo tiempo, con la organización y planificación.

»Al sexto *chakra*, *Ajna*, se lo conoce como el tercer ojo. Esto os suena, ¿verdad? Pues efectivamente, tiene relación con la visión que construimos del mundo, la intuición, la autorrealización. Según Jung, cuando meditamos, alcanzamos la consciencia plena en el *Ajna*. Ah, perdón, sí. Se refleja en el entrecejo, el hueco que hay entre ceja y ceja.

»Y finalmente, ¡el séptimo *chakra*! Se trata de *Sahasrara*, nace unos centímetros por encima de nuestra coronilla y se refleja hacia el cielo. Ahí se conecta lo físico, mental, emocional y espiritual. Los yoguis, practicantes del yoga o tántricos, practicantes de tantra, buscan el estado de *samadhi* que alcanzamos al sublimar la energía hasta el *Sahasrara*.*

—¿El *samqué*? —pregunta un hombre mayor.

—*Samadhi*, es un estado de conciencia que se alcanza a través de la meditación o incluso del sexo. Al final, este es otro tipo de meditación. —Siento una enorme curiosidad por conocer cómo debe de ser una noche con Pushan, sinceramente. ¿La sentía antes? Es posible—. En este estado te fundes con el cosmos, con el universo, eres una con la totalidad. Es el orgasmo más grande que la humanidad puede alcanzar.

—¿Y eso lo puedes enseñar?

—¿A tener orgasmos cósmicos? Ja, ja, ja, bueno, es uno de los objetivos. No quiero que os obsesionéis, esto requiere de mucha práctica y conocimiento. Aunque he tenido alumnas que lo han conseguido en la primera experiencia

---

* Mira dónde están tus círculos de energía en la página 402.

tántrica y otras que llevan años y todavía no han conseguido sentir la *kundalini*.

—¿Cómo sabemos si se ha despertado? —cuestiona una chica joven. Me interesa dicha pregunta, a ver hasta dónde podemos llevar la ciencia ficción.

—Depende de la persona. Hay quienes son fuego y sienten un calor súbito que asciende por su columna, otras que son aire y notan un barrido, como si flotaran. Algunas, las que se relacionan con el elemento agua, pueden percibir como si tuvieran ranas que saltan, latidos en la columna... —La cosa se pone divertidísima. Mariajo estaría como loca con su carta astral—. Otras notan un hormigueo que sube, estas personas son del elemento tierra. También podemos observar electricidad, descargas...

Un momento, pausamos las bromas, ¿será esto la sensación tan extraña que me movió en el ejercicio anterior?

—He visto a gente que se mueve o pega brincos... o incluso hacen posturas de yoga —comenta una alumna.

—Sí, puede pasar. Se llaman *kriyas* de la *kundalini*. Cuando la energía despierta y sube por la columna, necesita que los *chakras* estén abiertos. Si no, «golpea» y eso provoca que algunas personas tengan espasmos o se pongan en posturas imposibles de yoga que de forma consciente sería imposible, incluso hagan *mudras* con las manos o canten mantras...

»Es tan extremadamente poderoso que, según escritos tántricos milenarios, cuando se alcanza el *samadhi* a través del trabajo de la *kundalini*, se pueden abrir los *siddhis*, poderes ocultos que transforman lo divino y que pueden hacer lo que uno desea. Por ejemplo, hay personas que han tenido un orgasmo potentísimo y han entrado en estados alterados de consciencia viendo mandalas, escuchando sonidos o voces; a veces aparece una serpiente como símbolo del despertar de la *kundalini* o se han podido comunicar con el más allá.

Se me escapa un bostezo y disimulo agachando la cabeza. Siento una pequeña frustración interior. Cuando estaba a punto de conectar mínimamente con la remota posibilidad de abrirme a la experiencia, Pushan lanza un discurso que bien podría nacer de un buen porro.

—No solo eso, he tenido casos de personas que han viajado a través del tiempo a vidas pasadas.

—¡¿Eso es posible?! —pregunta una alumna.

—Sí, se han visto en épocas antiguas de las cuales no tenían ni el más mínimo conocimiento. Esto se conoce como regresiones.

Abro la boca, se me salen los ojos de las cuencas y un ligero brinco hace que casi me caiga de la silla. Pushan desvía su mirada hacia mí, algo sorprendido y curioso por mi repentino sobresalto. Pido perdón y, a partir de ahí, desconecto durante la jornada restante. Mientras los alumnos hacen una especie de meditación para respirar en los *chakras*, me planteo si es posible que estar aquí no sea una pérdida de tiempo, si tal vez estoy en el lugar correcto. Unas preguntas se añaden a la cola mental en bucle: «Si hay personas que viajan a vidas pasadas, ¿significa que existirán otras que puedan ver el futuro en los orgasmos?». «¿Y si existen más personas como yo? ¿Y si, tal vez, Pushan alberga la solución a lo que me lleva pasando desde el inicio de mi vida sexual?».

Un nerviosismo se apodera de mí y el impacto de un camino factible a tal desesperación me deja anonadada. No lo puedo creer. Me he pasado diez años sintiendo que soy un bicho raro, arrinconada en mi soledad, apartada de la vida normal de tantos millones de personas. Durante meses he sido presa de la ansiedad, del pánico a que aquella puta premonición se cumpla... y, de repente, el ligero atisbo de que tal vez, y solo tal vez, esté delante de una posible solución. Un cúmulo de lágrimas se amontonan en la base de mis párpados, la emoción de rozar con la yema de mis dedos la inimaginable posibilidad de la salida, del portazo, de la liberación. ¿Esto es real?

Llevo casi toda una vida buscando una señal parecida a esta, un resquicio que deje entrar la luz de la esperanza. Y ahí la tengo, delante de mis propias narices.

Créeme que estoy dispuesta a hacer lo que sea por conseguir la llave de mi propia salvación.

XX

Junio, 2022

La esquina de aquel canapé se había interpuesto en el recorrido de mi dedo meñique y no la pude sortear. Fue directamente al encuentro de mi falange diminuta, infligiendo un dolor tan extremo que me obligó a tumbarme en la cama, apretar con fuerza la zona destrozada y plantearme cómo algo tan gilipollas podía traspasar el umbral del dolor.

—¿Qué ha pasado? —preguntó Mariajo—. ¿Estás bien?

—La puta esquina del canapé, me cago en todo. Qué día, ¿eh?, qué día.

—Amisha, ya, estás nerviosa. Es lógico, mañana te vas.

Una cantidad insana de ropa me atrapaba entre la cama deshecha y las mil posibles combinaciones cada cual más extraña; y yo ahí, tirada encima de la cama, con el dedo meñique destrozado y a punto de llenar una mochila recién comprada con los trapos más hippies que había encontrado por casa.

—¿Qué tal el dedo?

—Bueno, mejor. Uf, qué intensidad este dolor, de verdad.

—Es inhumano, lo sé. Cómo algo tan estúpido puede ser tan doloroso, ¿no? —Suspiré. Mariajo se quedó mirándome con esos ojos compasivos y me animó con una palmada que me pilló desprevenida—. ¡Venga! Sigamos con la mochila. ¿Qué vas a hacer con este top?

—No sé, tía, eres tú la de la moda…

—Soy diseñadora, no estilista.

En ese instante, sonó el interfono. Mariajo y yo nos miramos sin saber muy bien a qué se debía. No me quedaba ningún paquete por recibir.

—¿Será Pedro?

—¿Hoy no tenía rodaje? —pregunté—. Voy a ver.

Abrí la puerta y, en efecto, ahí estaba Pedro, con su pelo desenfadado, sus ojos azules gigantescos y vestido con ropa casual con restos de maquillaje.

—¡Cariii! No me lo puedo creer. ¿Cómo estás?

—Calla, calla. Temblando, Pedro.

—¿Tienes la mochila hecha?

—Todavía no.

—¡¿Nooo?! Pero ¡si te vas mañana!

—No me pongas más nerviosa, joder, estoy en ello. Mariajo me está echando una mano con la ropa.

—Perfecto, yo te echo una mano con los nervios. Cojo el abridor, ¿vale? Te he traído vino.

—Altamente necesario.

Volví a mi habitación mientras Mariajo se dedicaba a combinar una falda con un top. Mi armario empotrado estaba abierto de par en par con algunas perchas por el suelo, camisetas a punto de ser víctimas de la gravedad, sandalias agrupadas en pares y una separación invisible a todos los looks posibles.

—Me encanta esta falda, ¿cuándo te la has puesto?

—Nunca, creo que todavía tiene la etiqueta colgando, ¿no?

—Pero si es preciosa. Esta te la llevas.

—¿En serio? Me voy a trabajar en un retiro, no creo que lleve algo tan elegante.

—¿Y si tienes una cita? ¿O una fiesta? ¿Y si conoces al hombre de tus sueños?

—Pues me pondré estos pantalones bombachos... —Mariajo frunció el ceño al verlos—. ¿No te gustan?

—Creo que los he visto más que a mi novia.

—Anda ya, si no me los he puesto.

—¿Quééé? —En ese instante, Pedro aparece por la puerta con tres copas de vino en la mano. Mariajo le mira en busca de aprobación a su teoría—. Tío, ¿cuántas veces has visto estos pantalones?

—Infinitas.

—¿Lo ves?

—Venga, no jodáis, estáis compinchados. No es justo.

—Amisha, en serio, deja de ponerte estos pantalones.

—Te van a suplantar la identidad, cari —suelta Pedro mientras me da la copa.

—¿Y la falda te gusta?

—Demasiado. Es preciosa, me encanta. ¿Por qué nunca te la has puesto?

—Es demasiado elegante, ¿no?

—¿Y si conoces a un buenorro en Bali? ¿Qué te vas a poner? ¿Los mismos pantalones que te has puesto en tooodas tus citas?

—En todas no.

—¿Que no? Esos pantalones podrían abrir un centro de fertilidad, cari, con la cantidad de esperma que tienen.

—Pero ¡qué dices! Mariajo, tía, ayúdame.

—A ver, Pedro, sabes que no es cierto porque Amisha citas, lo que se dice citas..., no tiene desde hace mucho.

—Tremenda ayuda, ¿eh, perra?

—¿Qué? ¿Acaso es mentira?

—Pero yo... —Pedro cogió la falda con violencia y la metió en la maleta sin doblarla.

—¡Ya está! No se hable más. La falda se va contigo a Bali.

Le di un buen sorbo al vino y nos quedamos en silencio durante un rato. Cada una mirábamos al infinito, un poco ausentes de la decisión final, ajenas al viaje inminente que empezaría al día siguiente. Ni siquiera conocía el motivo por el cual estaba enfrascada en esta locura sin precedentes, la más absurda y emocionante de mi vida. Lo cual me hizo pensar en si las peores decisiones son, en realidad, las mejores que tomamos. Tal vez hay algo de vida en ellas. Algo de lo que, sin duda, carecía.

—Que te vas —soltó Mariajo.

—Me voy —repetí y, de nuevo, el silencio. Nos miramos y forzamos una sonrisa, de esas mezclas extrañas que contienen amor y miedo, un cóctel que garantiza una resaca tremenda. Volví a beber vino.

—Venga, ¡sigamos! Que se hace tarde y tenemos que acabar la maleta —insistió Pedro.

Mariajo volvió rápidamente a la realidad y siguió esforzándose en combinar mi armario de la forma más efectiva y glamurosa posible. Desvié la mirada hacia Pedro, que parecía más estilista que la propia Mariajo, mientras ambos discutían sobre si el blanco combinaba con el beige. Un pensamiento se entrometió en mis pensamientos y me di cuenta de que en dos meses no vería a estas personas, los pilares más importantes de mi vida. Ellas habían estado a mi lado en todo momento, en las rupturas que había experimentado, en los momentos del pasado en los que me sentí poderosa, en el vacío que experimentaba ahora, en la visita a aquella *meiga* (bueno, en casi todo lo que ocurrió en ese momento). En risas, en llantos, en locuras, en abrazos, en contratos, en trabajos, en mudanzas, en mis ratos, en sus corazones rotos, en el mío hecho pedazos... Y, de repente, me iba, tan lejos y tan sola. Con tanto miedo. Con tantísimo miedo.

—Os echaré de menos —dije. Mariajo y Pedro se volvieron con tristeza. El ceño de Mariajo se elevó ligeramente y unos ojos vidriosos se anticiparon a la emoción. Pedro sonrió con dulzura y ambas se acercaron a mí. Nos fundimos en un abrazo eterno, y lloré sin querer dejar nada dentro.

—Te queremos, Amisha.

La desesperación es lo que nos impulsa a tomar decisiones transgresoras, la cacería de una cura a la enorme angustia que aflige el corazón. Sabes que no hay escapatoria, que el camino se traza por el bosque espeso sin saber cómo será el recorrido. Hasta aquí pudiste ver el cielo. La presión en el pecho te mantiene al borde del abismo y no sabrías identificar en qué bando está, si en el pulso de la vida o al frente de la muerte. ¿Acaso no son lo mismo?

Durante toda la vida me he sentido diminuta, miedosa, atormentada, temerosa de toda decisión que supusiera un cambio drástico en mi realidad. Fluía dentro de mis metros cuadrados de limitación emocional, aun sabiendo que ahí fuera aguardaba la belleza. Preferí seguir ensimismada entre aquellas paredes de seguridad autoimpuesta y ajena a las posibilidades de la existencia. Tan segura, tan estancada, tan esclava de mis propias restricciones. Y, de repente, en medio de mi doctorado en construcción de espacios cómodos sin ser confortantes, se entrometió la desesperación; y todo cambió. Como si fuese un niño con un balón en medio de una sala llena de jarrones de porcelana, el caos es predecible, palpable en extremo. Difícilmente controlable. Tal vez la caída de todo cuanto conocías te lleva a levantar la mirada, a ver a través de esa ventana propia. Es la pregunta la que induce el primer paso: «¿Y si me libero?».

—¿Nerviosa? —preguntó Mariajo.

—Mucho.

—¿Con ganas? —siguió Pedro.

—Creo que sí. —Sonreí.

—Mira, he pensado en esto, a ver qué te parece. Aquí tienes ropa cómoda para el día a día: camisetas fresquitas de algodón, pantalones hippies estampados...

—Voy a parecer yogui y todo, Mariajo.

—Date unas semanas, cari —añadió Pedro.

—Sabes que no, mucho tendría que cambiar mi vida para que sucediera eso.

—¿Acaso no está cambiando ya? —prosiguió. Lo miré y solo pude sonreír. Mariajo volvió a captar mi atención.

—Esto es ropa más para salir o para algún evento especial. La falda con este top me gusta, y este vestido, que te queda increíble.

—Uf, sí, cómo estás con este vestido, perra. Me planteo mi orientación y todo.

—Exagerado.

—Bañadores, leggins, vestidos casuales y fresquitos...

—¿Y esto? —Señalé un bodi de encaje negro que llevaba años al fondo de mi armario—. ¿De dónde lo has sacado?

—De tu armario, tía, es tuyo.

—Ya, ya, pero hace muchos años que no me lo pongo. Ni siquiera sabía que lo tenía. Creo que fue de cuando estaba con Xoel. No sé si me lo regaló él.

—No, zorra, te lo regalamos nosotras —dijo Pedro— por tu cumpleaños, ¿te acuerdas? Estabas en tu momento de empoderamiento sexual.

Hubo un ligero silencio. Todas sabíamos que aquel empoderamiento sexual había quedado muy muy lejos. Casi pertenecía a otra vida ajena a la mía.

—¿Y por qué me lo llevo a Bali?

—Por lo que pueda pasar. Quién sabe.

—Pero a ver, tías, que no voy a follar ni a nada sexual. Ya sabéis que...

—Sí, sí, eso lo sabemos. Pero, oye, nunca se sabe.

—No, no, quitad eso. El resto me parece bien. ¿Comprobamos si cabe en la mochila?

—Espera, para eso necesitamos más vino. Mucho más. —Pedro salió a por la botella y Mariajo dobló con paciencia y mucha destreza la ropa para que se arrugara lo menos posible.

—Gracias, amiga —susurré. Ella me miró con sus ojos maternales.

—Siempre, amiga, siempre contigo. —Me apretó fuerte la mano y siguió con su arduo trabajo mientras yo organizaba el neceser.

Cuanto más quería detener el tiempo, más rápido avanzaba. Y la noche cayó antes de lo esperado en el mismo instante que cerrábamos aquella mochila de la que todavía colgaba la etiqueta con el precio. Pedimos nuestras pizzas favoritas y abrimos otro vino para atenuar los nervios.

—¿Nos hemos dejado algo? —insistió Mariajo.

—Creo que no..., no sé. Lo llevo todo, ¿no? —añadí mientras devoraba un trozo de pizza y me peleaba con el queso.

—A ver, hagamos un repaso. Ropa, seguro, de eso me he encargado.

—Sin duda, ropa no va a faltar. ¿Hay algo de abrigo? —pregunté.

—Sí, esa chaqueta tan bonita, ¿te acuerdas? La de flecos.

—Me encanta esa chaqueta —confirmé.

—Y a mí.

—Vale, neceser. ¿Qué llevas?

—Crema solar, mascarilla, crema hidratante, cacao, ¿pinzas…? Eh… Sí, pinzas, sí. Cepillo y pasta de dientes, peine, algo de maquillaje, desodorante, cuchilla…

—¿Repelente de mosquitos? —me interrumpió Pedro.

—Sí, sí, eso también. Creo que del neceser lo llevo todo. Ah, y mi botiquín.

—Uy, aquí *cuidao*, la yonqui —bromeó Pedro.

—¿Yo? ¿Por qué?

—Una farmacéutica con facilidades para conseguir todas las drogas legales que existen está a punto de irse a Bali. No sé, dímelo tú.

—¿Crees que soy de esas?

—No lo creo, lo sé. —Bebí un sorbo de vino y disimulé elevando los ojos al techo—. Y no solo yonqui; si en algo eres previsora, es en medicamentos. Trae el botiquín.

—Pedro, no lo hagas. Ya tengo la mochila cerrada.

—Amisha, no te caben ni unas bragas más. Trae el botiquín.

Como vio que no me movía de mi asiento, se levantó y lo sacó. Volvió al comedor, donde nos repartíamos el último trozo.

—¿En serio tooodo esto es medicina, Amisha?

—Sí, por lo que pueda pasar.

—Pero ¿tú piensas que te vas a la jungla o algo, rodeada de monos con rabia y mosquitos con malaria? Que en Bali hay farmacias.

—Ya, pero quién sabe. Prefiero llevarlos desde aquí.

—A ver, tenemos que dejar cosas. Empezamos. ¿Esto qué es? No lo pienso ni leer.

—Trae… Zolpidem. Es para dormir en el avión o cuando lo necesite.

—¿Y esto?

—También.

—Vale, ¿y esto? Diazepam.

—Un poco para lo mismo, sí.

—Pues elige, cari. —Miré a Mariajo y ella asintió con la cabeza. Suspiré—. Vaaale, me llevo el Zolpidem.

—Ok, siguiente. Esto es Monurol. ¿Para qué sirve?

—Infecciones de orina. Ese es imprescindible, por favor.

—Vale. ¿Y estos?

—Son antibióticos. Amoxicilina, ciprofloxacina y...

—Me da igual. Escoge uno.

—Pero cada uno sirve para una cosa.

—Uno, Amisha.

—Deja la amoxicilina.

—Venga, de aquí, ¿qué cojones es todo esto?

—Antihistamínicos —Pedro se me quedó mirando con el mismo gesto—, para las alergias.

—¿Cuál?

—Deja las pastillas amarillas.

Estuvimos varios minutos filtrando medicamentos hasta reducir a lo imprescindible las posibilidades médicas que pudiesen surgir durante el viaje. A mí, personalmente, me ponía nerviosa pensar en la necesidad de un fármaco en concreto y no tener acceso a él, pero se me borró la idea cuando me daba cuenta de que nunca lo había requerido en lo que llevo de vida.

—Ahora sí, la mochila va muchísimo más ligera.

—Gracias, Pedro. Supongo.

—De nada, perra. Tú quieres que te paren en todos los aeropuertos por narcotraficante, ¿no?

—Anda ya, qué gilipollas eres. —Estallamos en una risa grupal que alivió los nervios incipientes.

—¿Qué hora es? —preguntó Mariajo.

—Son las once.

—¿Y mañana a qué hora sale tu avión a Madrid?

—A las nueve de la mañana. Llego a Madrid a las diez y algo.

—¿Y el vuelo a Bali?

—Primero hago escala en Dubái. Sale a las dos de la tarde aproximadamente. Después, cojo el vuelo a Denpasar, la capital. Aterrizo en Bali al día siguiente, a las tres de la tarde de allí.

—¿Que serán? Las… —Mariajo se apoyó en sus dedos para contar la diferencia horaria—. Las ocho de la mañana aquí.

—¿Cuántas horas hay de diferencia? —preguntó Pedro.

—Son siete horas más que en España.

—Madre mía, que mañana me voy.

—¡Ay! ¿El pasaporte? ¿Lo tienes?

—Sí, todo controlado.

—Joder, estoy nerviosa —dijo Mariajo. Pedro corroboró que estaba en la misma situación emocional.

Recogimos la mesa y planteamos la noche juntas. Pedro propuso colocar el colchón de mi cama en el suelo del comedor para dormir allí.

—Así abrimos el sofá y listo.

—Pero mañana será un lío, ¡que yo madrugo, *carallo*!

—¿Y? Si tenemos llaves de tu casa, cari. Lo dejamos ordenado y listo. No te preocupes, que ya estamos nosotras. Tú descansa.

—No creo que pueda dormir demasiado.

—Pues te tomas una droga de esas tuyas.

Nos lavamos los dientes y preparamos nuestra habitación improvisada. Pedro y yo dormimos juntas y nos pegamos al sofá, donde se acomodó Mariajo.

—Tú en medio, Amisha, así te podemos abrazar.

Apagué las luces del salón y me dispuse a meterme en la

cama. La luz de la calle y la luna llena se colaban entre las rendijas de las persianas, creando un mosaico en nuestras caras. Mariajo se dio la vuelta y nos miramos; Pedro imitó el movimiento. Yo clavé la mirada al techo, con los ojos bien abiertos, y con mucho miedo dentro.

—Este sofá me encanta —compartió Mariajo.

—Lo eligió Claudio. Tenía buen ojo para estas cosas —añadí—. A veces pienso en si fue la mejor decisión.

—Bueno, no hablemos de los ex, que suficiente tenemos con gestionar el día, cari.

—Lo sé, lo sé. Hoy estoy pensativa, ya sabéis, es un viaje importante.

—Es lógico —respondió Mariajo.

—Pero Claudio era un hombre tan... tan *riquiño* —seguí—. Me cuidaba tanto, nunca tuvo maldad. No sé, creo que nunca encontraré un hombre así.

—No digas esas cosas, cari, que la vida da muchas vueltas.

—Claudio te acompañó en una época importante para ti, ya está —siguió Mariajo.

—Sí, sí, pero... A veces pienso que esta jodida maldición me ha quitado infinitamente más de lo que me ha aportado.

—Porque también lo has permitido —dijo Pedro; Mariajo le lanzó una mirada de las suyas, de las incómodas—. Las cosas nos afectan lo que nosotras dejamos que lo hagan.

—Esto es más difícil de lo que parece.

—Sí, exacto. Creo que no podemos hablar sobre la facilidad o dificultad de todo esto porque ni tú ni yo lo hemos vivido, Pedro.

—Estar follando con tu pareja, tener un orgasmo, ver su futuro y que no sea contigo... Creo que nadie sabe gestionar eso. Automáticamente te quedas sin ganas de intentarlo, sin ilusión, porque ya conoces el final y no estás en él. Eso es agobiante, te va apagando poco a poco, te aleja de la relación.

—Lógico, claro —me apoyó Mariajo.

—¿Eso fue lo que pasó realmente? —insistió Pedro—. ¿No hay nada más?

—¿El qué? No lo entiendo.

—Lo que te hizo dejar de tener orgasmos, cari, ¿fue eso?

—Pedro, basta, no creo que... —lo cortó Mariajo—. ¿No podemos dormir tranquilas?

—No, Mariajo, no podemos seguir mirando hacia otro lado. Somos tus amigas, Amisha, y estamos aquí para apoyarte, pero, *carallo*, hay algo que no me cuadra.

—A ver, qué. Dispara —refunfuñé.

—Entiendo lo de las parejas, de verdad. Si yo viera a mi chico con otros... Me dolería, por muy abiertos que seamos y todas esas cosas. Además, cada vez que tuviera un orgasmo, debe de ser una putada, eso lo entiendo. Pero ¿y tus masturbaciones? ¿Tu placer? ¿Por qué? Eso es lo que se me escapa, cari, y no me creo que sea solo porque viste el futuro de Claudio con otra mujer. Lo siento, no te creo. Una cosa es no querer follar con nadie y otra no tener ni deseo sexual. Hubo un momento en que todo cambió y si no te lo pregunto hoy, antes de que te vayas a la otra punta del mundo, me muero, ¿sabes?

—Pedro, *carallo*, ¿en serio?

—Creo que deberíamos dejar la conversación —reiteró Mariajo.

—Amisha, tiendes a aislarte en tus adentros y no pides ayuda nunca. Cuando todo va bien, es maravilloso y somos los primeros en enterarnos; pero cuando algo va mal, te escondes y te aíslas, y no puede ser. También estamos para apoyarte. Formamos parte de tu vida. Y sé que pasó algo gordo porque cambiaste de golpe.

—¿No entiendes que tal vez, y solo tal vez, ¡eh!, esto es algo privado?

—Evidentemente, pero lo que no entiendo es cómo accediste a visitar a aquella *meiga* del anticuario de la que te hablé hace dos años si te pareció una gilipollez, además con estas mismas palabras. ¿Por qué hacerle caso, con lo escéptica que eres? —Pedro hablaba con cierto nerviosismo, sabiendo que sus palabras no estaban siendo las más adecuadas, pero sí necesarias—. O ¿por qué romper con Claudio cuando casi habíamos solucionado lo de ver su futuro? Dejaste de estar abierta a tener citas, de masturbarte, de sentirte deseada y sexy… ¡y todo de la noche a la mañana! Llevabas años siendo vidente, Amisha, y no entiendo el motivo. Y muchísimo menos la rapidez con la que pasó todo, ¿sabes? Siento que tienes miedo, cari, un miedo horrible que soportas por dentro y me gustaría entenderte para que no te sientas tan sola. Te vas aislando y aislando y, coño, estamos aquí contigo.

Pedro se quedó callado, un poco atropellado por su propia verborrea; no pudo sostenerlo en sus adentros y tuvo que soltarlo todo, a pocas horas de irme. Bebí un sorbo de agua para reflexionar sobre si quería compartir o no lo que sucedió. Eran mis mejores amistades, siempre habían estado a mi lado, intentando solucionar lo que tanto me afligía, buscando respuestas a preguntas que no sabíamos ni cómo formular. En todos esos años, su compañía había sido clave en mi propio desarrollo, en la evolución de mi sexualidad. Y pudimos encontrar algunos parches que más o menos funcionaban, aunque todas sabíamos que eran temporales. Tarde o temprano, todo volvería al mismo vacío que antes, a la misma maldición que año tras año me había perseguido. Lo que un día fueron unas risas se convertían poco a poco en una losa que no me dejaba avanzar. Hasta que ya no pude más.

—¿Qué pasa, Amisha? —se preocupó Mariajo. Yo la miré con un gesto asustado, los ojos vidriosos y el corazón acelerado.

—Que Pedro tiene razón, pasó algo muy fuerte y no quiero revivirlo ni contarlo. Fue algo… jodido de asimilar. En realidad no creo que lo haya hecho… Y yo es que no… —En ese instante, las lágrimas rodaron con fuerza por mis mejillas. Mariajo se acomodó frente a mí, en el colchón, y Pedro apoyó su cabeza en mi hombro.

—Lo siento, Amisha, de verdad que siento sacar este tema ahora, pero parece que esa sombra te está comiendo por dentro, y no me quedo tranquilo si te vas y no lo hablamos antes. Llevamos meses dándonos cuenta.

—Lo sé, *carallo*, lo sé. Si soy la primera a la que todo esto le resulta insoportable… Yo, visitando a una *meiga*, a estas alturas de la vida. Me conocéis, sabéis que no creo una mierda en todo esto, que me parece un timo… o me parecía, al menos. Sabéis lo que cambió mi realidad con aquella respuesta. Me he aferrado a ella porque es lo más cerca que he estado de entender toda esta putada con la que llevo años y años cargando. Desde aquella vez que me dio por seguir vuestros consejos guarros, desde los dieciséis. Han pasado diez años, no sé si puedo soportar otros diez.

»En estos últimos meses he tenido pensamientos horribles, me he planteado si de verdad quería seguir con esta vida. ¿Para qué seguir viviendo la vida como un *spoiler* continuo? Han sido años de relaciones que acabaron en ruptura por el mismo motivo, porque conozco el final. Años de apretar fuerte los ojos para no entrar en ese túnel que me llevaría a ver algo que no quería, que no me apetecía y que inevitablemente iba a pasar. Años de *spoilers*, de adelantarme a sorpresas, de joderme ilusiones. Estoy cansada, tanto que me desespera el pensar que estoy sola y loca. Sola y loca. La chica adoptada de piel oscura, rasgos raritos y que, además, no puede disfrutar de su sexualidad porque ve el puto futuro.

»Quiero ser y tener una vida normal. Poder compartir con otra persona como Claudio, sentir placer sin miedo, empoderarme de mi sensualidad, verme sexy y guapa... No sé, quiero ser como todas las chicas que aparecen en las redes, como las amistades de la uni o del trabajo, normales, joder, normales. Compartiendo piso con sus novios, quedándose embarazadas, mostrando sus anillos de compromiso, adoptando un perro... Lo normal.

—Amisha —interrumpió Pedro.

—Qué.

—Nosotras nunca fuimos normales, nunca quisimos serlo. Tienes a un amigo gay con una relación abierta cuyo sueño es la interpretación y que estudió Filosofía, ¡Filosofía!, ya me dirás qué tiene de normal esto.

—O yo, Amisha, una tía gorda con los pelos siempre de colores que viste como si acabara de salir de un cuadro de Andy Warhol, una novata bisexual que todavía está aprendiendo a comerse un coño y que le dio por diseñar la ropa que no podía ponerse porque nunca había de su talla.

—Venga ya, si os va bien, chicas, tenéis éxito. Mariajo, tu línea de ropa es pionera y tienes tu propia oficina en Santiago, un pisazo precioso y a Mariela, que es un amor. Y tú, Pedro, has acabado de rodar tu primera serie. Y, sobre todo, podéis hacer vida normal, follar normal.

—Bueno, sí, dentro de la anormalidad a la que pertenecemos. ¿De verdad quieres esa vida que ves en las redes sociales, Amisha? Nunca fuiste de esas, nunca estuviste en ese club.

—Porque no tuve la oportunidad.

—No, cari, porque no perteneces a él. No eres de su estirpe, eres una adicta a la adrenalina y a los nuevos comienzos. La persona más inconformista que conozco, capaz de destruirlo todo con tal de salir adelante una y otra vez. Tienes un coño, cari, que ya querrían todas.

—Tiene razón —apoyó Mariajo.

—Y con toda esa fuerza interna, con todo eso que tú eres, no entiendo el cambio repentino. Esta no eres tú, Amisha, aterrada por tus propios poderes.

—Poderes, poderes… no son —señalé.

—¿Que no? ¿Qué te dijo la *meiga*? Repítelo.

—Bueno, sí, todas conocemos ese capítulo, vale.

—Aaah, ¿entonces? —Suspiré, observé de nuevo a Pedro y a Mariajo, uno con sus ojos azulados, la otra con su flequillo rosa pastel que se interponía en sus iris castaños. Merecían saber la verdad, aunque fuese para quitarme esta carga que no me dejaba avanzar. Tal vez la anormalidad no estaba tan mal si me acompañaban estas personas a través de ella—. ¿Qué pasa, Amisha?

—Tienes razón, Pedro, me aíslo del mundo cuando hay algo que me duele o de lo que tengo mucho miedo. Y fíjate, te prometí hace años, Mariajo, que eso no pasaría, que no me evadiría de vosotras… Ha vuelto a pasar. Lo siento, me va a costar contaros esto, porque ni siquiera lo he revivido en mi cabeza o para mis adentros. Cada vez que aparece la imagen, la borro rápido como si jamás la hubiese visto.

Pedro y Mariajo me cogieron de las manos con fuerza. Tragué saliva, me acomodé en la cama y miré el reloj. Era tarde, pero me daba igual, no pensaba dormir esa noche. Asentí con la cabeza, inspiré y disparé una frase articulada simplemente con palabras, unas como tantas, pero que conllevan un significado desolador.

—He visto mi propia muerte.

—¿Cómo? ¿Qué? —Mariajo abrió los ojos de forma exagerada. A Pedro se le desencajó la mandíbula y automáticamente se le empezaron a acumular las lágrimas en los ojos, como siempre le pasaba cuando la cosa se tornaba un tanto esotérica.

—Hace unos meses, cuando todavía estaba con Claudio, nos acostamos. Sentía en mi interior esa separación con él e intentaba gestionar que ver su futuro con otra persona no debía quitarme de mi presente a su lado. La teoría era magnífica, pero otra cosa era creerme esa mentira. Aquella noche, no sé, bebimos y estaba abierta al encuentro. Llevábamos mucho tiempo sin follar. Muchísimo. Hice el truco absurdo para no ver su futuro y de repente, ahí estaba yo, después de ese orgasmo, sintiendo la muerte en mi cuerpo.

XXI

La efimeridad de lo imposible

Doy vueltas por la habitación sin poder calmar las taquicardias que golpean mi pecho. Suena el tono de mi móvil, me lanzo corriendo a por él.

—¡Por fin! —grito—. Necesitaba hablar con vosotras.

—¡Amishaaa! —Pedro se emociona en su habitación, dando tumbos por la cama. Mariajo está en su sofá comiendo una manzana.

—Una videollamada grupal era necesaria, ¿eh? —dice.

—¿Qué tal vas? ¡Cuéntanos! ¿Ya te has puesto ese bodi de encaje? —insiste Pedro. Salgo de la habitación y me voy al balcón. El frescor natural de la humedad aligera mi respiración.

—No, no me lo he puesto. Qué cabronas sois, ¿eh?, cuando deshice la mochila y lo vi...

—Al menos lo tienes para una ocasión importante: follar con el profesor. Tírale la caña, *carallo*, ¡a por él!

—Pedro, no es tan sencillo.

—Pero ¿te pone?

—Bueno...

—¿Te pone sí o no?

—A ver, es muy atractivo.

—Eso es un sí —añade Mariajo.

—Es un sí, vaaale.

—¿Has salido a investigar? —pregunta mientras acaba de saborear la pieza de fruta.

—Todavía no. Mañana es nuestro día de fiesta, iré en moto por el pueblo a ver qué encuentro. Me siento un poco absurda, es como buscar una aguja en un pajar.

—Pero ¿tienes la puerta en mente, no?

—Sí, aunque en Bali todas las puertas son iguales. Con esos elementos en la entrada, con esa arquitectura… Durante el recorrido hasta aquí, me fijé y vi puertas como esa por todas partes.

—Seguro que tiene algo especial. Un número, un nombre… ¡algo!

—Ha pasado mucho tiempo, no me acuerdo de la visión.

—Pues nada, a masturbarse —ordena Pedro.

—No funciona así.

—Bueno, pues a follar con el profesor buenorro.

—¡Chisss! ¡Pedro! —Bajo el volumen del móvil por si alguien me escucha. Decido ponerme el auricular y seguir en el balcón—. Os debo confesar que en estos días parece que se ha despertado algo.

—¿Tu coño?

—Creo que sí.

—¡Ya era hora, cari!

—¿Por qué lo dices? —añade Mariajo.

—No sé, el otro día me abrazó y sentí un calentón más tonto… Me sorprendí, hacía muchos meses que no me pasaba.

—¡O años! Ese coño tiene telarañas.

—A ver, años tampoco, Pedro, exagerada. Lo de las telarañas…, pues no lo descarto. Creo que se ha cerrado hasta el agujero. —Empezamos a reír y una sensación familiar invade mi pecho. Los echaba de menos.

—¿Has aprendido cosas nuevas? —pregunta Mariajo.

—Aquí estarías en tu salsa. Están todo el rato meditando, hablando de energías, de limpiezas...

—Amisha en un retiro espiritual es que el chiste se cuenta solo —me interrumpe Pedro.

—Yo también estoy sorprendida, sobre todo cada vez que cojo el incensario y «limpio» el ambiente. Siempre pienso: «Esto debe de ser una broma de mal gusto».

—¿Has participado en más prácticas?

—No, de momento no. Estoy intentando escaquearme de todas. De asistir a las clases, bueno, no puedo porque es mi trabajo.

—Pero nos dijiste que la experiencia fue muy sorprendente.

—Sí, fue potente, sí. —Lo que viví se presenta en mi cabeza y, con ello, los pensamientos que atravesaron mi mente. Las ganas de dejarme llevar, de explorar, de no poner barreras... Y de nuevo, otra vez esa actitud de pasotismo y lejanía. Una dicotomía que se está librando en mi interior y no tiene un ganador favorito—. ¿Sabéis? Sigo teniendo resistencias... No me relajo.

—Es curioso, ¿eh? Ves el futuro desde hace años, has ido a una *meiga*, estás en Bali buscando respuestas y has sentido cosas tan potentes en una meditación... Y aun así, nada, que no crees.

—Y no os he contado lo que ha pasado hoy.

—¿Qué? —Pedro y Mariajo acercan la cara al móvil en señal de intriga. Miro hacia los laterales para asegurarme de que no haya nadie en los balcones. Las luces están apagadas y la mía proyecta un ligero foco en la copa de los árboles que se elevan frente a mí. El grupo debe de estar cenando.

—Hoy en clase han estado hablando de las energías, de

los *chakras* y de cómo se mueve la kun… Joder, nunca me acuerdo de ese nombre. Esperad, que lo busco.

—La *kundalini* —añade Mariajo.

—¡Eso! La *kundalini*. ¿Cómo la conoces?

—Hay varios talleres sobre la activación de *kundalini*. Tengo pendiente ir a uno, pero vaya, he leído libros donde también la mencionan.

—¿Y sabes algo de ella?

—Muy poco, prácticamente nada. Que es la energía creativa.

—Y sexual —prosigo—, que por lo visto está en todas las personas. Pushan ha explicado que algunos tienen alucinaciones, que hacen posturitas rarísimas y que se vuelven como locos cuando se despierta esta energía. ¿Eso lo sabías?

—Sí, aunque solo he visto vídeos donde la gente se mueve como con espasmos y habla idiomas extraños, o hace movimientos con las manos y con el cuerpo.

—¿Y por qué nunca me has hablado de ella? —digo con cierto enfado.

—¡¿A ti?! Amisha, ¿lo dices en serio? Si nunca hablamos de estos temas cuando estás tú. Siempre haces bromas.

—Corroboro —comenta Pedro.

—¿Por qué ahora, de repente, te interesa la *kundalini*? —pregunta Mariajo.

—Justamente hoy, Pushan, después de hacer una descripción detallada de todo lo que la *kundalini* puede hacer, ha añadido que —Mariajo se acerca la cámara, Pedro ha dejado de respirar— por lo visto hay personas que han viajado, o algo así, a vidas pasadas.

—Sí, las regresiones —confirma Mariajo.

—¿Sabías esto también?

—¿Sobre las regresiones? Claro.

—¡¿Y por qué nunca me has hablado sobre el tema?! —Vuelvo a cabrearme.

—Otra vez, Amisha, porque contigo no se puede hablar de estas cosas. —Mariajo se incomoda, cambio la cara cuando Pedro asiente con la cabeza. Lanzo un pequeño soplido de resignación. Ella continúa hablando—: He leído sobre muchos temas espirituales, Amisha, pero nunca te he contado nada porque es imposible. O te ríes, o bromeas, o desconectas. Por eso no hablamos de esto delante de ti, por eso y porque es un tanto doloroso.

—¿Doloroso?

—Claro, yo creo en muchas cosas de las que tú te burlas, Amisha. Para mí es una falta de respeto, entonces, he dejado de compartirlo contigo.

No sabía que Mariajo se sentía tan dolida con este tema, y por un momento pienso en la falta de empatía que he tenido hacia ella y hacia todas las personas que están en este mundillo que, por algún motivo, me produce tantísimo rechazo. Quizá sea mi miedo a lo desconocido, a la pérdida de control lo que mantiene viva la llama.

—Siento mucho si te he ofendido en algún momento —me disculpo.

—No te preocupes, ya estamos acostumbradas. Simplemente evitamos mantener ciertas conversaciones sobre estos temas contigo delante y ya está.

—Pero eso no debería ser así y entiendo lo que dices, nunca me había dado cuenta. Tienes razón, no comprendo por qué siento tantísimo rechazo. —Me quedo pensativa.

—Es curioso porque desde hace años ves el futuro —interrumpe Pedro—. O sea, no crees en ello, pero no porque no lo hayas vivido en tus propias carnes. Entendería que lo vieras con cierta distancia porque nunca has ido a que te tiren las cartas o te lean la mano, ¡yo qué sé! Lo fuerte es que tú misma eres vidente, tienes un don. Es como un rechazo a tu propia persona, ¿no?

—Esto no lo veo como un don, es una...

—Sí, una maldición, lo sabemos.

Me quedo callada; Mariajo y Pedro me miran con compasión. Inspiro y mi nerviosismo se acentúa con más gravedad. Expulso todo el aire contenido de golpe, con fuerza.

—¿Por qué me has preguntado sobre la *kundalini*? —repite Mariajo.

—Si hay personas que pueden viajar al pasado, ¿habrá más personas que puedan ver el futuro?

—¿Personas como tú, dices?

—Sí, tal vez es algo habitual en este tipo de doctrinas. Pushan justo ha comentado que existen personas que han desarrollado poderes sobrenaturales. Quizá sepa de alguien que le pase lo mismo que a mí.

—¿Se lo vas a contar? —pregunta Pedro.

—¿A quién? ¿El qué?

—A Pushan.

—¿Lo de mis visiones en el sexo?

—Claro, cari. Tal vez te puede ayudar.

—Créeme que lo he pensado.

—¿Y? ¿Qué vas a hacer?

—No lo sé, la verdad.

—Deberías hablar con él —añade Mariajo—. Si te ha llegado esa información, es porque tienes que hacer algo con ella. Nada es casual, Amisha.

Reprimo el primer impulso de bromear con la causalidad, las señales mágicas y la conexión con los guías espirituales. Por primera vez, valoro la remotísima posibilidad.

—Quizá tengas razón, quizá debía estar en Bali para escuchar esta información —afirmo mientras Pedro y Mariajo se sorprenden—. No sé qué haré, me genera mucho rechazo contarle la verdad. ¿Y si se piensa que soy un bicho raro?

—O sea, a ver, cari, ¿me estás diciendo que temes que el *riquiño* que habla sobre energías, dioses y poderes sobrenaturales piense de ti, precisamente, que eres un bicho raro? Mejor que él no te va a entender nadie, ¡si se dedica a todo esto!

—¿Y si se vuelve loco y me analiza? O yo qué sé, ¡se lo cuenta a todo el mundo! Me moriría de vergüenza, joder.

—Pero, Amisha, que no eres una extraterrestre —bromea Mariajo—. Crees que se lo vas a contar y ya te va a internar. ¡No! Él tendrá mucho más conocimiento y tal vez te dé ciertas respuestas. O te ayude a controlarlo, ¡yo qué sé!

—Así cuando te lo folles, no verás su futuro.

—¡Pedro! —grito. En ese instante, alguien llama a la puerta de mi habitación. Me quedo en silencio.

—¿Qué pasa? —pregunta Mariajo.

—Creo que están llamando. Dadme un segundo.

Continúo con la videollamada, entro en la habitación y abro la puerta. Por el auricular escucho que Pedro y Mariajo siguen bromeando al otro lado de la pantalla. Intento no distraerme. Es Kalinda.

—Mirá ve, sospeché que estabas dormida y luego vi tu luz prendida. ¿Qué haces esta noche? ¿Nos vamos de rumba o qué?

—¿Rumba?

—¡Sí! Salir de fiesta, como se dice en España. Vamos al centro de Ubud, a un sitio chévere. Un amigo DJ hace una *party* esta noche.

—¿Quién va?

—De momento un grupo pequeñísimo de la formación, Pushan y yo.

En cuanto Kalinda pronuncia su nombre, Pedro suelta

un grito que me atraviesa el tímpano sin piedad. Bajo el volumen corriendo, un tanto asustada por el bullicio que se ha creado. «¡El profesor buenorro! ¡Hoy es la noche, perra! Di que sí», escucho. Mantengo una neutralidad facial ajena a la locura que se forma al otro lado.

—¿Estás ocupada? —pregunta Kalinda—. Disculpa, pensé que estabas escuchando música.

—¡Ah! No, no, estoy hablando con mis amigos. Pues... —Medito ligeramente la respuesta y recuerdo las ganas ocultas, algo secuestradas, en mi interior. Me aferro a ellas—. ¡Venga! De acuerdo. ¿Cuánto tiempo tengo?

—Marchamos en quince minutos. ¿Listo?

—Genial.

Cierro la puerta y mi expresión se vuelve alegre, feliz. Mariajo y Pedro se emocionan conmigo.

—¡No te robamos más tiempo! Vístete, ponte bien perra poderosa ¡y cómete Bali y la polla del profesor! —ordena Pedro.

—Hoy es la noche de la falda, ¡ponte la falda! —continúa Mariajo.

—¡Y el bodi! Bueno, ponte lo que quieras, pero ni se te ocurra darles otra oportunidad a los pantalones bombacho, por favor te lo pido.

—*Carallo*, calma, ¡calma! Que me estáis poniendo nerviosa.

—Estoy nerviosa hasta yo. Envíanos una foto. No te robamos más tiempo, ¡corre!

Me despido con muchos besos al aire y me quedo en silencio, escuchando la selva salvaje en la lejanía. Mi reflejo se plasma en el espejo del armario y analizo la composición de ropa que llevo encima. Unos pantalones sueltos, una camiseta de algodón. Ha sido el conjunto estrella de las últimas semanas y no voy a engañar a nadie: me apetece ponerme otra cosa.

Saco la falda de la percha y me la pruebo por encima. Jamás me pondría algo así, pero nunca hubiese venido a Bali porque una *meiga* me lo dijera. Así que quizá esta experiencia sea el viaje de los *jamases*. Me desnudo, me enfundo en la ligereza de una tela vaporosa de color teja con una raja tremenda a un lado que muestra casi la totalidad de mi pierna. El top blanco deja toda la espalda al aire y solo se sostiene por el cuello y por un hilo fino un tanto suelto.

Cuando me pinto los labios con un tono marrón, escucho dos notas. Se me escapa una sonrisa y, de repente, me veo envuelta en un ambiente amistoso y familiar. Persigo con mis ojos el lugar de donde proviene el sonido y ahí está, justo en la esquina de la habitación, al lado del balcón.

—Buenas noches, Kiko. ¿Qué te parece este *outfit*, como diría Mariajo? —pregunto. No hay respuesta, ni la habrá, pero prosigo con mi intento—: ¿Crees que la falda es demasiado exagerada? Se me ve toda la pierna y mira —me giro—, ¡llevo toda la espalda al aire!

Kiko mueve su cabecita con espasmos algo robóticos. Sus ojos se posan sobre mi imagen.

Acabo de pintarme los labios y con la yema de los dedos aplico un poco de sombra parecida al tono de la falda. Me cepillo las cejas pobladas y sonrío al espejo. Preparo el bolso para poder hacerme algunos retoques durante la noche, la cartera, el móvil y la llave de la habitación. Me enrollo en un pañuelo suave por si hace algo de frío.

—Kiko, ¿te puedo preguntar otra cosa? —Un par de notas interrumpen el final de mi interrogante. Entiendo que eso es un sí, o puede que esté hasta su genital diminuto de mí, si es que tienen, pero me da igual. Es el único ser con el que me puedo desahogar estando a trece mil kilómetros de distancia de mi hogar—. Verás, no te lo he dicho, Kiko, pero tengo un don... o una maldición. Vaya, ¿por qué he dicho un don? —Me sorprendo a mí misma pronunciando dichas palabras casi por primera vez. No le doy demasiadas vueltas y continúo con la exposición—: Cada vez que tengo un orgasmo, veo el futuro. Sí, lo sé, te ha sorprendido, ¿verdad? Por la forma en la que has movido las patitas, entiendo que es así. Lo cierto es que he venido hasta Bali para encontrar respuestas. Yo nací aquí, en esta isla, como tú. Bueno, da igual, que me desvío del tema.

»Resulta que Pushan, el profesor de tantra (ya te he hablado de él), ha dicho que hay personas que pueden ver vidas pasadas cuando tienen orgasmos o se les despierta la *kundalini*. Mira, lo he dicho bien, "*kundalini*". Y no sé, ¿y si existe la remota posibilidad de que haya gente como yo?

»Lo que intento preguntarte, Kiko, es si tú le dirías a Pushan la verdad. Me da tantísimo miedo, no tanto al rechazo, sino a... —En ese preciso momento, me doy cuenta de que no sé exactamente a qué le tengo tanto pánico. Me quedo en silencio unos instantes.

Elevo la mirada a los ojos de Kiko, me acerco unos metros a él. Ni se inmuta, se queda totalmente pegado a la pared, con sus dos puntitos negros atravesando mis pupilas. Siento el roce de mi melena lisa en mi sacro y respiro con calma.

—Tienes razón, eso haré. Gracias, amigo.

Apago la luz y salgo. Por el camino, me encuentro a Kalinda.

—¡Hostia, joder! Tremenda mamasita —bromea—. Estás bien bella.

—Muchas gracias. Me encanta tu collar, muy colorido. ¿Son abalorios?

—¡Sí! Es de mi querida Colombia, de la tribu emberá.

Llegamos a recepción, allí hay tres personas de la formación que hablan con Pushan. Me quedo atónita al verlo alejado del pantalón bombacho y de la camisa de lino que lleva siempre. Viste una falda larga con un kimono de seda y una camiseta blanca con un montón de collares a distintas alturas. Su pelo está sujeto con un moño frondoso, y un par de trenzas con algunas cuentas plateadas le caen por los hombros. Sonríe con efusividad y se coloca un bolso de tela pequeño a un lateral. Cuando estoy cerca, se da la vuelta y me observa con asombro.

—Pero bueno, ¿y estas diosas? Estáis radiantes.

—Muchas gracias, Pushan. Tú también, tan bello como siempre. —Kalinda se acerca a él con confianza, le da un abrazo con el lateral de su cuerpo y apoya ligeramente su cabeza en su pecho. En mi interior nace la sospecha de que hay algo entre ambos y esto me crea una incomodidad extraña que casi me obliga a dar media vuelta y volver a mi habitación—. ¿Vamos? Wayan nos acerca con el carro del retiro, ve.

Subimos a una furgoneta enorme con un rótulo de vinilo gigantesco en ambos laterales. Me siento al lado de una chica joven con un pelo rubio larguísimo y un cuerpo esbelto. De nuevo, siento que me quedo algo a la sombra ante su belleza.

Wayan conduce unos minutos hasta el centro de Ubud y pasamos de la oscuridad iluminada únicamente por los focos del vehículo a una luminosidad propia de las casas, las paradas donde se ofrecen comida, los bares y los puestos de souvenirs. En algunos templos se amontonan locales y turistas curiosos que presencian los bailes típicos del lugar. Las motos pasan cerca de nuestro retrovisor, algo que a Wayan no parece asustarle. Nos detenemos frente a la entrada de un local curioso, una construcción de bambú y madera algo parecida al retiro, pero exageradamente grande y luminosa.

—Te llamo para la vuelta, ¿sí? Gracias, amigo. —Kalinda abraza con fuerza a Wayan y este vuelve al retiro a continuar con su turno.

La calle adoquinada y oscura huele a incienso y en la acera se amontonan trozos de palma, pétalos de flores pisadas y arroz; los restos de las ofrendas balinesas que sufren el paso del día en un lugar concurrido como Ubud. El bullicio de los turistas es sorprendente, hay una cantidad enorme de extranjeros que se mueven de un lado a otro, que disfrutan de las temperaturas tropicales del lugar y de la noche balinesa en uno de los puntos más emblemáticos de la isla.

Kalinda sale del local con un hombre alto, rubio y una sonrisa exagerada. Es Thomas, un australiano forrado que vive en Bali desde hace varios años y tiene distintos negocios en la zona: un hotel de lujo, un par de restaurantes y un centro de masaje tradicional. Thomas viste unos pantalones medio rotos y una camiseta algo destartalada; nadie diría que está ante un empresario de éxito y dueño de los mejores locales de Ubud.

Saluda efusivamente y nos acompaña a través de su restaurante, The Palm, un espacio con techos altos, lámparas de ratán que ofrecen una luz cálida y muy sexy, varias mesas de madera con platos exquisitos y una barra gigantesca con una oferta de cócteles de autor. El bambú aporta un toque isleño a este lugar, que alberga una sala exclusiva para pasar un buen rato después de la cena.

—¡Jose! —grita Kalinda. Un chico de mediana edad, detrás de la mesa de DJ, se voltea sorprendido. En cuanto ve a Kalinda, le cambia la cara y se acerca con emoción. Todo su estilo es algo excéntrico, con estampados de colores, gafas de pasta y un corte *mullet* que le da un atractivo extraño pero arrollador.

—¡Mi bella!

Kalinda y Jose se abrazan con fuerza y, cuando llega mi turno, casi me rompe los huesos de la brusquedad del apretón contra su cuerpo. Antes de que acabe la canción, vuelve a su lugar para pinchar y mantener un ambiente electrónico con ciertos toques árabes y latinos.

Las tres personas de la formación y yo estamos algo cortadas, pero Kalinda y Pushan se ofrecen a ir por unos cócteles. Thomas insiste en que estamos invitadísimas, algo que mi nula economía agradece considerablemente. Me pido un Moscow mule y me quedo con una sonrisa, quieta, cerca de Kalinda.

—¡Qué rico! ¿Qué es?

—Moscow mule.

—¡Oh! Yo lo tomaba cuando vivía en Tailandia.

—¿Has estado en Tailandia?

—Sí, una temporada, en un retiro de la misma compañía. Fue una época intensa pero bien chévere, mirá ve, recuerdo la dificultad para hacer amistades. —Arqueo la ceja en señal de empatía; estoy en la misma situación—. Date un tiempo, Amisha, siempre es bien difícil, especialmente si es tu primera vez. Y, sabes, a mí me tienes a tu lado para lo que gustes.

—Gracias, Kalinda. Está siendo… curioso, digamos.

—Lo sé. Ven acá, ¡a bailar!

—No sé bailar mucho, yo…

—¡Toma otro cóctel!

Acabo con el último trago y me pido otro para arrastrarme con pereza hasta el centro de la pista. Pushan charla con la chica rubia y las otras personas pasean por el lugar. Me acerco donde Kalinda y observo su capacidad para bailar. Estoy lejísimos de esto.

—¡Amisha! Para de pensar, detén tu mente. Escucha la música y muévete, ve.

Otro sorbo de cóctel, cierro los ojos e inspiro profundamente. Mi mente me atropella con pensamientos absurdos sobre la vergüenza, el ridículo y la falta de movilidad. Hago grandes esfuerzos, pero no consigo frenar ese bombardeo. Kalinda se da cuenta y se acerca a mí. Coge mi Moscow mule y lo deja en una repisa pequeña. El frescor de la brisa repentina que entra por la azotea mueve mi pelo, aunque sus rastas se quedan inmóviles. Entrelaza sus dedos con los míos y mece mis brazos de un lado a otro. Admiro la inefable belleza que emana por cada poro de su piel, sus rasgos suaves, su cuerpo compacto con infinidad de curvas y su vestido vaporoso que se pega con delicadeza.

—Mirá ve, los pensamientos, Amisha, debes dejar que pasen. No te agarres a ellos, no los alcances. Son nubecitas que pasean por tu mente y si te anclas a una, generará una tormenta que lo frenará todo.

Kalinda pega su cadera contra la mía y, de manera automática, me pongo tensa y nerviosa. Ella me sonríe, inspira y espira conmigo para que relaje el cuerpo. Detiene sus manos en mis hombros y los mueve de un lado a otro con un vaivén acorde al *flow* suave que crea la música que pincha Jose. Sus rastas se mueven con más exageración a medida que incrementa la soltura de su cuerpo. Las caderas chocan al trazar círculos en el espacio y se rozan con ligereza la una contra la otra. Su potencial sexual es arrollador y me siento extraña al notar una ligera excitación en mi entrepierna. Jamás me había sentido ¿atraída? por una mujer. No sé cómo actuar, me tenso todavía más y ella responde con una cercanía mayor.

—Amisha, suelta y siente la vibración en tu cuerpo —me susurra.

Asiento ligeramente, vuelvo a respirar hondo mientras su pecho roza el mío. Hay demasiados estímulos eróticos para la tremenda sequía que llevo arrastrando en mi vida sexual. Me esfuerzo en dejar que los pensamientos pasen, no aferrarme a ellos y cierro los ojos para profundizar en lo que está sucediendo. El interior de mi muslo percibe la sedosidad de su vestido; mis brazos, el terciopelo de su piel. El aroma dulce de su cuello me seduce y hace que acerque mi nariz a la cavidad de sus clavículas. Ella fricciona su mejilla contra mi melena y lanza un pequeño jadeo que me asusta, me conecta con la realidad del momento presente y analizo de forma exhaustiva la situación. «¿Qué va a pasar con esto? ¿Adónde va todo? ¿Le gusto? ¿Me gusta?». De pronto, siento un vacío doloroso en el pecho, una presión que mantiene mi respiración superficial y rápida. La soledad, la distancia con el hogar, la gente que desconozco, la falta de mi zona de seguridad. Es todo demasiado nuevo, demasiado extraño. ¿Qué estoy haciendo?

Carraspeo algo incómoda y Kalinda me rodea la cintura con el brazo. Me descentro del placer que estaba sintiendo con pequeños detalles que pasan inadvertidos en nuestro día a día. Me sorprende la cantidad de gozo que puede haber en cada particularidad.

—¿Estás bien? —dice mientras su mano se posiciona en el centro de mi pecho.

—Sí, es solo que…

—Es todo nuevo. —La miro sorprendida ante tremenda capacidad empática. Desciendo la mirada, observo la cercanía de nuestros cuerpos y la rareza de la situación—. No hay nada más que el momento presente, Amisha, y es todo perfecto.

Kalinda me abraza con fuerza, dejo caer algo de mi peso en sus brazos. Bailamos lentas, aunque la música marque otra cadencia. Me mece a través del espacio y cuando estoy a punto de romper con la cercanía, ella me bloquea la salida. Sigue forzando mi rendición y, sin duda, lo consigue. Mi cuerpo está sin fuerzas, no puedo luchar más, no puedo resistirme más. Necesito soltar toda la carga, todo el miedo, todo el bloqueo. Las malas decisiones, los pensamientos que me persiguen a mano armada, el castigo constante ante el escapismo de la pesada realidad. Soy experta en desviar la mirada y pensar que no existe semejante incendio, que todo está bien. Lo cierto es que las cenizas me ahogan y que necesito dejarme llevar.

Una lágrima liviana cae por mi cara; disimulo para que pase inadvertida. No resulta así. Kalinda se da cuenta, se aparta un poco y, con su dedo meñique, caza la gota que se estaba a punto de borrar rápidamente de mi piel. Me pide que abra la boca y que ponga la lengua en el paladar. La miro perpleja y decido que de perdidas al río. Ella coloca la gota debajo de la lengua.

—Que tu cuerpo integre el motivo de tu emoción —me dice con una sonrisa. Eso provoca estrepitosamente que dos lágrimas caigan de forma abrupta.

—Tienes trabajo —bromeo.

Ella sonríe y acerca su frente a la mía, recreando ese beso tántrico que aprendí con Manu hace unos días. Su mano acaricia mi espalda, me consuela tener tanto amor cerca, tan presente, tan real. Cierro los ojos, la iniciación de llorar en público me resulta sanadora, a pesar de ser novata en ello. Cuando todo acontece y se calma, vuelvo a mover las caderas y a dejarme llevar por el ritmo. Percibo el frescor de la humedad en mi cara. Ella me sigue, rozamos los brazos, la piel, las cabezas, las mejillas, el cuerpo entero. Sin buscar nada, sin intentar nada; simplemente por el goce de sentir a otro ser humano. Es casi orgásmico. Ella gime flojito, como si fuese el maullido de un gato, y me sorprendo al percibir que la imito con mi voz. Es un éxtasis tan expansivo que caigo en la certeza de que nunca había disfrutado de esta forma; nunca había dejado espacio y tiempo a palpar la presencia de otra persona cerca de la mía y poder elevar los sentidos a otra dimensión.

Tras unas cuantas canciones, pierdo la consciencia y profundizo en cada ligero meneo que expresan nuestros cuerpos. Poco a poco voy bajando a la realidad y ella me mira con esos ojos castaños tan profundos. Me sonríe.

—Eres una diosa —susurra, y me da un pellizco en el pecho. Jamás me habían adorado de esa forma. Me siento vista, amada, poderosa, sexual. Nos volvemos a abrazar y, ahora sí, nos separamos.

En cuanto volteo mi cabeza, veo a Pushan con el grupo; baila, pero su atenta mirada cotillea lo que acontecía entre nosotras. Me avergüenzo sutilmente y le doy un buen trago a mi cóctel aguado. Decido salir a la azotea para calmar la mente. Intento no darle vueltas a lo que acaba de suceder.

A pesar de la oscuridad de la naturaleza, el agua de los arrozales sirve de espejo para las velas y pequeñas luces del lugar. Me apoyo en la valla de madera que separa mi cuerpo de una caída catastrófica. La altura es algo vertiginosa, aunque nada exagerada; no pensaba que estuviéramos en esta elevación. La música se escucha de fondo y algunas parejas se besan, hablan o navegan por sus móviles en los sofás que salpican las esquinas. La suave brisa me obliga a enrollarme el pañuelo. Una risa inesperada rebota por mi garganta. ¿Qué acaba de suceder? Noto una presencia a mis espaldas. Es Pushan.

—Es una noche mágica, ¿verdad? —dice.

—Lo cierto es que sí. Estas vistas son increíbles, no quiero ni imaginar la belleza de este lugar a plena luz del día.

—Tendremos que venir, es impactante.

Nos quedamos en silencio sin saber qué decir. Él apoya su cuerpo junto al mío y fija la mirada en la lejanía. Ladeo con disimulo mis ojos para esbozar una estampa de su expresión facial. En ese instante, me pilla, vuelvo a mi posición inicial y se me escapa una sonrisa tonta. Bebo otro trago aguado.

—¿Te está gustando el retiro?

—Es interesante. —Mierda, de qué hablo. Soy malísima para estas cosas.

—Seguro, la práctica que hiciste con Manu es muy poderosa. —Pienso en contarle mi otro potencial, el de verdad, el de ver el puto futuro con cada orgasmo. ¿Es este el momento?—. Me encantaría saber qué te pasa por la cabeza cuando te quedas tan ausente.

—¿A mí?

—Sí, eres todo un misterio.

—¿Y eso es bueno o malo?

—Es perfecto tal y como es. Ni bueno, ni malo. —Él sonríe, creo que el cóctel está causando estragos. Muevo la melena y desvío la mirada al horizonte. Me planteo si tendré la máscara de pestañas corrida o algo entre los dientes—. ¿Lo estás pasando bien?

Deseo salir de la conversación típica, protocolaria, estúpida y sin sentido que estamos teniendo. No entiendo mi timidez repentina cuando estoy con él, no consigo soltar el peso, charlar como haría con cualquier otra persona. Sigo encerrada en mis adentros, construyendo un muro de protección a un ataque imaginario.

—Sí, aunque no soy mucho de bailar y tal.

—No lo parecía —bromea—. La magia de Kalinda, ¿verdad?

A mi mente vuelve la posibilidad de que estén liados. Sin duda, harían una pareja de tántricos y espirituales guapísimos, superyoguis buenorros que toman matcha cada mañana y cagan purpurina. Es absurdo imaginar algún acercamiento con Pushan; podría tener a cualquier chica que quisiera. Es atractivo, atento, sexy a rabiar, inteligente, culto, bromista, respetuoso…, lo tiene todo. ¿Y se va a fijar en mí? Desvío la mirada hacia la chica rubia de la formación, que baila alocada con el resto de los compañeros. Suspiro.

—Kalinda tiene mucha magia, sí —corroboro. Decido continuar sin restricciones ni seducciones. Si está liado con ella, qué más da. Lo trataré como a cualquier colega con el que me tomaría unos cócteles y me pegaría unos bailes. Casi mejor que no esté disponible, me quita más peso—. Ha sido curioso y, entre tú y yo, nunca había sentido ¿excitación? por una mujer. O sea, entiéndeme, como un despertar así, erótico, por decir algo. ¿Me entiendes?

—Claro que te entiendo.

—Pues eso. —Me quedo callada, Pushan observa mi rostro con unos ojos acogedores y una sonrisa cómplice. Bebo un buen trago de cóctel.

—¿Estás cómoda aquí de pie?

—¿Por qué?

—Se acaba de quedar libre un sofá. ¿Qué tal vas con tu bebida?

—Vacía.

—¿Nos sentamos y te traigo otra? Creo que así hablaremos más tranquilas. ¿Te parece?

—Vale.

Me acomodo en un sofá de lino suave con unos cojines bohemios. Sigo observando el paisaje oscuro, sutilmente iluminado por el reflejo del restaurante. Pushan viene directo con un par de copas.

—Aquí tienes. ¿Por dónde íbamos?

—Por mi sensación extraña al bailar esta noche.

—¡Cierto! ¿Alguna vez habías bailado así con una mujer?

—Ni con una mujer ni con un hombre. Nunca había bailado de una forma tan... sensual, digamos.

—Esto es uno de los grandes descubrimientos que tuve cuando me topé con el tantra muchos años atrás. La capacidad de percibir y de amplificar las pequeñeces de la vida, profundizar en la sensorialidad, en el placer que se puede extraer del presente. Vaya, me estoy poniendo filosófico. Esto son las copas —bromea.

—¡No! Pero tienes razón, justo eso pensaba cuando estaba con Kalinda. El roce de la piel, la respiración, el calor, el movimiento... Son muchos estímulos que quedan, no sé, a un lado. Cuando ponemos el foco, ¡boom!, se hacen gigantescos.

—Y eso también es sexo.

—¿El qué?

—Todas esas delicadezas. Parece que el sexo solo es penetración o cualquier cosa que incluya los genitales. Pero estamos muy equivocadas; el sexo es la vida entera. Como acabas de decir, el movimiento, la respiración, el simple hecho de estar aquí... es un orgasmo inmenso.

—Lo es, sin duda. —Pushan me sonríe y capto al instante que ha sonado un tanto seductor. No parece incomodarle.

—Te voy a decir algo y ojalá no te moleste.

—A ver, dispara. —Preparo un trago largo para procesar lo que vaya a lanzar por su boca. Voy un poco borracha.

—Tengo la sensación de que tienes un potencial brutal para la sensorialidad, la percepción...

—¿Por qué dices eso? —Me quedo impactada por su respuesta.

—Sentir la *kundalini* en una primera sesión no suele ser lo habitual. Entrar en un trance mientras bailas con Kalinda requiere de bastante práctica. Tal vez tengas un don, más facilidad para acceder a ciertos estados, ¿sabes? Pero...

—Pero mi rechazo a este mundillo no permite que pueda desarrollarlo, ¿no? —interrumpo.

—Que conste que yo no lo he dicho. —Ríe.

—No hace falta, soy consciente de lo que sucede.

—¿A qué tienes tanto miedo? —pregunta mientras sus ojos estallan contra los míos. Agacho la cabeza, se escapa una ligera mueca.

—He pensado mucho en esto, sobre todo hoy. Justo antes de venir, hablaba con mis mejores amigas. Mariajo es una fanática de este mundillo y por primera vez me ha confesado que se ha sentido incómoda y dolida por mis bromas y mis reticencias. Parece que cada vez que salía el tema, me burlaba de todo esto. Por eso, han dejado de compartir cosas conmigo y, *carallo*, me he sentido mal.

—Te comprendo —confirma Pushan. Su atención me ofrece comodidad y cercanía. Me veo atrapada en su confianza, en su empatía, en su escucha activa... y en la verborrea que me da el Moscow mule.

—Después de eso, me he quedado un rato pensando en la habitación —eludo el hecho de que hablo con un gecko al que le he puesto nombre y estoy convencida de que entiende cada palabra—, y creo que estoy resolviendo el misterio.

—¿Quieres compartirlo conmigo? —Asiento con la cabeza y sonrío.

—¿Y si todo esto fuera real? ¿Y si realmente ciertas cuestiones que abarca la espiritualidad realmente existieran? Me da miedo imaginar que hay un mundo, no sé, invisible entre nosotros que no podemos controlar. Sí..., creo que es miedo a la falta de control. Esto significa que el ser humano todavía no tiene las respuestas de todo y que hay un mundo imperceptible que nos rodea. Es sobrecogedor pensar eso, vamos, me caga viva. —Pushan suelta una carcajada, acerca su cuerpo al mío para potenciar la risa o la conexión, qué sé yo. Me quedo inmóvil y dejo que la emoción me invada—. ¡No te rías! Es cierto, ¡imagina! En mi cabeza no cabe esa posibilidad; siempre debe haber una respuesta científica, tangible, lógica a todo lo que sucede. Pensar en que la energía, los *chakras*, la carta astral, el destino, la magia y un largo etcétera existen es... Es perder el control de mi propia vida.

—¿Y qué pasa?

—¿Con qué?

—¿Qué pasaría si no tienes el control de tu vida?

—Pues... —Medito ligeramente sobre esta pregunta, sobre la posibilidad. No encuentro respuesta alguna—. No lo sé. Nada, supongo.

—Exacto, no pasaría nada.

Pushan guarda un silencio que se instala entre ambos. Sigue con su respuesta:

—En realidad, de una forma lógica y alejada de la espiritualidad, no controlas infinidad de cosas de tu vida. Ni el contexto externo ni el interno. Tu cuerpo puede enfermar y no controlas cuándo sucede eso. En algún momento nos llega la muerte y tampoco lo puedes controlar. —De forma fugaz aparece la temida visión sobre ese momento. Me crea cierta ansiedad—. La economía se puede desplomar y arrastrarnos a una crisis mundial. Un terremoto, un huracán, un meteorito... ¡Pueden pasar tantas cosas y que están lejos, lejísimos, de nuestro control! Y estoy hablando en todo momento de cosas tangibles, mucho más peligrosas e incontrolables que la energía o la meditación.

—Tienes razón.

—Hay tantas cuestiones que están por encima de nosotras, Amisha, que lo único que podemos hacer, lo que realmente podemos controlar, es soltar el mando y dejarnos llevar. Abrirnos a todo lo que llega, a todo lo que acontece. Divertirnos con nuevas sensaciones corporales, nuevas realidades. Lejos de sentir miedo ante lo desconocido, deberíamos sentir emoción, curiosidad, aventura. Estar abierta a la espiritualidad no significa leer la carta astral o ir a una bruja a que te prediga el futuro. Significa vivir el momento presente y dejarte llevar por él. Profundizar y soltar las riendas de lo que no está en nuestra mano, Amisha. Se trata de vivir en paz.

La brisa de la madrugada mueve con ligereza mi melena, que cae por mi pecho y mi espalda. Pushan observa el sutil movimiento y se queda en silencio sin esperar ninguna contestación; ofrece un espacio para que integre todo lo que acaba de decir. Lo agradezco y, en ese instante, aprovecho para meditar si contarle la verdad o no, si escupir sin remedio la totalidad de mis adentros. ¿Qué tengo que perder?

—Quiero contarte una cosa y no sé por dónde empezar. —Se incorpora algo más cerca, apoya la cabeza en la mano y acomoda su codo en el borde del sofá.

—Te escucho.

—Supongo que empezaré por el inicio de la historia, o por el final, no sé. Tengo un poco de miedo ahora mismo.

—¿A qué tienes miedo?

—A tu reacción.

—¿A mi reacción? —Frunce el ceño y sigue mostrando interés en mis comentarios. Me acabo la copa de un trago, mi pierna tiembla contra el suelo. Me entretengo con los pellejos de los dedos, que ya empiezan a escocer—. Amisha, tómate el tiempo que necesites. Si este no es el momento, búscame cuando lo sea o cuando estés preparada. No pasa nada.

—No, tengo que hacerlo ahora o no me atreveré nunca. Verás, da igual, no tengo nada que perder. Hoy en clase has dicho algo que me ha impactado mucho. Hablabas sobre la *kundalini*, sobre todo lo que puede experimentar la gente y, al final, has mencionado las regresiones.

—Sí, así es.

—Vale, bueno… Yo, verás… Joder. Uf, vale. Esto que te voy a contar solo lo saben mis mejores amigas y una *meiga* de Santiago de Compostela. —En la cara de Pushan no cabe más sorpresa. «¿Con lo escéptica que es esta tía y ha ido a una bruja?», pensará—. Sí, sé que debes de estar pensando en la rareza de todo esto, pero ahora lo entenderás. La cuestión es que necesito que me prometas que no se lo dirás a nadie. Por favor, Pushan.

—Te lo prometo, Amisha.

—Bien, bueno, tendré que fiarme de tu palabra. Vale, allá voy. Cuando tenía dieciséis años, me toqué por primera vez. —Su expresión sigue intacta a pesar del volantazo que acaba de pegar la historia. Lo agradezco—. Fui un poco tardía, mis amigas ya habían experimentado un montón sobre su sexualidad y yo…, bueno, que me lío. La cuestión es que me pasó algo muy…, *carallo*, vi…

Pushan me mira con tanta compasión que casi arranco a llorar como una niña que se aleja de todo lo que conoce. Un nudo en el estómago muy localizado despierta unas náuseas incómodas y un pálpito que no desciende. La respiración se me acelera y la cara se me deforma en una mueca que no podría clasificar dentro de una emoción en concreto. Él me abraza con fuerza, me dejo caer en su pecho. Con su mano, redondea mi espalda y tranquiliza mi cuerpo. «Respira conmigo», me susurra. Su voz despierta mi deseo absoluto, pero decido que mi entrepierna y mi mente vayan por caminos drásticamente distintos. Cuando pasa un tiempo, me incorporo de nuevo y suelto la verdad, sin rodeos.

—Cuando tuve un orgasmo, se presentó un fogonazo, un túnel de luz y una visión: el divorcio de mis padres. Ese fue el inicio de todo. Yo... digamos que tengo un don, o una maldición, o lo que *carallo* sea esto. Puedo ver el futuro cada vez que tengo un orgasmo, Pushan. Por eso estoy aquí.

—¿Por eso estás aquí?

—Sí, en parte. Creo que en realidad necesitaba una excusa para salir de Santiago y del agujero en el que estaba inmersa. He venido para encontrar respuestas. Estoy desesperada, sinceramente. Esta mierda ha arrasado con mi vida entera. Llevo diez años esclavizada a unas visiones que me joden una y otra vez todas las sorpresas, que me alejan de relaciones, que cortan orgasmos y... —Una lágrima se asoma, mi impotencia ante la situación vuelve a quedar patente. No entiendo por qué estoy tan emocional—. Diez años, mierda, diez años de ver sorpresas, desgracias, sucesos para los que no estaba preparada. Míos y de los demás.

—¿Ves el futuro de los demás? —pregunta, sin asombro.

—Cuando el orgasmo lo provoca otra persona, sí, veo su futuro.

—¿Desde fuera o como si fueras la persona?

—Desde fuera, como si estuviera en ese mismo espacio.

Tras mi exposición, se instala el silencio. Pushan me mira y no desvía ni un segundo sus pupilas de las mías. Quiero saber qué piensa, qué pasa por esa mente que se ha detenido en este instante, qué sucede en su interior inquebrantable. Un millón de posibilidades se entrometen en mis pensamientos y, tras una espera no demasiado larga pero sí muy muy intensa, Pushan reacciona.

—Sabía que tenías un don, Amisha. —Su sonrisa me reconforta, pero, al mismo tiempo, necesito saber más.

—¿No te sorprende?

—¿El qué?

—Que pueda ver el futuro con los orgasmos.

—¿Y a ti?

—¡¿A mí?!

—Sí, ¿no te sorprende a ti?

No entiendo su pregunta, así que me quedo callada, pensando en una posible respuesta. Supongo que tras diez años atrapada en esta jaula no me sorprende demasiado, pero es para flipar un rato, la verdad.

—Creo que me he acostumbrado, pero si me paro a pensar... No sé, siempre he sido la rarita desde que tengo uso de razón. No me apetece sentirme todavía más extraña. Llevo mucho tiempo sin... —Cuando estoy a punto de exponer mi falta evidente de sexo desde hace meses, mi miedo enorme, me detengo. Pushan reafirma con su cabeza para que siga adelante, tal vez ya lo sospecha—. Solo quiero tener una vida normal.

—¿Y qué es una vida normal?

—Pues como la que tiene todo el mundo, Pushan.

—¿Tú crees? ¿Crees que todas las personas que estamos en el retiro tenemos una vida normal? Eso implicaría vivir en la ignorancia, en el desconocimiento. Me atrevería a decir que nadie de los que estamos aquí quiere eso. —Hace una ligera pausa, Pushan reflexiona y continúa—: Es curioso, ¿sabes? La gran mayoría de las personas buscan lo que tú tienes.

—¿El qué?

—Esa capacidad orgásmica que te hace viajar a través del tiempo. ¿Recuerdas la clase de hoy?

—Sí, claro.

—Bien, ¿escuchaste cuando hablé de los *siddhis*, los poderes sobrenaturales?

—Me acuerdo.

—Hablé sobre ellos un poco por encima. Los *siddhis* se recogen en algunos textos antiguos de la India, en concreto, en los *Yoga Sutras*. La palabra «*sutra*», en sánscrito, significa «hilo». Son manuales donde se exponen distintas prácticas. Por ejemplo, el *Kama Sutra*, de Vatsyayana, es el hilo sobre el deseo. Por lo tanto, los *Yoga Sutras* son...

—¿El manual del yoga?

—Efectivamente. «*Yoga*» en sánscrito significa «unión». Por lo tanto, sería algo así como el hilo o el manual de la unión. Estos *Yoga Sutras* fueron escritos por un sabio hindú llamado Patanjali. Hablamos de textos escritos en el siglo III a. C. y que han sentado una de las bases más importantes sobre la filosofía yóguica a lo largo de la historia. En estos *Yoga Sutras* se recogen los *siddhis*, poderes mentales que se consiguen alcanzar a través de la práctica del *samyama*. En resumen, a través de la concentración, la meditación y de ese estado de unión con el Todo, el *samadhi*, la iluminación. ¿Me sigues?

—Más o menos.

—Vale, lo más importante. Patanjali describió varios de los *siddhis*, los poderes que un ser con una buena práctica meditativa podría experimentar. Expuso unos veinticinco, pero pueden ser muchísimos más. El sabio añadió que los *siddhis* se pueden desarrollar en distintas categorías dependiendo del enfoque que se le dé a la meditación. Si nos enfocamos en una persona, podríamos desarrollar un *siddhi* de telepatía. Si nos focalizamos en la percepción del tiempo, progresará a uno dedicado a la percepción del pasado y del futuro.

—Ya, pero yo no medito —interrumpo.

—¿No? ¿De verdad?

—Vamos, te lo digo yo. No me he sentado a meditar en mi vida.

—Hay muchas formas de meditar, Amisha. Podemos sentarnos en postura meditativa durante diez minutos o una hora, cantar mantras, hacer *mudras*, practicar yoga... Pero la herramienta más poderosa de meditación la tenemos íntegra en nuestro ser: el sexo. Cuando experimentas un orgasmo, por muy efímero que sea, dejas de pensar, entras en un estado de paz mental y de fusión con la vida. Eso también es meditar. Por eso, cada vez que entras en esa fase, experimentas el poder de un *siddhi* precognitivo, es decir, de predecir el futuro.

»El fogonazo de luz que describes, el túnel... son estados alterados de consciencia que se aprecian cuando estás en una profundidad meditativa.

—¿A ti también te pasa?

—Sí, a veces he visto el túnel o la luz, también en el éxtasis tántrico, en los orgasmos cósmicos que he experimentado a lo largo de mi vida.

—¿Y ves el futuro? —Me emociono al pensar que hay alguien similar a mí en este mundo.

—No, Amisha, no llego a tanto. En mi caso, he podido sentir el *samadhi*, la conexión con la totalidad, pero nada más. Estoy en mi camino espiritual.

—¿Por qué yo sí lo tengo entonces?

—No lo sé, tal vez sea hereditario. El conocimiento de Patanjali fue por el vientre materno.

—¿Cómo?

—Cuenta la leyenda que a Shiva, uno de los dioses más

importantes del hinduismo, se le reveló todo el conocimiento yóguico. Él compartió las enseñanzas del yoga con su esposa, Parvati, la primera que recibió esta sabiduría. En la historia se dice que Gonika, la madre de Patanjali, era la encarnación de Parvati; por lo tanto, este sabio recibió todo el conocimiento en el vientre materno. Por eso pudo compartir los *Yoga Sutras* con el mundo. ¿Qué dice tu familia?

—Es complejo. No conozco a mi familia biológica. Mis padres me adoptaron cuando era solo un bebé.

—¿Y sabes algo de ellos?

—Estoy investigando. Lo único que tengo es una visión.

—¿Cuál?

—De una puerta, supongo que será la entrada a un templo o algo similar. Tiene la misma arquitectura que todas en Bali.

—¿Y recuerdas si hay alguna inscripción, algo característico?

—Las visiones suelen ser muy cortas, a veces no tienen demasiada claridad. Esta puerta se ha presentado en varias ocasiones, es la única premonición que se ha repetido.

—Entiendo... —Pushan eleva sus ojos, parece que está intentando buscar una solución a la larga exposición que he revelado en mitad de un restaurante balinés, con una música electrónica de fondo y personas borrachas a nuestro alrededor—. Una pregunta, Amisha, ¿has experimentado los orgasmos expandidos alguna vez?

—No sé qué son.

—Son orgasmos que se expanden por el cuerpo. Normalmente la energía orgásmica se limita a los genitales, que es lo que experimenta la gran mayoría de la población. Una descarga eléctrica ligera y breve, acompañada de unas contracciones musculares y un placer que se evapora en cuestión de segundos. Lo que se desconoce es que ese mismo éxtasis se puede propagar por todo el cuerpo y alargar el estado de clímax todo el tiempo que se desee. Esto son los orgasmos expandidos.

—Pues no, nunca los he experimentado. Ojalá.

—Tal vez tengamos una posible solución.

—¿Cómo?

—Sospecho que tus visiones son cortas porque tus orgasmos también lo son, es decir, el estado alterado de consciencia dura muy poco y, por lo tanto, la calidad de la premonición también. Si consiguieras alargar el trance, tal vez la precognición también lo haría. Y no sé, quizá puedas observar más detalles. No perdemos nada si lo intentamos.

—De acuerdo, y ¿cómo lo hago? No sé cómo conseguirlo… ¿Tú podrías enseñarme?

Pushan me mira con una sonrisa y unos ojos que muestran una evidencia que no consigo comprender. Él afirma con la cabeza.

—Trabajemos juntas.

Reflexiono sobre su propuesta con detalle y en mi interior se mantiene un latido disparado y un ligero mareo propio de una emoción gigantesca que invade cada poro de mi ser. Siento que estoy a punto de estallar, de explotar, de que me dé un puto infarto. Lejos de preocuparme, cierro los ojos e inspiro. En cuanto los abro, impacto contra sus pupilas. Nos miramos, sin tiempo ni espacio, como si hubiéramos nacido precisamente para esto, para estar en este instante y que nuestros agujeros negros choquen. Un escalofrío me recorre el cuerpo, aprieto las manos con fuerza. Contengo el aliento y me dejo flotar en este preciso instante donde la solución, sea cual sea, está un pelín más cerca. O al menos, la ilusión de la cercanía.

Puede que todo esto sea una absoluta estupidez, que no esté preparada y me arrepienta. Puede que haya un camino más fácil, más recto, más directo. Puede que la solución no sea silenciar esta maldición o este don, sino potenciarlo. Puede que durante toda mi vida haya estado totalmente equivocada con la percepción material de esta existencia. Puede que esté en Bali, justo por y para esto. Puede que Pushan sea mi guía.

Puede que me atreva a hacerlo.

XXII

Diciembre, 2021
Vol. I

Claudio pasaba horas en su estudio mientras yo acababa aquella película malísima de un sábado por la tarde e intentaba recrear la vida perfecta de una pareja perfecta en una cotidianidad normal, alejada de todo lo que pueda entrometerse en el idilio que ambos vivíamos o, al menos, que pretendíamos vivir.

—Tengo la cabeza que me va a estallar —dijo al mismo tiempo que cerraba la puerta de su despacho diminuto en casa.

—¿Qué tal vas?

—He adelantado bastante trabajo, la verdad. ¿Cenamos?

Desde el compromiso, todo había cambiado. Esa chispa mágica que habitaba en nuestra vida se estaba apagando y la rutina asfixiaba sin medida el día a día de aquel amor. Claudio tenía cada vez más trabajo y yo me esforzaba más y más en olvidar aquella visión. Con el anillo presidiendo mi dedo anular, la lejanía de una ruptura se me hacía algo hipócrita. Conocía la verdad, sabía lo que iba a suceder. A veces me rendía al presente y dejaba a un lado ese futuro. Otras, reflexionaba sobre la creación de sucesos que avanzaban estrepitosamente hacia ese final. Y en ocasiones, la gran mayoría, me negaba a que eso fuera a suceder, que si por mí fuera, no iba a llegar jamás. Pero mi actitud cada vez era más distante, más extraña, más irreal.

Bebimos unas copas de vino, tal vez alguna de más. Necesitaba dejar de pensar un segundo en todos estos últimos meses. Claudio me cogió de la mano y me miró, con esos ojos que un día venerarían a otra mujer.

—¿Vamos a la cama? Me apetece mimarte.

Sonreí algo forzada y serpenteé por el pasillo hasta nuestra cama. Me desnudé y me hice una bolita pequeña a su lado. Él me besó, me acarició, me abrazó con fuerza. Su hechizo todavía perduraba, me dejé cautivar por su presencia y su deseo, altamente contagioso. Nos fundimos en un beso largo y suave, de esos tan nuestros e inflamables. Sus manos acariciaban mi cuerpo, sentía la presión que ejercía el suyo sobre mí. Empezó a masturbarme, lancé un pequeño gemido. Cerré los ojos con fuerza para intentar concentrarme en esa chispa que antes prendía y ahora se me antojaba imposible.

En ese instante, bajó por mi abdomen, por todo mi cuerpo, con una intención clara que frené sin pensarlo. Él esquivó mis manos y prosiguió con la misión. Doblé las piernas para evitar el acceso. Claudio se acercó a mí con frustración:

—¿Por qué ya nunca quieres? Si antes te encantaba.

—Sí que quiero, pero hoy no me apetece.

—No te apetece desde hace meses, Amisha, no lo entiendo.

—Prefiero que follemos. Ven, anda.

Le obligué a subir para evitar la tentación. Por supuesto, me seguía encantando su lengua y su talento, pero quería evitar a toda costa volver a tener otra visión sobre su futuro. Estaba muy fatigada de lidiar con aquella visión como para acumular más trabajo. Esta decisión infantil me había llevado a regurgitar la imposibilidad de decir «sí, quiero» a dicha realidad. ¿Quería pasar el resto de mi vida así?

Claudio me penetró con suavidad y la falta de lubricación me obligó a añadir algo de saliva. La presión de mi entrepierna era evidente, costaba que todo entrara más de lo habitual. Hice una ligera mueca, él se detuvo asustado:

—¿Bien? ¿Te duele?

—No, no. Está perfecto.

Las copas de vino hicieron efecto, eso y sus movimientos, que me rozaban ligeramente el clítoris. Empecé a excitarme, como sucedía siempre tras un largo rato de sexo, y me puse encima de él. Moví las caderas con cierta velocidad, él me apretó el culo y favoreció el vaivén de mis embestidas. De nuevo, con los ojos cerrados, logré una mayor concentración. Cogí mi vibrador de la mesita de noche, el gran salvador que estos últimos meses me había proporcionado varios orgasmos, el único que tenía acceso a mi entrepierna. Lo encendí, Claudio me miró con cierta resiliencia. Nuestro maravilloso sexo salvaje, frenético y excitante se había visto relegado a la misma postura, la misma cadencia, la misma receta infalible que mantenía alejada cualquier posibilidad de joder la situación todavía más.

El vibrador me ofrecía unas descargas fáciles, cortas y sutiles, lo cual me llevaba a unas visiones sin demasiada calidad, algo estúpidas y cotidianas. Que si se me quemaba la comida, que si se caía un plato, que si me gritaba un cliente en la farmacia o Pedro me contaba la última aventura con su pareja en un club. Pequeños detalles que no me sumergían en un pozo sin fondo de torturas.

Lo cierto es que, lejos de mi intención, aquella noche tuve un gran orgasmo. Uno que me hizo vibrar todo el cuerpo, que me obligó a arquear la espalda y a sumergirme en una premonición que me perseguiría el resto de mis días.

Pensé que sería imposible caer todavía más profundo, sumergirme más en el lodo. Siempre creemos que no hay más fondo hasta que nos pegamos una hostia más grande. Y es ahí cuando, desesperadas, rogamos por una solución que nos saque de esta miseria.

Después del orgasmo de Claudio, nos tumbamos y apagué la luz. «Buenas noches, amor», susurró. La luz de la calle se colaba por las persianas y creaba una línea de puntos por la pared. Mis lágrimas caían sin contención, en silencio. No sé cuántas horas estuve llorando, no sé cuánto tiempo pasé divagando mientras pensaba en una posible solución, por muy estúpida que fuera, para frenar el futuro.

Una presión limitaba mi respiración y salí corriendo al baño a vomitar. Claudio ni se enteró, seguía durmiendo profundamente. Me miré en el espejo; me observé llorando. Las ojeras se marcaban con violencia y mis ojos oscuros estaban enrojecidos. Mi melena se enredaba en un moño mal hecho y la delgadez empezaba a quedar patente con más evidencia. Estaba rota.

Me senté en el baño y dejé que cayera mi cabeza. Las lágrimas rebotaban contra el suelo frío, la piel reclamaba algo de abrigo. Lo negué, me daba igual. Me daba exactamente igual todo. ¿Acaso tenía importancia? Mis dedos estaban algo irritados a causa de los últimos meses de ansiedades y agobios. La carne se asomaba fresca bajo la piel troceada que rodeaba mis uñas. Nada tenía sentido.

Cuando se rompe la mente, no suena un estallido. Es silencioso, el silencio más devastador que se haya escuchado jamás. No hay gritos, no hay quejidos, salvo el crujido suave de una brecha que, poco a poco, empieza a cavar en la tierra la grieta más abisal. Sigilosa, paciente, constante.

Cuando se rompe la mente, la sangre no hierve ni la carne se quema. Las cenizas existen porque el infierno pasó por ellas. ¿Cuándo? Ni te enteras. Tan solo te percatas de todo cuanto fue, de eso que ya no queda nada. A tus pies se abre un camino inocente. Sin escalas. Sin billete de vuelta. Sin maleta que valga.

El infierno es quizá el sitio más apacible que se haya formado. Nada se mueve, nada revolotea, nada vibra, nada llega. Es elástico, metamorfo, indivisible. Un paisaje extenso sumergido en el fragor constante de la ausencia. Cuando lo pisas, las piernas tiemblan y la sonrisa se resquebraja. El sonido de la respiración se amplifica entre la extensa maraña y dejas de ser, entre lo que quiera que haya.

Sencillamente, me echaba de menos. Encontraba momentos dulces en los recuerdos fugaces que, en ocasiones, me asaltaban. Tal vez el sabor de una buena risa en los labios, algo despreocupada. O el vaivén de un andar en ese mundo que, no sabía muy bien por qué, extrañaba —«¿acaso alguna vez pertenecí a él?»—. Quizá la sensación de surfear por las decisiones premeditadas. O la alegría de sentir que pertenecía a una telaraña que todo lo enzarzaba.

Poco a poco la imagen de aquella persona que un día gobernó mi interior se hacía más lejana y me contaba historias de lo que un día sucedió, de aquello que un día me envolvió, sin darle importancia a que cada vez me costaba más archivar crisálidas, hacer memoria, recordar cuando danzaba descalza. Porque de lo que había sido, no quedaba nada. Esa nada ruidosa que reventaba el ánima en mil pedazos sin usar ni la fuerza ni la palabra.

Me preguntaba en qué momento la brecha se había hecho tan grande para alcanzar mi pisada. Y por qué yo no estaba mirando por dónde caminaba. Un día cualquiera, zas, todo cambió. Me encontraba exhausta, deambulaba perdida, desorientada. Al principio, algo fascinada por estar en ese espacio extenso, con la fugacidad de las luces, el cielo grisáceo, el monocroma del alba. En cuanto pasó el tiempo y la crudeza me abrazó, solo quedó la reminiscencia de lo que fui en una pequeña lápida. Sentía tanta tristeza que prescindí de las lágrimas.

La tierra chasqueaba al sostener el peso de mi sombra, los huesos que enjaulaban el vacío de la consciencia. Me hice un ser pequeño, un transeúnte más en el infierno. Cerré el cuerpo, arqueé la espalda, me abracé las rodillas y enterré la cara. El paso temporal creó una ligera capa que mimetizó mis restos con el despojo.

Y de ahí, dime, ¿quién me salvaría?

Había vivido los últimos meses creyendo que podía controlar el destino, el futuro; y, desde ese instante, no solo lo creía, sino que lo necesitaba. Necesitaba controlar la visión que acababa de atravesar mi mente con violencia, que me había dejado aniquilada, sin respirar.

Necesitaba evitar mi muerte inminente.

XXIII

El bodi de encaje

A pesar de la pereza y la resaca que sacude mi cabeza, decido enfrentarme a lo prometido. Cojo una de las bicicletas que se amontonan en la entrada del retiro y me embarco a recorrer la ciudad. Mi primera visita es a la policía. Albergo esperanzas, unas que se caen por los suelos al hablar con el primer hombre. «No puedo darte esa información. Es confidencial. Debes solicitar permisos» y, a partir de ahí, expone una serie de indicaciones infinitas que podrían alargarse por meses. La burocracia en Bali no es conocida por ser la más rápida.

Decido pedalear por las calles con la esperanza de encontrar la puerta. Me siento absurda, bajo el sol, con la certeza de que estoy lejos de toparme con ella de forma milagrosa.

Confirmo mis sospechas cuando, tras horas de callejuelas, batidos de fruta fresca y sonrisas, me doy cuenta de que efectivamente, en Bali, todas, absolutamente todas las puertas son iguales. La misma recreación de mi visión, la misma arquitectura, el mismo elefante enano con algunos paraguas que presiden la entrada y las ofrendas que se acumulan frescas en los adoquines y escaleras. Decido volver al retiro, con toda mi fe en la propuesta de Pushan para resolver el misterio. No sé si funcionará ni si estamos cerca.

Solo sé que es lo único que me queda para enfrentarme a ello.

Hoy hace dos semanas que estoy en Bali y como resulta evidente, no me voy a ir. No sé si pasaré aquí los dos meses que tenía en mente; todo puede cambiar de forma drástica. ¿Estoy abierta? Sutilmente, sí. Algo está cambiando, algo se acerca. Tal vez es una utopía, pero resulta esperanzador.

Me paro en un puestecito colorido donde ofrecen platos típicos de la zona. Me como un *nasi goreng*, un arroz con verduras delicioso y un huevo a la plancha encima. Observo a la gente que entra y sale, turistas que buscan aventuras nuevas, locales que hacen un parón en su jornada laboral. Recreo en mi cabeza la conversación de ayer con Pushan y un pequeño síncope se instala en mi corazón. «Orgasmos expandidos…». ¿Eso significa que vamos a follar?

Les cuento a Mariajo y a Pedro todo lo sucedido en un audio que parece un pódcast. Se vuelven locas, gritan sin parar. «¡Está claro que es una propuesta para que folléis!», se emociona Pedro. ¿Lo es?

Llego al retiro, aparco la bici con las demás. Algunos alumnos se sientan a pleno sol para meditar en el círculo de piedras. Atravieso el camino hasta mi habitación, me pongo el bikini, cojo mi novela y mis auriculares y me dirijo a la piscina para pegarme un buen baño reparador. Pasarse toda la mañana pedaleando sin sentido, sin rumbo, es agotador. La selva se ve realmente arrolladora durante el día y los pájaros surcan el cielo azul que se empieza a nublar. El sol salpica mi piel, más bronceada y algo irritada. Me siento en la tumbona y cierro los ojos. El dulce placer de no hacer nada.

Cuando me despierto sobresaltada, veo a Pushan en la piscina. Nos sonreímos; no hemos vuelto a hablar desde la conversación de ayer. Y tras ese momento, volvimos algo borrachos al retiro. Su cuerpo esbelto y delgado contrasta con el vello negro y frondoso que le salpica el pecho y parte del abdomen. Se sienta a mi lado.

—Buenos días, ¿qué tal la resaca? —pregunta.

—Sobreviviendo —bromeo.

—Menuda noche ayer, ¿verdad?

—Fue… extraña.

—Ja, ja, ja, sí, algo extraña sí que fue. Bueno, vengo a hablar sobre lo que comentamos anoche. —Miro a mi alrededor, no hay nadie cerca que pueda malinterpretar o husmear en nuestra conversación.

—Claro, dime. ¿Cómo lo hacemos? —Y ese «hacemos» lo abarca todo. Y cuando digo todo, es todo. Bueno, ya me entiendes.

—He estado repasando la formación y hay algunas cositas que contaré en clase que son importantes. Por lo tanto, lo ideal es que prestaras atención.

—Siempre lo hago. —Pushan me mira con cierta condescendencia—. ¿Quééé?

—El otro día te estabas quedando dormida sobre la mesa, Amisha.

—Pero fue un día solo. —Vuelve a esbozar un gesto vacilón, suspiro, resignada—. De acuerdo, a partir de ahora tomaré hasta apuntes.

—Lo cierto es que hay algunas prácticas más específicas que me gustaría trabajarlas juntas, sobre todo porque estás bastante más avanzada que el resto.

—Alumna predilecta. —Él hace caso omiso a mis bromas, mis comentarios. Su rostro sigue profesional, algo distante, poco expresivo.

—Te quería proponer, si te parece bien, reservar algunas noches y encontrarnos en la sala de meditación para trabajar. Si solo nos quedamos con los días que tenemos festivos en la formación, no nos da tiempo.

Se me escapa una sonrisa algo pícara. ¿Me está proponiendo pasar algunas noches con él? Activo el modo seducción, se me enciende el cuerpo al imaginar sus manos recorriendo cada recoveco y su talento para que alcance esos ansiados orgasmos expandidos.

—Me parece perfecto. ¿Cuántas noches requiere esta formación personal? —Mi tono suena irónico y su media sonrisa demuestra que estoy en lo cierto. No puedo esperar más. Meses sin un ligero meneo, sin un acercamiento, sin tocarme, sin sexo. Pensé que era perfectamente capaz de gestionarlo y, aunque no soy una persona especialmente sexual, lo deseo con fuerza. No sé si será Bali, su presencia o mi necesidad, pero no me aguanto.

—Lo iremos viendo, a ver qué tal avanzamos.

—¿Empezamos hoy? —suelto, ansiosa.

—Justo te lo iba a comentar. Perfecto, la sala está ocupada porque hay unas alumnas que están haciendo masajes. Lo comento con Kalinda, no creo que haya problema. Nos vemos después de cenar, ¿a las nueve va bien?

—Espera, que reviso mi agenda… ¡Lo tengo libre! —Pushan suelta una carcajada y se despide.

Salgo corriendo a mi habitación, veo muchísimos mensajes que colapsan el grupo de WhatsApp. Envío un audio: «¡Perras! Me ha dicho de hacer clases particulares por la noche…, ¡por la noche! Empezamos hoy y… ¿adivinad quién se va a poner ese bodi de encaje? Estoy desatada, ¡esto era justo lo que necesitaba para lanzarme a la aventura!», digo, emocionada. Pedro se vuelve loco. «¡Es hoy, es hoy!», grita, y Mariajo me envía todos los *stickers* pornográficos que tiene en el móvil, que no son pocos.

Entro en la ducha, me depilo las ingles, me recorto el vello que se empezaba a enredar debido a su longitud. Me pongo aceite por todo el cuerpo, me perfumo el cuello y me doy unos pequeños toques de máscara de pestañas. Si me voy a correr, que solo sea de cintura para abajo. Los nervios se apoderan de mí; la excitación, de mi entrepierna. Hacía muchísimo tiempo que no sentía atracción por nadie y ahora, ¡tachán! No solo la voy a aliviar, sino que lo voy a hacer de forma tántrica. No sé qué cojones significa eso, pero me muero de ganas por descubrirlo.

Ceno ligero en el restaurante del retiro; Pushan comparte mesa con otros alumnos. Le lanzo miraditas y él se limita a sonreír. Disimulo para que nadie note nuestra atracción evidente, nuestra cita nocturna, nuestro sexo tántricamente salvaje. Son menos diez, salgo corriendo a la habitación y me enfundo en mi bodi de encaje negro. Me enrollo un pareo por todo el cuerpo y le doy unos pequeños retoques para favorecer la seducción. La respiración se me dispara, el corazón casi se me sale por la boca. Salgo corriendo para la sala. Pushan me espera con su camisa de lino y sus pantalones bombachos.

La iluminación es muy cálida, me cuesta acostumbrarme a la falta de luz. Hay algunas velas encendidas en el altar y el ambiente huele a incienso. Creo que nunca, jamás, había follado con tantos detalles. De fondo suena una música muy relajada. En el centro de la sala hay un futón con la típica tela de mandalas que te venden en cualquier mercadillo por diez euros, dos cojines de meditación y la figura de un dios que ni sé quién es ni me importa. Esto promete, *carallo*, ¡esto promete!

—Buenas noches, Amisha. ¿Qué tal estás? —Pushan se acerca y me abraza con delicadeza. Me fundo en su pecho y un aroma amaderado me recorre las fosas nasales. Aprieto mi cuerpo contra el suyo. Estoy lista.

—Pues... algo nerviosa, pero muy excitada. —Me sincero, sin despegarme de él.

—Bien, eso es importante. La excitación es imprescindible —añade mientras acaricia mi espalda.

—Totalmente de acuerdo.

—Genial, pues vamos a empezar.

Pushan se separa y me da la mano. La cojo con decisión y me lleva hasta el futón. Él se sienta en el cojín, yo me quedo de pie. Me quito el pareo y me quedo con ese bodi de encaje negro que es pura sensualidad. El bordado rodea mi pecho y mi culo, una transparencia deja entrever mi entrepierna y mis pezones. Una pieza que juega con las luces y las sombras, con todo lo que se oculta y lo que se expone. Me siento tan poderosa. Hoy es la noche, lo estoy deseando.

—No hace falta que te quedes en ropa interior, puedes ponerte el pareo si quieres.

—¡¿Cómo?! —No entiendo una mierda. ¿Cómo voy a follar con el pareo puesto?

—Sí, no hace falta desnudarse, pero lo que te resulte más cómodo.

Recojo el pareo del suelo, algo avergonzada, y me lo envuelvo con fuerza. Me siento en el cojín de meditación, lo observo sorprendida al mismo tiempo que arqueo una ceja. Él me sonríe con mucha bondad y compasión. No comprendo nada.

—Perdóname, pero… Pensaba que íbamos… No sé, a…

—¿A qué?

—A tener orgasmos expandidos.

—Sí, y los vas a tener.

—¿Entonces?

—Ah, pensabas… —Pushan empieza a reírse sin medida, me lo quedo mirando con cierta sorpresa—. Perdona, de verdad. Claro, debí contarte un poco de qué iba todo.

—Pues sí, me hubieses ahorrado esta vergüenza, la verdad —dije con enfado.

—Lo siento, no quería... Estás bellísima, Amisha, y entiendo que se haya confundido todo. —Él me coge de la mano y suspira. Parece que piensa en una respuesta acorde a la situación que se ha creado. Me quedo tensa, estoy avergonzada y me siento fatal—. En el tantra se trabaja con la transfiguración, esto es algo primordial en las prácticas. Significa que dejamos de lado nuestro ego y el deseo para centrarnos en la sanación espiritual. De ese modo, da igual con qué persona te toque, porque no actuamos con un interés sexual, sino amoroso. ¿Se entiende? Evidentemente es importante poner tus límites y tener una autoescucha activa, que todo esto no frene lo imprescindible: el consenso, ¿de acuerdo?

No me lo puedo creer, *carallo*. Esto debe de ser una broma. Si hay alguien ahí arriba se debe de estar descojonando, el muy cabrón.

—En las primeras clases vamos a aprender aspectos básicos para manejar la maquinaria. No podemos iniciar una casa por el tejado. Más adelante, cuando se desarrolle la confianza y la rendición, trabajaremos con la sexualidad de una forma más explícita. Hoy he pasado todo el día pensando en cómo podemos hacerlo...

—¿El qué?

—El trabajo tántrico dentro de tu expansión sexual. Normalmente ofrecería un masaje de punto sagrado, pero en tu caso no podrá ser.

—¿Un... qué? ¿Por qué?

—Con el masaje de punto sagrado se estimula la sensorialidad del cuerpo, los genitales y el punto sagrado, que puede ser el punto G o el P, depende de la persona que tengamos delante. Pero claro, si yo te provoco un orgasmo expandido, verías mi futuro, y queremos encontrar respuestas en el tuyo. Por lo tanto, te lo provocarás a ti misma.

La decepción se retrata en mi cara y la desmotivación se hace patente. Pushan lo nota, pero aun así sigue con su cercanía y su sonrisa. No espera a que conteste para seguir con su exposición. Lo agradezco, porque no sé ni qué decir.

—En el tantra, nos cultivamos para tener orgasmos en cualquier parte del cuerpo, no solo en los genitales. Esto es sumamente importante: no hace falta una estimulación directa para sentir un orgasmo. Se puede experimentar en el corazón, en el tercer ojo, en una uña del pie... ¡en todos lados! Pero para ello, debemos trabajar la sensorialidad corporal. No podemos expandir el placer si no abrimos el canal, el cuerpo, antes.

»En el mundo actual, la sexualidad está relegada a los genitales y a una estimulación directa y brusca de los mismos. Debemos buscar justo lo que encontraste ayer con Kalinda, el placer en los pequeños detalles: en la naturaleza, en el tacto, en la respiración, en la meditación, en el baile, en la existencia. Cuando conectes con el éxtasis que te rodea desde que amaneces hasta que vuelves a dormir, podrás expandirlo a uno más evidente. Y esto, en el plano sexual, es imprescindible.

»Verás, hay cuatro llaves para el placer tántrico: la respiración, el movimiento, el sonido y la presencia. A lo largo de estos días, vamos a trabajarlos en conjunto o por separado, ya lo iremos viendo. Pero es importante conectar con los cuatro para lograr un orgasmo expandido.

—OK. —Presto atención, pero sigo sintiendo una frustración que oscurece cualquier interés en todo esto.

Pushan se acomoda en su cojín de meditación y se acerca a mí. Me mira a los ojos. Me cuesta mantener las pupilas fijas en las suyas.

—Hoy vamos a trabajar la respiración. —Qué decepción, *carallo*—. Parece una tontería, pero te ayudará muchísimo en tu vida, no solo sexual, sino en general. Cuando respiramos podemos activar o desactivar el cuerpo. Si aumentamos la velocidad, el sistema nervioso se pone en guardia, sentimos el bombeo rápido del corazón, la tensión corporal... Esto nos puede ayudar en muchas ocasiones, como por ejemplo, para activar nuestra *kundalini*.

»Sin embargo, cuando respiramos más lentamente, el cuerpo se calma, entramos en un estado relajado y pacífico en el que incluso podemos percibir mucho más. ¿Hasta aquí todo bien?

—Sí, todo bien.

—De acuerdo, avancemos. Ahora me voy a enfocar un poco más en la parte sexual. Durante el sexo respiramos muy rápido y muy corto, eso no ayuda a que elevemos el placer, más bien todo lo contrario. Por lo tanto, vamos a aprender a cómo respirar para conseguir expandir el orgasmo. ¿Estás lista?

—Supongo.

Pushan ríe; en todo momento se da cuenta de mi enfado infantil. A mí me relaja su actitud y consigo acomodarme en el cojín y abrirme, un poquito más, a la práctica.

—Primero empezaremos con un ejercicio individual y después trabajaremos juntos. Quiero que respires lento, que pongas toda tu consciencia en la respiración. Que inhales y exhales suaaave, que te enfoques en el placer de algo tan habitual. Nota cómo entra el oxígeno, cómo llena tus pulmones y los expande, cómo se abre el diafragma y, después, suelta el aire poco a poco. Venga, vamos a por ello.

Pone una música muy erótica, con unos tambores pausados y una voz femenina que respira de fondo. Imito a Pushan cuando cierra los ojos y entreabro uno para ver si debo seguir así. Él sigue concentrado.

—Vale, inhala profundamente. —Su voz es dulce, sensual; susurra con una cercanía que crea muchísima intimidad. Mi sexualidad parece que ha olvidado el enfado reciente—. Quiero que estés respirando unos minutos, sin prisa, profundiza en el placer de ese aliento que invade tus pulmones. Eso es.

La forma de respirar me induce a una relajación muy profunda y siento un alivio en la tensión corporal. Aunque de tanto en tanto abro un ojo para observar su sensualidad, me esfuerzo en concentrarme en mí y en mi cuerpo. Tras unos minutos, Pushan vuelve con nuevas órdenes:

—Ahora cada vez que exhales, emite un sonido. Puede ser algo sordo, como si el aire rebotara por tu garganta, o puede ser un gemido de placer. Lo que tú sientas.

Pushan inhala, observo descaradamente cómo lo hace. Sus ojos permanecen cerrados, eleva el estómago y su diafragma se expande bajo la camisa. La postura es impecable: la espalda recta, las piernas entrelazadas y las manos sobre las rodillas. La apertura de la vestimenta me da acceso visual a la amplitud de sus clavículas y al vello oscuro que se asoma tímido. En el momento en que dispara su exhalación, un pequeño jadeo vibra en su pecho. Conecta directamente con mi deseo y me imagino cabalgando sobre él, rozando cada poro de mi piel contra la suya. Salvaje, libre, idílica. De repente, Pushan se detiene y abre los ojos. Me pilla mirándolo embobada.

—¿Va todo bien? —pregunta.

—¿Eh? Ah, sí, sí… Estaba mirando cómo lo hacías para imitarte.

—No hace falta, Amisha, sigue mis instrucciones y conecta con lo que tu cuerpo desea. —Créeme que no puedo hacer eso, acabaría la práctica rapidísimo—. Libera la tensión, está todo bien. No tengas vergüenza en expresar tu sonido, tu placer, tu respiración.

—De acuerdo.

Cierro los ojos, vuelvo al vaivén de mis pulmones. Tras unos segundos, un suspiro se instala en la exhalación. Se siente gustoso en mi garganta. Vuelvo a por otra ronda, y otra, y otra... hasta que ese silencio queda sustituido por murmullos y gemidos bajitos. Cuanto más escucho mi propia voz, más placer percibo de la respiración. La excitación no tiene el foco en el exterior, sino en mi interior. Noto cómo mi cuerpo se regodea con el frescor del oxígeno que entra por mis fosas nasales y el calor del dióxido de carbono que alarga hasta el infinito un sonido gutural.

En un momento de la práctica, nuestras voces se unen y creamos un ambiente erótico, sensual, íntimo simplemente a través de la respiración. Esta cadencia sirve de espejo, nos coordinamos para estar en el mismo punto de placer. Él susurra con mucha cautela:

—Libera el movimiento, Amisha, deja que la respiración estimule tu cuerpo. Deja que el placer que sientes se vea reflejado en tu fluidez.

Esta vez sigo con los ojos cerrados, no quiero perder la concentración. Por primera vez escucho las necesidades de mi cuerpo, lo que pide, lo que reclama. Y solo quiere libertad. Mezo mis hombros, a un lado, al otro; mi cabeza oscila con ligereza y el aire penetra en cada poro de mi ser. Los gemidos favorecen el flujo que se acumula en el bodi de encaje, el movimiento de las caderas aumenta el roce de mi clítoris contra el cojín de meditación.

—Eso es. Suelta, suelta —susurra Pushan.

Continúo sin aferrarme a los pensamientos, que se esfuman por la puerta de atrás sin rechistar. La activación del deseo se hace cada vez más patente y me induzco en un trance erótico con mi propia existencia, con algo tan básico como la respiración.

—Bien, ahora vamos a respirar juntas. —Entreabro los ojos con cierta dificultad; me cuesta conectar con la realidad después de todo—. La respiración con otra persona puede ser una forma de sexualidad, de penetración. Esto nos ayudará a conectar entre nosotras.

Pushan acerca su cojín, mantiene un contacto constante entre nuestras rodillas. Coge mi mano derecha y la deja en el centro que se ha creado entre ambos.

—Esto es una meditación que se basa en la respiración circular. Se puede hacer de dos tipos: de boca a corazón o de corazón a genital. Esta última está más enfocada a la sexualidad y es justo lo que nos interesa. Entonces, se trata de que cada vez que tú exhales la respiración debe salir desde el corazón. Yo inhalo tu aliento, bajo la energía hasta la entrepierna y, durante mi exhalación, la suelto por el *lingam* para que tú la absorbas.

—¿El *lingam*? —pregunto.

—Sí, el pene. Es la palabra en sánscrito. La vulva se llama *yoni*.

—Ah...

—Entonces, hacemos un resumen. Espiras desde tu corazón, inspiro a través del mío. Yo bajo la energía hasta mi *lingam* y desde ahí exhalo para introducir la respiración en tu *yoni*, elevas la energía hasta tu corazón y vuelves a espirar. ¿Se entiende?

—Más o menos... ¿Y la mano?

—Las manos sirven para marcar el recorrido circular de la energía. Nosotras no nos movemos, seguimos sentadas encima del cojín de meditación. Vamos a probar, será más fácil cuando lo hagamos. Esta vez no cierres los ojos, es importante que conectemos con la mirada.

—De acuerdo.

Pushan clava las pupilas contra las mías, coge mi mano

con firmeza y me da paso para que inhale y exhale. Cuando el aliento sale de mis pulmones, nuestras extremidades recorren la trayectoria invisible. Se acercan al pecho de Pushan que inspira todo el aire que acabo de expulsar, bajan por su centro hasta quedar cerca de su entrepierna y, en ese instante, suelta la tensión bronquial. Se me olvida inspirar; él me lo recuerda con un gesto de la cabeza. Trago todo el aire y las manos suben desde mi *yoni* hasta el corazón.

Mantenemos esta fluidez unos instantes. Al principio me cuesta captar la dinámica y me hago un ligero lío entre las inspiraciones y las espiraciones, el recorrido de la mano y la absorción de la energía. Pero tras varias rondas, encuentro un patrón claro en la práctica y me relajo. Es ahí cuando siento que de verdad estamos haciendo algo mucho más íntimo que follar: nos estamos respirando.

Sus ojos no frenan el impacto; los míos tampoco quieren evitarlo. Lanzo un ligero gemido al exhalar y elevo la cabeza al inhalar. El cuerpo consigue encontrar la cadencia que minutos antes marcaba la excitación corporal, pero esta vez es más tangible, más patente, más real. La fuerza de unión entre ambos nos obliga a mover la columna como un oleaje suave y sutil, acercándonos cada vez más a la fusión respiratoria.

La expresión de Pushan es relajada pero a la vez, altamente sensual. Su boca se entreabre para absorber con más fuerza todo mi aliento y bajarlo hasta sus genitales. Cuando envía la intención de su entrepierna a la mía, una leve descarga eléctrica sacude mi espalda y me induce un espasmo imprevisto. Él sonríe, asiente y sigue jadeando de placer. Me sorprende la sexualidad de un ejercicio tan simple, tan inocente. No freno la evidencia de mi excitación y profundizo cada vez más en el sonido erótico que fabrica mi garganta, en el vaivén circular que nace en la raíz de mi cuerpo, en el acercamiento a su presencia para regalarle mi aliento. Él hace lo mismo, se deja llevar por la expansión del goce y los espasmos sacuden su columna. Arquea las cervicales, eleva la mandíbula en señal orgásmica. Frunce un poco el ceño, no contiene la expresión de lo que sucede en su interior. Y ahí estamos, en una guerra de alientos que nos penetra por cada poro de la piel, que alimenta la ferocidad de nuestro deseo.

Reducimos la velocidad simultáneamente hasta la mínima expresión. Pushan me suelta la mano y sigue observándome con curiosidad, con interés, con cercanía. Cuánta tierra se esconde detrás de esos ojos. Retomamos el ritmo habitual de nuestra respiración, manteniendo la suavidad. Sonríe de forma abrupta e imito su expresión. Une sus palmas y las acerca a su corazón, emulo el movimiento. Inclina un poco la cabeza y mi frente se apoya en la suya. Nos fusionamos en un beso tántrico largo que se mezcla con los ecos de unos jadeos que minutos atrás perforaban nuestro pecho. El calor de su soplo salpica mis labios de vaho. Él perfila una mueca y vuelve a la posición inicial. Nos miramos fijamente, sin decir ni una palabra.

—Y esto solo acaba de empezar —bromea.

XXIV

Diciembre, 2021
Vol. II

El orgasmo se precipitaba por mi entrepierna, una fugacidad producida por el temblor del vibrador que había salvado mi sexualidad en los últimos meses. Claudio me embestía con más fuerza y yo cerré los ojos para concentrarme en ese chispazo que no quería desperdiciar. Una explosión nació de mi interior, y las contracciones eran tan violentas que tuve que apartar el vibrador para atenuar la sensibilidad.

Tal y como esperaba, un fogonazo de luz me atrapó en el abismo; vi el túnel veloz y la imagen, pero esta vez todo era distinto. Fue claro, fulminante, sin sentido. Solo pude ver unas serpientes rojas pintadas en un techo de madera oscura con una iluminación tenue y aquella voz lejana que gritaba desesperada para salvarme la vida. «¡Amisha! ¡Amisha! ¡Llamad a una ambulancia! ¡Una ambulancia! ¡No respira!». Sentí cómo flotaba en mi cuerpo, que el pulso se detenía e iniciaba un viaje a través de las etapas de mi vida, como quien ve su existencia acelerada. Había luz, muchísima, una nunca vista antes y que lo cubría todo. Sabía que era mi muerte, que había llegado mi momento. Y tras eso, la visión encontró su final abrupto.

Claudio estaba acostumbrado a esos segundos de pérdida de conocimiento, de ausencia del presente, de mis ojos volteados y mi mente en otro lugar. Siempre le mentía y compartía que mis orgasmos eran muy potentes, que me producían una descarga muy poderosa. De algún modo, a él le excitaba esa capacidad. «Ojalá yo sintiera lo mismo», decía. Por eso, ni se inmutó al verme regresar de donde quiera que hubiera estado con la expresión pálida, como si hubiese visto un fantasma. Me costó retomar el encuentro, hice grandes esfuerzos para disimular lo que acababa de presenciar. Al final, seguimos follando y, minutos más tarde, se corrió. Dejó el condón a un lado, me besó y apagué la luz. «Buenas noches, amor», susurró. La desesperación, como la oscuridad, se apoderó inmediatamente del ambiente.

Y ahora qué hago si sé que se acerca el final.

XXV

Piel

Pushan entra con lentitud en la sala de meditación, sigo organizando el lugar para que los alumnos se acomoden en unos minutos.

—Buenos días, bella —murmura.

—Buenos días —respondo, sorprendida por su piropo.

Me invade una sensación incómoda, tal vez fruto del encuentro intenso de anoche al que no sé cómo reaccionar. Él ni siquiera se inmuta. No dice nada al respecto, simplemente prepara todos sus apuntes, ofrece una oración rápida al altar y me da algunas indicaciones sobre la organización de la sala.

—Por cierto, Amisha, esta noche no podremos trabajar, pero ¿mañana podrías?

—Sí, claro.

—Perfecto, atenta a esta clase, que es importante para nuestro progreso, ¿sí?

El alumnado no tarda en aparecer y se sientan encima de los cojines; yo me dirijo a mi rincón habitual. Me acomodo en la silla y me veo muy tentada a sacar papel y bolígrafo y anotar cada palabra. Lo que sea necesario para acercarme más a la solución, o al milagro, qué sé yo.

—¡Buenos días, familia! La clase de hoy es importante, sobre todo para aquellas personas que queráis trabajar en profundidad vuestra sexualidad. Hoy vamos a aprender a sensorializar nuestro cuerpo, a entrenarlo para que el placer fluya con más apertura e intensidad.

»La presencia y la consciencia es uno de los grandes puntos. Si no estamos presentes, si no nos entregamos con plenitud, difícilmente podremos acompañar a esa persona a través de su viaje personal. ¿Cuántas veces os han tocado sin demasiada atención?

La gente murmura, algunos ríen y asienten con efusividad. Me sorprendo haciendo lo mismo. ¿Cuántas veces? Incontables, querido, incontables.

—Ese es uno de los errores más grandes que cometemos en el sexo y en el amor: no estar presentes. Nuestra mente da tumbos a un lado y al otro, la tenemos atravesada por miles de pensamientos que nos alejan del aquí y el ahora. Por supuesto, esto se transmite a la persona que tenemos delante. Si estamos con nuestra pareja, nuestra atención se dirige al móvil o a la televisión. Si estamos en un encuentro sexual, pensamos en la lista de la compra, en cómo vamos a resolver esa tarea o qué vamos a cocinar. —Algunas risas se cuelan en su discurso. Pienso en Claudio y en nuestras últimas noches—. Es horrible, ¡horrible! Esto nos aleja de nuestra pareja, de nuestros amantes, de nuestro placer. Le debemos la presencia a ese momento, no se merece menos. No merecéis menos.

»Por lo tanto, si de verdad queremos percibir la ascensión de la *kundalini* o una explosión orgásmica, debemos tener total consciencia de ese instante. No existe nada más que la piel. Nada más. Debemos aprender a tocar y ser tocadas, debemos aprender a tocarnos con consciencia, con sentido, con entrega.

Bebo un trago de mi infusión y sigo atenta a las palabras de Pushan. De nuevo, se cuela el pensamiento súbito de una noche entre sus brazos. ¿Soy incapaz de concentrarme o qué?

—Cuando estamos presentes por completo, nos damos cuenta de que podemos alcanzar el placer desde cualquier parte del cuerpo. Estamos obsesionadas con que los genitales son el punto álgido de la sexualidad. Lo cierto es que todo esto —Pushan señala desde la punta de sus dedos hasta más allá de su coronilla— es un genital enorme. Tú eres una fuente de placer entera. Si lo limitas a la entrepierna, estás frenando su expansión. Ahora bien, ¿cómo podemos abrir el gozo, sublimar los orgasmos?

»De nada servirá que os dé un millón de consejos y técnicas si no conectáis con vuestro cuerpo y vuestro disfrute. Es sencillo, debemos desgenitalizar la sexualidad y el clímax. Pero para ello, hay que despertar antes el cuerpo.

»Este envoltorio que nos rodea está profundamente dormido. Sentimos que la carne y los huesos nos pertenecen, pero lo cierto es que no es así. Esto es un regalo que debemos cuidar porque queremos que nos dure el máximo tiempo posible, ¿o no? Es el vehículo que usamos para atravesar el momento presente.

»Por desgracia, no tenemos mucha propiocepción, es decir, percepción corporal propia. Estudios neurocientíficos han ofrecido mucha claridad al respecto, entre ellos el homúnculo de Penfield. Se trata de la representación de la superficie corporal según nuestro cerebro, qué zonas percibimos más o menos. Las manos, la boca y la lengua, por ejemplo, son enormes según nuestra sensorialidad. Pero ¿qué pasa con el resto del cuerpo?

»En el día a día, el mapa sensorial se mantiene estable, y eso está bien. Pero en el sexo queremos que eso se amplifique, queremos decirle al cerebro: "¡Oye! Recuerda que esta zona existe, y esta y esta…". Mirad, hagamos un experimento.

Pushan se remanga la camisa de lino estampada y cierra los ojos.

—Quiero que me imitéis. Dejad vuestro antebrazo libre de telas, relojes, pulseras... Y simplemente, cerrad los ojos y extendedlo en el espacio. ¿Sois capaces de separar dónde empieza la piel y dónde acaba el contexto externo? Es difícil, ¿verdad? Parece que somos uno con el universo; sentimos nuestro brazo como parte de la totalidad que nos rodea. No tenemos percepción del mismo. Bien, vamos a probar otra cosa.

Bajo el brazo y vuelvo a observarle mientras se mueve por la sala, agitado por su propio discurso. Efectivamente, he sido incapaz de perfilar la línea corporal que me separa de todo lo demás.

—Mirad qué sucede si hacemos esto. Con vuestra mano libre, quiero que acariciéis vuestro antebrazo con suavidad. Se trata de una caricia sutil, con la yema de los dedos, casi como un reto de minimizar el contacto. Eso es, lentitud, presencia, contacto consciente. —Acaricio mi brazo con los dedos con mucha cautela, se despierta un cosquilleo que se extiende por toda la piel—. Ahora, de nuevo, cerrad los ojos y poned el brazo como antes, así, en mitad de la nada.

—¡Sí! ¡Lo siento más! —afirma una mujer.

—¡Exacto! Notáis más vuestro propio cuerpo. Con esto le estáis diciendo al cerebro: «Somos tooodo esto, ¡todo esto es placer!» —grita Pushan, mientras la gente se empieza a acariciar los unos a los otros para probar esa sensación—. ¡Esperad! No tengáis prisa, que todo llega.

»Este tipo de caricia, la de limitar el mínimo contacto entre la yema de los dedos y la piel y lo que hemos sentido, se llama "bioelectricidad". Somos electricidad andante, y mediante esta estimulación hemos generado pequeñas descargas que se propagan como si fuese eco. ¿Lo habéis notado?

—Como cosquillas, ¿no? —dice un chico joven.

—Sí, como cosquillas. Los estímulos táctiles aumentan el potencial eléctrico del cuerpo. Esto actúa sobre las células y las glándulas, produciendo un resultado fisiológico con efectos sobre la mente y las emociones, pero también reflexiones sobre el comportamiento. Cuando tenemos estrés o ansiedad, el contacto con la piel puede reducir en gran medida ese pico antes de un ataque. Y por supuesto, en el sexo es imprescindible para relajarnos, abrirnos y expandir el placer. La piel es la clave para la ascensión orgásmica.

Acaricio con suavidad mis dedos y desvío la mirada a los pellejos que rodean mis uñas. Cuántas veces he maltratado mi piel, cuántas veces he dejado que me toquen sin presencia o cuántas lo he hecho yo sin demasiado cuidado. Simplemente por respeto a mi cuerpo, debería prestarle más atención a la envoltura que me rodea.

—Vamos a hacer un ejercicio. Situaos en algún lugar de la sala donde podáis estar con vosotras mismas. Tocad vuestro cuerpo como si fuese la primera vez, con mucha curiosidad, suavidad y mimo. Podéis probar diferentes tipos de caricias, con más o menos presión, pero mantened una velocidad muy lenta, ¿de acuerdo?

»Primero hacedlo en soledad y después, encontrad a una pareja o un trío para experimentar el tacto consciente. Los límites los ponéis vosotras, pero, cuidado, esto no es una orgía ni una masturbación, ¿vale? Se trata de desgenitalizar el sexo, por lo tanto, trabajad eso. Si os apetece estar en ropa interior o desnudas, es bienvenido. ¿Entendido?

La gente se distribuye por el espacio mientras Pushan me observa con atención. Supongo que espera mi participación en el ejercicio y lo valoro durante un momento. Una parte de mí quiere lanzarse a experimentar y conocer; la otra se mantiene inmóvil ante tremenda locura. Decido salir de mi espacio por voluntad propia para entregarme a la práctica. Me sorprende mi determinación. Si esto puede hacer que se rompa la maldición, que encuentre la salvación, adelante. Deme dos tazas, por favor.

Pushan sonríe al ver mi iniciativa y me observa con orgullo. Intento no perder la concentración con sus ojos y me sitúo en un lugar donde estar más o menos tranquila.

Durante el trayecto me percato de que la gran mayoría está totalmente desnuda. Cuerpos arrugados, tersos, colgantes, firmes, jóvenes, viejos, gordos, delgados, fibrosos, dejados, peludos, depilados, tatuados…, un sinfín de posibilidades que genera un impacto profundo en mí. Siento cierto recelo a mirar y que alguien se percate de mi curiosa ojeada. No pasa mucho tiempo hasta que me acostumbro y, de algún modo, consigo admirar la belleza que hay en todos, en especial cuando se tocan y gimen de placer.

En leves minutos, la sala parece una fábrica de «oooh» y «mmm», un gozo patente que me seduce más que mi propia piel. Observo a esos desconocidos descubrir su cuerpo, sea como sea, simplemente por el hecho de ser. Agacho la cabeza, se me escapa una mueca. Es curioso: todo ser humano nace con su propia desnudez y nos empeñamos en contenerla y taparla para que nadie la vea. Creo que jamás en mi vida había visto a tanta gente desnuda, ajenas a cualquier tipo de sexualización. Es curioso también cómo hemos relacionado la ausencia de ropa con la presencia del erotismo. Qué lejos estamos de lo natural, ¿no?

Pushan se acerca, me sonríe. «¿Todo bien?», pregunta. Asiento con cierta sorpresa y me quedo con la mirada fija en el firmamento. Un impulso sobrenatural reclama que elimine cualquier frontera entre mi dermis y el momento. Lo freno con éxito tras una dura negociación. Al final, decido quedarme en tanga y con la camiseta de tirantes.

Cierro los ojos y mis manos buscan un roce sutil con mi frontera. Perfilo la suave línea que separa lo que soy de lo que pude ser, y las cosquillas no tardan en aparecer y extenderse como corrientes electromagnéticas por debajo de la piel. Esbozo una sonrisa presa del ligero deleite. El terciopelo de algunas zonas contrasta con la humedad de otras, el calor me salpica con cierta brusquedad y ráfagas de una pequeña llama interna me sumergen en un entreabrir de mis labios. Conecto con la respiración, justo como hice ayer por la noche, y el espacio se resquebraja poco a poco, se aleja de cualquier estorbo que pueda desviar mi atención. Estoy aquí, conmigo, prestándome atención.

De forma intuitiva, con cada caricia, pido perdón a mi piel por tantas veces que la tocaron sin venerarla, por todos esos revolcones sin éxito, por el maltrato del ambiente, por las manos que la hirieron, por las veces que no fui consciente del entorno y la lastimé, por todos y cada uno de los momentos en los que deseé profundamente que cambiara su tono. En ese instante, por primera vez, la adoro. Adoro sus cicatrices, sus pequeños bultos, su vellosidad. Adoro la oscuridad que se cierne sobre los rincones, la identidad de mis raíces que emerge. Adoro la humedad de mis axilas y de mi pecho, la redondez de mi barriga, la angulosidad de mis huesos. Adoro mis pezones marrones y mi ombligo algo salido. Adoro cada poro de mi dermis como si de una divinidad se tratara.

—Si os apetece, podéis encontrar a otra persona (o varias) para experimentar el tacto consciente.

Entreabro los ojos para explorar el ambiente. Todavía no he decidido nada sobre lo que pretendo conseguir. Hay algunos grupos que se crean por proximidad y veo a otra chica que mira a su alrededor. Nuestras pupilas se cruzan, me sonríe. Supongo que eso es un «ven». Me acerco poco a poco, me siento cerca de ella. Su cuerpo es voluminoso, unos pechos enormes caen hasta los pliegues de su abdomen y su pelo rizado se trenza por la espalda.

—Soy Amisha —me presento, por ser cordial. Ella se sorprende y me sonríe con efusividad.

—Encantada. Soy Raquel.

Miro a mi alrededor para obtener alguna pista de qué hacer en el encuentro. Hay un grupo relativamente cercano a nosotras; la gente está ensimismada en su orgía táctil. Raquel cierra los ojos y me impresiona el ligero roce sobre mi piel. Dejo caer los párpados para concentrarme en la descarga que siento; su movimiento es seguro, pero muy sutil. Atisbo su otra mano, que rodea mi cabeza. No sé qué hacer, quiero salir corriendo.

Justo cuando estoy a punto de ejecutar una maniobra de escapismo, se unen otros dedos por mi espalda. Me siento tentada a mirar de reojo quién es, pero decido dejarme llevar. El corazón se limita a dar golpes bajo las costillas y mi estómago gruñe con ferocidad ante tremendo arsenal de malas decisiones que estoy tomando en estos últimos días. Me abandono a la situación, a lo que está sucediendo, sin poner demasiada cabeza. En mí se instala un único pensamiento: estar más cerca de la solución.

Las caricias se crean a partir de la fricción con otras pieles, más duras, más suaves, más tersas, más ásperas. Un contraste curioso que aumenta la sensorialidad de mi cuerpo. De un momento a otro, soy incapaz de contar las manos que recorren mi envoltorio o aquellas que intercepto en su trayectoria hacia otro ser. Es una nube de gemidos, respiraciones y caricias que me mantiene en un estado alto de ansiedad, pero con un placer jamás experimentado.

De nuevo, mente y cuerpo siguen caminos distintos, recorridos antagónicos que se prestan a una batalla interna entre el miedo o el éxtasis.

Un calor nace de mi sacro y recorre con prudencia mi columna hasta instalarse en la nuca. Las cosquillas de las descargas eléctricas se multiplican y lanzo un gemido contenido en la garganta. Alguien me imita y a su lado, otra persona. La música suena a lo lejos y los coros de nuestro deleite se entremezclan con los tambores y los mantras. Un enredo humano cuyo misterio espero no resolver.

Poco a poco, presa del trance y de las risas que se contagian, pierdo el equilibrio de mi cuerpo y caigo con delicadeza sobre otros. Aprovecho para restregar mi espalda contra los demás, como si fuese un gato reclamando cariño. Acabo tumbada con un batiburrillo de estímulos que sacuden con violencia cualquier posibilidad de raciocinio. Solo quiero ser una más entre tanto laberinto.

La música se vuelve más lenta y, con cierta compenetración, descendemos las caricias. Mis manos se sitúan sobre cuerpos ajenos y desconocidos. Alguien apoya su cabeza en mi muslo izquierdo; otra, en mi abdomen. Yo decido que el pecho de *Quiénsabe* es un buen lugar para descansar. De repente, me encuentro rodeada de cuerpos desnudos, sudorosos y sensibles que gimotean a mi alrededor.

Es curioso, por primera vez siento que formo parte de este entresijo complejo, y en ocasiones odioso, llamado humanidad. Una pieza de puzle que sostiene el placer ajeno y se apoya en un cuerpo sin prohibiciones. Una maraña de fragmentos que se mezclan en la unión de un instante, un recuerdo, una fusión profundamente natural.

Por primera vez, no sé, me siento… ¿normal?

XXVI

Marzo, 2022

Claudio recogió su última maleta mientras observaba las paredes del hogar que nos había visto nacer y morir. Evitaba cruzarse con mis ojos, que disparaban disculpas a modo de parpadeo y lágrimas. Fue profundamente doloroso ver cómo alguien, aquella persona que pensaste que sí, que por fin, que era el amor de tu vida, empaquetaba los restos que quedaban por trasladar. Esperaba paciente, sentada en el sofá, a la vez que admiraba su cuerpo paseando por los pasillos de lo que un día fue nuestro nido. Y ahora, tan solo quedaban las ramas partidas y las hojas agujereadas por el paso del tiempo y del destino.

Con el último bártulo a su lado, me miró con cierta condescendencia. No supe qué hacer; quería refugiarme entre sus brazos, cerrar los ojos fuerte y que todo pasara rápido. Lejos de eso, nos quedamos observando un buen rato, callados, sin saber muy bien qué decir.

—Lo siento —volví a repetir—, no he sabido hacerlo mejor.

—Ni siquiera sé qué ha pasado, Amisha. Qué te ha pasado. Era todo tan…

—Lo sé —interrumpí—, era todo tan perfecto. Tal vez eso es lo que ha pasado, Claudio.

Evidentemente no le había contado todo lo que atravesaba mi cuerpo sin medida, el dolor que soportaba en mi interior desde hacía meses y meses, la chispa que poco a poco se fue apagando aun sabiendo que era yo la que soplaba. Desde aquella noche de diciembre no había podido dormir con tranquilidad, me era imposible concentrarme en el trabajo y mi despido fue totalmente procedente. Después de eso, las horas que había pasado encerrada en casa no ayudaron en absoluto. Me pasaba toda la mañana sumergida en una bañera con espuma, recreando la premonición en mi cabeza por si pudiera darme algún detalle, algún apunte, alguna pista y, de ese modo, retrasar lo que parecía inevitable.

Estaba muy desesperada, ensimismada en mi mundo interior y, lo peor de todo, sin poder compartirlo con la persona que más amaba. Eso me hizo replantearme si quería una relación así, si me apetecía que el amor de mi vida, la persona con la que me iba a casar, no supiera ni un atisbo de mi maldición. Claudio vivía ajeno a esta profunda pesadilla y era incapaz de comprender que este tremendo monstruo, al fin, me había alcanzado. No merecía esto, las mentiras y el teatro, fingir constantemente que todo iba bien cuando todo se caía a pedazos. Era injusto.

—Claudio, yo...

—Si no querías casarte, joder, habérmelo dicho. Era tan fácil, ya está. Desde entonces todo ha cambiado, estás rarísima y cada vez más encerrada en esa jaula que siempre te creas. Formo parte de tu vida, ¿sabes? O al menos, formaba parte. Ya no sé ni..., joder. —Claudio cogió la maleta y se dirigió a la puerta. Se frenó en seco—. Has sido la mujer que más he amado en mi vida y te juro que pensaba que lo nuestro sería para siempre.

—Yo también —dije bajito, como si no quisiera que nadie me escuchara. Me habría encantado añadir: «Yo también..., pero te vi con otra mujer en otro hogar y supe que esto no iba a ser posible. Fingí durante varios meses que todo seguía igual, que era posible cambiar el destino. Y tras eso, vi mi propia muerte. Ahora no creo en la posibilidad, sino en la necesidad de cambiar drásticamente lo que va a suceder». Lejos de esto, repetí la misma frase—: Yo también.

Claudio me miró de reojo y soltó una mueca vacilona, seguida de un soplo de aire. Se llevó las manos a la cara para secar las lágrimas que se acumulaban en la salida y se quedó frente a la puerta.

—Me habría encantado que las cosas fueran distintas. Supongo que ya has decidido que todo se ha acabado. Lo respeto, ya está. Tal vez con el tiempo entienda los motivos, porque de momento no me has dado ni uno, Amisha, ni uno.

Agaché la cabeza y tragué saliva. No podía decir más mentiras, el cúmulo de falsedades había llegado a su máximo. Estaba cansada de sonreír, de las excusas que me distanciaban de cualquier encuentro sexual, de aparentar la vida perfecta, de creer que soy una más. Claudio merecía algo mejor.

—Supongo que esto es un adiós, de los definitivos. Y fíjate, aun con todo, espero que te vaya bien, Amisha. Que seas feliz.

Me levanté con cierto pesar y lo abracé por la espalda, ambos arrancamos a llorar en mitad del silencio que reinaba en la casa. Su mano seguía apoyada en el pomo de la puerta y la imposibilidad de abrirla y dejar todo atrás se acomodaban en el instante. Seguí apretando su cuerpo contra el mío, arrugué su abrigo contra mi pijama sucio y roto. Las lágrimas brotaban con violencia y el dolor se encarnaba en mi pecho.

—No lo hagas más difícil, no es justo. No es justo —repitió.

Sabía que en el momento en que cruzara esa puerta, jamás volveríamos a vernos. Claudio y yo éramos de esas personas que cerraban de golpe y lo dejaban todo atrás. Ni llamadas, ni mensajes a altas horas de la madrugada, ni posibilidades de retomar la relación. Creíamos poco en las segundas oportunidades y muchísimo menos después de un desplome tan abismal como había acontecido en los últimos meses. Por ese motivo, no podía dejarlo ir. Me aterraba que dejara las llaves a un lado y no mirase atrás.

Mi mente recreó posibilidades de encauzar lo que ambos sabíamos que era imposible, pero existía la mínima esperanza de conseguirlo. Fingiría, fingiría toda mi vida que esto era increíble, que todo era normal, que no existían las premoniciones, que éramos la pareja perfecta. Podría acostumbrarme a esto, seguro que no echaría en falta la verdad. Mi cerebro acabaría sin distinguir una realidad de otra, tan solo contemplaría el paso del tiempo y la vida que me hubiera encantado llevar. El destino se construye por las decisiones que tomamos, y yo había decidido volver a empezar con él a mi lado. Todo sería posible si estábamos juntos; lo demás daba igual, incluso la felicidad. Seríamos felizmente infelices. Infelizmente felices… y ya está. Cuántas personas mueren así, dime. ¿Por qué no podíamos hacerlo nosotros?

Claudio soltó mis manos y, al fin, abrió la puerta. Volteó la cabeza, pero evitó mirarme a los ojos porque sabía que si lo hacía, volveríamos a empezar. Y seguiríamos siendo ratas pensando que corremos en libertad mientras damos vueltas y vueltas sobre la misma rueda y en el mismo lugar. Ya no me quedaban lágrimas y el dolor me asfixiaba la garganta. Atravesó el umbral del portal y desapareció para no volver nunca más.

Me quedé unos minutos esperando a que regresara, con el corazón gritando en mi interior para remediar esta soledad. Después me di cuenta de que era el final, me senté en el sofá y grité en silencio. Me golpeé las rodillas con los puños y me pasé días encerrada entre esas cuatro paredes. Pedro y Mariajo me llamaban a cada segundo; yo decidí ignorar cualquier atisbo de cariño. Sencillamente, no lo merecía.

Tras unos días, alguien aporreó mi puerta. Abrí, eran ellas. No tardaron en abrazarme con fuerza y me volví a desmoronar en sus brazos. Entraron en casa.

—Amisha, queríamos darte tu espacio porque sabemos que te encierras y necesitas tu proceso, pero no podíamos más. Nos vamos a quedar contigo una temporada.

—No, de verdad, estoy bien.

—¿Bien? —Mariajo señaló la casa y toda la porquería que se acumulaba en su interior, incluida yo—. ¿Esto es estar bien? No, amiga, estás jodida. Es normal, lo acabas de dejar con tu pareja. Pero recuerda que no estás sola, que tienes amistades y que te queremos mucho, ¿vale? Te queremos mu-cho.

Arranqué a llorar de nuevo y me hicieron un sándwich de amor. Siempre había sido sumamente reticente a que me vieran tan triste, tan demacrada, pero ahora todo me daba igual. Todo se había ido a tomar por culo.

—Entra en la ducha, cari, que te hace falta. Nosotras recogemos la casa y acampamos contigo.

—En serio, no es necesario.

—¿El qué? ¿Que te duches? Créeme que sí —bromeó Pedro.

Me metí bajo el agua caliente y me pareció reparador. Sentí cómo el agua se llevaba mis lamentos, mis penas, mis enredos internos. Pude respirar profundamente por primera vez en mucho tiempo. Conecté con la posibilidad, con el atisbo de una vida recuperada. Cuando salí, Mariajo y Pedro habían preparado la cena.

—Vente, siéntate. ¿Estás un poquito mejor? —preguntó Mariajo.

—Sí, gracias. Sin vosotras, yo...

—No, no, no. No es momento para seguir lamentándose. Es tiempo de cenar rico y de una sesión de mimos.

Una ligera sonrisa se apoderó de mi cara; ellas imitaron el gesto. Cenamos con el hilo musical de las aventuras de Pedro. Tras un momento de silencio, nos confesó:

—Chicas, os tengo que contar algo muy fuerte. Pero... no sé si es el momento.

—¿Por qué? —preguntó Mariajo.

—Bueno, es algo importante para mí, pero la situación...

—No, *carallo*, tenéis vuestra vida. Cuéntanos —sentencié.

—¿De verdad?

—¡Claro!

—Hoy he recibido una llamada. ¿Os acordáis del casting que hice hace dos semanas?

—¿El de la serie tan importante para...? ¿Para quién era?

—HBO —respondió Pedro.

—Eso. Sí, lo recordamos. —Mariajo y yo nos miramos buscando una confirmación a la evidencia.

—Me han cogido.

—¿Cómo, cómo? —El corazón me dio un pequeño vuelco.

—Me han cogido de protagonista, caris. Empiezo el rodaje en junio. Grabo algunas jornadas en Santiago y luego, en Madrid. Es una serie sobre narcotráfico, cómo no. Parece que en Galicia solo hay *fariña*.

—¿Es en serio? Pedro, ¿de verdad?

—¡Síí! —Se emocionó. Mariajo y yo nos lanzamos a darle un abrazo gigantesco.

—¡Dios mío! Tendremos un amigo famoso —añadió Mariajo.

—Ha sido todo muy precipitado, pero sí. Por fin, amigas, después de tanto esfuerzo… por fin sale. Pensé en dejarlo en tantísimas ocasiones, pero… me acordé de lo que me dijo aquella *meiga* hace dos años y, no sé, volví a aceptar castings por si acaso tenía razón.

—¿Qué te dijo? No lo recuerdo —pregunté.

—Que en dos años iba a cumplir ese sueño por el que estaba luchando tanto. Y fíjate, la hija de puta tenía razón.

—Igual que con tu madre, eso también lo adivinó —reafirmó Mariajo.

—Muy fuerte todo, caris, no sabemos nada de la vida. —Esa frase sacudió con violencia mi interior y la desesperación me hizo precipitarme a la posibilidad, a disparar la última bala.

—¿Todavía guardas ese mono tan horrible? —cuestionó Mariajo. Justo cuando Pedro iba a contestar, interrumpí la conversación.

—¿Me puedes decir dónde y cómo ver a esa *meiga*?

Ambas voltearon la cabeza con asombro y rapidez para fijar sus ojos en mi persona. Inspiré profundamente y asentí; sabía que por sus mentes pasaban cualquier tipo de pensamientos, sobre todo, de alarma. Yo, Amisha, preguntando por una *meiga*… ¿Qué había pasado? No dijeron nada, asumieron que el dolor y la pérdida eran tan grandes que me habían nublado el raciocinio.

Anoté las instrucciones y la dirección que me dio Pedro. Guardé el papel en el bolsillo del pijama. Pasé varias noches mirando al techo, valorando una posibilidad que cada vez se hacía más y más grande.

Cuando estuve en casa a solas, me vestí y me lancé a la aventura. ¿Acaso tenía algo más que perder? Solo podía aferrarme a la absurda esperanza de encontrar algo que rompiera esta mierda. Una pista, un camino, un consejo, una premonición ajena, yo qué sé.

Giré la esquina y ahí estaba, delante de mis narices, un anticuario pequeñísimo lleno de polvo y horteradas varias. Inspiré profundamente, mi mente golpeaba con crueldad todos los insultos y pensamientos de odio posibles. Decidí ignorarlos y abrí la puerta de cristal. Un tintineo me dio la bienvenida ante un acumule propio de Diógenes. Jamás había visto tantísima basura en un solo espacio y, además, a la venta. Volteé la cabeza. Ella me miraba con el maquillaje cuarteado y unos ojos azules pequeños, pero arrolladores. Bajé el par de escalones y me paseé por el lugar bajo su atento juicio. En pocos segundos, me sorprendió su voz ronca, desafinada, desaliñada.

—¿Qué estás buscando, *meniña*?

XXVII

Swadhisthana

Apuro las últimas verduras que quedan en el plato y salgo corriendo a la habitación. Esta vez, dejo a un lado el bodi de encaje y me enfundo un vestido suave y cómodo. Salgo a la sala, no hay nadie. El silencio del lugar me resulta reconfortante, sobre todo el pensar en los gemidos, gritos y experiencias que se están acumulando en su interior. Observo cada rincón, enciendo algunas velas en el altar y sonrío ante la tremenda locura que me ha traído hasta aquí. Menuda aventura.

—Hoy te has adelantado —oigo. Me doy la vuelta, ahí está. Con su vestimenta habitual. Me dirijo hacia el cuartito para buscar cojines y el futón correspondiente. Él me frena—. No será necesario, Amisha, trabajaremos de pie. Hoy vamos a bailar.

—¿A bailar? —Me tenso ligeramente.

—Tranquila. Si vieras ahora mismo la cara que has puesto...

—¿Qué pasa?

—¡Estás asustadísima! ¿Qué te da tanto miedo?

—Pues que se me da fatal.

—¿Bailar?

—Sí.

—¿Estás segura?

—Segurísima.

—A nadie se le da mal bailar, Amisha, es solo que queremos entrar en ciertos cánones y ponemos muchas expectativas sobre nuestras espaldas. Pero créeme, si escuchas a tu cuerpo y te mueves como él te pide, lo estarás haciendo perfecto. No tengas miedo de hacer el ridículo, nadie está pasando un examen. Estamos aquí para disfrutar.

Su sonrisa me cautiva; su expresión seria se transforma cuando lanza la artillería pesada. Una sacudida invade mi cuerpo y un escalofrío riega toda mi columna. Pushan conecta su móvil con los altavoces, localiza las canciones que quiere poner. Escoge una y la deja flojita. Se acerca bailando como si fuese un pollo, haciendo pasos propios de los ochenta. Me río.

—¿Ves? ¡Es divertido!

—¿Qué tiene que ver el baile con los orgasmos expandidos? —pregunto, reticente ante la práctica.

—¡Todo! Amisha, la forma en la que nos movemos dice mucho de cómo expresamos nuestra sexualidad y sensualidad, de cómo gozamos de la vida.

—Pues yo lo hago fatal.

—No, tu mente dice que lo haces fatal. No hay fallos si sigues lo que dicta tu cuerpo. Verás, vamos a enfocarnos un poco más en el segundo *chakra*, ¿te acuerdas?

—No, la verdad.

—Es el *chakra* de la sexualidad, de la creatividad... Está justo en la zona genital. Se llama *Swadhisthana*. Su elemento es el agua y también tiene relación con la *amrita*, claro.

—¿La qué?

—¿Alguna vez has oído hablar sobre el *squirt*, Amisha?

—Sí.

—Pues es el nombre en sánscrito.

—Ajá. —Tengo la cara descompuesta, no entiendo por qué estamos hablando de esto.

—El elemento agua es un conductor poderoso. ¿Qué pasa si generamos una descarga eléctrica en el agua?

—Que nos achicharramos —contesto.

—Efectivamente, que se distribuye por todos lados, ¿no? Lo mismo pasa con la electricidad de nuestro cuerpo y el segundo *chakra*. Si con el primero absorbemos la energía de la raíz, el segundo la conduce por todo el cuerpo. Claro, debemos tener los *chakras* abiertos para sentir la ascensión del placer.

—Pushan, me estoy perdiendo.

—Vale, más sencillo. Conectar con tu poder sexual es clave para la expansión, ¿de acuerdo? Bien, ¿y cómo logramos conectar? A través del baile.

—Con razón —bromeo. Pushan me lanza una mirada vacilona, se ajusta el moño.

—Tal vez es que necesitas precisamente eso.

—¿El qué?

—Liberar tu potencial.

No dice nada, y yo tampoco. Mantenemos una media sonrisa como una luna creciente en mitad del cielo oscuro, un rayito de luz entre el batiburrillo emocional. Pushan se aleja, cambia de canción y sube el volumen. Me quedo quieta en el espacio.

—Quiero que conectes con tu cuerpo. Tómate tu tiempo, no tenemos prisa. Inspira y espira, y no le pongas mente. Una gran meditación es la danza *tandava*.

—¿La qué?

—La danza *tandava*. Se dice que es la danza de Shiva, el gran dios. —Pushan señala al avatar buenorro—. Se trata de una técnica corporal donde la mente no toma partido, tan solo sigues las instrucciones del cuerpo. Separa ligeramente las piernas y flexiona un poco las rodillas. Eso es, debes notar el cuerpo relajado. Bien, imagina que de tu perineo nace un lápiz —dijo conteniendo la risa—, y que con él puedes hacer círculos y dibujos en el suelo. Probemos esto.

Pushan cierra los ojos, hago lo mismo. Inspiro, conecto con el momento presente y empiezo la despiadada batalla contra mi mente y sus *quécojoneshacesismos*. Me centro en el perineo y en el lápiz que perfila círculos en el ambiente.

—No vayas rápido, Amisha, esto es una práctica meditativa. Se trata de ir lo más pausados posible, de hacer un movimiento sutil.

Regulo la velocidad y mezo mis caderas con cierta torpeza. Intento ir más allá del juicio y centrarme en las formas geométricas.

—Siente cómo el movimiento empuja tu columna y sube hasta tus brazos. Los desplaza con lentitud… En realidad, la *tandava* es una danza cósmica; debes sentir que estás en mitad del cosmos mientras bailas.

De la cadera me nace un meneo que se extiende por la columna y mis brazos se activan con sutileza. Al cabo de unos minutos, el balanceo se vuelve más patente. Imagino que estoy en mitad del universo, en una oscuridad profunda y un montón de lucecitas que sacuden el espacio. Y ahí, en pleno centro, se encuentra la fluidez de mi desconexión. La respiración se vuelve lenta y aplico el viejo truco que aprendí hace unos días, el de profundizar en ella y encontrar el nacimiento del gozo. Un suspiro sonoro se abre paso por mi garganta, el calor repentino acecha mi cuerpo. Se une una presencia, es Pushan.

—Sigue, no te detengas —ordena.

Roza sus brazos con los míos y se crea una caricia propia de la trayectoria. Intento que el sutil contacto no se pierda y persigo su itinerario con curiosidad. Él invierte la postura y eleva mis antebrazos; las yemas de sus dedos palpan mi piel con suavidad. Me hace cosquillas. Me río bajito, él responde con un resoplido y una sonrisa. Mantengo los ojos cerrados y la concentración en los estímulos que se agolpan con fiereza. Tantos pequeños detalles que me inducen a un placer infinito. Me resulta divertido, sigo sonriendo al mismo tiempo que dibujo formas en el firmamento con el choque de nuestras extremidades.

Sus dedos dibujan la forma de mis hombros y caen por el borde de mi contorno hasta quedarse en mis manos. Las entrelaza, juega con los dedos, descubro un punto muy intenso de gozo entre mis falanges. Poco a poco desciende el baile, oigo su voz suave y pausada.

—Bien, ahora vamos a danzar con nuestro *chakra Swadhisthana*. Esto es una pieza fundamental para el ascenso del orgasmo y la creación de nuestro deseo. Es posible que se produzca excitación, no la frenes. Deja que ocurra, ¿entendido?

Asiento en silencio, con curiosidad ante las ganas que se acercan con argucia. Pushan se arrima a mí, pega su cadera contra la mía. Trago saliva, inspiro profundamente. Al principio me quedo tiesa, congelada ante la sorpresa del motín directo a mi deseo. Él no le da demasiada importancia al contacto intenso que estamos teniendo; supongo que está acostumbrado.

—Para activar el *chakra*, Amisha —explica mientras posa sus manos sobre mis caderas y las mece de un lado a otro con mucho tacto. Me cuesta dejarme llevar—, debemos poner el foco en nuestra pelvis. Si mantenemos esta zona activa, nuestro potencial sexual también lo estará. De modo que vamos a soltar las caderas, así…

Él empuja con facilidad mi cuerpo hacia un lado y hacia otro. Nos separan unos escasos centímetros. La altura marca una diferencia algo incómoda y no consigo verle los ojos con esta postura. Muevo la cabeza sin saber qué hacer con las piezas que sobran.

—Apóyate en mi pecho —susurra.

Coloco la cabeza en el hueco que nace de sus pectorales, la frondosidad de su vello crea una pequeña almohada a través de la ropa.

—Para conectar con nuestras aguas —continúa—, debemos poner nuestra atención en ellas. Imagina que en tu útero hay un cuenco con un líquido que enlaza directamente con el mío. Observa qué pasa si mueves la pelvis con más brusquedad o, por el contrario, si el meneo es tenue, ¿de acuerdo? Yo te guío, tú solo déjate llevar.

Descargo el peso sobre Pushan y mi cabeza se hunde en ese diminuto espacio. Con mucho cuidado, abraza mis caderas y las desplaza con lentitud. Mi agua se inclina hacia un extremo y vuelve al centro. Puedo escuchar el sonido que haría ese líquido que localizo en mi interior, la pequeña contención sobre mi útero. Escucho un jadeo que proviene justo desde el nacimiento de su corazón. Su respiración se vuelve más frenética a medida que nuestros cuerpos están más en contacto. La calibro con la mía, encerrada en sus silencios habituales. Decido expresar el gusto por este instante a través de un pequeño ruidito, un maullido que ahogo en su pecho. El olor amaderado de su camisa me induce a una relajación profunda y la suavidad de su tejido me acaricia la mejilla.

A medida que la música se vuelve más intensa, la activación del baile se vuelve más patente y mi deseo se evidencia a base de fluidos y una frecuencia cardiaca más elevada de la habitual. Trago saliva, el deseo frenético me hace buscar más contacto, pego la totalidad de mi cuerpo contra el suyo. Él sostiene la embestida con maestría y aumenta el ritmo.

La excitación es tan elevada que siento cómo se acumula con furia en mi sexo. Deseo rozarme, retozarme, arrancarnos la piel y follar como animales. Lejos de eso, libero la tentación con un espasmo que me recorre la columna hasta la nuca. Mi cuerpo se tensa al notar, de nuevo, esa energía. Pushan no se detiene.

—Suelta, Amisha, deja que suceda —murmura—. No tengas miedo, todo es bienvenido.

Lo cierto es que la potencia de las sacudidas es tan elevada que me es imposible retenerla. Hundo los dedos en la espalda de Pushan y la fiereza me obliga a empujarlo contra mí. Él ni se inmuta, sigue sin perder la cadencia y la compostura. Mi respiración es caótica y el deseo inaguantable sigue provocando unos espasmos algo dolorosos que se acumulan en mi columna, que descargan electricidad por toda mi espalda hasta alcanzar la coronilla.

Noto un ligero bulto en su entrepierna; sospecho que no es de piedra. Me relajo al pensar que él también está excitado y me planteo por qué no resolvemos esta puta tensión. Pero lo cierto es que la necesidad está generando una acumulación energética que me invade por cada rincón. Tengo la sensación de estar flotando, con unos zarandeos que resultan imposibles de controlar. Mis gemidos se hacen más sonoros y salen de la profundidad de mis entrañas. Un rugido de rabia por la limitación de mis ganas renacidas, de frustración por mi ausencia sexual, por replantear si todo este camino tiene un sentido. A pesar de su erección, Pushan no busca una salida a su placer, sino todo lo contrario. Sigue sosteniendo los golpes que ejerzo contra él, los pellizcos que comprueban la resistencia de su camisa, del roce que mi instinto despierto provoca.

Una risa sin demasiada lógica me hace estallar en carcajadas. Él no me suelta en ningún momento y comparte la efusividad del instante con una vibración torácica junto a la mía. Desciendo lentamente hasta el suelo; mi cuerpo todavía sigue espasmódico. Pushan coloca una manta bajo mi cabeza y se sienta a mi lado. Los brincos de las descargas hacen que mi columna golpee contra el suelo de madera. Mis manos se mueven por voluntad propia, frunzo el ceño cada vez que la electricidad sube por mi espalda. Siento su dedo sobre mi entrecejo y una liberación se apodera de mí. El placer me inunda, inspiro profundamente y consigo elevar esta acumulación de deseo hasta el punto exacto donde Pushan detiene su pulgar. A lo lejos, canta un mantra. Su voz mece mi nerviosismo, que poco a poco se calma. Al cabo de unos minutos, la palma de su mano se apoya en el centro de mi pecho y dibuja círculos que estimulan una relajación masiva.

Bajo la piel noto un cosquilleo constante, una sensación extraña que no consigo localizar. No es muscular, tampoco es dérmica, es como si entre ambas capas hubiese chisporroteos intangibles que estallan una y otra vez.

—Pushan, siento algo raro —comparto. Él continúa con su ligero masaje sobre mi entrecejo y mi pecho.

—Dime.

—Noto como unas burbujas dentro de mí, sobre todo en los brazos y las piernas. —Entreabro los ojos, veo que me mira con un amor infinito y me sonríe.

—Buenos días, feliz regreso —susurra. Rodea mi cara con la mirada, con detalle y sin prisa. Me pone un poco tensa—. Lo que sientes se llama *spanda*. Es una palabra sánscrita que significa «temblor» o «vibración». Se refiere a la vibración primordial que contiene todo el universo. Lo que has sentido es la vida que hay en ti, Amisha. La agitación de tu liberación.

—¿Y eso es normal? —pregunto.

—Muchas personas pueden apreciarlo después de un orgasmo genital o corporal y otras, después de una subida de *kundalini* como la que has experimentado.

Nos quedamos en silencio un buen rato, recuperando el aliento de esta clase. De tanto en tanto, nuestros ojos estallan y sonreímos embriagados por la tremenda descarga de vitalidad. Cuando consigo incorporarme, nos fusionamos en un abrazo larguísimo.

Apagamos las velas, Pushan cierra la sala. Me acompaña hasta la pequeña caseta donde llevo instalada las últimas semanas.

—Estás aprendiendo muy rápido, Amisha.

—Gracias, supongo.

Estoy a punto de darme la vuelta y entrar en la habitación cuando siento un arranque de sinceridad salir directamente desde mis adentros.

—Pushan —digo con efusividad. Él se queda asombrado, me escucha con atención—. Verás, me gustaría... Creo que estoy preparada para...

Inspiro hasta llenar por completo los pulmones. Me relajo.

—Debido a este don o maldición, o lo que sea esto, llevo muchos meses con un bloqueo.

—¿A qué te refieres?

—A que desde hace meses no tengo... Yo... —Carraspeo—. No tengo un orgasmo y siento un bloqueo sexual muy grande.

—Entiendo.

—Me gustaría saber si podemos empezar a trabajar con ello.

Pushan se queda unos segundos en silencio; me observa. Después de ese instante de incomodidad, responde:

—Por supuesto, normalmente para las personas que estamos más iniciadas en el mundo tántrico, trabajar con la sexualidad de forma directa no suele ser un problema. Contigo quería ir más lento, para que poco a poco te sientas más cómoda en la desnudez, en la parte más explícita, pero...

—Me apetece. Bueno, lo necesito. Necesito liberarme de todo esto.

Se acerca con una sonrisa y me abraza, calma mi nerviosismo de forma instantánea. Me acurruco en su pecho, ese lugar conocido que minutos antes me ha dado un espacio de placer y expresión. Se me acelera el corazón y mi mente recrea la posibilidad de sentir, al fin, un orgasmo después de tantos meses.

Tras ese momento de paz, Pushan me da una última indicación.

—Para la próxima sesión, trae el pareo. No hace falta que lleves nada debajo.

XXVIII

Marzo, 2022
Vol. II

«Respuestas, necesito respuestas», pensé para mis adentros. Lejos de contestar, me limité a sonreír y pronunciar la típica frase de cliente que no sabe lo que quiere:

—Solo estoy mirando. Gracias —contesté.

La *meiga* no me creyó, lo vi en sus ojos azules, que seguían persiguiendo mi cuerpo diminuto en mitad de tremendo arsenal de mierda. El polvo se acumulaba en las esquinas de los muebles, la porcelana y las figuras que abarrotaban las estanterías a punto de desfallecer.

No podía contener tanta ansiedad, sentí el corazón salvaje en mi pecho, los pulmones suplicando una bocanada de aire. La tos se apoderó de mi garganta ya que, debido a la suciedad, sufría grandes estragos para inhalar correctamente.

Rodeé la cantidad de elementos que se acumulaban en el interior del local, serpenteé por los armarios, los jarrones y los artículos de decoración vintage. A lo lejos, escuchaba los movimientos de aquella mujer, que tenía su total atención puesta en mí.

Pensé en dejarme de tonterías y protocolos e ir directa a la cuestión. Pero Pedro insistió en que, si hacía eso, no obtendría ninguna respuesta. «Le di el contacto a un amigo que, nada más entrar, fue a la *meiga* y le dijo que le leyera el futuro. Ella le contestó que se había equivocado, que saliera de la tienda de inmediato». No quería generar esa situación, no quería irme sin que me diera alguna pista. Así que le seguí el juego.

A lo lejos vi una figura de un elefante con cuatro brazos. Era pequeña, el color estaba algo corroído y el polvo matizaba cualquier posibilidad de brillo. Me quedé observando atentamente ese objeto que parecía haberme elegido entre tanta mugre. Una presencia se acercó a mí.

—Es Ganesha —murmuró con esa voz áspera y ronca. Me volví de golpe, asustada por su cercanía. Ella ni se inmutó—. ¿Lo conoces?

—No, la verdad.

Su mirada me atravesaba, parecía que lo sabía todo sobre mí y sobre mi vida. Mi raciocinio volvió a apoderarse de la intuición y aterricé de nuevo en lo absurdo del presente. De su cuello colgaban algunos collares con piedras y simbologías extrañas, una camiseta escotada y una falda larga disimulaban la redondez de su cuerpo. Las canas nacían con brusquedad de sus raíces y le otorgaba un tono doble a su pelo, dejando en las puntas los restos de un tinte oscuro. La línea de sus ojos era azulada, del mismo tono que sus iris, lo que potenciaba la apertura de sus párpados diminutos, ocultos bajo unas arrugas y una flacidez pronunciadas. Llevaba un pintalabios rosado y con el paso de las horas se le había cuarteado hacia las esquinas y el hueco del mentón. No podría haber dicho una edad aproximada, porque parecía que era la típica persona que había sido maltratada por la dureza de la vida.

Inspiró con dificultad, me ofreció una media sonrisa, vacilona y distante y dejó entrever sus dientes oscuros, fruto del tabaquismo.

—Ganesha es una deidad hinduista. Hijo de Shiva y

Parvati, señor de la abundancia, patrono de las artes y de las ciencias. Removedor de obstáculos.

La última frase la dejó en el aire, suspendida en un cúmulo de misterio y secretos que guardaba bajo llave y se negaba a mostrar. Seguí con los ojos plantados en esa figura vieja que me llamaba tanto la atención. En cada mano sujetaba un elemento y su trompa descansaba en sus piernas, recogidas en una postura de meditación mal tallada.

Quería que la *meiga* me dijera algo, que me diera una respuesta, un consejo, cualquier cosa... Lejos de eso, se quedó esperando a que me decidiera por el elefante. Recordé que Pedro había comprado aquel mono horrible y, tras eso, le había dado una premonición. Exhalé profundamente y volteé los ojos. Entendía dónde estaba el negocio.

—Vale, me la llevo.

Ella cogió la figura con sus manos arrugadas y sus uñas largas y rosadas rodearon el cuerpo de Ganesha. Se dirigió al mostrador de cristal, cuyo interior estaba lleno de piedras y joyería antigua. Me quedé mirando un collar pequeño que me llamó la atención. Ella esperó a darme el precio por si podía sacarme más dinero.

—¿Es todo? —insistió.

—Sí, ¿cuánto es?

—Veinte euros.

Parecía que todas las figuras mal talladas costaban lo mismo en este lugar. Abrí la cartera, saqué el billete que tenía al fondo del monedero y se lo di. Ella enrolló mi nueva adquisición en papel de periódico y la metió en una bolsa diminuta.

—Aquí tienes.

La miré con descaro. Permanecí unos segundos de pie frente al mostrador. No decía nada, no había trato. Sus ojos azules se encogieron con sutileza, como si pudiera leer mis pensamientos cagándome en todo. Dibujó una mueca y su lado derecho se arrugó más. Agaché la cabeza.

—Perfecto, gracias —dije con enfado.

Me di media vuelta y subí los escalones de la tienda. Qué absurda estupidez, ¿en qué cojones estaba pensando? Un profundo pesar atrapó mi interior; deambulaba perdida en un firmamento de miedo y terror. Aquel final se aproximaba, ese que había hecho estallar mi vida por los aires. Sin trabajo, sin amor, sin futuro. Tan solo me quedaba una posibilidad desesperada, aunque fuese remota, de encontrar respuestas. Y parecía que yo no era la elegida.

Abrí la puerta y, en ese instante, su voz ronca rebotó por los aires.

—*Meniña* —pronunció con claridad y fuerza. Me quedé bloqueada, ladeé la cabeza para volver a toparme con sus ojos. Ella ni se inmutó, tenía el control. En ese instante, me di cuenta de que lo sabía todo sobre mí. Tan solo debía escoger qué información darme—. Lo que tú tienes no es una maldición, es un don. Un don familiar.

Solté la mano del pomo de la puerta y descendí hasta su nivel. Sentí palidecer todo mi cuerpo, una sensación de náuseas se apoderó de mí. No supe qué decir, no sabía si darle más información, si salir corriendo o decirle que era imposible, que todo esto era una gilipollez enorme. Lejos de eso, recurrí a la verdad:

—Soy adoptada —solté. Ella asintió y siguió clavando las pupilas hasta atravesarme el cerebro—. No sé nada de mi familia biológica.

—Porque nunca has preguntado, *meniña*.

Tenía razón, estaba totalmente en lo cierto. Había esquivado esa conversación con mis padres durante toda mi vida porque de nada me serviría conocer mi historia, saber quiénes eran aquellas personas. Esa gente no era mi familia y no quería que condicionase mi realidad y presente. Ni obsesionarme, ni identificarme con un pasado que no me pertenecía. Yo no era esa persona ni estaba en ese lugar. Mis padres me ofrecieron una vida perfecta, me cuidaron, me amaron… ¿De qué servía conocer mi origen biológico, remover el dolor del abandono? No quería conectar con ello.

La miré con inquina y ella sostuvo mi indulgencia con elegancia y firmeza. Solté un resoplido irónico y procedí a subir con rabia los dos escalones hasta la puerta. De nuevo, a punto de salir corriendo, me llegó su voz:

—Detrás de la puerta, *meniña*, obtendrás la solución detrás de la puerta. —Me di la vuelta con cólera. Parecía que tener el carnet de bruja te daba acceso a hablar de forma enigmática, con dobles sentidos. Quería respuestas claras, *carallo*.

—No entiendo qué quieres decir, ¿sabes?

—Sí, sí lo entiendes. Sabes de qué puerta te hablo.

—No, no lo sé. —Mi ira se apoderó de mi educación y mi respeto. Estaba desatada, desesperada y la mayor gilipollez del mundo me estaba dando muchos dolores de cabeza en ese instante. Necesitaba las cosas cristalinas, estaba cansada de dar rodeos. No tenía tiempo para perderlo.

—*Meniña*, la puerta de las visiones. Encuentra esa puerta.

XXIX

La ascensión orgásmica

Kalinda me abraza con fuerza y nos quedamos charlando un rato antes de entrar en clase. Me pregunta sobre mi situación, si estoy cómoda en este lugar. Lo cierto es que todo ese desconocimiento, esa negación, esa distancia que había puesto en un principio se está resquebrajando. El ambiente cada vez me resulta más familiar, no me siento sola, en absoluto, y, aunque no sé si el aprendizaje va a servir para algo, al menos me estoy divirtiendo. Creo que estoy conectando con una parte de mí que había aniquilado, ya no durante los últimos meses, sino durante años y años. Esa versión de mí misma controladora y limitadora que lo revisa todo una y otra vez, que juzga y critica con dureza lo que se salga de su paradigma… está rompiéndose. Y, no sé, de algún modo, me hace feliz. Me siento feliz.

Pushan entra con los apuntes en la mano; es raro que se haya retrasado.

—Perdonad, justo estaba hablando con una compañera. ¿Preparadas para la clase intensa que nos espera?

Me despido de Kalinda y vuelvo a mi lugar habitual, la silla pegada a la mesa para atender y ayudar todo lo que sea necesario. De momento, toca clase teórica. Me acomodo y presto atención con cierta curiosidad.

—Hoy hablaremos de la elevación de los orgasmos. Como

hemos visto, podemos sentirlos más allá de los genitales. Esto se consigue con una mayor apertura corporal y una consciencia más allá de los estímulos habituales. Cuando nos abrimos al placer, nos damos cuenta de que podemos sentirlos en cualquier momento y en cualquier parte. Pero ¿qué hacemos después? Bien, vamos a verlo.

Pushan se dirige a la pizarra y dibuja lo que parece un cuerpo humano de perfil. Bromea con su carencia artística, el alumnado le sigue la broma.

—En el taoísmo se habla de la «absorción orgásmica ascendente». ¿Y esto qué es? Muy sencillo, es una técnica de Mantak Chia, un conocido divulgador sobre el taoísmo sexual. En sus libros, escribe sobre la órbita microcósmica y cómo sublimar la energía. Es algo muy muy parecido al tantrismo, sobre todo al neotantra, de Osho. No me enrollo mucho, vamos paso a paso.

»La órbita microcósmica es el canal por el cual la energía fluye en nuestro cuerpo. Para los taoístas esta energía universal, el *Qi* (lo que para el tantrismo es el *prana*), se mueve de forma circular, de delante hacia atrás. Bien, la energía sexual, la *kundalini* para los tántricos, se llama *Ching Qi* para los taoístas. ¿Hasta aquí todo bien?

—Más o menos —se sincera una chica.

—Sí, es algo complejo, pero muy poderoso. Esto puede cambiar drásticamente vuestra sexualidad, vuestra vida en general. En el taoísmo, hablamos del canal posterior y anterior. Uno pasa por la espalda y el otro por nuestra parte frontal. Se habla de canal *Dumai*, el yang, la energía masculina, el vaso gobernador; es el recorrido que hace la energía desde el perineo pasando por la columna hasta el paladar. El canal *Ren Mai*, el yin, la energía femenina, el vaso concepción, recorre desde el paladar hasta el perineo, pero por la zona frontal (la garganta, el corazón, los órganos digestivos, etc.). No hace falta que recordéis los nombres, es necesario que entendáis este recorrido. ¿Bien?

»¡Genial! En el taoísmo se dice que ambos canales se unen en el paladar y que esa unión se crea gracias a la lengua. Si palpáis vuestro paladar, notaréis una hendidura, la separación de una zona más dura y otra más blanda. Ahí debéis situar la punta de vuestra lengua para que ambos canales estén cerrados y podamos generar un circuito energético de nuestro *Qi*. Así notaremos la órbita microcósmica.*

Mientras Pushan dibuja en la pizarra esta órbita tan extraña, presto atención para no perder demasiados detalles, pero me cuesta interiorizar tanta información.

—La absorción orgásmica ascendente consiste en elevar el orgasmo o nuestra energía sexual, el *Ching Qi* (la *kundalini* para los tántricos), a través de este recorrido. Por lo tanto, podéis probar a cerrar esa unión con la lengua cuando sintáis mucha energía sexual y queráis absorber y expandir su poder.

—Pushan. —Una chica eleva la mano.

—Dime.

—¿Este recorrido de los canales es parecido a *Ida* y *Pingala* dentro del tantrismo?

—Correcto. En el tantrismo encontramos otra distribución distinta. En una clase vimos que los *chakras* se colocan en el centro de la columna, ¿verdad? Su reflejo es hacia delante, por eso en ocasiones trabajamos con el centro del pecho, el plexo solar, los genitales o la garganta. Bien, en el taoísmo tenemos el *nadi*, que en sánscrito significa «canal». Este canal central donde se localizan los *chakras* se llama *Sushumna nadi*. En el lado derecho encontramos el *Pinga-*

---

* Ve a la página 403 para ver la órbita microcósmica.

la nadi, que representa la energía masculina. En el izquierdo tenemos el *Ida nadi*, que representa la energía femenina. Según esta filosofía, el movimiento no se hace de forma anterior y posterior, sino que ambas ascienden de lado a lado en forma de onda y se cruzan en diferentes momentos.

»Esto es por curiosidad, no quiero que os centréis en cómo se mueve la energía. Es algo que sentiréis vosotras y dependiendo de la filosofía, tiene un recorrido u otro. Lo importante es la elevación de la *kundalini* o del *Ching Qi*. Y ¿cómo lo hacemos? Veamos algunos ejercicios muy potentes.*

Borra todo lo que ha escrito en la pizarra, el flujo de ambos canales según el taoísmo y el tantrismo. Dibuja lo que parecen unos genitales por dentro.

—Si algo tienen en común estas dos filosofías es la ascensión orgásmica o el movimiento energético. En este caso, nos vamos a centrar en la parte tántrica, que por algo estamos haciendo esta formación, ¿no? —La gente ríe con cierta flojera, están totalmente ensimismados con la explicación, incluida yo—. Vamos a ver qué es eso de los *mudras* y cómo nos pueden cambiar la vida.

»Hagamos un resumen. En el tantrismo trabajamos con lo sagrado mediante los mantras, cánticos en sánscrito muy poderosos; los *yantras*, formas geométricas sagradas y los *mudras*, gestos sagrados que despiertan una parte inconsciente para sellar una intención o una energía. De hecho, *mudra* en sánscrito significa «sello». Estos los podemos hacer con las manos; el más clásico es aquel que habéis visto en todas las meditaciones, donde el pulgar y el dedo índice se unen y crean un círculo. Bien, ese es *Gyan mudra*, el del conocimiento.

* Ascensión de la energía *kundalini* (*Ida* y *Pingala*) y los siete *chakras* puedes verlos en la página 404.

»Sin embargo, estos sellos los podemos hacer también con nuestros genitales y ahí reside un poder enooorme. Tenemos tres tipos: *vajroli* o *sahajoli mudra*, *mula bandha* y *ashwini mudra*.

La gente escribe con velocidad en sus libretas. Yo me resigno a no aprenderme los nombres porque me resulta imposible, pero me quedo con el concepto y la práctica. Pushan bebe un poco de agua, seguimos con la teoría.

—El *vajroli* o *sahajoli mudra* depende de si es en *lingam*/pene o en *yoni*/vulva. ¿Dónde lo localizamos? En el caso de los penes, en el canal uretral. Es una contracción como si quisieras cortar el pis, el mismo movimiento. Es posible que se muevan el pene y los testículos. No se puede cerrar el ano. —Veo al alumnado que lo prueba desde sus asientos, muchos se miran al darse cuenta de la dificultad que implica—. Es normal que al inicio se haga una contracción general, pero con el paso del tiempo y la práctica, conseguiréis controlarlo.

—¿Y en las *yonis*? —pregunta una chica.

—En las *yonis*, lo mismo; debéis cerrar el canal uretral. Podéis poner vuestra atención en el clítoris; este se puede mover ligeramente, al igual que la entrada vaginal se puede cerrar con sutileza.

—¡Uy! —grita una persona.

—Sí, sí, activa directamente vuestro potencial sexual, ¿verdad? Esto es importante, ¡seguimos!

»Vamos con el *mula bandha*. La palabra *bandha* en sánscrito significa «cerradura de cuerpo». Esta es una de las técnicas más imprescindibles si queremos que la energía ascienda por el cuerpo y elevar el orgasmo. De hecho, *mula bandha* es, literalmente, «llave maestra». No se andaban con tonterías. Prestad atención.

Algunos ríen después de esta expresión y se inclinan con

ligereza para atender con más efusividad. Pushan vuelve a la pizarra.

—Si queremos elevar la *kundalini*, o incluso despertarla, tenemos que trabajar este *mudra*. ¿Cómo lo hacemos? Ponemos consciencia en el cuello del cérvix, en el caso de las personas con vulva, o en el interior del perineo, en el caso de las personas con pene. Y poco a poco contraemos. Esta contracción no debería alterar ni el clítoris ni el ano. Al principio seguro que todo se mueve, ¡paciencia! De ahí nace todo y es una pieza clave para los orgasmos expandidos. —Pushan dirige su mirada hacia mí para constatar que estoy prestando atención.

»Y por último, el *ashwini mudra* es el cierre de la zona anal, única y exclusivamente esa parte. Esto también se utiliza para mover la energía, pero la dejaremos a un lado, ¿de acuerdo? Bien… ¿queréis practicar? Buscad una pareja.*

Me acerco al grupo y me siento en mi cojín de meditación delante de una mujer mayor. Ella me sonríe con familiaridad y cercanía. Hago lo mismo y nos quedamos mirando un rato con fijeza a los ojos. Me sigue incomodando esta manía tan interiorizada que tienen, pero me resigno.

—¿Todas tenéis pareja? Perfecto, colocaos en posición de meditación, en flor de loto. Eso es, llevad vuestras manos a las rodillas y elevad la columna, como si tuvierais un hilo que nace de la coronilla y os estiiira. Cerrad los ojos para una mayor concentración. Intentad mover solo vuestra uretra, como si le dierais un pequeño meneo al clítoris o al pene. Manteneos ahí, poco a poco. Es mejor un movimiento sutil pero específico, que demasiada fuerza en el lugar incorrecto.

* Para aprender dónde están y cómo realizar los *mudras*, ve a la página 405.

Me sumerjo en mis sensaciones, en la propia percepción del cuerpo. Nunca había tenido tantísima sensibilidad en esa zona. Al cabo de unos minutos, mi flujo se acumula en la entrada vaginal y la excitación se despierta. Miro a Pushan sorprendida, él asiente con una sonrisa. Alguien gime fuerte en algún lado de la sala, como si experimentara un orgasmo. Qué envidia, *carallo*.

—Es posible que vuestra excitación sexual despierte, que el deseo nazca directamente de ahí. Si eso sucede, ¡bien! Vamos por el buen camino, estamos estimulando nuestro *Swadhisthana*, el *chakra* sexual. ¡Seguid!

Al cabo de unos minutos, unos espasmos ligeros sacuden mi espalda. Localizo la sensación, no es nueva. Me dejo llevar por ella y uso esta práctica para masajear mi clítoris, para aliviar la necesidad de placer y la tensión sexual que se acumula.

—Ahora vamos a cambiar. Poned vuestro foco en el interior de vuestra *yoni*, en el cérvix. En el caso de los *lingams*, dentro del perineo, ¿de acuerdo? Contraemos e inspiramos profundo, arqueamos la espalda hacia atrás, sostenemos y soltaaamos. Vamos a probar. Si os animáis, llevad vuestra lengua al paladar durante todo el ejercicio.

Me acomodo en el cojín de meditación, intento concentrarme en el cérvix o donde creo que se encuentra.

—No pasa nada si hacéis una contracción del canal vaginal o del pene. Conseguir una precisión requiere de mucha práctica, pero el poder es igual.

Contraigo el interior de la vagina, pero es imposible, la entrada también se cierra. No le doy importancia, inspiro hasta llenar la capacidad pulmonar y mantengo la fuerza en mis genitales. Arqueo la espalda y mi cabeza cae hacia atrás. Después de unos segundos, vuelvo a la posición inicial, suelto el aire y la tensión muscular. Un calor nace de mi perineo.

Pasamos varios minutos con este ejercicio; los gemidos se distribuyen por los rincones del lugar. Hay personas que gritan y convulsionan de forma frenética. Intento no perder el foco de la meditación a pesar de los atractivos estímulos. Tras varias subidas y bajadas, ese calor se hace enorme y sube hasta mi pecho. Una presión placentera y un cosquilleo que viene y va me inducen a un análisis exhaustivo de la situación. Gimo con suavidad porque las caricias de la respiración y la contracción vaginal son, sin duda, una delicia orgásmica. Comprendo que haya personas que desarrollen la capacidad de alcanzar el éxtasis con estos ejercicios que parecen simples, pero entrañan muchísimo potencial.

Cuando acaba la clase, voy al baño. Me doy cuenta de que estoy mojadísima, como si acabara de follar. Me sorprendo. Al regresar, veo que Pushan está recogiendo; todos se han ido a comer.

—¿Qué tal ha ido? —me pregunta. Sonrío.

—Es muy… intenso, digamos.

—Estimulante, ¿verdad?

—Demasiado —bromeo. Reímos.

—Esta es la clave para elevar los orgasmos genitales y, más allá de eso, tener orgasmos por todo el cuerpo sin estimulación directa.

—Anotado.

—Por cierto, ¿nos vemos mañana por la noche para nuestra clase particular? —Me pongo algo tensa y nerviosa. Pushan se da cuenta—. No hace falta hacer nada si todavía no estás preparada.

—No, no, a ver… Bueno… Estoy nerviosa, ¿sabes? Es todo tan nuevo…, pero me apetece.

Me rodea los hombros con el brazo y me empuja contra su pecho. Nos entrelazamos en uno de esos abrazos conocidos, que me inundan de paz y excitación, un despertar incontrolable que necesito aliviar. Pasamos unos minutos así, sin decir nada. Simplemente sintiendo nuestros cuerpos cerca.

Agradezco la cercanía y la confianza que inspira Pushan, en especial para ese encuentro sexual que me espera mañana. Sin su respeto, su profesionalidad, su comunicación... creo que habría sido incapaz de atreverme. Pero, fíjate, para mi absoluto asombro, aquí estoy.

Dispuesta a todo.

XXX

Marzo, 2022
Vol. III

Salí a la calle y me acerqué al primer cubo de basura que encontré. Vomité con disimulo tras mirar a ambos lados de la acera. Por suerte, no había nadie cerca. En mi mano derecha sostenía aquella deidad que acababa de comprar. Seguía sin saber muy bien qué había pasado. Entré en un bar, pedí un vaso de agua y una infusión. Le quité el envoltorio de periódico y me quedé mirando fijamente a Ganesha. «Removedor de obstáculos», ¿sí? Pues justo necesitaba un puto milagro. Intenté tranquilizarme en vano, cogí el móvil y llamé a mi madre. «¿Estás en casa?», pregunté. Recogí mis cosas y cambié drásticamente la trayectoria. Quería conocer la verdad.

Mi madre me esperaba en la casa donde pasé mi adolescencia, aunque todo había cambiado. Llevaba casada varios años con otro hombre que no era mi padre, con quien mantenía buena relación, cordial, sin más. Me abrazó fuerte en cuanto entré.

—Qué bien verte, Amisha. No te esperaba hasta el domingo. —Después de su apretón, continuó con su papel de madre—. Te he comprado la tarta de Santiago que te gusta y he hecho café.

—Gracias, mamá.

—Cariño, ¿va todo bien? —Me observó desde los pies

hasta la cabeza. Digamos que mi físico no estaba muy cuidado, sobre todo después de los últimos días de dolor y sufrimiento.

—Lo he dejado con Claudio, mamá.

—¡No me digas! ¿Y eso? —Se sentó en el sofá y acercó la mesita de centro con el café caliente y la tarta. Me cogió del brazo y me obligó a sentarme a su lado.

—Pues... —Tardé en encontrar una respuesta, creo que ni yo misma la tenía—. No lo sé, mamá, las relaciones simplemente se acaban, ¿no?

Lancé una mirada de comprensión, ella asintió. Qué le iba a contar yo sobre las relaciones y sus finales drásticos.

—Sí, hija, a veces las cosas, bueno, no salen como esperamos.

Mi madre cortó un trozo de tarta y me la acercó con mucho mimo y cuidado. Tenía el estómago totalmente cerrado. Había devuelto toda la comida hacía un momento. Le di un sorbo al café amargo. Al mismo tiempo, como era habitual en mí, enfilé la conversación sin demasiado pretexto y sin calentarme la cabeza. No sabía cómo hacer estas cosas; siempre he sido malísima para exponer temas importantes.

—Mamá —dije de forma abrupta. Ella acabó de colocar el pastelito en el plato y me miró fijamente—. Necesito preguntarte algo.

—¿El qué, cariño? —Sus ojos se redondearon como un dibujo animado—. ¿Va todo bien?

—Nunca pensé... A ver, nunca me ha interesado eso, para mí vosotros sois mis padres y ya está. —Poco a poco, la expresión de su cara fue cambiando, de un susto terrorífico a una resiliencia para la cual llevaba años preparándose—. Pero creo que necesito saber algo sobre mi familia biológica, no sé. Cualquier cosa me sirve, mamá.

—¿Por qué ahora?

Esa pregunta quedó flotando en el aire, no supe qué decir. «Por desesperación, mamá, porque estoy rota por dentro y necesito un atisbo de esperanza para construirme de nuevo», pensé. Lejos de responder esto, me limité a contarle una verdad a medias.

—Creo que necesito saber quién soy —balbuceé. Mi madre me miró con compasión, acercó su mano a la mía y la apretó con fuerza.

—Amisha, tú ya sabes quién eres. No hace falta conocer el pasado para ello.

—Lo sé, lo sé. Entender de dónde vengo no va a cambiar nada, tú seguirás siendo mi madre, ahora y siempre. Pero… he pensado mucho en ello, ¿sabes? Y no quiero darle más vueltas.

—Lo entiendo, cariño, y, de algún modo, sabía que este momento iba a llegar tarde o temprano. Creo que ha sido más tarde de lo que imaginaba.

—¿Ah, sí?

—Sin duda, pensé que en tu pubertad o adolescencia, cuando te encerraste en los documentales y en los libros sobre Bali, me ibas a hacer la gran pregunta. Pero conocer a Mariajo y a Pedro te hizo salir de tu pequeña cueva. —Sonreí al rememorar la importancia de nuestra amistad para mi bienestar vital y mental. Les debo todo a ese par de personitas.

—Estuve a punto de preguntarte en ese momento, sí. Después medité que para qué me serviría conocer ese dato. Cuando papá y tú os divorciasteis, yo…

—Buscabas una familia consolidada porque la tuya se estaba rompiendo. Mariajo y Pedro fueron tu familia elegida, un gran apoyo para ti, especialmente en esa etapa. Sé que no fue fácil, Amisha, lo hicimos lo mejor que pudimos. Y te queremos tanto, cariño, tantísimo.

—Lo sé, mamá. Con el paso del tiempo he entendido muchas cosas, pero hay otras que se me escapan.

—Bueno, supongo que ha llegado la hora.

Mi madre se levantó y rebuscó entre los armarios. Del fondo sacó una caja con un montón de álbumes de fotos y recuerdos de Bali.

—Estos éramos tu padre y yo cuando estábamos en la isla. Fíjate qué tipín tenía aquí.

—¿Qué edad tenías?

—Tu edad, Amisha, veintiséis para veintisiete. Era una jovenzuela con unas ganas de cambiar el mundo que solo tu padre compartía.

—No sabía que habíais estado en Bali.

—Lo sé, cariño, guardamos las fotos que tenemos de esa época en una caja. Esto fue idea mía; pensé que, si de repente nos veías en tu lugar de origen, saldrían muchas preguntas.

—Sospechaste correctamente —murmuré.

—No te escondo nada, cariño, solo quería protegerte de algún modo. Para mí tu bienestar era primordial. Quería que conocieras todo lo posible sobre aquella isla tan mágica porque para mí fueron unos años muy muy bonitos, pero me guardé el detalle de que tu padre y yo estuvimos allí porque supuse que querrías saber algo sobre tu familia biológica.

—¿Y por qué ocultarlo?

—No es una historia feliz, Amisha. —A mi madre se le descompuso la cara, agachó la cabeza e inspiró con fuerza. Después, con un soplido, liberó toda la tensión. Volví a agarrar su mano, la estreché asustada por la posible respuesta.

—Estoy preparada, mamá. Es el momento. —Ella sonrió y una pequeña lágrima brotó de sus ojos. En ellos pude ver el miedo, tal vez a una posible reacción, a generar un vacío todavía mayor. Asintió y siguió con su discurso.

—Tu padre y yo decidimos ir a Bali para trabajar en una cooperativa. Básicamente, después de licenciarnos en Educación Social, queríamos ver mundo. Éramos jóvenes y estábamos locos, aunque esto no es novedad —bromeó, el ambiente se destensó un poco—. Siempre quise trabajar en adopciones; para mí era como un sueño poder ayudar a niños y niñas a encontrar un hogar. Tu padre y yo hablábamos sobre el futuro, queríamos construir una familia juntos, pero a mí la idea de gestar... no me gustaba demasiado. Tu abuela tuvo un embarazo muy complicado, casi se muere por traerme a este mundo. No quería pasar por algo así porque, de algún modo, desde pequeña me había criado con miedo y terror al embarazo. Me decía cosas como: «¡No tengas hijos nunca!», «Si te quedas embarazada, se acabará tu vida».

»Empaquetamos todas las cosas y nos fuimos a Bali; allí había una delegación en la que podíamos trabajar. Estábamos cagados de miedo, en aquella época todo era muy distinto y no era el lugar turístico que es ahora, pero nos enamoramos de la isla. Su luz, su naturaleza, su espiritualidad... Todo era una belleza. Pasábamos los días en el orfanato y acogíamos a infantes de todas las edades y localizaciones de Indonesia.

»El día que te conocí hacía muchísimo calor. Esa mañana vino la policía, un protocolo habitual cuando se encontraban niños y niñas abandonados o cuyas familias habían sufrido un accidente. Eras una bebé de tres meses, con un *sarong* pequeñito que envolvía tu cuerpo. Estabas a punto de recibir tu *Nyabutan*, una ceremonia balinesa muy importante en la que los bebés tocan por primera vez la tierra. Te cogí en brazos y te puse en una mecedora para que calmaras el llanto. Estabas muy asustada.

—¿Qué pasó con mis padres? —pregunté.

—Murieron a causa de un incendio. No nos dieron demasiada información; los policías suelen ser muy discretos con todo esto. Casi siempre sospechamos del procedimiento, algunos padres fingen que han muerto porque no pueden ocuparse de sus hijos. En el orfanato podían comer y tenían un techo seguro donde dormir.

—¿Y no tenía ningún otro familiar?

—Otra pregunta del protocolo es saber si había algún familiar que pudiera hacerse cargo, pero nada, dijeron que todos habían fallecido.

—¿Por qué...? —Me tomé un respiro para procesar toda la información, mi madre me enseñó una foto mía de pequeña, la sostuve en mis manos mientras acababa la pregunta—. ¿Por qué me adoptaste a mí?

—Desde el primer momento en que te vi, quise protegerte. Eras una niña muy especial, Amisha, habías sobrevivido milagrosamente a un incendio. Cuidé de ti durante meses y tu padre y yo decidimos formalizar la adopción. Esto requiere años, es un trámite muy largo y fastidioso y a veces es imposible, pero lo cierto es que, como nos dedicábamos a ello, encontramos atajos que agilizaron la documentación. Conocíamos a las personas correctas y, al cabo de un año, volamos a Galicia para alojarnos en Allariz, en casa de tu abuela.

Me quedé muda, tan solo podía pensar en la *meiga* y en sus palabras que rebotaban con fuerza en mi cabeza. «Es un don familiar». ¿Y ahora qué? ¿Quedaba alguien de mi familia? ¿Un tío, una prima lejana, un hermano?

Un impulso fortuito atravesó mi mente. ¿Y si me iba? ¿Y si viajaba a Bali para, no sé, intentar encontrar respuestas? La única pista que tenía era esa puerta de las visiones. Quizá tras ella estaba el antídoto para frenar esta maldición. Era mi última esperanza para liberarme antes de que fuera demasiado tarde.

Después de aquella conversación, me obsesioné con cualquier señal que me diera ciertas pistas. En internet no había nada sobre ese incendio, y menos en una época sin acceso al mundo virtual como fueron los noventa en Bali. Era imposible, pero me resistí a resignarme.

Pasaron un par de meses hasta que me decidí a viajar. Me parecía la excusa perfecta para salir de esta vorágine de ansiedad y tristeza, de un piso que albergaba más recuerdos que presente. No tenía mucho dinero, lo suficiente para permitirme el vuelo y no morir en el intento. Mariajo me habló de Workaway y de la posibilidad de hacer un intercambio en Bali para abaratar gastos. «Ellos te alojan y cubren las dietas y tú, a cambio, les ayudas». Lo que más interesaba, sin duda, era la oferta de un hotel de lujo en pleno Canggu con todo tipo de facilidades. Lamentablemente, al cabo de cinco días, cuando me digné a solicitar la plaza, no había disponibilidad. Me enfadé.

—¿Y este? —señaló Mariajo.

—¿Qué es? ¡¿Un retiro espiritual?!

—Eso parece.

—¿Estás de broma?

—Olvídate de eso, mira la oferta. Es interesante.

El retiro se llamaba Fivelements Retreat. Las condiciones eran buenísimas: asistir durante las clases, mantener activas las redes sociales y poco más. A cambio, me ofrecían una habitación espectacular en mitad de la selva de Ubud, comida rica y vegetariana y un día festivo que podría usar para investigar. Era perfecto... salvo que se trataba de un retiro espiritual.

—Tienes esto o... trabajar como voluntaria en un orfanato.

—No creo que sea buena idea —deduje—. No me gustan los niños y el orfanato...

—Lo sé. Reserva el retiro entonces, pero ¡ya!

Al día siguiente fui a Decathlon a por algo de ropa y necesidades básicas. Compré una mochila gris con bordes azulados, me pareció bonita y práctica. Envié una foto al grupo. «Cari, ya eres oficialmente mochilera», dijo Pedro, «Llevas la misma que todos los españoles que viajan por el mundo sin un euro».

En cuanto llegué a casa, la dejé en una esquina. Cogí el pasaporte y lo metí dentro por si se me olvidaba. Después de eso, mandé un mensaje al grupo.

—Me voy en una semana a Bali y necesitaré que me ayudéis a preparar el equipaje. *Carallo*, qué locura es esta. ¿Qué estoy haciendo? —dije.

Al cabo de unos segundos, Mariajo contestó:

—Lo correcto, Amisha, estás haciendo lo que sientes.

Las noches siguientes las pasé mirando de reojo aquella mochila apoyada en el armario, desinflada por la falta de contenido. Y cada noche, al cerrar los ojos, un pinchazo profundo me aceleraba el corazón. Imaginaba todo lo que me depararía Bali, qué iba a sentir al volver a la isla. Pero sobre todo, pensaba en qué me estaba esperando detrás de la puerta.

Qué.

XXXI

En el abandono está el éxtasis

Me cepillo el pelo al mismo tiempo que observo mi reflejo. El pulso me tiembla con unos espasmos que no consigo controlar. Envuelvo mi cuerpo desnudo y recién duchado con un pareo de colores vivos y estampado ecléctico. Trago saliva; ha llegado el momento.

Me hubiese gustado tener una conversación con Kiko, de las nuestras, de las que solo acabo hablando yo. Un desahogo a esta presión que siento en el pecho y no me deja respirar. Recorro con mi mirada todas las esquinas, pero no hay ni rastro de él. Al final, decido iniciar un monólogo en voz alta, sin oyentes, por el simple hecho de aligerar los pensamientos que se acumulan estrepitosamente en mi mente.

—Kiko, si me estás escuchando allá donde estés, yo... Estoy tan nerviosa, no sé qué estoy haciendo. Hoy es un día especial, o tal vez me estoy volviendo paranoica y no tiene tanta importancia. Mis vivencias en Bali están siendo muy intensas, todo se ha acelerado y este torrente me está arrastrando hasta las profundidades. Me da miedo no conseguir nadar hasta la superficie, ¿sabes?, ahogarme. Supongo que estoy haciendo lo correcto.

»Hace varios meses que no... Verás, *carallo*. —Me cuesta expresar mi vacío de placer y deseo, incluso, estando sola en la habitación—. Hace varios meses que no siento un orgasmo, que no experimento el deseo, la atracción, el goce... El éxtasis. Y después de tanto tiempo, esto va a cambiar. ¿Estoy preparada?

Miro el reloj, es la hora. Seguramente Pushan me esté esperando en la sala con un ambiente cándido y erótico, dispuesto a ser el puente que me eleve hasta el clímax. Me coloco las sandalias deprisa y, antes de cerrar la puerta, escucho un par de notas familiares. Me freno en seco, dibujo una sonrisa.

—Gracias, Kiko. Vamos a por ello.

Enfrentarme al miedo nunca ha sido mi especialidad. La rendición a los impulsos que aceleran la salvación y que posponen el inevitable momento, las excusas absurdas que acabas creyendo, la falsa convicción de que dar media vuelta es tomar el camino correcto. Soy una fanática de la zona de confort, pero si buscamos una ligera evolución, debemos salir de ella. Nos guste más o menos, es así, aunque la mente nos acribille después y nos apuñale con pensamientos destructivos e insultos. Si queremos conocernos en profundidad, debemos coger aire y bucear hasta que se nos taponen los oídos y la luz deje de penetrar en nuestro interior. Únicamente ahí podremos decir que nos conocemos, que hemos viajado a las catacumbas de nuestro ser y que hemos visto la sombra que se cierne sobre ellas. Y que esa también nos pertenece. Esta noche, sin duda, va a ser un viaje a las fosas de mi ser, y nunca se está preparada para ello.

Cuando llego a la sala, me sorprendo al ver a Pushan fuera.

—¿Qué pasa? —Dentro hay movimiento, unas luces extrañas y personas bailando.

—No me acordaba de que hoy había *ecstatic dance*.

—¿Qué es eso? —pregunto.

—Es una meditación a través del baile que dura tres horas. Se suelen poner varias canciones y tienes absoluta libertad de movimiento.

—Bueno, si quieres lo dejamos para otro momento, no hay problema. —Mi mente, por un momento, respira aliviada. No creo en las señales, pero sin duda esta me vale para crear la mejor excusa.

—No, no, tranquila. He hablado con Kalinda y me ha dado la llave de otra sala. Es más pequeñita y no se suele usar para dinámicas de grupo, pero es perfecta. Está todo preparado, aunque quería esperarte aquí para ir juntas.

En mi pecho se instala la resignación, el nerviosismo que se había frenado tímidamente vuelve con más fuerza que nunca.

—¿Estás bien? —pregunta Pushan. Fuerzo una sonrisa.

—No te voy a engañar, estoy cagada de miedo.

Rodea mis hombros con su brazo izquierdo y me empuja contra sus costillas mientras caminamos por el trayecto de piedra y tierra.

—No hay nada que temer. Estamos juntas —susurra.

Para mi sorpresa, eso me alivia. Pushan es experto en crear espacios seguros donde reinan la confianza y la comunicación. Un lugar donde dejarte caer hasta la oquedad sin miedo a los rasguños o magulladuras.

Apoyo la cabeza en su pecho y respiro con cierto alivio. Él me besa la cabeza en un gesto maternal y familiar. Tras unos breves minutos de paseo, llegamos al lugar.

—Es aquí —añade y, a la vez, abre la puerta de madera que encapsula una pequeña sala levemente iluminada por las pocas velas que adornan el espacio.

—Vaya, ¿y esto?

Me sorprendo con gratitud al ver el escenario. Es cierto que el lugar no podría soportar grupos grandes como los que se manejan en este retiro, pero resulta una fuga idílica para reuniones más contenidas. La habitación está acristalada allá por donde mires, envuelta por la naturaleza más salvaje de la zona. Casi resulta imposible ver más allá de los matorrales que se estampan contra el cristal. En el centro, hay un futón con una tela estampada centrada casi de forma milimétrica. Unas velas salpican los alrededores y ofrecen una luz tenue que obliga a las pupilas a tomarse un tiempo para adaptarse. Unos pétalos salpican los alrededores de la cama y dos cojines de meditación presiden el centro. La música suena de fondo, con unos toques suaves y cálidos que abrazan cualquier resquicio de nerviosismo que puedas llevar encima.

—Nuestro espacio sagrado, Amisha —contesta Pushan. Volteo la cabeza y le sonrío. De mí nace el impulso de lanzarme a sus brazos en busca de un abrazo de esos largos que sé que le gustan para agradecerle este regalo.

—Creo que nadie había puesto tanto esfuerzo para acostarse conmigo —bromeo. Él me mira con cierto asombro ante tal respuesta. Ambos sabemos que no vamos a follar en este lugar o, al menos, no es nuestra intención inicial.

—Eso es porque nunca has estado en manos de un tántrico.

Le lanzo una mirada vacilona. La inquietud sigue ahí, infundiendo una vibración incómoda a mi corazón, que se aligera para bombear sangre y oxígeno. Trago saliva, dejo mis sandalias en la entrada y rozo la madera suave del lugar antes de acomodarme en la sala. Pushan se quita la camisa y se queda solo con un pareo. Su vellosidad le salpica el pecho y el abdomen de forma asimétrica. La espalda ancha palía la ausencia de una musculatura exagerada. Tiene un cuerpo especialmente bonito, aunque pase desapercibido.

Enciende el incienso y le dedica una pequeña oración a una figura. Me acerco a chafardear. Tiene forma de elefante con varios brazos. Otra vez nos volvemos a encontrar. Él se da la vueltea, me observa.

—¿Quieres rezarle a Ganesha para que nos proteja? —pregunta a pesar de conocer mi respuesta.

—Este elefante me lleva persiguiendo desde hace tiempo y estoy por ponerle una orden de alejamiento —bromeo.

—¿Por qué?

—Me compré una figurita el día que visité a la *meiga*. Y era Ganesha.

—Pues con más motivo. Ven, siéntate a mi lado.

—Y ¿qué hago?

—¿Nunca has rezado?

—¿Estás de broma? —digo—. Jamás. No sé ni cómo se hace eso. Supongo que me siento aquí y le saludo, ¿no?

—Ja, ja, ja, ay, Amisha, no hace falta saludar. Yo suelo cantar un mantra para entrar en un estado meditativo profundo y, cuando acabo, me permito unos minutos para agradecerle o solicitar ayuda.

—¿Así de simple?

—Hablar con los dioses no debería ser complicado, ¿no crees?

Pushan se acomoda y observo de reojo cada movimiento. Ajusto mi pareo, que está a punto de desfallecer, y carraspeo para aclararme la voz.

—Este mantra ya lo conoces. «*Om Gam Ganapataye Namaha*».

—Me suena.

—¡Claro! Es el que hicimos durante el *daka-dakini*, la transformación sexual.

—Cierto, fui incapaz de pronunciarlo. A ver si esta vez tengo más suerte.

—La suerte es una actitud.

Tras esa frase, inicia el canto. Me siento sobre las rodillas y me centro en el mantra, Pushan resulta un guía tremendo. Después de escucharlo varias veces, lo interiorizo y me atrevo a pronunciarlo con timidez. Su devoción me resulta sanadora, la forma en la que expresa la frase desde lo más profundo de su corazón. Intento hacer lo mismo, conectar con Ganesha para pedirle, por favor, que remueva obstáculos, especialmente esta noche.

Cuando acabamos, guardamos unos minutos en silencio. Y en mi cabeza inicio un discurso disruptivo que elimina cualquier pensamiento racional. Tan solo me digno a pedir, una y otra vez, que me dé una respuesta, que pueda volver a sentir placer y éxtasis, que encuentre una salida.

Pushan me mira con delicadeza y me sonríe.

—¿Preparada? —pregunta.

—Creo que no, pero vamos a por ello. —Soltamos una carcajada que une nuestros cuerpos y me ayuda a incorporarme. Entrelazamos las manos y nos adentramos en el futón.

—Amisha —pronuncia—, este es tu espacio sagrado de culto a tu gozo. Y yo, Pushan, estoy a tu servicio y me ofrezco como canal para tu liberación.

—Vaya, ¿esto es así siempre?

Él hace caso omiso a mis cachondeos, entiendo que es una forma de ignorar mi resistencia mental. Lo agradezco, eso me empuja a abrirme más a pesar de buscar excusas para salir de este lugar.

—¿Cómo te sientes? —insiste.

—Sigo nerviosa.

—Lo noto. Es habitual, tu cuerpo sabe que algo va a suceder.

—No sé si es mi cuerpo, pero mi cabeza, sin duda.

—¿Qué intención quieres darle a esta práctica?

—La liberación, Pushan, necesito liberarme de todas las cargas y alcanzar el clímax. Y si puedo pedir otro deseo, serían respuestas. Las necesito.

—Liberación y respuestas, perfecto. ¿Quieres que invoquemos a alguna deidad?

—Ya que estamos, a Ganesha, venga.

—Perfecto. Yo invoco a Kali, la diosa negra, para que destruya todo lo que es falso y te muestre la verdad que buscas, Amisha. Y tras esto, voy a contarte un poco cómo va a ser la práctica. Empezaremos meditando cada uno en su lugar y después, respiraremos juntas. Tras eso, te daré un masaje de Cachemira. Es muy poderoso y se realiza con aceite caliente por todo el cuerpo. Es holístico, lo que significa que se integran todas las partes. Si hay algún lugar donde no quieres que te toque, por favor, dímelo, ¿de acuerdo?

—Puedes tocarlo todo, no hay problema.

—Y a partir de ahí, si quieres alcanzar un orgasmo más genital, deberás tocarte tú. Si lo hago yo...

—Veré tu futuro y no es lo que buscamos.

—Exacto. Estoy aquí para sostenerte, Amisha, lo que sientas o necesites, por favor, exprésalo mediante el sonido. Es muy importante para poder leerte con facilidad.

—De acuerdo.

—Por último, he traído un antifaz. Hay personas que lo prefieren, sobre todo si es la primera vez que experimentas algo así, porque puedes desviar tu atención visual con facilidad y eso te puede sacar de la experiencia. ¿Vas a querer usarlo?

—Sí, por favor. —Una sonrisa nerviosa se apodera de las últimas sílabas. Él me sonríe. Se acerca, me abraza con fuerza.

—Todo es perfecto, Amisha. Estoy contigo.

—Gracias, de corazón.

Me recoloco en el cojín de meditación y cierro los ojos. Inspiro profundamente y espiro con lentitud para calmar las pulsaciones que gobiernan mi pecho. Imagino que los pensamientos pasan como nubes en el firmamento, sin aferrarme a ellos. Es una práctica difícil, casi imposible, pero me esfuerzo. Cada vez que me doy cuenta de que entro en bucle, devuelvo la consciencia a la respiración. De ese modo, consigo ignorar a la mente, que parece batirse en una encrucijada conmigo.

—De acuerdo, ahora abre los ojos poco a poco y, sin perder el estado que has conseguido, vamos a respirar juntas.

Pushan coge mi mano derecha y me da paso. Desde mi corazón, exhalo para que él inhale mi aliento, baje hasta los genitales y lo expulse con suavidad para que lo absorba yo, de nuevo, hasta el centro de mi pecho. Sus ojos me observan con compasión y ternura, sonrío al comprobar que todo está bien, que me siento acogida y honrada. Relajo la espalda, la mandíbula y, con lentitud, voy percibiendo el calor genital que despierta mi excitación.

Tras unos minutos, siento mi cuerpo totalmente abierto y entregado. Pushan lo percibe y me da la siguiente orden.

—Es el momento de ponerte el antifaz, Amisha, y quitarte el pareo. A tu ritmo, no hay prisa.

Asiento con timidez, intento no engancharme a la ansiedad que recorre mi interior. Cojo el antifaz negro y lo posiciono para no ver absolutamente nada. A partir de ahí, me libero del pareo con rapidez para no dilatar ese momento y arrepentirme drásticamente de lo que estoy haciendo.

Una vez desnuda, me tumbo boca abajo. La música suena un poco más elevada, supongo que para conseguir un estado de meditación mucho más profundo. La temperatura es ideal, aunque un temblor extraño se adueña de mi piel. Supongo que serán los nervios, estoy que voy a estallar.

No pasa demasiado hasta que siento unas gotas calientes por mi espalda. Un escalofrío me sacude la columna y el placer inunda delicadamente el recorrido del aceite por mi piel. Sus manos templadas recorren por primera vez mi dermis. Me estremezco con este contacto que deseaba desde hacía tanto. Su respiración es sonora y me hipnotiza en una cadencia que imito de forma inconsciente. La exhalación rebota por su garganta, expresando un alivio resonante que me despierta el deseo.

Camina con sus yemas por mi espalda, desde el sacro hasta las cervicales, y baja con intensidad y lentitud por los laterales hasta rozar mi culo con sutileza. Continúa en círculos, de arriba hasta abajo, de abajo hasta arriba, y un murmullo se escapa suave por mi boca. Las notas musicales y los cánticos delicados engloban el ambiente con una seducción exquisita.

Percibo el aceite caliente por mis piernas y mis pies y, tras él, las manos de Pushan que recogen las gotas que se derraman por mi piel. Embadurna la otra mitad de mi cuerpo y realiza el mismo movimiento circular con la presión perfecta para despertar la sensibilidad con calma y sigilo. Dedica tiempo a mis pies, los toca con amor y devoción, los masajea aliviando la tensión que albergaban durante meses. Y tras eso, vuelve a subir por la parte trasera de mis extremidades, pasando por mi culo. Eso hace que arquee la espalda y jadee con suavidad. Él constata mi goce y encamina su trayectoria para cruzar, otra vez, por mi trasero hasta la espalda.

El tiempo parece detenerse y las caricias se amplifican en este lugar donde solo estamos él y yo. El placer me calma los nervios y sus manos apaciguan cualquier intento de salir corriendo. Quiero profundizar más, adentrarme más, sentir más.

—Date la vuelta —me susurra. Sonrío.

Volteo mi cuerpo hasta dejarlo expuesto boca arriba. Inspiro con profundidad, me siento algo vulnerable, pero me deshago de ese pensamiento con rapidez. Ajusto el antifaz y extiendo los brazos a un lado. El líquido cae por mi pecho y mi abdomen, genera unas cosquillas suaves en mis costillas que me hacen esbozar una sonrisa en la cara imposible de contener. Entreabro la boca al apreciar las manos de Pushan por mi abdomen y mi cintura, elevándose hasta mi cuello, abrazando mis pechos. La excitación se apodera por completo de mi sexo y percibo un ligero fluido en la entrada de mis labios. El camino circular que recorre Pushan es altamente inflamable, en especial al rozar mis pezones con la palma de sus manos. Ese instante me absorbe con violencia en un goce extenso y sin barreras.

Se me eriza la piel con las gotas que caen de nuevo por mi cuerpo, esta vez, por la cara frontal de mis piernas. Siento a Pushan cerca, apoya mi talón en su hombro para masajear mi musculatura en su totalidad. Cuando pone especial interés en el interior de mis muslos, mi salvajismo aflora en mí. Arqueo la espalda con el suave roce de su dedo meñique en mi ingle. Gimo bajito a modo de súplica para poder apreciar ese gesto con mayor contacto. Él conduce sus dedos pacientes por mi piel, desde la planta de mis pies hasta la ingle. Su paso deja un eco excitante que rebota por mi interior, una vibración sacude mi espalda. Tras eso, devuelve la pierna al suelo y el calor del líquido baña mi pubis cuando una lágrima dorada cae por mi clítoris. Jadeo sin demasiada contención y me muerdo el labio inferior.

Pushan recorre mi entrepierna con la palma de su mano

hasta el centro de mi pecho y, de nuevo, vuelve a cruzar. El aceite se mezcla con mis fluidos, que se acumulan con abundancia en la entrada vaginal. Reclamo más presencia en mi clítoris y él se da cuenta. Detiene el movimiento y se coloca detrás de mí. Me incorpora sin demasiada dificultad.

—Apoya tu espalda en mi pecho, eso es.

Siento que su ligera excitación bajo el pareo me constriñe los lumbares. Eso provoca un aumento de mis ansías por explotar. Su cuerpo ofrece un respaldo firme al mío y, con total entrega, coge mi mano derecha y la llena de aceite. La masajea para liberar la tensión y mantener la tremenda conexión que hemos creado. Su mano se posa sobre la mía y obtiene el total control de mi movimiento. Él guía cada recorrido, cada centímetro de trayecto sobre mi cuerpo. Desde mi pecho, descendemos por el abdomen hasta mi entrepierna y, embriagada por mi instinto, me abro más. Expongo todo mi sexo sin pudor, presa de las ganas furiosas de elevarme hasta el firmamento. Pushan apoya mis dedos sobre mi clítoris y con sus falanges incita el movimiento circular pausado e intenso. Con la otra mano, toca el interior de mis muslos y eso sacude mi columna en un espasmo potente que no consigo detener. La cadencia de su masturbación sobre mi mano me expresa todo lo que haría si no fuera por esta maldición.

Intento dejar a un lado la extraña sensación que poco a poco se apiada de mi interior. Noto una presión en el centro del pecho, me cuesta ligeramente respirar. La impotencia de mi búsqueda del disfrute se instala en lo más profundo de mi pensamiento y, junto a ella, la incapacidad orgásmica que podría acompañarme el resto de mis días. Tengo un miedo atroz a que otra visión me traumatice aún más, pero a la vez, una profunda resiliencia me invita a continuar.

—Todo está bien, todo es perfecto —añade Pushan.

Lejos de importunarme sus palabras y su optimismo, refuerzan mi intención. La frustración interna desaparece con cierta resignación y un suave meneo corporal me atrapa en la relajación máxima, en la aceptación de la realidad.

—Abandónate, Amisha, en el abandono está el éxtasis —susurra.

Me ayudo de la respiración para evaporar cualquier resquicio de lamento que haya rasgado de forma sutil este instante. Poco a poco voy cayendo más en sus brazos, en su cuerpo, y el movimiento sobre mi clítoris retoma la cadencia que empezaba a embriagarme con unas notas sutiles de gozo.

—Eso es, inspira y espira. Suave, Amisha, eso es.

Sus indicaciones y el control sobre mi mano activan el morbo oculto en lo más profundo de mi mente. Respiramos a la par, me centro en sus idas y venidas torácicas para encajar mis costillas sobre las suyas. Y así, en este oleaje *climáxtico*, me abandono a lo que tenga que ser y venir. Una sacudida breve golpea mi clítoris, de mi boca se escapan unos gemidos algo castrados, arqueo la espalda con elegancia para dejar fuera ese ¿orgasmo? tímido que asoma por mi entrepierna. Ni siquiera soy capaz de adivinar si he conseguido correrme, es extraño. Pero el fogonazo, el túnel y una imagen aparecen casi por sorpresa.

Pushan protagoniza esta visión. Estamos en mitad de una habitación con las ventanas abiertas y el sol bien firme en el cielo. Hace calor. Escucho el bullicio absurdo de una ciudad que utiliza el claxon en exceso. No estamos en Bali, la arquitectura de los edificios es totalmente distinta. ¿Dónde? Ni idea. Me fijo en sus ojos, frunce el ceño al mismo tiempo que aviva la intensidad de sus embestidas lentas pero precisas dentro de mí. Yo, presa del más absoluto éxtasis, froto mi pelvis contra su abdomen y empujo su cuerpo contra el mío. Sus gemidos y su mirada atraviesan mi cordura y, con el final de una sonrisa tierna y amorosa, vuelvo al presente de golpe.

Un sobresalto frena la mano de Pushan y percibo su atención plena a cualquier gesto que le dé una mínima información sobre lo que sucede.

—¿Estás bien? —pregunta.

—Sí, todo bien. He tenido una pequeña visión. —Dejo a un lado cualquier dato extra.

—¿Qué necesitas? ¿Quieres compartirla, continuar, parar…?

—Quiero continuar. Necesito profundizar más.

Coge mi cuerpo con determinación y, como si fuese una pluma ligera exenta de peso, me coloca encima de sus piernas cruzadas. Su espalda se mantiene recta y sus nalgas se apoyan en el cojín de meditación. Me deshago del antifaz que bloqueaba mi visión. Entreabro los ojos para reconocer el espacio antes de volver a cerrarlos para dejarme estar en su piel. Abrazo su pelvis con mis piernas, que quedan relajadas tras su espalda; sus brazos rodean mi cuerpo, eleva una mano hasta mi nuca y la otra hasta mi lumbar. Inspira y espira lentamente, una cadencia que me seduce otra vez y que, con calma, consigo imitar.

La totalidad de mi peso cae sobre su cuerpo, que abraza con firmeza mi ser. Me libero de cualquier carga que florezca en mi interior con tan solo hundirme en su cuello. Su respiración acaricia mi oído izquierdo, apoyo la cabeza en su clavícula ancha. Con mucha cautela, Pushan dibuja círculos con nuestra fusión improvisada. Su abrazo atraviesa la luz y llega hasta la sombra, esa que tanto he ocultado, esa que ahora se escampa.

El roce amplifica la sensorialidad que se eleva de forma proporcional a la fusión que crean los cuerpos. El calor vuelve a mi entrepierna, me acerco más a la pelvis de Pushan. La misma postura que en la reciente visión, pero con su cautela de por medio y un pareo entre nuestros genitales. Sigue sosteniendo cualquier emoción y sensación que nazca de mí, a pesar de su ligera erección que percibo bajo la tela.

No busco ni provoco la penetración o amplificar su excitación. Me centro en mi placer, en mi viaje y en mis sensaciones. Por eso estamos aquí. Experimento un gozo enorme con las sutilezas de la piel. Conecto mi pecho con el suyo. El giro hace que mis pezones rocen la vellosidad de sus pectorales. Fruto de la postura, sus labios acarician mi cuello y su aliento me eriza la piel. Tan cerca, con tanto deseo. Gimo en cada exhalación, cerca de su oreja; él responde con un jadeo de vuelta. El meneo circular posee mi pelvis y en cada ida y venida froto mi clítoris contra su abdomen. Esto me entrega a un salvajismo que, de nuevo, germina de esta pasión. Pushan susurra con dificultad:

—Respiración y *mula bandha*. Deja que este potencial sexual se eleve por tu cuerpo.

Al mismo tiempo, sus manos ancladas en mi espalda inician un desplazamiento por la columna, rozando la yema de sus dedos contra mi piel ardiente. Pongo consciencia en mi entrepierna, inspiro y contraigo la entrada vaginal. Percibo los fluidos macerándose a las puertas de mi sexo. Libero esa tensión con una exhalación que me devuelve a los brazos de Pushan, que siguen sosteniendo el fuego. Una sacudida me conmueve y, tras ella, otra y otra. En pocos segundos estoy inmersa en unas convulsiones extrañas y placenteras que descargan toda la electricidad por la columna. Sigo con el ejercicio, contrayendo e inspirando para después soltar y profundizar en las sensaciones.

Pushan, lejos de asustarse, me acompaña en estos embistes incontrolables. Gemimos a la par con un deseo irrefrenable que nos hace arrancarnos la piel para fusionarnos por completo. Mis fluidos mojan su pareo, su excitación es más que palpable. Golpeo mi cuerpo contra el suyo, los gritos se vuelven más graves y salvajes. Los gruñidos se aglutinan en mi pecho y lanzo al aire unos rugidos para liberar las ganas irrefrenables. Me encarno en una fiera salvaje que corre campo a través después de haber experimentado la cautividad. Y justo entre tanto caos, entre tanto descontrol, me rindo al último calambre que recorre mi interior. El éxtasis que se eleva es tan abismal que me obliga a arquear todo mi cuerpo hacia atrás. Pushan evita que me caiga sosteniendo mi espalda con fuerza.

En mi corazón hay una explosión tremenda, un orgasmo intenso lejos de lo genital que electrocuta cada parte de mi interior, unas cosquillas que embriagan un deleite infinito. Cuando más acentúo la respiración, más se expande la sensación orgásmica que albergo. Gimo con fuerza, gimo todo lo que jamás me atreví a gemir. Jamás había experimentado algo parecido, una locura que me hace perder la cabeza, que borra de un golpe violento cualquier resquicio de racionalidad. Y esa vibración continúa calando cada poro de mi existencia. Solo puedo existir entre tanto vaivén.

La explosión se escucha a kilómetros de distancia, puedo sentir el universo en mí y a mí en el universo. Una simbiosis perfecta que atrapa la respiración. Abro los ojos y la boca, buscando un mililitro de oxígeno, pero no hay nada... Y en ese instante, justo en ese instante, todo cambia. El gozo que sentía en el pecho se transforma en presión, clavo la mirada en el techo, mi cara se desconfigura. El miedo aprieta con fuerza mi cuello.

Dos serpientes pintadas en la madera me observan a sabiendas de que, por más que hiciera y deshiciera, íbamos a encontrarnos cara a cara. La puta visión, la premonición de mi muerte. Aquí y ahora, esperando para vencerme.

Lo inevitable es irrefutable a la levedad del ser. En cualquier momento, en cualquier lugar. Lo sabía, sabía que este instante iba a llegar. He luchado tanto para retrasar la predicción, tanto para no sentir este frío que inunda mi sangre. Y aquí estoy, sin que entre ni una bocanada de aire, sin percibir el latido de mi corazón, segundos antes de perder el conocimiento. Escucho la voz lejana de Pushan.

—¡Amisha! ¡Amisha! ¡No respira! ¡Llamad a una ambulancia!

Una lágrima se me escapa por el rabillo del ojo. Mi cuerpo flota con ligereza y presiento que se acerca ese temido final. El final irrefrenable de mi vida.

XXXII

Biología de una muerte

La muerte ha sido siempre una asignatura pendiente para la humanidad. Vivimos como si nada se acabara, como si este presente fuese eterno, exento de oscuridad y permanencia. Las decisiones que tomamos, los momentos que ignoramos..., todo se ve sacudido ante la presencia de la majestuosidad del infinito. Y llegará el día en que cada ser humano se enfrasque en la gran aventura, en el viaje de notar el último latido en el cuerpo, la última bocanada de aire que le arrebata la esperanza. Absolutamente nadie está preparado para que eso suceda y, desgraciadamente, debido a esto nadie se plantea la brevedad de la existencia. Vivimos como si no fuésemos a morir, hasta que nos llega la hora. Y ahí, mierda, pensamos que tendríamos que haber hecho más, vivido más, amado más, sentido más, atrevido a más, salido más, creado más, arriesgado más. Un «más» reducido a las cenizas del menos(precio).

Con veintiséis años me entrego a las manos frías de la muerte, aquella que gobierna cada átomo que converge en la creación de un yo con el que sentirme identificada. La mentira que todos los seres humanos aceptamos, la de ser nuestro reflejo y nuestro espejo, nuestras voces y nuestros nombres, nuestra sombra y nuestro horizonte. Quiénes somos detrás de lo sobrante, quién hay ahí en los adentros.

En mi caso, soy una chica asustada, inmersa en un fogonazo de luz detonante que me enfrasca en un movimiento inconsciente. Jamás, jamás había visto un halo tan refulgente y, al mismo tiempo, tan envolvente. Entre tanta extrañeza, me calma la incandescencia que nubla todo lo conocido. No sé cuánto tiempo estoy aquí, embriagada, maravillada, extasiada por esta belleza inefable. No siento mi cuerpo, no soy un cuerpo. Solo luz, una luz que sigue y sigue iluminando drásticamente cualquier preocupación. Después del resplandor, una amplitud cósmica se dilata ante mi consciencia. El espacio es infinito, con unas grietas de luz ultravioleta que destellan como conexiones neuronales en el espacio. ¿Dónde estoy? ¿Estoy muerta?

La telaraña de tejido universal se trenza hasta unas profundidades inauditas, hasta sistemas alejados de cualquier conexión material, hasta la total absolución de medidas y metrajes. En ella, de forma no lineal, se expande el tiempo. Pasado, presente y futuro, en un paralelismo donde emergen distintas realidades en el mismo preciso instante. De la realidad donde nos identificamos con el ahora, nacen infinidad de momentos interconectados entre sí. Los pensamientos del pasado, de aquel suceso en concreto, modifican los del presente y estos, los del futuro. Las intuiciones son simplemente deseos que no se escucharon a tiempo. De ese modo, se entrelazan los tiempos vitales que nuestra mente procesa como lineales para transformarse en un caos de cuyo orden no conseguimos acordarnos. Atravesamos el tiempo como un agujero negro que se hila en este nudo del universo, con todas las realidades sucediendo a la vez.

Este lugar es divino, imposible de describir o narrar. Imposible de imaginar o dibujar. Sencillamente es el núcleo de todo lo que fuimos y lo que somos, de lo que nos ha traído aquí, de la fuente que nos dio la vida. Escucho escenarios que pasaron hace meses o años, desdibujo imágenes de todos los futuros posibles que se proyectan en este instante. Un oleaje de visiones que observo a lo lejos, dentro de esa red ultravioleta que palpita llena de energía, de vida.

Puedo elegir qué ver, adónde ir, qué sentir. Una simbiosis de sensaciones y emociones que destruirían a cualquier ser material, pero que perfectamente entiendo como consciencia en este lugar. Quiero ver la puerta, saber qué hay detrás, conocer el motivo por el cual ha protagonizado varias veces mis premoniciones. Con una fugacidad asombrosa, se presenta ante mí ese instante, ese momento.

Una estructura rodeada de piedra gris que se alza con el barroquismo de la arquitectura balinesa. Tres escalones pequeños que dan a una puerta de madera con un árbol dibujado en su centro. Siento la brisa moviendo mi pelo, el último rayo de sol que inunda el cielo con un amarillo intenso y dorado. La vegetación es salvaje, indomable, crece entre las rocas y por encima de ellas en un acto de rebelión contra la huella humana. Dos elefantes presiden la entrada, están tallados con majestuosidad y vestidos con unos pareos verdes sutilmente estampados. Tras ellos se sostienen unos paraguas pequeños, beige con el fondo rojo, unas borlas preciosas caen de ellos. Esta es una visión conocida, es la visión de la puerta que tanto he buscado. Intento acercarme a ella, lo consigo. No hay ningún nombre, ninguna pista.

Observo a mi alrededor, es una calle poco transitada, oculta entre el ajetreo de lo que parece Ubud. Cerca de la entrada hay una rana roja tallada. No es muy grande, se disimula entre tanta vegetación. Quiero entrar y ver qué hay dentro. Subo los escalones. Y justo en ese instante, vuelvo a percibir mi cuerpo. La calidad de la imagen se difumina con sutileza, como si se evaporase en mitad de la nada. El sonido de los pájaros se aleja, la brisa deja de rozar mi piel. El dulce aroma de la plumeria se escapa de mi percepción sensorial. Y siento cómo todo se desdibuja y se disipa entre el tejido ultravioleta que, no sé cuánto tiempo atrás, se veía con una luminosidad única.

Caigo como si fuese una piedra que han lanzado a las profundidades del mar, como si flotara hacia las entrañas de la vida. Y en el último instante, la bajada se vuelve abrupta, radical, drástica. Conecto con una respiración brusca y profunda, como si quisiera absorber todo el aire que hay en el ambiente. Toso con dureza al ahogarme con mi propia ambición. Entreabro los ojos; hay gente en la sala, no sé quiénes son.

—¿Amisha? ¡¿Amisha?! —Escucho a lo lejos—. ¡Amisha, despierta!

La densidad de la materia se confronta con la levedad que, hace no sé cuánto, irrigaba todo mi cuerpo. Los brazos y las piernas pesan y chocan contra el suelo, el pecho se hunde hacia las profundidades de este instante. Intento calmar el colapso que acabo de experimentar, el miedo que se cierne en mi interior. La biología de una muerte que diseminaba cualquier indicio de vida. Vuelvo a ser yo, vuelvo a ser Amisha. Y en mí habita una nostalgia hueca ante la suntuosidad del cosmos y, al mismo tiempo, se halla una felicidad humana capaz de apreciar la densidad de la materia un poco más.

—¿Dón… dónde estoy? —balbuceo.

—Estás aquí, Amisha, conmigo. Soy Pushan, estoy aquí. —Escucho con nerviosismo. Hay murmullos a mi alrededor, consigo abrir los ojos del todo. Conecto nuevamente con las dos serpientes que protagonizan el horizonte de mi mirada. A mi lado, las lágrimas de Pushan caen por sus mejillas. Me abraza con fuerza—. Dios, gracias. Gracias.

Parte del grupo de la formación está presente; se instala la vergüenza. Percibo que el pareo tapa mi cuerpo y lo agradezco. Kalinda me coge de la mano izquierda y su preocupación es palpable en su cara.

—¿Qué ha pasado? —pregunto de nuevo. Kalinda agradece a todas aquellas personas que han ayudado hasta ese instante y los invita a salir del lugar. Nos quedamos tan solo Pushan, Kalinda, Wayan, otra mujer y yo, aunque a medias.

—Perdiste el conocimiento y te quedaste sin respiración. Me asusté, llamé a los compañeros. En la formación hay una mujer que es médico, te comprobó el pulso pero el corazón te latía extremadamente lento. Silvia ha sido la doctora que ha estado aquí en todo momento.

—¿Cómo te encuentras? —Ella se acerca a comprobarme de nuevo el pulso y la respiración. Mueve el dedo delante de mis ojos, lo sigo sin problema—. ¿Puedes incorporarte?

—Creo que sí.

—Poco a poco, así. Muy bien.

Pushan me presta su cuerpo para que apoye mi espalda y me rodea los hombros mientras acaricia mis brazos. Kalinda no me suelta la mano ni un segundo.

—Bebe agua —insiste Silvia.

—Está dulce.

—Sí, no pasa nada. Bébetela entera, ¿de acuerdo? No tengas prisa. ¿Sientes dolor en alguna parte?

—No, estoy perfecta, la verdad. Algo cansada, pero nada más.

—¿Recuerdas qué ha sucedido? —pregunta Kalinda. Miro de reojo a Pushan, él asiente con una ligera sacudida.

—Estaba en una práctica con Pushan, yo... He sentido unos espasmos que vibraban con fuerza por mi cuerpo, no podía controlarlos. Parecía que estaba convulsionando...

Y de golpe, he tenido un ¿orgasmo? en mi pecho. He experimentado muchísimo placer y no paraba, no paraba. Cada vez era más y más y más intenso hasta que he dejado de respirar. Recuerdo arquear la espalda y escuchar la voz de Pushan pidiendo ayuda antes de perder el conocimiento.

Me incorporo sobre mi cuerpo para observar a Pushan. Colapsamos al mirarnos fijamente a los ojos; él me sonríe. Veo la preocupación en su rostro, aunque intente fingir.

—Después he visto una luz profunda, un tejido ultravioleta que se entrelazaba sobre mi consciencia. —Obvio cualquier indicio de mi don o maldición, no menciono la descripción del tiempo porque ni yo misma la entiendo. Directamente me voy a lo interesante, a lo que acontece—. He visto la puerta, otra vez.

—¿La puerta de...? —añade temeroso Pushan.

—Sí, con todo lujo de detalles —hablo como si solo estuviéramos él y yo.

—¿Cómo era? —pregunta Pushan. Observo mi alrededor, parece que estoy en un espacio fiable.

—¡Wayan! ¿Recuerdas que te hablé de una puerta durante los primeros días en el retiro? —Él asiente algo sorprendido con este giro de guion—. Me he acordado de más detalles. Es de madera con una inscripción. En la entrada hay dos elefantes como Ganesha y tres escalones. A su lado, una rana roja escondida.

—¿Una rana roja? —inquiere Wayan con cierta preocupación.

—Sí, ¿sabes dónde está?

—Esto es algo muy sagrado.

—¿Sagrado?

—Sí, en Bali es habitual ir a curanderos a que sanen maldiciones, enfermedades, desgracias... En Ubud hay muchos, pero casi todos para turistas. Nosotros tenemos nuestros propios curanderos que llevan cuidando del pueblo generación tras generación.

—¿Y esta puerta pertenece a un curandero?

—Sí, es una familia que solo atiende a balineses. Por eso está más alejada de los lugares que frecuentan los turistas.

—¿Podrías llevarnos mañana? —añade Pushan.

—No puedo, es solo para balineses —insiste Wayan.

—¡Pero yo soy balinesa, Wayan! Nací en Bali, ¿recuerdas? —le interrumpo. Él continúa ensimismado en su debate interno y fuerzo un poco más para que la balanza se incline a mi favor—. Tengo una maldición y tal vez ellos puedan curarme, por favor, Wayan. Por favor.

En Bali, los demonios y las maldiciones son algo muy importante. Es una isla dedicada a la espiritualidad y al culto a los dioses, con un espacio amplio para realizar rituales en su día a día y con infinitas festividades dedicadas a la religión. La más importante es el Nyepi, el día del silencio, en el que durante veinticuatro horas nadie puede hablar en la región. Se dice que ese día los demonios visitan la isla y si no escuchan a nadie, las personas se libran de sus maldiciones. Por eso, tras compartir con él mi agonía espiritual y la historia de una familia perdida y desestructurada, Wayan decide ayudarme.

—De acuerdo, mañana al atardecer iremos, pero antes entraré yo solo y preguntaré porque es un caso muy raro. Solo podemos ir tú y yo, ¿sí? Nadie debe saber dónde está esa puerta. Es un secreto.

—Solos tú y yo, Wayan. Te lo prometo.

XXXIII

La puerta

Son las cinco de la tarde, es el momento. Me levanto sigilosa de mi silla porque Pushan está guiando una meditación. Alza la cabeza, me observa. Sonríe con efusividad y me guiña el ojo. Un soplo violento me alivia ligeramente el pálpito interno. No sé si estoy preparada. ¿Quizá esa familia de curanderos elimine la maldición? ¿Cómo será mi vida sin todo esto? Cuando salgo a la recepción, Wayan me espera en la entrada con un casco sobre la scooter. Él decide que no lo va a llevar, que está aquí al lado. Me siento en la parte de atrás y lo abrazo con fuerza. Nunca me gustaron especialmente las motos.

Los rayos de sol empiezan a caer, tiñen la vegetación de un dorado mágico que me abstrae de forma momentánea. Este lugar es un paraíso precioso, una reserva para la mente alejada del bullicio de la ciudad. Callejeamos por las esquinas de Ubud y abandonamos el camino asfaltado para adentrarnos en un pavimento de tierra y piedras alejado del centro. Wayan es experto en conducir por estos lares y lo agradezco profundamente. Nos cruzamos con varios lugareños que van y vienen con la cosecha o la compra del día. Algunos niños juegan en la calle sin inmutarse por las idas y venidas de las motos y las bicis. Los perros se rascan las pulgas y apuran los últimos rayos de la tarde.

—Es aquí —señala Wayan en inglés. Asiento con la cabeza a sabiendas de que no me va a ver.

Un callejón estrecho rodeado de naturaleza envuelve una entrada conocida. El muro es de piedra grisácea cuyas puntas trazan un diseño balinés propio de la arquitectura local. La puerta de madera con una inscripción y los dos elefantes que, en directo, son impactantes. Observo la rana roja tallada entre la maleza. Wayan aparca cerca de la entrada.

—Espera —ordena.

Sube los tres escalones y escucho el tintineo de la campana que cuelga en la entrada. Alguien abre la puerta, él sonríe y se zambulle en el interior de la casa. El sol baña las puntas del muro que se cierne sobre mi horizonte y me impide chafardear lo que sucede en el interior. Se me empiezan a ensangrentar las cutículas de lo irritados que tengo los dedos. Estoy muy nerviosa. El motivo por el cual he recorrido trece mil kilómetros está justo delante de mis narices y no sé cómo sentirme al respecto. Esto siempre sucede. Llevamos meses o años preparándonos para algo y, cuando llega, percibimos la vulnerabilidad y el miedo recorriendo cada átomo de nuestro ser. ¿De qué sirve la anticipación si nunca estamos capacitados para la acción?

El corazón me golpea las costillas y no puedo respirar con profundidad. Un pequeño mareo, una sensación de náuseas. La conocida ansiedad eclipsa el momento presente, siempre dispuesta a ser la protagonista. Una niña pequeña me mira y me sonríe, me asusto al notar su presencia tan cerca. Por un instante, me distrae del nerviosismo que sacude mis adentros. Elevo la mano y la saludo; ella sonríe y hace lo mismo. Me habla en balinés, le contesto en inglés que no hablo su idioma. Ella se sorprende. Veo mi reflejo en el espejo de la moto, me planteo cómo crece una planta sin sus raíces.

Alguien abre la puerta, es Wayan. Volteo la cabeza con

rapidez y casi se me salen los ojos de las cuencas. Él baja con paciencia los tres escalones mientras yo me impaciento por saber la respuesta.

—Amisha —anuncia—, puedes entrar.

Palidezco y el corazón se me detiene. La densidad del tiempo me presiona el pecho y, como por arte de magia, los segundos se expanden. Tardo demasiado en reaccionar, Wayan repite la misma frase. «OK», balbuceo.

Deja el portón abierto y atisbo un jardincito en el interior con una casa pequeña. Él me sonríe, sorprendido por la respuesta que acaba de recibir. «Te espero aquí», añade. Vuelvo a sacudir la cabeza para confirmarle que le he escuchado. Me pica todo el cuerpo, las piernas me van a fallar de un momento a otro.

Cruzo el portón, los rayos de sol sacuden el cielo y lo tiñen de un tono anaranjado. Trago saliva, observo el espacio interior. Hay plantas tropicales gigantescas que se distribuyen sin demasiado orden por el lugar. Varias casitas pequeñas se aglutinan abrazadas por un muro de piedra que impide ver la calle. Una fortaleza ajena a la viveza de Ubud. Los techos son amplios y puntiagudos con unos detalles en los bordes de las tejas. Persigo las piedras incrustadas en el suelo que señalizan un posible camino. A mi derecha hay un templo diminuto pero imponente que se eleva hasta el cielo, una piedra tallada con maestría que sostiene las ofrendas. Un mono se cuela para arrasar con la comida otorgada a los dioses. Huye despavorido en cuanto percibe mi presencia.

Del interior de la casa más grande sale una chica joven, deduzco que más o menos de mi edad. Tiene el cabello largo y lacio, los labios gruesos y la mirada vivaracha. Lleva un *sarong* estampado que limita los pasos y una camiseta básica con un collar de cuentas largo.

—Bienvenida —contesta—. Pasa, por favor.

Agradezco que hable inglés fluido. Inspiro, la observo con los párpados pegados a las cejas. No puedo disimular mi asombro y ella lo percibe. Se inclina hacia mí y me saluda con un *namasté*. Repito el gesto. Subo el par de escalones y me adentro en el porche espacioso sostenido por unos pilares rococó de madera. Por dentro, la casa está algo oscura, exprimiendo los últimos chispazos del sol. Varias velas con unos candelabros curiosos salpican las esquinas y crean una atmósfera mística y misteriosa. Hay una mesa de madera con unos bordados que decoran cada rincón, tres tazas de un té caliente y un banco bajo que casi roza el suelo. Contrasta con un asiento duro donde reposa, paciente, una señora extremadamente mayor.

—Ella es Nengah Kosha, curandera de séptima generación, y yo soy Luh Kosha, aprendiz.

—Un placer, soy Amisha.

—Por favor, toma asiento, Amisha.

Me acomodo como puedo en el banco diminuto mientras Luh sirve el té oscuro en mi taza de cerámica. Observo a la señora mayor y su físico inquietante. Lo que más me llama la atención son sus ojos, sin iris ni pupilas; dos orbes redondos grisáceos que se mantienen inertes a cualquier estímulo. Su piel oscura se llena de surcos y pliegues propios de la edad, una caída que arruga la expresión de su rostro. El cabello canoso y grueso está recogido con un moño destensado que se apoya en sus hombros, y un pañuelo doblado como tienen por tradición le abraza el cráneo. Un sinfín de pelos rebeldes le envuelven la cara y la frente. No tiene ni un solo diente y atisbo sus cejas por la forma exagerada de sus arrugas. La piel de sus manos, su cuello y su cara crea una textura extraña, supongo que debido a alguna enfermedad. Lleva un *sarong* que tapa su cuerpo delgado, con una languidez esclava del paso del tiempo. Un collar de cuentas cae hasta sus pechos, que chocan con su abdomen debido a la curvatura de su espalda. En su entrecejo se dibuja un pequeño símbolo cuarteado por el frunce.

Una voz ronca y temblorosa expresa algo en indonesio. La chica escucha con atención y traduce al inglés. Entiendo que esta será la tónica del encuentro.

—Le gusta tu nombre. Dice que significa «sin engaños», «pura», «verdadera». Tienes el corazón de oro.

—*Terima kasih.* —Significa «gracias» en indonesio. Es de las poquísimas expresiones que he aprendido en estas semanas. La anciana sonríe con dificultad. Vuelve a comentar algo.

—¿A qué has venido, Amisha?

Miro ambos rostros y el paso del tiempo sobre ellos. Medito si contarles la verdad o limitarme a dejar que ellas adivinen lo que sucede, como hice con la *meiga.* Creo que, a estas alturas, no tengo que poner a prueba a nadie después de todas las casualidades vividas y las sacudidas esotéricas.

—Tengo una maldición y quiero acabar con ella.

—Cuéntame más, ¿qué tipo de maldición? —añade Luh. Bebo un sorbo del té, frunzo el ceño debido al amargor de las hojas. Carraspeo.

—Veo el futuro cada vez que… —Vuelvo a pensar en si seguir adelante con la verdad. ¿Se sorprenderán cuando les hable de orgasmos? Ni siquiera sé cómo es la sociedad balinesa con el sexo, tal vez sean sumamente puritanos y me echen a patadas. Quizá pierda la única oportunidad de sanar mi vida. Aun así, me arriesgo—. Veo el futuro cada vez que tengo un orgasmo.

Ella asiente, traduce la frase. Nadie se sorprende, tan solo yo al ver la pasividad con la que tratan el tema.

—¿Por qué es una maldición? —traslada Luh. La miro fijamente, no sé si estoy preparada para este tipo de preguntas tan profundas.

—He visto cosas para las que no estaba preparada. No disfruto.

—Dice que si las has visto, es porque estabas preparada para ello. Siempre es el momento perfecto —añade—. ¿De qué tienes tanto miedo?

Lanzo una ligera carcajada, Luh sonríe y la anciana muestra sus encías vacías al perfilar una mueca en sus labios.

—Esa pregunta me persigue.

—¿Conoces la respuesta? —pregunta Luh.

—Creo que sí, creo que me da miedo la pérdida de control y, no sé, asfixiarme con todo esto. Siempre he sido la rara, ¿sabes?

—Entiendo. —Luh habla en indonesio con la anciana, ella asiente y responde—. Dice que el control es un espejismo del ego. A los humanos les pone nerviosos la falta de algo que jamás tuvieron. —Vuelve a escuchar lo que dice la señora—. ¿Por qué dices que eres rara, Amisha?

—Soy adoptada y estoy maldita. Creo que es motivo suficiente —bromeo. Ella sonríe.

—¿Qué le pasó a tu familia?

—Parece ser que murió en un incendio cuando yo era muy pequeña. Tenía tres meses de vida.

Luh muestra una ligera sorpresa, sus ojos se vuelven algo emotivos. En cuanto la anciana conoce lo que acabo de decir, sonríe y hace un gesto para que me acerque a ella. Me quedo parada, volteo la cabeza hacia la muchacha sin saber muy bien qué hacer.

—Acércate, Amisha, quiere verte.

Me levanto con cierta dificultad debido a que el banco casi roza el suelo. Trago saliva, el pulso se me dispara. A medida que me acerco a ella, me fijo en la ausencia de párpados, cejas o pestañas. Su ceguera genera un movimiento ocular instintivo. Las cicatrices sobre su piel son como parches entre tanta arruga y tanto surco. Su respiración es abrupta y dificultosa, parece que esté saboreando las últimas bocanadas de aire.

Cuando sus manos ásperas tocan mi cabeza, siento una energía extraña que sacude mi cuerpo. Sofoco la idea de que posea algún poder sobrenatural; es simplemente la percepción de mi mente ante este encuentro, que amplifica cualquier indicio de rareza. El pulso irregular rebota en mis mejillas y el frío de sus huellas me hace estremecer. Cuando sonríe, veo algún resquicio de dientes que quedan huérfanos entre el desierto rosado de sus encías. Su voz a tan corta distancia parece más grave y profunda.

—Dice que te pareces a tu madre. —Me quedo helada, arrodillada frente a las piernas de aquella mujer que continúa tocando mi piel con alegría y cariño. De repente, reitera un par de palabras que, deduzco, son las mismas.

—¿Qué dice? —pregunto a Luh.

«¡Tu madre!, ¡tu madre!». Eso está repitiendo.

—¿Conocía a mi madre? —Luh aprieta los labios y sus comisuras se estiran, un gesto emotivo que le humedece los ojos. Repite la pregunta en indonesio y la anciana asiente con felicidad.

—La conoce con todo su corazón; en cuerpo, mente y espíritu. —Se queda un momento callada mientras escucha la siguiente frase y continúa—: Dice que ella vive en ti. Lo ha repetido, «ella vive en ti».

—¿De qué la conoce? —reitero.

—*Anak perempuan.* —La anciana se señala a sí misma y yo dirijo la mirada a Luh, que inspira profundamente antes de interpretar al inglés.

—¿Qué significa? —insisto.

—«Hija», significa «hija».

—No lo entiendo. —Luh acaricia la espalda de la anciana, que se emociona con esas palabras. La situación es de lo más surrealista, no sé qué sucede. Qué significa todo esto.

—Amisha, tu madre es su hija. Acabas de conocer a tu abuela. —Una lágrima cae por su mejilla, la señora sigue sonriendo presa de la felicidad. Y yo... no sé ni qué cojones pensar.

Mi mirada se queda helada, contemplando el rostro de esa mujer, que sigue señalándose a sí misma con alegría y júbilo. Siento que todo esto debe de ser algún tipo de broma, una estrategia de mal gusto para tomarme el pelo. No entiendo lo que está sucediendo, las rodillas me flaquean y descanso mi cuerpo sobre mis talones. El pulso me tiembla y me quedo sin respiración. Un mareo sacude mi cabeza y siento que de un momento a otro voy a desfallecer. Quiero salir corriendo, montarme en la moto de Wayan y volver al retiro. Empaquetar todas mis cosas y volar lejos, bien lejos de toda esta realidad. Dos desconocidas que aseguran ser parte de mi familia, pero ¿de cuál? ¿Qué queda de ella? ¿Acaso estaba preparada para este tipo de respuestas? ¿Por qué ahora?

—Estoy... estoy un poco mareada —balbuceo. Luh se levanta, me acomoda en el suelo y apoya un cojín sobre mi cabeza.

—Está bien, respira. Tranquila, es muy intenso. Te estábamos esperando desde hacía mucho tiempo, Amisha, pero tú... tienes mucho que gestionar.

—Esto no puede ser real, yo... ¿Cómo es posible? No es real.

—Respira, respira. Bebe un poco de té, seguro que ayudará. —Me tiende la infusión y me ayuda a beber un sorbo.

Estoy tirada en el suelo de una casa de curanderas balinesas que resultan ser de mi sangre. Sigo sin ser capaz de interiorizarlo. La anciana canta una canción en un idioma desconocido, una especie de nana que me ayuda a relajarme—. ¿Estás mejor?

Lanzo un suspiro con violencia para liberar la tensión que siento en el pecho. Es en vano.

—Creo que sí. —Me incorporo poco a poco, sigo arrodillada frente a las piernas de esta señora que… es mi abuela biológica. Es absurdo, imposible que esté sucediendo esto. Pero si quiero respuestas, este es el momento de encontrarlas. Jamás estuve tan cerca de ellas—. Necesito respuestas.

Luh asiente, se acomoda de nuevo al lado de la señora, quien mantiene su mano sobre mi cabeza y me acaricia la cara y el pelo. Se me escapa una lágrima. ¿Quién soy?

—Pregunta lo que necesites, Amisha —añade. Medito cuidadosamente para poner en orden el batiburrillo de ideas, cuestiones y pensamientos que sacuden con fuerza mi cabeza. Empecemos por el principio, supongo.

—¿Qué pasó?

—Naciste en este lugar y cuando eras muy pequeña, hubo un incendio. El cableado eléctrico en Bali es pésimo, especialmente en las zonas más remotas como es este caso. Hubo un cortocircuito y quemó los tejados. La abuela estaba allí, dormía contigo en una de las casas. Ella te protegió con su cuerpo, sufrió heridas muy graves y se quedó ciega. Estuvo en coma durante meses hasta que se recuperó, pero tus padres descansaban en otra casa y no pudieron salvarse. Por desgracia, fallecieron. Fuiste un milagro, Amisha.

—Mi madre me dijo que el policía confirmó que todos habían muerto.

—El estado crítico daba para pensar eso.

Asiento ante la información, que recibo por segunda vez en pocos meses, aunque esta vez, de primera mano. Trago saliva, carraspeo. Vuelvo a beber un poco de infusión, la abuela rompe el silencio.

—Quiere que sepas que tus padres están contigo, aunque no los puedas ver. Te acompañan, son tus hermanos de espíritu y velan por tu protección. Están felices porque tu familia adoptiva te quiere desde el corazón. Dicen que todo lo que sucedió es perfecto y necesario.

—¿Necesario? ¿Necesario para qué? —expreso mi enfado contenido. En cuanto la abuela entiende la pregunta, sonríe con efusividad y asiente.

—Los humanos vemos la vida con dos caras: la buena y la mala. ¿Pero qué es *bueno* y *malo*? La luz y la oscuridad son lo mismo, Amisha; la vida y la muerte no se pueden separar. Aunque para el mundo de los vivos la pérdida es dolorosa, en el más allá jamás estamos solos. También te recuerda que el propósito de las almas es la evolución y que algunas se sacrifican por el crecimiento de las demás.

La voz ronca sigue resonando por el espacio iluminado con las velas que campan por las esquinas y por el reflejo de un cielo que comienza a oscurecer.

—Amisha —continúa Luh—, tus padres tuvieron que morir para que tú salieras de Bali, crecieras en otro lugar y volvieras en busca de respuestas. Debías experimentar todo lo que has vivido para estar hoy aquí con nosotras.

—¿Por qué? —No sé qué preguntar, ni siquiera sé qué significa todo esto.

—Porque tu misión es muy importante.

—¿Qué misión?

Luh niega con la cabeza y sonríe. Entiendo que no me pueden dar respuesta a esa pregunta, supongo que debo encontrarla en mi interior. Me resigno, recuerdo las palabras de la *meiga*: «Es un don familiar». ¿Ellas también verán el futuro?

—Otra pregunta —añado—, ¿vosotras veis el futuro con los orgasmos?

La muchacha suelta una carcajada y la abuela se ríe con ella cuando le traduce mis palabras. Una frase corta desata el caos entre ellas. No entiendo qué sucede.

—Perdona, dice que si te refieres a la maldición. Si crees que nosotras estamos malditas como tú.

—No lo sé, por eso lo pregunto. —La jauja sigue y sigue, no entiendo a qué viene este humor. Tras unos instantes, el ambiente se vuelve relajado y Luh añade más té a mi taza. La abuela hace un gesto para que me lo cuente todo y, al mismo tiempo, se dan la mano.

—Amisha, lo que para ti es una maldición, es un poder que proviene desde hace siglos. Venimos de una familia de curanderas cuyo don se lleva transmitiendo de generación en generación. Hemos sido bendecidas por la mano de los dioses.

—Pero, pero… ¿También veis el futuro con los orgasmos?

Luh se lo traduce a la abuela, que hace otro gesto para ahorrar energía y saliva. Entiendo que la muchacha tiene la información que necesito.

—No exactamente. Es a través de la energía sexual, pero, por supuesto, el orgasmo es la parte más fácil donde la encontramos. Y no todas podemos ver el futuro. Algunas nos comunicamos con los espíritus, otras canalizaban mensajes de los dioses e incluso las hay que sanaron enfermedades. Tú tienes acceso al tiempo, no solo al futuro.

—¿Y tú? ¿También te pasa? —insisto.

—Sí, Amisha, soy tu prima. Mi deber es aprender sobre

estos poderes con la abuela. Ella me transmite su conocimiento, me enseña a interpretar los textos antiguos. Cuando ella muera, yo seguiré con la generación de curanderas.

—¿Cuál es tu don? —pregunto con cierto chismorreo. Ella sonríe.

—Puedo contactar con las personas que no están en este mundo —responde.

En ese instante, me percato de que no estoy respirando; entre tanta tensión, me había olvidado de tomar una gran bocanada de aire. Lleno completamente los pulmones y suelto toda la tensión. Me rindo, esto supera cualquier juicio o expectativa. Me rindo, en serio. Ya está.

—No creo en nada de esto, ¿sabes?

—¿En qué? —cuestiona Luh.

—En… en el más allá, predicciones, curanderos… No sé, supongo que será real. Pero todavía me cuesta entenderlo.

—No se trata de entender, Amisha, se trata de sentirlo. La mente siempre piensa que tiene razón, pero el corazón no falla.

La abuela le da unos golpecitos en la pierna y ella le traslada la conversación. Una ligera sacudida de cabeza y un resplandor de sus encías rosadas. Absorbe el aire con dificultad y responde:

—Añade que no creer en esto es como no creer en ti misma. Eres invisible a tus ojos. Eres invisible para tu corazón. —Luh se ríe—. Pero ¡felicidades! Eres visible para tu ego.

Me resigno al tremendo tortazo que acaba de darme con sus palabras. Intento encontrar más preguntas, aprovechar el instante al máximo. Supongo que necesito más pruebas, pero ¿de qué? Y ante todo, ¿para qué?

—Sobre la energía sexual…

—Sí, ¿qué quieres saber?

—¿Es la *kundalini*? —añado. Luh mueve la cabeza hacia los laterales en un «casi, casi» que no consigo descifrar. Traduce la pregunta, la abuela hace el gesto de «tira, tira, que ya sabes la respuesta».

—Ese es un posible nombre, Amisha, existen muchos más.

—¿Más?

—Sí, más para expresar lo mismo. Hay muchas técnicas de distintas civilizaciones muy antiguas con un objetivo en común: utilizar el sexo como una herramienta espiritual. La humanidad tiene el poder de la creación desde que vino a este mundo. Durante toda la historia, se ha transmitido un conocimiento profundo sobre el poder de la energía sexual, pero se ha olvidado por completo.

De nuevo, la voz temblorosa interrumpe la conversación, ella interpreta el mensaje.

—Exacto, la abuela dice que la energía sexual es la más poderosa que existe porque es capaz de crear tu existencia, tu realidad. Eso que para ti es tan imprescindible, tu vida, nace de la sexualidad —repite las frases en indonesio para después, traducirlas al inglés—. Es la energía de manifestación más sagrada del ser humano, por eso se ha demonizado y controlado tanto. La energía sexual, los orgasmos, son un canal directo hacia los dioses…, pero nos han narrado que estos están en contra de tu placer. No, los dioses te aman, te honran y te acompañan. Están en ti. Eres ellos, un espejo donde se refleja la eternidad. El éxtasis es la presencia de Dios.

Luh sigue con el discurso, esta vez, sin ser intermediaria de la abuela.

—Debemos ser conscientes del poder que existe en la sexualidad, en los orgasmos, incluso más allá de los dones y maldiciones. Aquellos que señalan el sexo como algo pecaminoso son los mismos que obran con maldad y desequilibrio. Como especie hemos sentido vergüenza, culpa, rabia, dolor y mucha tristeza cada vez que nos adentramos en la sacralidad del sexo.

»Nos han enseñado que el dolor es inevitable y el placer, evitable, que los "actos lujuriosos" deberían ser cancelados, negados a nuestra volátil existencia. Pero las pérdidas, la muerte, la enfermedad, las desgracias, el sufrimiento... son necesarios para acercarnos a la fe. ¿Qué clase de dioses hay ahí arriba si no quieren que disfrutemos? ¿Qué tipo de religión profesan aquellos que quieren que sucumbamos a sus palabras? Por qué, por qué no puede ser a la inversa. El placer, inevitable y el dolor, evitable. Esa es la verdadera espiritualidad, la que te mueve con amor hacia el aprendizaje. Luz y sombra forman parte de lo mismo.

Todo mi constructo cae con una fuerza arrolladora y resuena en el interior de mi mente que, rápidamente, se aligera para seguir construyendo unos pilares que no me representan. Tantos años, tantos, repitiendo como un ser sin raciocinio las palabras de los que se creen por encima del resto, de los que coronan la pirámide social y no recuerdan quiénes sostenemos la base. Basta, se acabó. No quiero que nadie vuelva a decir que la normalidad es el camino adecuado, que el sexo es algo depravado. Que nadie anuncie que la humanidad está acabada sin ellos cuando son los mismos que nos han traído a este desamparo. Que no hay árbol que se sostenga sin sus raíces, ni humano que no provenga de un orgasmo, ya sea corporal o celular, qué más da.

No sé, sin saber yo nada de esto, tal vez la espiritualidad no esté en mirar arriba y predicar consuelo. Tal vez se trate de mirar hacia abajo y ver lo que sustenta nuestro suelo, qué sostiene nuestro cuerpo, qué hay al fondo de nuestros adentros. Tal vez la espiritualidad esté en la naturaleza y lo que sobran son los dogmas y las palabras. Tal vez lo más espiritual que podamos hacer como humanos sea vivir cada segundo de esta vida con cada uno de nuestros átomos. Tan sencillo y complejo como eso.

—¿Cómo estás? —pregunta Luh. Inspiro, sonrío.

—Rara —respondo—, es todo tan... nuevo.

—¿Todavía quieres deshacerte de esa maldición? —bromea. Medito unos instantes si arrancarme estas visiones horribles que han manchado toda mi vida, pero por primera vez en años, me siento normal. Tal vez incluso orgullosa de mis raíces, del poder que estas albergan.

—Creo que no —contesto con una mueca—, pero necesito aprender a controlarlo.

—No hay nada que controlar, Amisha, hay mucho que sentir. De eso se trata. No tengas miedo, no vas a ver nada para lo que no estés preparada. Confía en los dioses.

Agacho la cabeza, observo los pies desnudos y arrugados de la abuela. Ella apoya su mano sobre mi hombro izquierdo y su mirada se dirige al horizonte. Luh me mira con paciencia, abierta a contestar cualquier pregunta que atraviese mi mente. Creo que necesito procesar todo esto.

—*Terima kasih* por vuestra sinceridad. Yo... necesito interiorizar todo esto.

—Claro, claro. Mucha información. Estamos felices de volver a verte, Amisha. Muy felices. Hoy es un gran día, los ancestros están sonriendo. —Hace el gesto de *namasté* con ambas manos y se inclina hacia mí. Imito el movimiento y la abuela pone la mano sobre mi cabeza.

Añade unas últimas palabras:

—Dice que somos parte de tu gran familia humana. Te protegemos y te cuidamos, aunque no estemos cerca. Siempre lo hemos hecho. Insiste en que honres tu poder y tu energía, tu bendición. ¡Ah! Y no te olvides de caminar con el corazón y no con la mente. Debes vaciarla para acceder a tu alma. En ella es donde albergas la verdad.

—Lo intentaré. Gracias de nuevo.

Antes de levantarme, la abuela se abalanza sobre mí y me abraza con la poca fuerza que preserva. Descanso sobre su hombro y, de algún modo, siento que cierro un círculo poderoso, aunque de momento no soy consciente de lo que significa. Una lágrima cae por mi mejilla, contengo el llanto para cuando esté en soledad. No sé si es tristeza o alegría, o simplemente una liberación de todo lo vivido y sufrido. Tras eso, me levanto y sigo a Luh hasta la entrada. A las puertas, me abraza con ímpetu. Se separa, fija en mí sus ojos oscuros y, en la penumbra, coloca su mano en el centro de mi pecho. Da unos ligeros golpes y me sonríe. Afirmo con un suave movimiento de cabeza y volvemos a abrazarnos. Me voy sabiendo que regresaré pronto, muy pronto.

Wayan espera paciente apoyado en la scooter. Cuando salgo, sonríe.

—¿Adiós maldición? —pregunta. Lo miro con alegría y amor. De vuelta a la realidad, empiezo a darme cuenta de todo lo que ha sucedido.

—Adiós maldición. —Aunque exactamente no haya sido lo que esperaba. Él lo celebra con gran entusiasmo y me uno a su fiesta particular.

Recorremos las calles oscuras de Ubud, nos adentramos en el centro de la ciudad y nos desviamos al retiro. En cuanto llegamos, Pushan sale corriendo. Wayan se despide con una sonrisa.

—¿Y bien? ¿Cómo ha ido? —insiste.

—Pues… no sé muy bien qué decir. Ha sido… Mañana te cuento mejor, ¿te parece? Necesito procesarlo todo.

—Claro, sin problema. Descansa, Amisha.

Entro en mi habitación, me tumbo en la cama y cierro los ojos con fuerza. Se acumulan las lágrimas y la tensión ahoga mi cuello. Demasiadas emociones en un cuerpo tan pequeño. Demasiadas respuestas para las que no estaba preparada.

¿Adónde me llevará todo esto?

XXXIV

A corazón abierto

Me mantengo ajena a la dinámica de grupo, en la misma silla y mesa que me ha sostenido durante este mes en que todo, absolutamente todo, ha cambiado. Después de los ejercicios, nos vamos a comer, pero antes de salir de la sala Pushan se acerca y me abraza fuerte. Nos fundimos en ese apapacho profundo y largo que sana cualquier herida. Respiro con tranquilidad.

—¿Cómo estás? —me pregunta.

—Sigo integrando —contesto.

—Esta tarde la tenemos libre. ¿Te parece si vamos al río y paseamos?

—Me parece genial. —Sonrío.

Después de comer, me encierro en la habitación. Me doy una ducha larga a la intemperie y me enfundo en un vestido cómodo y casual.

Pushan golpea la puerta, salgo corriendo. Me rodea los hombros con el brazo y nos adentramos en el camino algo salvaje que conduce hasta el río. Allí, nos detenemos junto a unas piedras que sobresalen en la orilla. Una frondosidad verde se eleva por encima de nuestras cabezas y nos abraza en el corazón de la tierra. Es un espacio precioso, lleno de paz. Sus ojos oscuros penetran en mis pupilas con cariño, como siempre han hecho, y mecen mi interior con cuidado.

Inspiro y, tras la exhalación, inicio la esperada conversación.

—Ayer crucé la puerta de mis visiones, Pushan, y es de las cosas más impactantes que me han pasado en toda mi vida con gran diferencia. Iba decidida, quería que me quitasen la maldición que tantas desgracias me ha traído, quería ser una chica normal con una vida normal y una sexualidad...

—Normal —interrumpe. Sonrío y asiento con la cabeza.

—Exacto. Entré en una casa y en su interior había una señora mayor, ciega, y una muchacha de mi edad o más joven, no te sabría decir. La cuestión... Mira, no me voy a andar con rodeos. Resulta que la curandera es mi abuela. Y la chica, mi prima.

—¿Cómo, cómo?

—Lo que escuchas.

—Pero tus padres...

—Mis padres biológicos fallecieron en un incendio en Bali. En cuanto conocí esta historia, decidí que tenía que venir aquí, pero sobre todo, por lo que me dijo aquella *meiga* de Santiago.

—¿O sea que es por transmisión familiar?

—Sí, mi abuela es una sanadora de séptima generación...

—Lo cual te convierte en la novena. Vaya, son siglos de tradición.

—Increíble, pero cierto. Ellas trabajan con la energía sexual y cada una desarrolla un poder distinto, desde comunicarse con los muertos o los dioses hasta sanar enfermedades. Y algunas, como yo, pueden adentrarse en el tiempo.

—Amisha, esto que me cuentas es... Es un regalo, eres afortunada. Deberías estar orgullosa de tus raíces —añade Pushan.

—Encontrar una parte de mi familia ha sido como descubrir una pieza que faltaba en mí. He podido dar respuestas a lo que lleva pasándome casi toda la vida. Existen personas como yo, qué alivio.

—Por supuesto, eso sin duda. Tal vez no alcancen ese don o, al menos, no tan rápido. Hay gente que nace más predispuesta que otra y evidentemente tú ya venías con ese talento desde el vientre de tu madre, como Patanjali, ¿te acuerdas? Pero hay muchas personas que, en cuanto conectan con el potencial sexual, son capaces de hacer cambios grandes y profundos en su vida y en la percepción de la misma.

—Jamás hubiese dicho esto del sexo… Lo veía algo tan corporal y físico.

—Sí, bueno, tú y casi toda la humanidad —bromea—. Conocemos poquísimo de nuestras capacidades sexuales.

—Lo cierto es que llevo toda la noche dándole vueltas… Creo que me gustaría aprender más sobre esto. No sé si sobre el tantra, aunque he conectado muy profundo con la práctica; quizá de otras disciplinas, incluso directamente de mi familia.

—Y ¿cómo te sientes con esta idea?

—Me da miedo, es evidente. Miedo al cambio, a lo que pueda suceder… Miedo a estar equivocada, a la pérdida de control. Pero, a la vez, no recuerdo un momento en el que me haya sentido tan viva, sobre todo en los últimos años.

—Sí, esto es adictivo. Dímelo a mí. —Nos reímos, él me abraza y me entierra en su pecho. Me quedo un ratito ahí, calmada. Aquí todo está bien, todo tiene lógica y coherencia.

—¿Y tú qué vas a hacer? —pregunto.

—¿Cuándo?

—Después de este retiro.

—Ah, pues… —Pushan me mira y me sonríe. Tarda unos instantes en procesar la respuesta. Abro los ojos con sorpresa y dibujo una mueca fruto de la incertidumbre y el misterio.

—¿Qué pasa? ¿Por qué me miras así?

—Nada, es que se me ha ocurrido una locura.

—Cuéntame.

—Me voy a la India, a Goa. Imparto una formación allí. Llevaba varios meses pensando en contratar a alguien, no sé, una persona que me ayudase con la explicación de los ejercicios, la preparación de la sala, las redes sociales… Hay muchísimo trabajo y me resulta difícil hacerlo yo solo. Por un momento he pensado que tal vez quieras acompañarme.

—¿Yo? ¿A la India?

—Sí, por eso te he dicho que es una locura.

Ahora entiendo aquella visión donde sentía a Pushan en mi interior con la India a nuestros pies. Esto me da paz y aflora en mí un deseo de complacer el atisbo de ese futuro que atravesó mi mente. Me quedo mirando los ojos brillantes de Pushan y su sonrisa bondadosa llena de vitalidad y magia. Un pellizco, un impulso, un oleaje de emociones se cierne en mi interior. ¿Qué tengo que perder y cuánto que ganar?

—Es una locura. —Me río; él asiente con la cabeza—. Pero ¿acaso estar en Bali y haber encontrado a mi familia biológica, que resultan ser unas curanderas ancestrales, no lo es?

—Sin duda. —Pushan vuelve a posar su mirada en mis pupilas, ambos sostenemos la posibilidad en los párpados. ¿Y si me voy, y si me atrevo?

—Lo cierto es que en Santiago no tengo nada. Bueno, a ver, mis amistades y mi familia, claro. Pero no tengo trabajo y, si te soy sincera, no quiero volver a la misma casa donde estuve viviendo con mi ex. Eso precisamente fue uno de los motivos que me trajeron hasta aquí, a trece mil kilómetros de distancia. Quizá estoy posponiendo la gestión emocional oootra vez.

—O quizá estés pensando en lo que realmente quieres y no en lo que debes pretender o fingir que eres.

—¡Ouch! Esa hostia ha dolido —digo mientras simulo que me duele la mejilla del golpe. Él se ríe de nuevo.

—Perdón, perdón.

—Tienes razón, quiero seguir aprendiendo.

—Además, podrías ayudar a mucha gente que quiere alcanzar esa capacidad. Tú ya la tienes, serías maestra de tantas personas.

—¿Maestra yo? Si ayer estaba rogando para que me quitaran esta maldición.

—Tiempo al tiempo, Amisha.

De nuevo, nos quedamos mirando y una emoción aflora en nuestros ojos. Muevo la cabeza en bucle como muestra de confirmación ante tremenda insensatez. Una parte de mí siente alivio al saber que no voy a volver al mismo lugar de siempre, con la rutina, la supervivencia, la falta de vitalidad. La otra, bueno, está pegando gritos en el interior de mi mente, dando golpes contra las paredes cerebrales. Estoy aprendiendo a no hacerle demasiado caso a esa parte; es la que no piensa en la muerte.

—Me siento tan cómoda contigo, Pushan, de verdad. Has sido… has sido todo un descubrimiento.

—Y tú para mí, Amisha, no imaginas cuánto. —Entrelaza su mano con la mía, inspiro.

—Todo esto es nuevo para mí, tengo un batiburrillo extraño de sentimientos en mi interior.

—¿A qué te refieres? —pregunta.

—Siento un amor tan profundo hacia ti que no lo puedo comparar con nada. No lo siento romántico, tampoco amistoso. Ni siquiera familiar, es...

—Es amor, no necesita de clasificación. Amor en su totalidad.

—Sí, supongo, aunque mi mente analítica quiere una etiqueta. En mi corazón no tengo esa necesidad. Y estoy aprendiendo a darle más espacio a lo que nace de ahí. No sé si me llevará a tomar la peor decisión de mi vida.

—Deberíamos arrepentirnos de las cosas que no hacemos, en realidad, y no tanto de las decisiones que tomamos. Estas nunca son malas si se hacen a corazón abierto. Y el arrepentimiento al final es un truco de tu mente. Es injusto, no puedes arrepentirte de algo que has hecho porque en ese instante no tenías la información que tienes ahora, ¿entiendes? Imagina lo que pesarán en la tumba todos esos «y si».

—Muchísimo.

—Pues vayámonos ligeras, Amisha, que no se quede nada por vivir ni por sentir. Y con respecto a nosotras, yo...

—¿Te puedo decir algo? Y ahora retomamos la conversación.

—Claro, dime.

—Me hace mucha gracia que hables en femenino.

—¿Y por qué no lo iba a hacer?

—Ya, ya lo sé. Pero eres la primera persona que habla así.

—Llevas toda tu vida integrándote en el masculino, ¿por qué el femenino no puede ser grupal o general?

—Por eso, me encanta. Con Pedro, mi mejor amigo, me pasa lo mismo. Perdona, sigue. —Él sonríe y aprieta mi mano con fuerza.

—Con respecto a nosotras, yo también siento la magia

y la conexión. Es algo que quiero cuidar, me apetece mimar y regarlo para que se haga más y más grande. Aprendo mucho de ti, Amisha, y es lo que más valoro de las relaciones: el crecimiento. El amor que hay entre nosotras es tan grande que no podemos contenerlo en una etiqueta. Cuidémoslo, amémoslo, respetémoslo. Solo pido eso.

Pushan se lleva las manos al pecho y acerca su frente a la mía. Nos mantenemos en un beso tántrico largo y precioso sin necesidad de buscar nada más. Tal vez por primera vez estoy amando más allá de lo físico, más allá del cuerpo, y es liberador, porque abarca todo el universo sin paredes que lo limiten. Sin deshacer la postura, susurro:

—He pensado mucho en lo que debe de ser el sexo contigo.

—¿Conmigo? ¿Por?

—Es evidente que siento atracción por ti, ¿no?

—Pero, Amisha —siento el aliento de su sonrisa en mis labios—, tú y yo ya hemos tenido sexo.

Frunzo el ceño, asimilo su respuesta. Él continúa hablando:

—Cada noche que hemos pasado juntas. ¿Qué es el sexo si no fusión? ¿Y qué crees que hemos hecho cada vez que trabajábamos en el placer? Fusionarnos, generar un espacio de goce y éxtasis, amarnos y cuidarnos.

—O sea que así es el sexo contigo —bromeo. Él aparta la cabeza y me mira. Nos quedamos unos instantes disfrutando de ese contacto visual.

—Ven, anda.

Se levanta y se vuelve a acomodar en el suelo, lleno de barro y hierba. Con un gesto sobre sus muslos entiendo lo que me está pidiendo. Sonrío, me arremango el vestido y me acomodo sobre sus piernas entrelazadas en la postura de la flor de loto. Abrazo su pelvis con mis extremidades y pego mi sexo contra el suyo sin buscar una penetración o un roce, simplemente notando que está ahí, al otro lado. Él me rodea con sus brazos y me encojo en su pecho, apoyo la cabeza en sus hombros y mi aliento rebota en su cuello. Nos damos unos instantes para sentirnos ahí, en ese espacio. Escucho el río golpeando con suavidad las piedras que encuentra en el camino, los pájaros que trinan con exageración a lo lejos. El frote de las hojas que chocan entre ellas debido a la brisa alta que mece las copas. La tierra fría y mojada que rebosa en mis pies. El calor de su cuerpo y la aceleración de sus latidos bajo su pecho firme.

Me aparta el pelo con delicadeza y sus yemas acarician la frontera que separa mi ser de la existencia. Un cosquilleo me recorre la espina dorsal y gimo para aliviar la carga sexual. Él inspira y espira con una cadencia casi perfecta y, cada vez que expulsa el aire, lleno mis pulmones con su aliento en una penetración vaporosa e intangible que despierta mi deseo.

No buscamos un alivio rápido que nos produzca una descarga fugaz. No nos enredamos con violencia para despertar a base de golpes y empujones al cuerpo. Expresamos nuestro salvajismo con apretones y una mayor proximidad, con la velocidad de la respiración o la intensidad del giro y del movimiento corporal. Pero el éxtasis no necesita de una base para elevarse; tan solo necesita el reconocimiento por su papel protagonista en esta obra llamada vida. Verlo es más que suficiente para entender que el éxtasis lo rodea todo, lo eleva todo, lo crea todo, lo revive todo.

Tras varios espasmos, caricias y largos abrazos, nos abandonamos el uno en el otro en una fusión de espíritus que induce paz y eternidad. Los rayos de sol que se cuelan por el cielo tiñen nuestros cuerpos de un dorado profundo. Nos miramos y sonreímos. Siento un placer en el pecho, un estallido de goce a punto de inundarme con el mayor orgasmo vital de la historia.

—¿Qué más necesitamos? —pregunta Pushan—. Y si en algún momento nos apetece entrelazar físicamente el cuerpo, lo buscaremos y lo disfrutaremos. Limitar el sexo a eso es limitar el placer. Y este, Amisha, es infinito. Es tan poderoso que deberíamos honrarlo de mil maneras. Empotrarnos contra la pared salvajemente puede ser una de ellas, claro. —Nos reímos. En lo más profundo de mi ser sé que esto sucederá, pero no tengo prisa. Ninguna—. Lo difícil es entregarse al placer porque es vulnerable. Hay algo de muerte en el sexo.

—Ni que lo jures, casi la palmo. —Volvemos a estallar en carcajadas, pero no despegamos los cuerpos.

—A veces pienso que por eso las personas sienten tanto miedo al entregarse así, por eso se mantiene un sexo superficial y físico. En realidad, da igual la práctica que se haga, sea tántrico o, no sé, sadomasoquismo. Lo importante es honrar la energía.

—Mi abuela balinesa, qué raro se me hace esto, dijo que en la energía sexual hay un poder infinito porque es lo que nos ha dado la vida.

—Exacto, imagina. Debemos honrarla cada vez que volvamos a ella. Y el éxtasis es una gran forma de hacerlo, descubrir que está…

—En todo. El éxtasis está en todo. —Su sonrisa se cruza con la mía y *nos* respiramos mientras el atardecer nos baña la piel. Jamás me había sentido tan penetrada como en este preciso instante.

Cuando el sol se oculta, volvemos al retiro con las manos entrelazadas y una promesa por delante. En cuanto llego a la habitación, llamo a Mariajo y a Pedro.

—¿Qué pasa? ¿Todo bien? —dice Mariajo asustada.

—Sí, os traigo novedades. ¿Podéis hablar? —Pedro pasea por la calle y Mariajo está en la cocina.

—Yo sí, estoy sola en casa.

—¡Dadme un momento, caris! Que entro en una cafetería. Pero sigue, sigue, que te escucho.

De nuevo, explico la historia con mi familia, los giros de guion que da la vida y las casualidades que, como dice Mariajo, son causalidades.

—Estoy flipando —añade Pedro mientras le da un sorbo a su café—. ¡Mira, mira! Mira mis ojos, ya estoy llorando. Es que no puedo con estas cosas, de verdad.

—Amisha, estoy en *shock*. No sé ni qué decir —sigue Mariajo.

—Nada, no hay que decir nada. A mí me sigue costando procesarlo, supongo que me llevará semanas. Es surrealista, lo sé, pero al mismo tiempo, creo que estoy en paz.

—Lógico, has encontrado respuestas a las preguntas que tanto te preocupaban —continúa Mariajo—. Debes de sentir alivio, sin duda.

—El saber que no es una maldición me reconforta mucho. Eso y conocer mis raíces. Creo que todo encaja.

—Si ya te lo decíamos nosotras, perra, que eso era un don. Y tú que no, que la maldición —bromea Pedro. Estallamos en carcajadas.

—Menos mal que te quedaste dos semanas en el retiro, Amisha. Si te llegas a ir cuando nos llamaste atacada de los nervios…

—Para eso estáis aquí conmigo, *carallo*, para darme tortazos de realidad. Sí, todavía tenía a Claudio en la cabeza, todo esto era tan raro, la gente, la espiritualidad… Estaba exageradamente fuera de la zona de confort.

—¿Ves? Todo tiene que ser como tiene que ser. Es perfecto, aunque a veces no lo entendamos —añade Mariajo.

Pedro asiente con efusividad—. Te queda todavía un mes, ¿no? ¿Qué harás? ¿Volverás a ver a tu familia balinesa?

—Bueno, veréis…

—Uy, esa cara. Esa cara, Amisha, es de que algo te traes entre manos.

—Cari, por favor, me va a dar un parraque —grita Pedro.

—No voy a quedarme el mes que viene en Bali. Estaré por aquí un par de semanitas, los días que le quedan a esta formación y unos cuantos más para estar con la familia. Me gustaría que me cuenten más cosas, conocer más a mis padres biológicos…, no sé. Y después…

—Y ¿después qué?

—Pues, Pushan…

—Ay, Dios, ¡ay, Dios! —vocifera Pedro. Mariajo se pone nerviosa.

—¡Pedro, para ya que me vas a infartar!

—Vale, vale, perdona, es que no puedo con tanta emoción. Ya paro, madre mía, estoy llorando, ¿eh?

—Pushan necesita a una persona que le ayude con la organización de los retiros y la formación. Se va a la India para el siguiente curso.

—¿Y tú? —Mariajo se lleva la mano al pecho, Pedro no puede acercar más su cara a la cámara.

—Creo que me voy a ir con él. —Un grito agudísimo me obliga a bajar el volumen—. Me pagará un sueldito y los gastos del viaje. Lo he pensado mucho y en Santiago, pues solo os tengo a vosotras y a mi familia.

—Pero a nosotras nos tienes muy vistas, Amisha, ¡lárgate! —ordena Mariajo.

—¿Me largo? —insisto.

—¡¡Lárgate sin pensarlooo!!

—Oye, pero si te vas con Pushan, significa que tú y él estáis…

—Pedro, sé por dónde vas. Estamos muy bien, conectados y con muchas emociones, pero no somos ni una pareja ni nada por el estilo. No sé ni qué tenemos, lo único que sé es que me encanta todo tal y como está.

—Pero ¿quién eres y qué has hecho con nuestra Amisha? —bromea Mariajo.

—No lo sé, ¡no lo sé!

—Y ¿cómo folla Pushan? —chafardea Pedro.

—Pues… con ropa.

Estallamos en carcajadas cuando les cuento todo lo que ha sucedido entre él y yo y, tras una hora de conversación, se escuchan un par de notas.

—¿Eso qué es? —pregunta Mariajo.

—¿El qué?

—Ese sonido.

—¡Ah! ¡Es Kiko! —Observo la habitación, no hay ni rastro de él. Me voy al baño, tampoco. Salgo al balcón y ahí está, con sus patitas y sus ojos de psicópata.

—¿Kiko? ¿Hay otro tío? Pero bueno, estás desatada.

—No, *carallo*, Kiko es mi amigo balinés.

—¿Y se llama Kiko? Si tiene nombre de bar andaluz donde sirven unas tapitas ricas.

—Este es Kiko. —Cambio la cámara frontal a la trasera y señalo a la esquina de la pared.

—¿Un lagarto? Amisha…, ¿estás bien? ¡¿De verdad estás bien?!

—No es un lagarto, Pedro, es un gecko. Y sí, estoy bien, Kiko me ha acompañado mucho durante estas semanas en Bali. Al principio tuvimos un encuentro un tanto infartante, pero nos hemos hecho muy íntimos.

—Ah, nada, pues nosotras que nos alegramos, ¿verdad, Mariajo? ¿Verdad que te alegras de que nuestra amiga folle con ropa y hable con un lagarto?

—Me alegro muchísimo, sinceramente. —Asiente Mariajo.

—Gracias, *carallo*, eres la única que me entiende. En fin, amores, os quiero muchísimo.

—Y yo a ti.

—Y yo, caris. Te echamos de menos.

—Volveré pronto.

—¡O no! Disfruta, iremos a verte nosotras.

—¡Ojalá! Gracias por estar ahí.

—Una promesa es una promesa, Amisha. —Mariajo enseña el dedo meñique a la cámara. Se me escapan unas lágrimas—. Siempre juntas.

—Siempre —repito.

Tras la videollamada, me quedo sentada en el balcón escuchando el río a lo lejos, maravillada por el sonido del ambiente. Mi estómago ruge, miro la hora. Me levanto para ir a cenar y, antes de salir, desvío la mirada hacia sus ojitos redondos y negros. Mueve las patitas.

—¿Qué? ¿Nos vamos a la India, Kiko? Con lo pequeñito que eres, cabrías en mi maleta de mano. —Un par de notas siguen mi frase—. Entiendo que eso es un sí, ¿verdad?

XXXV

La gran pérdida de la humanidad

Los días pasan con calma y paz. Paso las mañanas en el retiro y algunas tardes en casa de mi abuela balinesa. Con poco esfuerzo llega la última noche en Bali y siento un pesar absurdo en mi interior. En breve me voy a la India con Pushan y, no sé, todavía me planteo en qué momento ha cambiado la vida tantísimo como para ponerme en este lugar.

Tras la cena, me acerco a la habitación para buscar las llaves de la sala. Es la última noche de la formación y la gente prepara la fiesta final a la intemperie con un pequeño fuego y música en directo. Cuando Kalinda me ve, se detiene en seco.

—¿No te unes a la fiesta? —pregunta con cierta sorpresa.

—Sí, ahora iré. Voy a preparar la sala para la ceremonia final de mañana.

—¡No, Amisha! No te apures. Mirá ve, mañana te ayudo.

—Tranquila, Kalinda, necesito ese momentito para mí a modo de despedida.

—¡Ah! Dale, claro. Pero después te unes, ¿sí? Que tenemos mucho que celebrar.

—Allí estaré.

Los del grupo de la formación visten con sus mejores ropas y con *bindis* que decoran el centro de su entrecejo. Nos sonreímos en cuanto nos cruzamos y sigo mi camino hasta la sala de meditación. Enciendo la luz; una calidez inunda la madera que cubre todo el espacio. El altar está intacto desde que empezó el retiro: las grandes telas con los dioses estampados salpican las esquinas y el olor a incienso y salvia blanca se ha quedado impregnado en el espacio. Agacho la cabeza y sonrío sin moverme del lugar, rememorando todo lo que he vivido aquí. Cómo vine y cómo me voy. A unos días de empaquetar mis cosas e irme a la India con Pushan, me veo envuelta en una aventura que todavía no he conseguido digerir o pensar.

Siento una ligera nostalgia por dejar atrás parte de mi familia de Bali, las tardes a su lado han sido maravillosas. Hemos tomado té, he visto fotos antiguas de mis padres biológicos y me han narrado leyendas e historias que parecen ciencia ficción, exactamente como mi vida. En cuanto le dije a la abuela que me iba a la India, ella sonrió. «Eres corazón de oro, corazón inquieto. La India es la cuna de mucha sabiduría», recalcó.

A pesar de todo, todavía no he terminado de integrar lo sucedido. Todavía existe una parte interna en mí que cuestiona la veracidad de las experiencias, de los sucesos, de la realidad. Todavía sigo sin creer. Supongo que forma parte del ego, de la mente racional y controladora que clasifica las vivencias en categorías y las archiva dentro de la librería de recuerdos. Si algo se presenta como nuevo, entra el caos. A veces me siento presa de él, de ese orden que no consigo identificar. Por suerte, he aprendido a no escuchar tanto esa parte de mi cerebro que siempre está en estado de alerta máxima. Poco a poco, voy escuchando a mi cuerpo y, sobre todo, a mi corazón para que me guíe con claridad. No sé si funciona ni si es el camino correcto, pero sin duda me ofrece más paz. ¿Acaso no estamos aquí buscando precisamente esto?

Despejo mis pensamientos y me movilizo. Sigo las instrucciones de Pushan paso a paso para la ceremonia de cierre de mañana. En el centro del espacio, coloco una tela redonda de color blanco con unos estampados étnicos en rojo. Las figuras de Shakti y Shiva, junto con Ganesha, presiden el punto medio. A su alrededor, flores frescas y velas aromáticas, y enciendo un incienso para ir ambientando el lugar. Sitúo en círculo los cojines de meditación correspondientes para cada persona que se unirá a este cierre para ser partícipe del final de la formación. Me dedico con paciencia y cariño a posicionar cada uno de los elementos, disfruto del proceso como si fuese la última vez. Al menos, lo será en este espacio y en este momento.

Termino con mi tarea y me quedo congelada en mitad de la sala. Observo el altar que he creado, la belleza del lugar y me veo tentada. Una tentación que no consigo callar en mi mente. «¿Y si...?». Miro de reojo a la puerta principal y a mi alrededor. No hay nadie, ni una sola presencia que pueda interrumpir este momento privado. Todos celebran y danzan ahí fuera, lejos, sin interferir en mi intimidad. Sonrío con cierta picardía, un escalofrío recorre mi espalda y el calor se instaura en mi entrepierna. Tal vez sea este el momento.

Me acerco a la puerta y cierro con llave; de este modo, garantizo que nadie estorbe el ritual que voy a recrear. Enchufo mi móvil a los altavoces y pongo una *playlist* suave y exótica con sonidos propios de Oriente para inducir a la erotización corporal. Enciendo las velas que campan por las esquinas, incluidas aquellas que presiden el altar. Apago la luz principal y el recorrido de pequeñas llamitas me guía hasta el centro del círculo, vacío de presencias, a la espera de la gran final que tendrá lugar mañana. Abro un pequeño hueco entre los cojines y pongo un futón individual y una tela estampada encima.

Dejo que los pantalones caigan al suelo, me quito la camiseta con decisión y dudo si mantener el resto. No tardo mucho en deshacerme de las bragas y las lanzo a un lado. Me suelto la melena, que me roza el sacro, y me quedo de pie, desnuda ante los dioses. Me acerco al incensario que he usado día y noche para limpiar la sala. Esta vez prendo las resinas para mi propio disfrute. Recorro el círculo por fuera sin demasiado entusiasmo para purificar el lugar. Suena una música rítmica, unos tambores que, sin querer, me llevan a un movimiento improvisado. Al principio bailo tímida, recatada; después me doy cuenta de que nadie me mira. Tan solo estoy yo conmigo misma. Eso me ayuda a desmelenarme, a bailar con salvajismo, alocada y divertida, moviendo las caderas que prenden el calor de mi entrepierna. Sujeto el incensario con la mano izquierda y, con la derecha, recorro mi piel con suavidad, un masaje que se funde con la danza improvisada que hago alrededor del altar reciente.

El sofoco se impregna en mi piel y las primeras gotas de sudor sacuden cada ángulo. Me viene a la memoria el aceite de masajes que he encontrado en el cuarto del material. Una pequeña mueca risueña me induce a una pillería que no se detiene. Abro el armario, lo huelo. Su olor amaderado me seduce y me lo llevo a mi acto ceremonial improvisado. Me siento en un cojín de meditación, rodeada de otros huecos vacíos que me observan frente a frente. Medito un rato concentrándome en mi respiración, explorando el éxtasis de estar viva, el gozo infinito de la inhalación y la exhalación. El sonido que nace de mi aliento rebota en la garganta y un meneo suave acelera mi cuerpo. Abro los ojos; de nuevo, veo los asientos desocupados. Un pensamiento fugaz atraviesa mi mente. Me resulta una locura, pero bueno, me estoy acostumbrando a ellas. Si este no es el momento, entonces ¿cuándo?

No sé cómo hacer estas cosas, jamás he estado cerca de algo parecido, Así que decido dejarme llevar por mi instinto. Cierro los ojos, llevo mis manos al corazón y, sin pensarlo demasiado, fluyo y recito unas palabras que pronuncio en voz alta:

«Este es un mensaje para mis ancestras. Soy Amisha, yo... —Pienso en Mariajo, desempolvo un lenguaje propio de sus momentos esotéricos. Decido continuar—. Os invoco. Yo os invoco. En este lugar, en este espacio. Soy Amisha y os invoco, ancestras». La seguridad de mis palabras se hace patente al finalizar la frase. El eco de mi voz se mantiene unos instantes flotando en el espacio. De repente, noto una presencia, unos ojos invisibles que me miran a través de la nada, que toman asiento entre los cojines que rodean el altar circular. Una vela parpadea en exceso y me atenaza un miedo profundo que me mantiene congelada por unos instantes. Escucho una voz en mis adentros que me reitera, una y otra vez, que no tenga miedo.

Finjo que miro una por una a aquellas mujeres de mi linaje pasado, que me acompañan en espíritu desde este círculo improvisado. Las veo, aunque sea en mi propia paranoia. Qué más da, no me importa. Me siento acompañada. Después de reseguir cada hueco, me embadurno las manos de aceite y toco mi cuerpo. Me excito muy rápido, me sorprendo al ver que mi entrepierna está muy mojada. Inspiro hondo. «No hay nada que temer, no hay nada que temer», reitero. Conecto con el tacto paciente de mis manos, con las directrices que manda mi cuerpo. Simplemente soy esclava de mi propio deseo casi por primera vez. Me honro, me celebro, me encuentro entre toda esta maraña de carne y huesos. Ahí estoy, en estos adentros.

Redondeo mis pechos, pellizco mis pezones y entreabro la boca para lanzar un ligero jadeo. Me tiemblan las piernas, las abro todavía más, sin complejos, sin esconder nada en absoluto. Vuelvo a humedecerme las manos de aceite para recorrer mi cuerpo de nuevo. El clítoris me reclama con una erección que palpita en el interior de mis labios, los mismos que abro poco a poco. Y ahí estoy, con todo despejado y libre, libre de mis propios tormentos. Con mucha sutileza, acaricio los labios externos; me quedo perpleja ante su dureza. La humedad cae por mi perineo, abro y cierro mi entrada vaginal como reflejo del *mula bandha* que he aprendido hace unas semanas. Esa pequeña descarga eléctrica me recorre la columna, gimo un poco más alto. Me excito al escuchar mi voz.

Resigo cada espacio que crean los cojines desde donde mis ancestras observan esta celebración del éxtasis. Lo que antes supondría una vergüenza ante mi sexualidad, ahora no lo es. No estoy haciendo nada malo, necesito mostrárselo. A *ellas*. Sonrío al saber que me acompañan en este viaje. Me centro en el clítoris. Trazo movimientos circulares que me precipitan con rapidez al borde del orgasmo. Freno la rendición, quiero alargar un poco más este instante. Toco mis pechos, mis ojos se desvían a Shiva, el gran dios que preside la sala, y a Ganesha, que le acompaña. Percibo la asistencia de los dioses a este delirio y lejos de distraer mi excitación, la ensalza. Me siento viva, *carallo*, viva y poderosa.

Introduzco el dedo índice con mucha facilidad en mi interior y rápidamente le acompaña el anular. Me incorporo al borde del cojín, doblo la espalda para conseguir llegar al punto sagrado del que todo el mundo habla. Palpo el hueso pélvico, subo hasta el ombligo y ahí está, no muy lejos de la entrada. Me invade la sensación de orinar, pero como bien he aprendido en estos últimos días, no le hago demasiado caso. Hago un movimiento sutil, como el gesto de «ven». El placer es muy muy intenso. Gimo alto, gimo salvaje y los fluidos siguen acumulándose con exageración. No recuerdo haber estado tan mojada nunca. Jamás.

Aumento la intensidad de mis dedos. Un calor sofocante hace que el pelo se me pegue a la frente. Frunzo el ceño, abro la boca, arqueo la espalda y me rindo. Las embestidas que me ofrezco son admiradas por las estampas de los dioses y mis ancestras, que respetan este instante de ovación hacia mi propia libertad. Cuando estoy al borde del colapso, me froto el clítoris con la palma de la mano y la fusión resulta explosiva. Salen unas gotas de mi interior, continúo sin prestarles demasiada atención. Apoyo la mano que sobra en el suelo para sostener mi peso y me abandono al placer que ensordece mi cuerpo. Grito con efusividad sin contener el sonido que emana de mi garganta, volteo los ojos y elevo las comisuras. La piel se me eriza, los pezones se endurecen y las piernas tiemblan al sostener tal explosión.

Un orgasmo nace de lo más profundo de mis entrañas, en el cérvix. Noto sus contracciones en los dedos seguido de un líquido áspero que encharca la tela estampada. Segundos más tarde, a los ecos de este clímax se une el orgasmo del clítoris fruto del roce feroz de mi palma. Entreabro los ojos. Me cruzo con los párpados relajados que guardan las pupilas de un Shiva que bendice mi éxtasis. Y, presa de tanto delirio, floto.

El alma se eleva en mi interior, se despierta en esa cueva donde está encerrada, olvidada, hambrienta, casi disecada. Ahí, en ese instante, justo en el preludio de la oscuridad, soy una persona que *alma*. Que *alma* la vida con cada poro de su ser, que *alma* la caída que la ha hecho florecer, que *alma* el fuego porque comienza a arder. Que *alma* este cuerpo que sostiene el saber, que *alma* la muerte porque me enseña a ver.

El cosquilleo se vuelve exagerado. Me evaporo en mitad del espacio infinito. La negritud se ve eclipsada por la luz potente que ciega mi mente. Un remanso de fulgor que me induce en una belleza inefable, en la perfección de todas las cosas, en la proyección del cosmos que me rodea. Soy todo y todo está en mí, sin límites ni obstáculos, sin materias ni fronteras. El éxtasis engloba la sala y percibo la amplitud de mi consciencia, su placer inmenso. De ahí, me embarco en el viaje a través de ese túnel conocido, con lentitud y paciencia, observando el destello ultravioleta que se expande debido al movimiento interno. Lejos de tener una visión del futuro, me detengo frente a *ellas*.

Un grupo de mujeres me observa y sonríe. Pieles negras, blancas, marrones, con cabellos rizados, lisos, canosos. Con ropajes que no logro identificar, con un halo de luz que las rodea a cada una de ellas. Mujeres poderosas que me miran desde el corazón de la infinidad, que protegen mis espaldas, que cuidan de mi sangre. Mujeres que me han visto nacer y morir a los pies de un linaje infinito. Ante ellas, me arrodillo con cierto pesar y vergüenza. Les pido perdón con la mano en el corazón reiteradamente: «Lo siento, lo siento, lo siento». Una mano me acaricia la cabeza, me pide que me eleve. Siguen contemplando mi presencia. Me acerco a ellas y, desde lo más profundo de mi alma, nace un discurso.

«Lo siento por cada vez que negué mi poder, aquel que nace de mis entrañas, aquel que durante siglos han pensado en aniquilar. Lo siento por la vergüenza hacia mi cuerpo, hacia mi sexo, hacia mi identidad. Lo siento por ser cobarde y no alzar la voz. Lo siento por cada vez que rechacé vuestra fortaleza. Lo siento por no honraros en cada orgasmo, por no celebrar la vida a través de este cuerpo que me sostiene y me entrega tanto. Os pido perdón por las veces que he ninguneado el poder que nace del clímax, la energía de manifestación que albergo. A partir de ahora, decido enaltecer el linaje de las ancestras que acompañan mis pasos. Que vuestras voces se expresen a través de mi garganta y vuestro rugido me ayude a caminar en la dirección correcta. Honro todo lo que soy porque conlleva todo lo que fuisteis».

Una mujer con el pelo negro y de ojos marrones se acerca de entre la multitud, que le abre paso. Lleva un *sarong* blanco y una sonrisa se magnifica en su cara. Me acaricia la mejilla, noto perfectamente su roce. La abrazo con fuerza, comprendiendo que todo, absolutamente todo, como dijo la abuela, fue necesario, aunque no consiga entenderlo. Ella asiente y me besa la frente. Su imagen se emborrona, su presencia maternal se diluye y con ella, el resto. Vuelvo a una oscuridad extensa que atrapa mis ojos y en el silencio de la nada, en la totalidad de un abismo, escucho su voz:

La humanidad ha deshonrado sus raíces y ha creado un tabú que las ensombrece. El conocimiento ancestral de la sexualidad traza un camino directo a la fractalidad de Dios. Los seres humanos no pueden saber quiénes son sin antes cuestionar de dónde vienen, y es ahí cuando despertarán.

Haz que recuerden que en el éxtasis está el Origen.

Los siete *charkras* o centros de energía

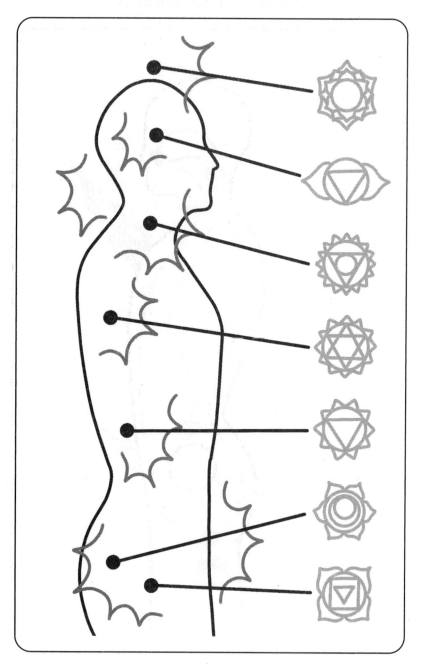

La órbita microcósmica

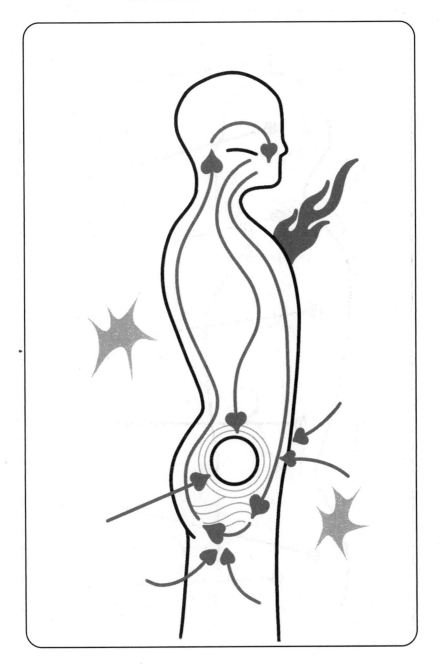

Ascensión de la energía *kundalini* (*Ida* y *Pingala*) y los siete *chakras*

Los *mudras*

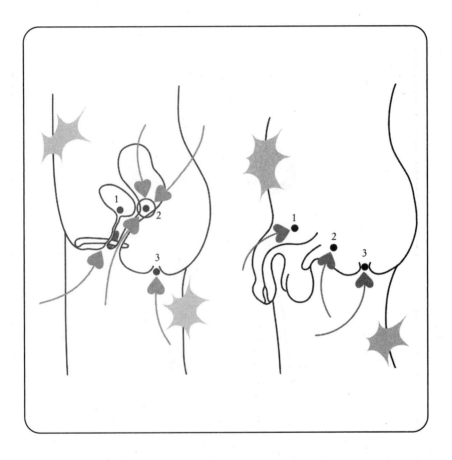

1. *Vajroli / sahajoli*
2. *Mula bandha*
3. *Ashwini mudra*